BASTEI
LÜBBE

Taschenbücher aus der Reihe THE BARD'S TALE
im BASTEI-LÜBBE-Programm:

20261 Die Burg der Verräter

MERCEDES LACKEY
RU EMERSON

The Bard's Tale®

FESTUNG aus FEUER und EIS

Fantasy-Roman

Ins Deutsche übertragen
von Wolfgang Thon

BASTEI LÜBBE

BASTEI-LÜBBE-TASCHENBUCH
Band 20 269

Erste Auflage:
November 1995

Deutsche Lizenzausgabe 1995
Bastei-Verlag
Gustav H. Lübbe GmbH & Co.,
Bergisch Gladbach
Originaltitel: The Bard's Tale:
Fortress of Frost and Fire
Lektorat:
Martina Sahler/Stefan Bauer
Titelbild: Larry Elmore,
used by Permission of Baen Books
Umschlaggestaltung:
Quadro Grafik, Bensberg
Satz: Fotosatz Schell, Hagen a.T.W.
Druck und Verarbeitung:
Brodard & Taupin,
La Flèche, Frankreich
Printed in France

ISBN 3-404-20 269-4

Der Preis dieses Bandes
versteht sich einschließlich der
gesetzlichen Mehrwertsteuer.

1. KAPITEL

Zum ersten Mal seit Tagen legte sich der Westwind bei Sonnenuntergang. Am Rand des Flüsterwaldes war es warm und sehr ruhig. Ruhig genug jedenfalls, daß der Menschenjunge, der im Stall die beiden von der Reise erschöpften Pferde säuberte, vereinzelte Stimmen ausmachen konnte, die aus dem Moonstone Inn zu ihm drangen. Die Herberge lag westlich des penibel gepflegten Hofes – und gegen den Wind. Es waren größtenteils die trockenen oder unverhüllt sarkastischen Stimmen von Elfen. Was nicht überraschte, denn die Besitzer des Moonstone waren Weiße Elfen. Doch ihre melodischen Stimmen wurden gelegentlich von heiseren Menschenstimmen übertönt.

Gawaine seufzte. Mit einer Hand strich er seine langen, roten Locken unter das leinene Stirntuch zurück und ging wieder daran, die Pferde zu striegeln. Sein Meister fragte sich sicher, wo er steckte und warum es so lange dauerte, diese einfache Aufgabe zu erledigen. *Ich mag Ställe einfach,* dachte Gawaine. *Selbst nach all den Jahren verleiht es mir noch ein heimisches Gefühl, mich um die Pferde zu kümmern und und den Duft von Heu zu riechen.*

Ein grölendes Lachen aus der Herberge ließ ihn zusammenzucken. Sein Grauer trat nervös zurück, und Gawaine klopfte ihm automatisch den mächtigen Hals. »Schon gut, Thunder«, beruhigte er ihn. »Tut mir leid, daß ich dich erschreckt habe. Irgendwie habe ich in einer Herberge voller Weißer Elfen ein solches Gegröle nicht erwartet.«

Vermutlich waren es die Menschen. Dennoch, Gawaine mußte seine Vorstellungen über Elfen revidieren, seit er sich mit Naitachal im Elfenland befand. »Ich dachte, sie wären ... Na ja, schau sie dir doch an, so groß und wunderschön, und sie werden so alt! Man könnte meinen, sie hätten alle auch edle Seelen, könnte zu der Überzeugung gelangen, daß sie im Alter immer vergeistigter würden. Aber es ist wie alles andere, Thunder«, murmelte er bedrückt. »Die Dinge sind einfach so.« Thunder, der seinen Namen nur zum geringeren Teil seinem gewittergrauen Fell und zum größeren Teil der polternden Art verdankte, mit der er sich bewegte, lehnte sich gegen ihn und liebkoste mit seinen Lippen Gawaines Haar. Der lachte leise, gab ihm einen Schubs, damit er an ihm vorbei konnte, und klopfte dem Pferd dabei aufmunternd gegen den Rumpf.

Auf der anderen Seite des Ganges standen mindestens ein Dutzend Elfenrösser. Gawaine seufzte glücklich. Thunder gehörte ihm, und er liebte den kräftigen, gescheckten Grauen sehr, doch diese Schönheiten ... Ihm wurde warm ums Herz, und er erschauerte. »Nun sieh dir diese langen Beine an, diese goldenen Schweife, he, du«, murmelte er, während er den Gang hinunterging. »Ah, du Wunderschöne.« Jedes Pferd, an dem er vorbeikam, drehte den Kopf herum und warf Gawaine einen Blick unter dichten Wimpern zu, bevor es sich wieder seinem Futter zuwandte. Gawaine drehte sich um. Er mußte noch den schwarzen Hengst seines Meisters versorgen. Star. *Welch ein geschmackloser Name für einen so hübschen Kerl*, dachte er. Er war von seinem Meister nach einem der heroischen Rösser aus einem Heldenepos benannt worden, was nun aber *wirklich* albern war, kannte man die phlegmatische Art des Pferdes.

Star kaute geräuschvoll weiter, während Gawaine ihn striegelte. Der Gaul ignorierte sie beide, sowohl den Jungen als auch Thunder, dessen Eifersucht Gawaines Aufgabe erschwerte. Thunder bekam das Wams des Jungen zu fassen und zog daran. Als Gawaine sich befreite, liebkoste Thunder wieder sein Haar. Dabei erwischte er das Stirntuch und zog es seinem jungen Herrn vom Kopf. Gawaine fielen seine kupferfarbenen Locken ins Gesicht. Er mußte sie mit einer Hand festhalten, während er mit der anderen Thunder das Tuch aus dem Maul riß. Er schob es sich über die Stirn und gab Thunder einen nachdrücklichen Klaps auf den Hals.

»Hör auf damit! Und benimm dich!« Thunder glotzte ihn nur an. Gawaine schob verärgert die Locken unter das Tuch und drehte sich wieder herum, um Stars andere Seite zu striegeln.

Erneut brandete Gelächter in der Herberge auf. Es klang so, als erzählte jemand einen Lampendocht-Witz. »... nur einen, aber der Docht muß sich wechseln lassen *wollen*!« Eine schneidende Erwiderung übertönte das Gelächter. »Was für eine geistlose Unterhaltung heute abend!«

Wechsel! Gawaine hörte auf zu striegeln und stützte sein Kinn auf Stars Widerrist. Veränderung! Für ihn dauerte sie bereits vier Jahre – eine Zeitspanne, die ihm manchmal wie ein ganzes Leben vorkam. Er konnte sich kaum noch an den Jungen erinnern, der einmal einer von Sire Tomblys Stallburschen gewesen war. »Damals war ich sechzehn, aber alle Welt hielt mich für zwölf«, murmelte er. Star legte ein Ohr zurück, und Thunder schaute ihn neugierig an. Nicht etwa, daß es Gawaine jetzt, mit zwanzig, viel besser erging. Die meisten Leute sahen nur sein karottenrotes Haar, die schmale Figur und diese verwünschten Sommersprossen und schätzten ihn auf höchstens fünfzehn. Aber er hatte schon Schlimmeres erlebt. Damals war er zu allem Überfluß auch noch klein gewesen, kleiner als alle anderen auf dem Besitz des Junkers, mit Ausnahme der *richtigen* Kinder natürlich.

Glücklicherweise war er damals nicht so alt, wie er ausgesehen hatte. Denn bevor er in den Stimmbruch gekommen war, hatte er nicht einmal zwei Noten hintereinander eine Melodie halten können. »Vermutlich würde ich immer noch in diesem stinkigen kleinen Verschlag hocken, wo Naitachal mich gefunden hat, hätte der Junker mich nicht zum Tode verurteilt.«

Ein unerquicklicher Gedanke. Fünf – oder waren es sogar sechs? – Jahre lang hatte sich sein Leben ausschließlich um die Pflege der Pferde des Gutsherrn gedreht. Sicher, es war hart, vor allem für den kleinsten Stallburschen. Besonders für einen, der so aussah wie er: der einzige blasse, sommersprossige Rotschopf, der nur halb so groß war wie die anderen. Und erst recht für jemanden, der auch noch so ernst war wie er. Und als der Stallmeister wegen seines Geschicks mit Pferden auf ihn aufmerksam wurde, verschlimmerte sich alles noch. Es war eine Sache, wegen seines Aussehens aufzufallen, wegen seiner guten Leistung hervorzustechen war eine ganz andere. Es brachte ihm nichts als Ärger, und den anderen Stallburschen fiel immer etwas ein, wie sie ihm das Leben schwermachen konnten.

Trotzdem, es war kein schlechtes Leben. Man sorgte für ihn, ernährte ihn, und dachte er zurück, dann sehnte er sich nach der Einfachheit der Dinge. Damals erledigte er als Junge seine Aufgaben, erfüllte sie gut, gehorchte Befehlen, blieb an seinem Platz und kam mit den anderen Stallburschen aus – oder stritt sich zumindestens nicht so heftig mit ihnen, daß es dem Stallmeister auffiel. Es gab nur richtig oder falsch, keine Komplikationen, keines dieser moralischen Dilemmas, über die man in der Wirklichen Welt dauernd stolperte. Zwischen Schwarz und Weiß gab es keinerlei Grauschattierungen.

Gawaine richtete sich auf und fuhr fort, Stars staubige Flanke zu bürsten. Vermutlich war das nur die typische Weltsicht eines Jungen, oder wie es Naitachal ausdrückte: »Blick zurück mit nur einem Auge.« So einfach konnten die Dinge nicht gewesen sein, ganz gleich, wie sie auch aus der Entfernung und mit dem Abstand von vier Jahren und vieler Meilen betrachtet aussahen.

Sie wurden auf jeden Fall unvermittelt höchst kompliziert, als der preisgekrönte Hengst des Junkers verschwand. Man verdächtigte Gawaine des Diebstahls. Ihm oblag die Pflege des Pferdes, weil der gewaltige Hengst ihn als einzigen Stallburschen in seine Nähe ließ.

»Das war so dumm«, murmelte er. Diesmal drehte Star den Kopf, um ihn anzuschauen. »Das Pferd verschwand aus seinem *Stall*. Es war offensichtlich, daß Magie mit im Spiel sein mußte. Und wie hätte damals jemand auf die Idee kommen können, daß ich auch nur die leiseste Ahnung von Magie habe? Abgesehen davon – wäre ich fähig gewesen, Dunkelheit um den Stall zu legen, selbst in der Nacht, und hätte ich dann den Hengst irgendwohin zaubern können –, hätten nicht alle merken müssen, daß ich diese Macht besaß?« Er schaute Star an und zuckte mit den Schultern. Der Hengst gewährte ihm einen Augenaufschlag und machte sich dann wieder über das Futter her. »Außerdem, was sollte ein einfacher Stallbursche wohl mit einem Hengst wie Firestorm anfangen?« Man hatte ihn beschuldigt, ihn zu einem sehr hohen Preis verkauft zu haben. Klar, und wie sollte ein einfacher Stalljunge seinen plötzlichen Reichtum erklären? Diese Tatsache übersah man bequemerweise, genauso wie alle ignorierten, daß Gawaine nicht zusammen mit dem Roß verschwunden und keinerlei Anzeichen von Wohlstand bei ihm zu finden war. Der Magier, den der Junker beauftragte, den ganzen Stall und alle Untergebenen zu überprüfen, fand bei Gawaine keinerlei Spuren von Geld und auch kein Zeichen dafür, daß er irgend etwas verbarg. Bis auf den hölzernen Kreisel, den er vor Jahren versteckt hatte, damit ihn die größeren und älteren Stallburschen nicht stahlen.

Gawaine erinnerte sich an den Gesichtsausdruck des Zauberers – und an den des Junkers – und grinste. Sie trugen den Komposthaufen ab und fanden nicht etwa einen Beutel voll Silber und Gold, sondern einen vermodernden Rest geschnitzer Eiche. Damals allerdings brachte ihn diese Episode fast genauso in Verlegenheit, als hätte man ihn wegen Pferdediebstahls vor Gericht gestellt.

Zweifellos befand sich auch der Herr in einer zutiefst peinlichen Situation. Bellte er doch wütend Befehle und stand dabei bis zu den Knien in dem Loch, während er auf die Beweise wartete, die aus der scharfen, stinkenden Brühe herausgeholt werden sollten, um dann nichts weiter …

In diesem Augenblick war der öffentliche Prozeß gegen Gawaine zu Ende. Sire Tombly stürmte wütend brüllend davon und befahl abschließend, seinen ehemaligen Stallburschen in eine Kammer zu sperren.

Zauberei. »Wer hätte das je gedacht?« sagte Gawaine leise. Er hatte ja selbst keinen einzigen Gedanken daran verschwendet. Und soweit er wußte, auch niemand sonst auf dem ganzen ausgedehnten Besitz. Hätte nicht irgend jemand ausgesprochen, was so viele dachten, nämlich daß der Hengst nur durch Magie aus dem Stall hatte verschwinden können ... Gawaine klopfte Star auf den Hals und fuhr mit den Fingern durch die Mähne, um einige dornige Samenhülsen herauszukämmen. Darin lag die wahre Ursache für all seine Schwierigkeiten: Magie. Er stellte nur einen unwichtigen Verdächtigen in der ganzen Angelegenheit dar, bis der Magier auftauchte. Ein wackliger, weißhaariger, fast schon seniler Alter. Er ging die ganze Reihe der Stallburschen zweimal auf und ab, bevor er schließlich vor Gawaine stehenblieb, die zittrige Hand voller Altersflecken hob und auf Gawaines Nase deutete. Allein aufgrund der Kraft seines Wortes – »Der Junge da hat etwas an sich« – und durch keinen einzigen weiteren Beweis sprach der Junker Gawaine des Pferdediebstahls schuldig und übergab ihn den Wachen.

Gawaine lehnte sich gegen die Rückwand des Stalls und versenkte sich in die Erinnerung. Er konnte beinah die widerliche, kleine Kammer mit ihrem erdigen Boden vor sich sehen – und vor allem riechen. Sie lag direkt neben den Ziegenställen. Als hätten sie gewußt, wie sehr er den Gestank von Ziegen verabscheute, und ihn daraufhin subtil foltern wollen. Natürlich nicht Sire Tombly. Dieser Mann war alles andere als feinsinnig. Er hatte ganz im Gegenteil sicher schon die Eisen ins Feuer gelegt und sich mit seinem Miet-mich-tageweise-Magier beraten, was am meisten weh tun würde, selbst wenn Gawaine schon nach der ersten Folter den Aufenthaltsort des Hengstes verraten hätte. Gawaine war tatsächlich sehr verzagt gewesen, was in Anbetracht seiner damaligen Lage und seiner Perspektiven kein Wunder war.

»Hätte ich damals im gebrochenen Sopran eines kleinen Jungen herumgekrächzt, wäre Meister Naitachal geradewegs vorbeigeritten, da wette ich drauf. Und vermutlich im Schweinsgalopp«, sagte Gawaine sich und grinste. Er hatte gesungen, um die Zeit totzuschlagen, aber auch, um seinen Mut zu stärken. Der Dunkle Elf, einst Geisterbeschwörer, nunmehr Barde, hatte später behauptet, er wäre wie angewurzelt stehengeblieben, als er die Macht spürte, die in dieser Stimme mitklang. Naitachal war zweifellos von Gawaines Gesang und den Möglichkeiten, die er darin hörte, beeindruckt. Das bewies schon die Tatsache, daß er sofort zum Herrenhaus ritt, um herauszufinden, wer der Sänger sei. Dort erfuhr er dann, was eben dieser Sänger verbrochen hatte und welches Schicksal er erleiden sollte. Daraufhin überzeugte er irgendwie den Junker davon, die heißen Eisen lieber in der Esse zu lassen, statt damit dem Stallburschen das Fell zu versengen. Nach langen, schwierigen Gesprächen schaffte er er es sogar, den Junker zu überzeugen – nun, freilich nicht von Gawaines Unschuld, aber doch davon, ihn, Naitachal, den ganzen Fall höchstselbst untersuchen zu lassen.

Nun, wer wagte es schon, sich mit einem Barden anzulegen? Er jedenfalls nicht, und Sire Tombly würde sich den Rest seines Lebens nicht mehr vor die Tür wagen, sollte sein Name in ausgelassenen, sehr eingängigen und äußerst unschmeichelhaften Liedern im ganzen Königreich lächerlich gemacht werden.

Etwas zupfte an seinem Haar, und Gawaine schreckte wieder in die Wirklichkeit zurück. Er schaute auf. Thunder hatte seinen Kopf auf Stars Rücken gelegt und blickte Gawaine traurig ins Gesicht. Der Junge lachte und gab Thunder einen Schubs. »Hör auf damit, du Narr«, sagte er. »Du siehst so albern aus, wenn du das machst. Und Star hat heute schon genug Gewicht tragen müssen!« Thunder schüttelte den Kopf und verteilte Heustückchen über Stars Rücken. Gawaine stieß ihn noch mal, diesmal hart genug, daß der

Wallach nach einem vorwurfsvollen Blick in seine eigene Stallbox zurückwich.

»Naitachal«, murmelte Gawaine und seufzte tief. Oh, der Barde hatte ihn aus dieser grauenhaften, stinkenden winzigen Hutschachtel von einer Kammer befreit. Er fand sogar das Pferd – und unglücklicherweise auch den Dieb. Es war des Junkers eigener Sohn. »Wenigstens hat er mich mitgenommen, als er weiterritt – und glücklicherweise ist er schnell abgereist.« Der Gutsherr war alles andere als erfreut gewesen, erfahren zu müssen, daß sein eigener mißratener Sohn nicht mehr einfach nur verwöhnt war; er hatte längst die Grenze überschritten und sich mit den falschen Leuten eingelassen. Gawaine war froh, daß sein Meister nicht nur die Geschichten und Lieder über den Boten kannte, der schlechte Nachrichten übermittelte – und sich auch daran hielt –, sondern daß er sich als Belohnung für seine Dienste den Jungen ausbedungen hatte, den er gerettet hatte. »Wie lange hätte ich wohl überlebt, wenn ich hätte dort bleiben müssen?« Kein besonders angenehmer Gedanke.

Er wurde wieder in die Gegenwart zurückgeholt, als einige Männer den Stall betraten. Sie schwankten, und einer von ihnen war so betrunken, daß er rührselig wurde. Seine Gefährten bemühten sich, ihn zum Schweigen zu bringen, suchten ihre Pferde und besprachen, daß sie diese Herberge und das Land verlassen wollten, bevor es dunkel wurde.

»Elende, hochfahrende Elfen«, jammerte einer von ihnen. »Da erzählt man ein paar Witze, versucht, die Leute zum Lachen zu bringen, und was machen die? Sie schmeißen einen raus!« Er drehte sich zu einem seiner Gefährten herum und packte dessen Wams. »Hast du jemals einen so langweiligen Haufen gesehen?«

»Nicht in letzter Zeit jedenfalls«, gab der andere Mann zu. »Nun komm, Robyn, es wird Zeit, daß wir nach Hause reiten.« Doch Robyn hatte den Jungen am anderen Ende des Stalls gesehen, befreite sich aus dem Griff seines Kumpans und torkelte den Gang herunter auf Gawaine zu. Er war jedoch nicht so betrunken, daß er nicht gesehen hätte, wie Thunder einen Schritt in den Gang tat. Er bemerkte auch das bedrohliche Zucken im Widerrist des Wallachs und blieb im sicheren Abstand zwei Boxen vor Thunder stehen. »He, Junge!« sagte er liebenswürdig. »Karotte! Wie viele Zauberer braucht es, um einen Lampendocht zu wechseln?«

»Sire?« Gawaine hätte nicht mehr herausgebracht, ohne wahrhaft ausfallend zu werden. Karotte! Also wirklich!

Der Mann lachte brüllend. Seine Freunde kamen und zogen ihn weg, und der Trunkenbold schrie: »Zwei! Einen, um den Docht zu wechseln. Und einen, um den Docht *nicht* zu wechseln!«

»... und drei, um sehr laute Narren aus sich zu machen.« Die süffisante Bemerkung kam von der Vordertür des Stalles. Die Männer blieben so unvermittelt stehen, daß ihr witziger Freund vornüber aufs Gesicht fiel. Gawaine warf einen raschen Blick auf die schlanke, silberhaarige Gestalt. Der Elf lehnte mit gekreuzten Armen lässig am Torrahmen. »Seid ihr immer noch nicht weg?« fragte er nachdrücklich.

»Wir gehen ja schon.« Einer der Männer antwortete laut und hastig, um das zu übertönen, was sein gestürzter Freund vor sich hinbrabbelte. Sie zogen ihn auf die Füße und gingen eilig zu ihren wartenden Gäulen. Die standen immer noch gesattelt und aufgezäumt in ihren Boxen – die armen Geschöpfe, dachte Gawaine zornig. Ohne jeden weiteren Kommentar stiegen die drei auf, wobei der Witzbold von seinen beiden Gefährten am Arm und Hemdkragen in den Sattel gehievt werden mußte. Dann ritten sie zum Hintereingang hinaus und verschwanden in der Dunkelheit. Aus der kurz darauf eine laute, undeutliche Stimme ertönte. »He! Wie viele Weiße Elfen braucht es ...« Die Stimme verstummte abrupt, und man hörte nur noch das Geräusch von Hufschlägen, das rasch schwächer wurde.

Als wären die Dinge nicht schon kompliziert genug, wenn man auf Elfenterritorium ist ... In Begleitung eines Dunklen Elfs, dachte Gawaine müde. Er ging wieder in den Stall zurück und füllte Stars Trog. Dann kniete er sich hin und nahm die Satteltaschen hoch, die Naitachal dagelassen hatte. Wie üblich, das schwere Zeug muß ich schleppen, dachte Gawaine. Doch das war eben eine der Vergünstigungen, wenn man Meister war. Dann stand er mühsam auf, schaute auf die Taschen, während er sie auf seinen Schultern jonglierte, um ihr Gewicht besser zu verteilen, und achtete auf nichts anderes, als er Star mit der Schulter zur Seite schob, um an ihm vorbei zu kommen. Da ertönte ein leises Geräusch, ein Räuspern, und das Scharren von zwei langen Schuhen, kaum zwei Schritt entfernt.

Gawaine schnappte nach Luft und ließ alles fallen. Den Weißen Elf, der den Betrunkenen zum Stall gefolgt war, hatte er vollkommen vergessen. Er hatte angenommen, daß er wieder hineingegangen war, nachdem sie weggeritten waren. Offensichtlich hatte er das nicht getan.

»Na. Wir sind aber nervös, hm?« fragte der Elf trocken. Er musterte wissend das schmutzige Hemd und die Hose des Bardlings, streifte kurz die mitgenommenen Stiefel und schaute ziemlich anzüglich, wie Gawaine fand, auf die Lederbeutel, die zwischen ihnen lagen. Gawaine drohte das Herz in die Hose zu fallen. *Laß dir nicht anmerken, wie sehr er dich erschreckt hat*, dachte er, straffte die Schultern und runzelte die Stirn.

»Ihr habt eure Gegenwart nicht gerade angekündigt, und ich war beschäftigt«, entgegnete er knapp.

»Erwartest du, daß ich wie eine dreibeinige Kuh oder wie ein Mensch herumtrampele?« antwortete der Elf. »Willst du mit den Taschen hineingehen?«

»Warum fragt Ihr? Wollt Ihr behaupten, ich würde sie stehlen?«

Patt. Der Elf entblößte seine Zähne in der Andeutung eines Lächeln, das allerdings seine Augen nicht erreichte.

»Warum sollte ich das wohl tun? Und warum sollte ich mich darum kümmern, wenn ein Mensch den Besitz eines anderen Menschen stiehlt?« Er trat einen Schritt vor.

Gawaine wich nicht zurück, als der Elf in beide Richtungen blickte, sich dann vorbeugte und dem Jungen ins Ohr flüsterte: »Oder den eines Dunklen Elfs, hmm?« Er neigte den Kopf zur Seite und wartete auf eine Reaktion. Gawaine hob eine Augenbraue. Er wußte, daß dies einige Leute ziemlich reizte, und wartete. »Ein Geisterbeschwörer?« setzte der Elf hinzu, nur für den Fall, daß dieser närrische Menschenjunge nicht begriff. »Der Geisterbeschwörer Naitachal?« fügte er dann noch hilfreich hinzu.

»Ihr meint den Barden, meinen Meister?« fragte Gawaine mit einem kalten Lächeln. Er beherrschte das Spiel auch.

Der Elf neigte den Kopf zur anderen Seite und musterte ihn gründlich. Dann hob er selbst eine Braue. »Du – weißt also, was er ist, hm? Und wer?«

»Wenn Ihr wissen wollt, ob ich seinen Name kenne – ja. Seit vier Jahren. Und wenn Ihr wissen wollt, ob ich die Bedeutung dieser schrecklich langen Wörter kenne«, erwiderte Gawaine gelassen, »ist die Antwort ja. Wenn Ihr nichts weiter Wichtiges zu sagen habt ... Der *Barde,* mein Meister Naitachal, der einmal ein Geisterbeschwörer *war,* aber keiner mehr *ist,* wartet auf seine Satteltaschen.«

Einen Moment glaubte er, zuviel riskiert zu haben. Der Elf kniff die Augen zusammen und wirkte richtig gefährlich. Doch plötzlich sprang er zurück, verbeugte sich graziös vor dem Bardling, drehte sich um und verließ den Stall. Gawaine wischte sich die feuchte Stirn mit dem Ärmel ab, warf sich die Satteltaschen über die Schulter und rannte förmlich zur Herberge.

»So, das macht nun mittlerweile drei von ihnen«, grummelte er, als er auf einem spärlich beleuchteten Stück Weg seine Schritte verlangsamen mußte. »Drei Weiße Elfen, die nur mein Bestes wollen und eine sehr schlechte Meinung von der Fähigkeit der Menschen haben, nicht-menschliche Wesen auseinanderhalten zu können.«

Doch es hätte keine Rolle gespielt, selbst wenn er nicht Weiße von Dunklen Elfen hätte unterscheiden können, und dafür müßte er blind oder schwachsinnig sein. Noch bevor Naitachal Gawaine die Eide schwören ließ, die ihn als Schüler an seinen Meister banden, hatte er dem Jungen genau erklärt, wer und was er war, und auch, was er gewesen war. *Er hätte es mir nicht sagen müssen, jedenfalls nicht sofort. Er hätte warten können, bis ich gelernt hatte, ihm zu vertrauen.* Aber so war Naitachal nicht. Der Dunkle Elf war immer rückhaltlos ehrlich zu ihm. So wütend Gawaine auch über seinen Meister war, weil der alle Fragen nach der Magie und den großen Wahrheiten zurückwies, so bewunderte Gawaine doch seine Ehrlichkeit. Immerhin taten die meisten Menschen, die meisten Wesen, alles, um einem Geisterbeschwörer aus dem Weg zu gehen. Genaugenommen allen Dunklen Elfen, weil man ihnen nachsagte, sie betrieben Schwarze Magie.

Wenigstens hatte *dieser* Weiße Elf von eben nach kurzem Wortgefecht aufgegeben. Derjenige, der ihn an der Eingangstür angesprochen hatte, war dagegen zum Verrücktwerden hartnäckig gewesen. »Er praktiziert Geister- und Totenbeschwörung, weißt du, was das ist? Was es bedeutet? Warum sollte er es ganz aufgeben? Das entspricht nicht seiner Art, weißt du?« Und so war es weitergegangen, den halben Weg zum Stall. Gawaine hatte sich verbissen geweigert, darauf zu antworten. Daraufhin ließ ihn der Elf schließlich mit einer sehr unhöflichen Bemerkung über die Abstammung seines jungen Begleiters und seiner beschränkten Intelligenz allein.

Ach, Mist. Eine der Satteltaschen rutschte Gawaine aus den Händen, und er stieß eine Verwünschung aus, als sie zu Boden fiel. Er bückte sich, um sie aufzuheben, und ließ dabei die beiden anderen ebenfalls fallen. »Könnte schlimmer sein«, sagte er laut. »Wenn ich die ganze Zeit hätte drin neben Naitachal sitzen müssen und nur ab und an einen Spießrutenlauf durch den ganzen Raum zur Bar machen dürfen, um mehr Bier zu holen.« Seit sie sich auf Elfenland befanden, hatten sie mehr als einmal erlebt, wie die Weißen Elfen ihnen auswichen und deutlich machten, daß ihr Verschwinden ein Grund zum Feiern wäre. Hier jedoch war ihnen von Anfang an eine sehr frostige Atmosphäre entgegengeschlagen.

Mit Ausnahme des Wirts natürlich. Wie die meisten Wirte ertrug er fast alle Kunden, solange sie gutes Geld bei sich hatten und sich einigermaßen vernünftig benahmen. Und Geld hatten sie, denn Naitachal hatte durch seine Gesänge in den letzten drei Städten, in denen sie aufgetreten waren, viel verdient. Und obwohl Gawaine den leisen Verdacht hegte, daß seinem Meister die kalte Schulter durchaus etwas ausmachte, die ihm seine Weißen Vettern zeigten, behandelte er die Leute in dieser Herberge so, wie er alle anderen – Elf, Mensch oder andere – zu behandeln pflegte, die das Wort »Dunkel« als Schimpfwort benutzten: Er reagierte darauf mit einem trockenen, schneidenden Humor, der dem des Weißen Elfen in nichts nachstand.

In der Nähe der hell erleuchteten Herberge war auch der Pfad beleuchtet, genauso wie das Haus und die Eingangsschwelle. Doch Gawaine trug die großen Taschen in den Armen und konnte nicht sehen, wo er hintrat. Er stolperte über die einzelne Stufe. Männer und Elfen an den Tischen in der Nähe der offenen Tür drehten sich um und starrten ihn an. Er lehnte sich gegen den Türrahmen, warf einen kurzen Blick zum Himmel und betrat den finsteren Saal.

Er mußte den ganzen Gastraum durchqueren. Naitachal hatte wie immer einen Tisch in der entferntesten und dunkelsten Ecke gewählt. Vor dem rußigen Schwarz seines Umhangs und seiner schwarzen Haut hoben sich kaum mehr als seine Augen ab. Sie waren von einem faszinierend intensiven Blau. Gawaine packte die Taschen fester und ging zu ihm hinüber. Dabei versuchte er so kühl und gelassen zu wirken wie sein Meister. Das war nicht gerade einfach, da so viele Elfen an den Tischen saßen, die verstohlene Seitenblicke in die finstere Ecke warfen und den Neuankömmling mißtrauisch beäugten.

»Meister?«

»Hmm? Ah, gut, daß du sie bringst. Stell sie neben deinen Stuhl, ja? Guter Junge.« Naitachal bedeutete ihm mit einer Geste, sich auf einen der leeren Stühle zu setzen. Gawaine tastete mit seinem Fuß vorsichtig nach dem Beutel, in dem sich seine Harfe befand, und dem Futteral der Laute, die sie sich teilten. Dann stellte er die Satteltaschen auf den Boden, schob den Stuhl so, daß er mit dem Rücken zur Tür – und den grüblerischen und unerfreulichen Blicken – saß, und ließ sich mit einem Seufzer auf den Stuhl plumpsen. Er war länger auf den Beinen gewesen, als er gemerkt hatte, und ihm taten Kniekehlen und Fußsohlen weh.

Naitachal wandte sich wieder seinem Gesprächspartner zu, und Gawaine schob seinen Stuhl vor, stützte die Ellbogen auf die Tischplatte, so daß er der leisen Unterhaltung folgen konnte. Der Dritte am Tisch schwieg, warf Gawaine einen Seitenblick zu und starrte dann offen das leuchtendrote Haar des Jungen an. Gawaines Miene verfinsterte sich, und der Mann blinzelte, als fiele ihm plötzlich auf, daß er beim Glotzen erwischt worden war. Vermutlich hatte er gerade eine Bemerkung über Feuer oder Karotten machen oder irgend etwas anderes sagen wollen, was gleichermaßen empörend war. Jedenfalls wandte er den Blick hastig ab.

Der Barde reckte sich und schaute hoch, als der Wirt zwischen ihn und den Mensch trat, mit einem Krug und einem extra Humpen für den Neuankömmling. »Gawaine, das ist Herrick, ein Händler aus dem Norden. Herrick, das ist mein Schüler, der Bardling Gawaine. Herrick erzählte mir gerade von einem Land, durch das er kürzlich gereist ist. Er hat eine höchst interessante Geschichte darüber zu berichten. Nun, es macht Euch doch gewiß nichts aus, sie noch mal zu erzählen, nicht wahr, Meister Händler?«

Herrick zuckte mit den Schultern, zog seinen Humpen heran und füllte ihn. Er schlürfte den Schaum vom Rand, bevor er überlief, und leerte ihn dann halb mit einem Zug. Gawaine beobachtete ihn und unterdrückte ein Gähnen. Er war plötzlich vollkommen müde. *Ich weiß sehr genau, was das bedeutet,* dachte er. *Ich kenne diesen Gesichtsausdruck. Meister Naitachal hat eine weitere Umleitung auf dem Weg zu den Druiden gefunden. Ein neues Abenteuer, wo ich doch nur die Wahrheit suche. Und dabei hatte er versprochen, nach den letzten drei Abstechern ...! Es ist nicht fair. Er ist so weit herumgekommen, hat so viel gesehen und vollbracht, doch wenn ich ihn nach Antworten frage, kann oder will er mir nicht helfen, sondern ... Na ja, er lacht mich nicht aus, aber das käme aufs gleiche heraus. Und jetzt, nachdem ich ihn gebeten habe, irgendwohin zu gehen, wo ich lernen könnte, was ich wissen will, macht er das. Schon wieder!*

Tja, aber es hatte keinen Sinn, dagegen anzukämpfen. Es gab nur einen Meister, und das war gewißlich nicht Gawaine. Er füllte seinen Humpen, lehnte sich auf seinem Stuhl zurück und versuchte, Interesse an der Geschichte des Mannes zu heucheln.

2. KAPITEL

Mußte Gawaine sich auch zunächst dazu zwingen, Interesse zu zeigen, so faszinierte ihn die Erzählung des Mannes mit der Zeit wirklich. Herrick war weit herumgekommen und hatte ein offenes Ohr für gute Geschichten. Was noch besser war, er vermochte sie auch fesselnd zu erzählen. Man konnte zwar Wahrheit und Ausschmückung nicht voneinander trennen, aber das störte Gawaine nicht. Er war Bardling und kannte selbst einige ganz nette Lügenmärchen – die meisten davon natürlich in Noten gesetzt als Lied. Die Geschichte, die Herrick soeben beendet hatte, über einen See voller ertrunkener Männer, die bei Vollmond auftauchen und an Land kriechen, um die Frauen des Dorfes zu sich zu locken, schrie förmlich danach, in Noten gesetzt zu werden. Gawaines Augen begannen zu glänzen, als er sich eine Variation zu einem alten Stück in Moll überlegte, die zu der Stimmung der Geschichte passen könnte.

Er schrak unvermittelt wieder zurück in die Gegenwart, als Naitachal ihm unter den Tisch gegen das Schienbein trat. Herrick hatte die nächste Geschichte angefangen, und die Augen seines Meisters glänzten. *Gib acht!* hieß das. Gawaine beugte sich vor und nickte einmal. Gleichzeitig zog er vorsichtshalber seine Füße unter den Stuhl, falls der Barde auf die Idee kam, sicherzugehen, daß der Bardling sich auf das Gespräch konzentrierte.

»Nun, einige der Geschichten, die ich euch erzählt habe, kenne ich nur vom Hörensagen, junger Meister«, sagte Herrick und wandte sich von Naitachal zu Gawaine. »Obwohl ich die Männer, die sie mir erzählten, achte und ihre Worte nicht anzweifle. Doch was ich Euch jetzt erzähle, ist wahr, das schwöre ich feierlich, weil ich den Ort mit eigenen Augen gesehen habe.« Er hob seinen Humpen und legte den Kopf in den Nacken, als er ihn leerte. Dann reichte er ihm den Barden, auf daß der ihn erneut fülle. Er sank auf seinem Stuhl zusammen, bis er kaum mehr größer als ein Zwerg wirkte.

»Im Norden, viele Tagesreisen jenseits von Portsmith und viel weiter östlich, liegt ein großes, hügeliges Land, wo die Bauern rosige Wangen haben, ihre Schafe und Ziegen fett sind, ihre Kinder wohlgenährt und wo das Getreide sehr hoch und dicht wächst. Ich fand das überraschend, denn die Winter dort sind lang, und um den kürzesten Tag des Jahres herum gibt es viele Tage, in denen die Sonne kaum über die Gipfel der Berge lugt, bevor sie schon wieder untergeht. Dann kommt der Schnee, sagt man. Er bleibt in den Tälern und kleinen Vertiefungen lange liegen, der Wind fegt um die scharfen Bergspitzen, und die Seen frieren so weit zu, daß ein Fischer lange braucht, um sich durch das Eis zu seiner Beute durchzuhacken. Die Männer sitzen dann um solche Löcher herum, so sagt man, und trinken den klaren, öligen und mörderisch starken Likör, den sie aus Knollen destillieren. Sie sitzen in gemütlichen Zelten, die sie mitgebracht haben, fischen, rauchen und erzählen Geschichten. Die Bären, die aus dem nördlichen Bergen herabkommen, sind sehr groß, und einige Männer haben mir bei ihrer Ehre geschworen, daß sie in besonders kalten Wintern sogar weiße Bären gesehen haben.

»Die Frauen verbringen die kalte Jahreszeit damit, zu spinnen und eine wahrlich wundervolle Wolle zu weben. Ich habe Proben davon sogar bei mir, denn ich hoffe, sie an Seeleute verkaufen zu können, die die Nordmeere befahren. Das Zeug ist wasserdicht, dick und hält die schlimmste Kälte des Winters ab.«

Naitachal regte sich. In seiner Ecke war es selbst gemessen an dem dämmrigen Raum dunkel, doch seine Augen leuchteten, und Gawaine erstickte einen weiteren Seufzer. »Tja, mein bester Herrick, all dies Gerede über den Winter ist gewiß interessant, aber sicher wird niemand im Winter dorthin reisen wollen.«

Herrick lachte, und die Elfen am Nebentisch, die den dreien schon seit einiger Zeit finstere Blicke zugeworfen hatten, standen ostentativ auf und gingen. Der Barde machte eine abfällige Handbewegung und lächelte leicht, als dem Händler das Lachen auf den Lippen gefror. »Achtet nicht darauf. Würden wir uns ungebührlich benehmen, hätte der Wirt uns schon darauf aufmerksam gemacht. Sie sind einfach nur zahlende Gäste. GENAU WIE WIR.« Er hatte bei den letzten Worten die Stimme ein wenig angehoben. Einer der Elfen drehte sich herum und maß ihn mit Blicken. Naitachal schenkte ihm ein strahlendes Lächeln.

»Nun ... wo war ich gerade?« Herrick beantwortete die Frage selbst, bevor einer seiner Gefährten dazu gekommen wäre. »Ja – Winter. Nein. Nein, niemand würde im Winter dorthin reisen – oder es auch nur versuchen. Er würde sein Ziel niemals erreichen. Dort lauern wilde Tiere, Räuber, die die Nacht dem Tag vorziehen, und vergeßt nicht die grimmige Kälte. Die Straßen wären in jedem Fall unpassierbar.

Und ganz bestimmt würde auch keiner dorthin reisen und über den Winter dort bleiben, der nicht an ein solches Klima gewöhnt wäre. Stellt Euch vor, hundert oder mehr Tage mit nichts als ein wenig Zwielicht einmal am Tag! Ich selbst würde verrückt werden und den ersten Mann innerhalb der Reichweite meiner Klinge abschlachten, der zu lachen wagte!«

»Ich auch«, stimmte Gawaine zu und warf dem Dunklen Elf einen bedeutsamen Blick zu. Naitachal grinste nur und forderte den Händler mit einer Handbewegung auf, fortzufahren.

»Es ist jedoch ein durchaus angenehmes Land, wenn der Schnee erst einmal geschmolzen ist. Doch das ist nicht der aufregende Teil der Geschichte, junger Bardling. Nicht weit von diesem Land, im Norden, liegt ein Tal, in das der Sommer *niemals* dringt.«

Herrick machte eine effektvolle dramatische Pause. Gawaine zuckte die Achseln. »Nun, ja«, hub er an, als klar wurde, daß der Mann auf irgendeine Reaktion wartete. »Ich habe selbst einige Lieder über das Land weit oben im Norden gelernt, wo das ganze Jahr Eis ist und im Winter nicht einmal am Tag auch nur Zwielicht herrscht.«

»Ihr mißversteht mich«, erwiderte Herrick. »Das Tal liegt zwar nah an den nördlichen Breiten, aber doch nur so weit, daß die Bauern ihr Getreide und ihren Kohl ziehen können. Dort gibt es übrigens die größten Kohlköpfe, die ich je gesehen habe. In allen Tälern dort gibt es gibt Jahreszeiten, ganz gewöhnliche Jahreszeiten, nur in diesem besonderen Tal nicht. Es gibt dort weder Frühling noch Sommer. Schnee und Eis bedecken den Boden dort, selbst wenn die Bauern kaum eine Wegstunde entfernt ihre Schafe scheren und ihr Getreide aussäen.«

Er hielt erneut inne. Gawaine schaute ihn an. »Oh.« Mehr wußte er nicht dazu zu sagen. Naitachals Augen glänzten sehr hell. Der Händler drehte sich vom Lehrling zum Meister um, und breitete die Arme aus, wobei er fast seinen Humpen umgestoßen.

»Tja. Da habt ihr es jedenfalls.«

Naitachal fing den Humpen auf, stellte ihn hin und füllte ihn erneut. »Und Ihr habt diesen Ort, dieses Tal mit eigenen Augen gesehen?«

»Nun ...« Der Händler versuchte, Zeit zu gewinnen. »Ich habe jedenfalls mit den Einheimischen gesprochen. Sie begeben sich eigentlich nicht einmal in die *Nähe* des Tales, wißt Ihr. Denn was sonst als ein schrecklicher Fluch kann so etwas schon erzeugen? Ein Fluch oder ...« Er senkte die Stimme dramatisch. »... oder etwas noch Schlimmeres.«

Gawaine rutschte ungeduldig auf seinem Stuhl hin und her, ergriff den Krug und schenkte sich den Rest des Bieres ein. Es war nicht viel, und kühl war es auch nicht mehr. *Wahrscheinlich ist es auch schon schal*, dachte er mißmutig und nippte daran. »Schlimmer?« sagte er dann. »Was denn, zum Beispiel?«

»Nun, Bursche, setze dem armen Mann doch nicht so zu«, mahnte Naitachal liebenswürdig.

»Nein, Sir.«

»Es ist schon gut, Sire«, sagte der Händler. Er trank den Rest aus seinem Humpen, wischte sich die Lippen mit dem Ärmel und stellte den Humpen mit einem lauten Klacken auf den Tisch zurück. »Und was es verursacht ... tja, sie sagen es nicht, und meine Erfahrungen mit dieser Art von ekligen Kreaturen der Kälte ist sehr begrenzt. Man sollte ihnen aus dem Weg gehen, wenn Ihr wißt, was ich meine. Aber ich habe einen jungen Mann gefunden, der mich zu einem Ort mitgenommen hat, von wo aus ich über das Tal blicken konnte. Er selbst wollte allerdings nicht mit auf den Hügel steigen, stellt Euch das vor! Obwohl es noch eine ganze Strecke entfernt war, konnte ich etwas sehen, was wie ein Turm aussah, der von etwas eindeutig Weißem umgeben war.«

»Weiß«, wiederholte Gawaine. »Nun, das ist tatsächlich ziemlich früh in diesem Jahr, aber es könnte Schnee gewesen sein, der nicht geschmolzen ist, nicht wahr? Oder vielleicht

Salz oder ein Gletscher ...« Seine Stimme verstummte, als der Händler gemessen den Kopf schüttelte.

»Es war Hochsommer, als ich dort war, nicht Frühling, Junge. Und nur auf den höchsten Gipfeln lag noch Schnee. Wenn das, was ich da gesehen hatte, Salz gewesen wäre, dann hätten die Bauern es gewußt. Laut ihrer Auskünfte war das Tal früher einmal nur ein Ort für ihre Großherren, an dem sie im Sommer jagen und im Winter Eisfischen konnten. Es gab weder einen großen Salzstock noch einen See – und falls nicht jemand eine Möglichkeit gefunden hat, quasi über Nacht einen Gletscher zu schaffen und ohne einen ersichtlichen Grund damit ein Tal zu füllen, dann war es auch kein Gletscher.«

Einige Sekunden lang herrschte Schweigen. Der Wirt brachte einen frischen Krug Bier, nahm den leeren mit und verschwand. Schließlich rührte sich Naitachal. »Ein ziemliches Geheimnis«, sagte er leise. »Und das alles ... was würdet Ihr schätzen? Ist es innerhalb der letzten sechzig Jahre entstanden?«

»Vielleicht. Sie scheinen ziemlich alt zu werden.«

»Ich ... verstehe.« Der Barde saß eine Weile schweigend da, ohne daß man in seinen Augen hätte lesen können, was er dachte. Nur seine Lippen bewegten sich, und seine Gefährten betrachteten ihn aufmerksam. »Und sie wissen das sicher, daß der Sommer niemals dorthin kommt?«

»So erzählten sie es mir.« Erneut anhaltendes Schweigen. Der Händler zahlte für alle drei. »Sire, vergebt mir meine Neugierde, aber ... Wenn Ihr Naitachal seid, seid Ihr dann der Dunkle Elf, der vor einigen Jahren mit zusammen mit Graf Kevin gereist ist?«

»Ihr kennt Graf Kevin?« fragte der Barde zurück.

»Das kann ich wohl behaupten.« Der Händler zuckte bescheiden mit den Schultern. »Ich komme ein- oder zweimal im Jahr auf seine Burg, und er lädt mich immer zum Abendessen ein. Daher habe ich seine Geschichte, wie er Graf wurde, gehört und – wenn Ihr wahrhaftig Naitachal seid – wieviel von seiner derzeitigen Position er Euch verdankt.«

Naitachal lächelte schwach. »Tja …ich fürchte, ich war längst nicht so wichtig für ihn, wie er es behauptet. Er konnte ziemlich gut auf sich selbst aufpassen, wißt Ihr, und er war auch derjenige, der dafür gesorgt hat, daß Carlotta auf immer zurück in die Feengestalt verwandelt wurde, die ihr von Natur aus zusteht. Hätte er damals nicht seine ganze Bardenmagie entwickelt, dann könnte ich jetzt nicht mit Euch plaudern, dessen bin ich mir völlig sicher.«

»Über diesen Teil habe ich nichts gehört«, sagte der Händler. »Bis auf einige kleine Bruchstücke von den Seinen, zum Beispiel von dieser Amazonenkriegerin, Lydia, die seine Wache befehligt.«

»Ah, Lydia. Wie geht es ihr denn so dieser Tage?«

»Sie ist eine beeindruckende Persönlichkeit«, erwiderte der Händler knapp. Offenbar wollte er nicht weiter über sie reden. Er trank noch einen Schluck Bier und schaute sich dann in der Gaststätte um. »Ich wollte fragen, da Ihr der Barde Naitachal seid, habt Ihr vor, hier heute abend eine Vorstellung zu geben?«

Na wundervoll! dachte Gawaine. Ein menschlicher Bardling und ein Dunkler Elfenbarde, die ausgerechnet in dieser besonderen Herberge eine Vorstellung geben. Doch sein Meister lehnte sich bereits auf seinem Stuhl zurück und ließ seinen Blick prüfend durch den Raum gleiten. Gawaine drehte sich auf dem Stuhl herum und schaute sich um. Es war nicht sonderlich überraschend, daß der Raum voll war. Doch waren im Moment fast genauso viele Menschen wie Elfen anwesend, und hinten am Fenster neben der Tür sah er ein paar schattenhafte Gestalten, die weder eindeutig elfisch noch eindeutig menschlich waren.

Der Barde richtete sich auf, schaute seinen Schüler an und zuckte unmerklich die Achseln. »Vielleicht.« Plötzlich grinste er, und seine Augen leuchteten kurz auf. »Jedenfalls scheint mich im Moment niemand so an die Wölfe verfüttern zu wollen!« sagte er mit boshaftem Amusement. »Ich werde trotzdem lieber meinen Bardling heute abend singen lassen. Hier ist ein guter Ort für ihn aufzutreten, und er kann seinen Ruf vergrößern.«

»Vorausgesetzt, sie verfüttern mich nicht an die Wölfe«, murmelte Gawaine leise, aber der Barde trat ihn erneut gegen das Schienbein. Er verstummte und bückte sich, um die Mandoline aufzuheben, während sein Meister aufstand und ein paar Worte mit dem Wirt wechselte.

Als er zurückkam, hatte Gawaine die Mandoline bereits herausgeholt und stimmte die tiefen Saiten. Naitachal beugte sich über seine Schulter. »Er sagt, die Unterhaltung sei willkommen, und versicherte mir, daß keiner aus der Nachbarschaft in letzter Zeit überreifes Obst verkauft habe.« Gawaine schaute ihn scharf an, und sein Meister lächelte ihn eindeutig boshaft an. »Es war ein *Scherz*, o du mein Schüler.«

»Ach so. Natürlich.« Vermutlich hatte ihn der Witz auflokkern sollen, damit er entspannt sang und spielte. Gawaine fühlte, wie sich ihm der Hals zuschnürte. Es passierte immer, wenn er singen sollte, so auch jetzt.

»Beginne mit etwas Kriegerischem«, schlug der Barde nachdenklich vor. »So erregst du ihre Aufmerksamkeit. Vielleicht mit diesem neuen Stück, das du geschrieben hat, das über diese Seeschlacht, Amazonen gegen Piraten, und diesen Drachen.«

»Ich habe es noch nicht ganz zu Ende ...«, begann Gawaine zweifelnd. Naitachal räusperte sich drohend. »Ja, natürlich«, lenkte Gawaine hastig ein.

»Daran solltest du wohl ein oder zwei klassische Liebesballaden anschließen, vielleicht noch ein heroisches oder Abenteuerlied – kein zu langes Stück, denk dran. Um diese Zeit wirst du keine lange Aufmerksamkeitsspanne mehr erwarten können!« Der Barde hörte zu, wie sein Schüler die Mandoline zu Ende stimmte. »Wenn jemand einen Musikwunsch hat«, meinte er schließlich, »dann urteile selbst.

Und hör mit etwas Heiterem auf, am besten etwas Humorvollem, was sie zum Lachen bringt.«

»Ja.« Gawaine schob den Stuhl zurück und stand auf. An den Tischen rings um ihn wurde es still, und bald verstummte das Gemurmel im ganzen Raum.

Er sang zuerst das Lied von der Seeschlacht, obwohl es ihm Unbehagen bereitete, etwas vorzuspielen, das er noch nicht mit anderen zu teilen bereit war. Doch als er endete, war es sehr still im Saal, und dann ertönte ein anhaltender Applaus, in den sich einige Bravo-Rufe mischten. Gawaine stand auf und verbeugte sich. Er konnte sehen, wie der Barde ihm von seiner dunklen Ecke aus diesen »Ich-habe-es-dir-ja-gesagt«-Blick zuwarf. Es gelang ihm, weiter zu lächeln. Er setzte sich wieder hin, und es wurde still im Raum, als er die Saiten anschlug.

Liebeslieder ... Er sang eines der wirklich traurigen. Dem ließ er ein humorvolles folgen, von zwei Liebenden, die von zwei hochfahrenden Vätern getrennt werden und sich erst nach einer Reihe von wilden Abenteuern wiederfinden. Abenteuer, in denen Verkleidungen, mißverstandene Briefe, Losungen und Gegenverkleidungen eine Rolle spielen. Mittendrin jedoch spielte er ein sehr komplexes Instrumentalstück, einen Lauf auf der Mandoline. Als er wagte, kurz einmal aufzuschauen, bemerkte er, daß die in der Nähe sitzenden Elfen sehr aufmerksam zuschauten und – sogar lächelten, er hätte es schwören können! Die meisten Menschen hingegen klatschten in die Hände oder trommelten auf dem Tisch.

Er beschloß seine Darbietung mit dem Stück: »Die Maid, der Magier und der blaue Ohrring.« Es war ein altes Stück und – wie Gawaine fand – außerordentlich töricht. Es handelte von einer eitlen und überheblichen jungen Frau, die etwas begehrte, was sie noch nie gesehen hatte: einen angeblich seltenen und wundertätigen blauen Ohrring. Und von dem jungen, verliebten Magier bekommt sie nicht nur einen goldenen Ohrring, der ihr Ohr blau färbt, sondern durch einen Schlag gegen den Kopf, der es ihr in den Ohren klingeln läßt ... Nun, vielleicht fand er es töricht, seine Zuhörer jedenfalls waren anderer Meinung. Offenbar hatten einige von ihnen das Lied vorher schon einmal gehört, doch sie lachten genauso wie die, die es nicht kannten, und er mußte jedesmal am Ende eines Verses ein paar Takte auf der Mandoline wiederholen, damit es ruhig genug für die nächsten wurde.

Er wählte noch ein sehr kurzes Lied danach, eine leise kleine Ballade, die Mütter ihren Kindern vor dem Schlafengehen singen. Es war ein süßes Lied, das Ruhe in den Saal einkehren und ihn aufhören ließ, bevor seine Kehle trocken wurde. Er sammelte einige Münzen vom Boden vor seinem Stuhl auf. Einige Männer, die direkt neben ihm saßen, hatten sie hingeworfen. Er hatte nicht damit gerechnet, daß die Einheimischen dem Schüler eines Dunklen Elfs Münzen geben, ganz gleich, wie gut er sie unterhalten hatte. Danach ging er wieder an den Ecktisch. Zu seiner Überraschung brandete erneut Applaus im Raum auf, und jemand rief: »Zugabe!« Gawaine stand hinter seinem Stuhl und nahm den vollen Humpen, den ihm der Händler eingeschenkt hatte. Doch noch bevor er ihn an die Lippen setzen konnte, stand Naitachal auf und hielt die Harfe in seinen langfingrigen Händen.

Nachdem der Barde sich auf den Stuhl in die Mitte des Raumes gesetzt hatte, kehrte Stille ein. Ein erwartungsvolles Schweigen bei den Menschen und den anderen Geschöpfen, eine skeptische, etwas gespannte, düstere Stille auf seiten der Weißen Elfen, die in ihrer Nähe saßen.

Naitachal jedoch ignorierte sie alle, ließ seine Finger einige Male über die Saiten der Harfe streichen und stimmte dann ein schönes, wenn auch ziemlich trauriges Lied über die Witwe eines Seemannes an. Dem ließ er ein Instrumentalstück folgen, das auch sein Schüler noch nie gehört hatte. Er lauschte genauso atemlos wie alle anderen Anwesenden. Der Barde spielte sehr ruhig weiter, als der Applaus nach dem Ende dieses Kabinettstücks einsetzte, und verfiel dann in einen rasenden Lauf.

Der Bardling schaute ihn fassungslos an. *Er wird doch nicht wagen, »Althorians letzter Angriff« zu singen*, dachte er. *Und das im Moonstone?* Doch genau das tat sein Meister. Erstaunlicherweise schien jeder im Raum, einschließlich der Weißen Elfen, gebannt zuzuhören. Sie schienen es sogar zu genießen, während das Lied zur gewaltigen Schlacht kam, in der der große Elfenheld den letzten seiner untoten Feinde erledigte. Gawaine spürte, wie sein Herz schneller schlug und das Blut heiß in seine Wangen stieg.

Dann war es vorbei. Naitachal ließ die Finger ein letztes Mal über die Saiten der Harfe tanzen, stand auf und verbeugte sich tief. Einen Augenblick herrschte tödliches Schweigen, dann brach donnernder Applaus los, in den sich das helle Klingeln der Münzen mischte. Der Barde verbeugte sich noch einmal, lächelte, als er sich aufrichtete, und drehte sich, um sich bei all seinen Zuhörern zu bedanken. Er lächelte noch, als er an den Tisch zurückkehrte und an seinem Schüler vorbeiging. »Geh und sammle den Kuchen auf, ja?«

Gawaine runzelte die Stirn. »Ihr nehmt Geld von denen, die Euch den ganzen Abend *derartig* abweisend angeschaut haben?«

»Warum nicht?« Der Meister klopfte ihm auf die Schulter. »Damit kann man genausogut zahlen wie mit dem Geld freundlicherer Geschöpfe, glaubst du nicht?«

»Heuchler«, murrte Gawaine, doch Naitachal lachte nur und schlug ihm erneut auf den Rücken – diesmal jedoch kräftig genug, um den Bardling vom Tisch wegzustoßen. Dann setzte er sich und packte die Harfe wieder weg.

3. KAPITEL

Naitachal lehnte sich auf dem Stuhl zurück und streckte seinen langen Beine aus, nachdem Gawaine sein erstes Lied angestimmt hatte und es im Gästezimmer des Moonstone still wurde. Er warf dem Händler neben ihm einen nachdenklichen Blick zu. Der Mann war von der Fertigkeit des Jungen auf der Mandoline beeindruckt, und zweifellos auch von seiner Stimme. Zum Teil sicher, dachte der Barde, weil er Gawaine für ungefähr fünfzehn hielt und nicht glauben konnte, daß ein so junger Mensch bereits eine so ausgebildete Begabung haben konnte. Ein Blick in die andere Richtung versicherte den Barden, daß sein Schüler die ungeteilte Aufmerksamkeit aller Anwesenden hatte. Selbst der Wirt hörte auf, Humpen auszuwaschen und Bierkrüge herumzutragen, er stellte sich hinter seinen Tresen, pflanzte die Ellbogen darauf und stützte das Kinn in die Hände, während er der Musik lauschte.

Sehr nett. Und technisch einwandfrei. Der Barde kratzte sich verstohlen die Brust. Würde der Bardling seine Musik *richtig* beherrschen, hätte er sogar die Stiefel ausziehen und sich die Füße kratzen können, ohne daß jemand es bemerkte.

Doch Gawaines Musik war trotz der fehlerlosen Technik, die er durch ständiges Üben erlangt hatte, trotz der Stimme, die niemals brach oder eine höhere Note verfehlte – diese Musik war so aufregend wie die Zahlenkolonnen eines Buchhalters. Zum Beispiel dieses Lied, das er gerade geschrieben hatte ... Naitachal unterdrückte einen Seufzer. Er hätte schon in den ersten paar Versen ein halbes Dutzend Stellen benennen können, die das Blut der Männer in Wallung und sie selbst dazu gebracht hätten, sich unter der Kriegsfahne irgendeines Lords zu sammeln. Und es gab drei vier andere Stellen, mit denen man sie hätte zum Weinen bringen oder ihnen Angst einjagen können.

Wer hätte gedacht, daß zwei junge Menschen so verschieden sein können? Kevin, jetzt Graf Kevin, natürlich, war ebenfalls sechzehn Jahre alt gewesen wie Gawaine, als sein Meister ihn gefunden und ihn aus einer schwierigen Situation befreit hatte. Sie hatten beide rotes Haar gehabt, beide offensichtliches Talent und diese unterschwellige Magie tief in ihrem Innersten, die jeden Barden aufhorchen und zugreifen ließ, bevor ein anderer ihm den Schüler wegschnappte.

Doch hier endeten die Ähnlichkeiten. Sicher, Kevin war der Bardling des alten Aidan gewesen – und ein unberechenbarer Wildfang, als Naitachal ihn getroffen hatte. Sein Meister hatte ihn mit einem Auftrag losgeschickt, den er allein ausführen sollte. Die Kopie eines Manuskriptes. Kevin sehnte sich nach Abenteuern und besaß die Begabung, alle Arten von Pech geradezu anzuziehen. Und er steckte gleich von Anfang an bis zum Hals in Schwierigkeiten. *Man stelle sich vor, ein Bardling, der mit einem Schwert kämpfen wollte. Schlimmer noch, sogar mit seinen Fäusten!* Na ja, ein kräftiger Hieb mit seiner Rechten kurierte den jungen Kevin von diesem Begehr nachhaltig. Dieser erste Schlag war, jedenfalls soweit Naitachal wußte, auch sein letzter.

Doch das eigentlich Problem war Kevins Unsicherheit gewesen – obwohl er vor seinen Gefährten sehr gut geheimgehalten hatte, daß er niemals etwas Wagemutigeres unternommen hatte, als zu Füßen seines Meisters zu hocken und Bardenmagie zu lernen. Naitachal grinste und rutschte noch ein wenig tiefer in seinen Stuhl, als Gawaine sein erstes Lied beendete und Applaus im Raum aufbrandete. *Doch vor einem Dunklen Elf konnte er die Wahrheit nicht verbergen.*

Anders als Kevin war Gawaine nicht in den Genuß einer frühen Ausbildung in Gesang und Laute gekommen. Er verbrachte seine Kindheit damit, Pferde zu füttern und zu pflegen. Seine musikalischen Fähigkeiten waren vollkommen unentwickelt. Ein ungeformtes Talent ohne jeden Schliff, als Naitachal ihn fand.

Sicher, beide waren in der tiefsten Provinz aufgewachsen,

keiner von ihnen war in seiner Kindheit jemals in einer Stadt gewesen. Sie waren beide weltfremd. Und Naitachal fürchtete, daß Gawaine ebenso stark an diesem Charakterzug festhielt, wie Kevin ihn hatte abstreifen wollen. Zudem hatte in Kevin eine Leidenschaft geschlummert, die Gawaine vollkommen abging. Kevin wollte die ganze Macht – obwohl sie ihn so verängstigt hatte, als er sie das erste Mal spürte. Gawaine dagegen ... Gawaine *hat* diese Macht, dachte Naitachal finster. Doch ob er sie jemals nutzen würde, stand auf einem anderen Blatt. Gawaine saß lieber zu Füßen irgendeines Heiligen und sog die ›Absolute Wahrheit‹ ein. *Der arme Kerl. Wenn ich daran denke, daß er glaubte, ausgerechnet ich könnte sie ihm vermitteln.* Bei nüchterner Betrachtung war Naitachal nicht einmal sicher, ob Gawaine nicht immer noch annahm, daß sein Meister alle Antworten kannte.

Gelächter brandete auf, und der Barde richtete sich ein wenig auf, um zu sehen, was sein Schüler gerade machte. Dann rieb er seine Schultern an der Rückenlehne, lehnte den Kopf gegen das harte geschnitzte Holz und versank wieder in seine Gedanken. *Vielleicht dränge ich das Kind ja auch zu hart in eine Richtung – möglicherweise ist es zu viel Übung, die ihn auf dieser Ebene hält.* Vielleicht war das ganze Problem ja nur, daß Gawaine sich danach sehnte, die ›Absolute Wahrheit‹ zu finden, und sein Meister, so viel älter und vernünftiger solchen Dingen gegenüber eingestellt, sein Bestes gab, ihn auf die Dinge zu konzentrieren, die wirklich zählten.

Ein bißchen Aufregung, ein kleines Abenteuer, etwas, was die Gedanken des Bardlings von Druiden und anderen Mystikern und magischen Stätten ablenkte ...

Jedenfalls mußte er ihn von den Städten fernhalten, wo Schwindler sich zu heiligen Eremiten aufspielten und die Unachtsamen bis auf das letzte Hemd ausnahmen. Man mußte ihm das wirkliche Leben mit Gewalt eintrichtern, mitsamt Warzen und Dornen und allem, und mit etwas Glück und durch die Hartnäckigkeit des Meisters wurde dann der rosa Schleier vor seinen Augen und in seinem Kopf gelüftet. Von seiner Seele ganz zu schweigen.

»Abgesehen davon«, murmelte Naitachal im Selbstgespräch, als wiederum Gelächter anschwoll. »Ich hätte selbst ebenfalls nichts gegen ein kleines Abenteuer, gegen eine kleine Reise. Ein paar neue Gesichter sehen, neue Gegenden ... Vielleicht schnappe ich ja sogar einige neue Lieder auf oder finde ein paar merkwürdige Instrumente.« Wie dieses langhalsige, viersaitige, kürbisartige Instrument, das er vor einigen Jahren in Silver City erstanden hatte und das angeblich von irgendwoher weit aus dem Norden stammen sollte. Zu schade, daß er es nie geschafft hatte, es richtig zu stimmen oder gar zu spielen.

Der bloße Gedanke an eine Reise in neue Länder hob seine Laune, und zwar mehr, als er es für möglich gehalten hätte. Als Gawaine mit einigen Silber- und Kupfermünzen wieder an den Tisch zurückkam, war Naitachal so zufrieden mit sich und der allgemeinen Situation, daß er sich bereit erklärte, sich einem kritischen Publikum zu stellen.

Die Münzen, die dieses schwierige Publikum ihm zuwarf, reichten, um ein ordentliches Essen und ein gutes Zimmer im Moonstone und zwei Nächte in einer anständigen Herberge am Rand von Portsmith bezahlen zu können.

Die Straße zwischen dem Moonstone und Portsmith war sauber, breit und gut in Schuß, anders als manch anderer Weg, über den sie geritten waren. Gawaine wußte, daß er keine Angst haben mußte, irgendwo auf dem Weg von Banditen angefallen oder von unangenehmen ... Dingen angegriffen zu werden. Zwischen den Weißen Elfen und den Männern des Königs geschah so etwas selten.

Trotzdem rebellierten schon den ganzen Tag sein Magen, und er wischte sich immer wieder seine feuchten Hände an der Hose ab. *Ausgerechnet Portsmith! Das ist der einzige Ort, zu dem ich nicht reisen wollte.* Abgesehen einmal von diesem Tal im Norden natürlich. Unglücklicherweise war er der Bardling und Naitachal der Barde. Und solange gab es keine echte Wahl für ihn.

Sicher, er könnte seinen Meister verlassen und allein sein Glück versuchen. Doch Gawaine hatte nicht die Absicht, sich allein einer Welt wie dieser auszusetzen. So weltfremd er auch war – selbst nach vier Jahren in Begleitung eines Dunklen Elfs –, so wußte er doch, daß ein Junge nicht lange überleben würde. *Jedenfalls kein Junge wie ich,* dachte Gawaine mürrisch, während die Pferde weiter nach Norden trabten. Er würde in der Gesellschaft von Dieben enden oder die Beute von noch viel Schlimmeren werden – und dann konnte er die Suche nach Wahrheit natürlich vergessen.

Er rückte sich den Harfenkoffer auf dem Rücken zurecht, damit er ein bißchen leichter war, und trieb Thunder zu einer etwas schnelleren Gangart an. Naitachal hatte sein rechtes Bein über den Sattel geschlagen, so daß er auf der Laute spielen konnte. Er schaute hoch, als Star wieherte. »Immer ruhig, Junge! Warum diese Hast?«

Gawaine zügelte sein Pferd und seufzte. »Ich ... will einfach Portsmith möglichst schnell hinter mir lassen.«

Der Barde dachte darüber nach und spielte dann einen komplizierten Moll-Lauf auf der Laute. »Ach ja, ich vergaß: Die Besitzungen deines früheren Herren liegen ja in den Außenbezirken von Portsmith. Das ist schon vier Jahre her, Junge. Du glaubst doch wohl nicht, daß er immer noch einen Groll gegen dich hegt, oder?«

»Nicht im geringsten«, antwortete Gawaine verdrießlich. Sein Meister lachte, ließ den Zügel los und beugte sich gefährlich weit herüber, um ihm einen kräftigen Schlag auf die Schulter zu versetzen. Gawaine mußte schnell zupacken, damit sein Meister nicht mitsamt der Laute vom Pferd fiel. Dann setzte Naitachal sich ordentlich in den Sattel.

»Nun denn! Es gibt also nichts, worüber wir uns Sorgen machen müssen, nicht wahr?« Er schaute zum Himmel hinauf, hängte sich die Laute über den Rücken und steckte die Füße in die Steigbügel. »Selbst wenn, es ist jedenfalls überflüssig, *zwei* Nächte in Portsmith zu verbringen. Die guten Herbergen sind teuer, und die schlechteren sind ihr Geld nicht wert.« Er schaute zu seinem Gefährten hinüber und lachte erneut. »Du siehst aus, als rittest du geradewegs zu der Exekution, vor der ich dich gerettet habe. Mach dir nicht zuviel Gedanken! Ich würde gar nicht in die Stadt reiten, aber wir brauchen einige Dinge, bevor wir nach Norden weiterziehen. Und nördlich von Portsmith gibt es kaum Orte, an denen Fremde ihre Vorräte auffrischen können. Außerdem – wer weiß, wie weit wir nach Norden reiten müssen und wie lange es dauert?« Gawaine verdrehte die Augen gen Himmel, antwortete aber nicht. Naitachal lachte leise, trieb Star in einen leichten Trab und Thunder folgte.

Trotzdem, dachte Gawaine, während er versuchte, sich Thunders Gangart anzupassen, die einem alle Knochen durchschüttelte, *es hat eine Menge böses Blut wegen dieses Pferdediebstahls gegeben. Vor allem, nachdem Naitachal den wahren Schuldigen entdeckt hatte. Ein Dunkler Elf, der den Sohn des Gutsherrn beschuldigt, wäre schon schlimm genug gewesen; doch daß er auch noch recht behalten mußte …* Und in diesen vier Jahren hatten sie sich nicht übermäßig verändert. Sein Meister war wie die meisten Weißen oder Dunklen Elfen so langlebig, daß sich vier Jahre nicht auf sein Äußeres auswirkten. *Und ich bin zwar beträchtlich gewachsen, aber manche Dinge ändern sich eben nicht.* Er fuhr sich mit der Hand durch die roten Lokken und seufzte schwer.

Das Glück wendete sich von Anfang an gegen sie. Gawaine sah die beiden älteren Stallgehilfen in der Begleitung eines der Bewaffneten des alten Junkers. Sie kamen aus einer schäbigen Taverne. Und alle drei entdeckten ihn. Er wagte nicht, sie noch einmal anzusehen, aber der kurze Blick, den er ihnen zugeworfen hatte, war alles andere als beruhigend gewesen. Der eine hatte dem anderen den Ellbogen in die Rippen gestoßen, und alle drei blieben wie angewurzelt stehen, um den beiden Reitern hinterherzustarren. Es war kein freundlicher Blick. »Ehem, Meister«, murmelte der Bardling zögernd.

»Hmm?«

»Diese Männer eben, habt Ihr sie gesehen?«

Der Barde war in Gedanken versunken gewesen und hatte leise mit sich selbst geredet. »Gesehen – oh. Ja. Und?« Gawaine erklärte es ihm. Naitachal dachte schweigend einige Augenblicke darüber nach und zuckte schließlich mit den Schultern. »Vielleicht war ja das Bier schlecht. Reg dich nicht darüber auf. Männer, die in derartig armseligen Kaschemmen trinken, werden wohl kaum in einer guten Herberge einkehren, oder?« Gawaine schaute ihn verwirrt an und schüttelte den Kopf. »Warum erstickst du das Leuchtfeuer nicht einfach?« Naitachal deutete mit einer Handbewegung auf das Haar seines jungen Gefährten. »Selbst wenn der Junker all seinen Stallburschen gestatten würde, in die Stadt zu kommen, würde dich keiner mehr erkennen, richtig?« Der Bardling warf ihm erneut einen Seitenblick zu, hauptsächlich deshalb, um festzustellen, ob sein Meister ihn veralberte. Dann zog er sich die Kapuze über das Haar und bis in die Stirn.

Der Barde seufzte. Gawaine wirkte wie eine verstohlene Kreatur, die etwas zu verbergen hatte. *Nun, schließlich hat er auch etwas zu verbergen. Bei diesem roten Haar könnte er genausogut mit Pauken und Trompeten in die Stadt einmarschieren.* Gawaine mußte es nicht erfahren, aber er hatte die drei finsteren Mienen sehr wohl bemerkt – und auch die beiden anderen Männer, die geradewegs auf sie deuteten, als sie einen großen Platz überquerten und in eine Seitenstraße einbogen. *Das könnte tatsächlich Ärger bedeuten. Obwohl ich das nicht hoffe. Eine Rauferei hätte mir gerade noch gefehlt.* Nicht, daß er bei einem fairen Kampf nicht auf sich selbst hätte achten können. Fair bedeutete dabei, Mann gegen Mann, und ohne daß er gezwungen wäre, seine Hände zu verletzen. Nein, etwas anderes machte ihm Sorgen, die Seite an ihm, die er selbst vor Gawaine verbarg. *Er weiß, daß ich ein Geisterbeschwörer war, er weiß, daß ich ein Dunkler Elf und unter diesem lieblosen, kalten Volk aufgewachsen bin.* Nur von dem kleinen

Geheimnis ahnte der Junge nichts, die fürchterliche Versuchung, die ihn in den vergangenen Jahren, seit er ein Voll-Barde geworden war, ein- oder zweimal heimgesucht hatte. Doch das war noch vor der Zeit gewesen, als er seinen ersten Schüler angenommen hatte. Die Verlockung, die Schwarze Magie einzusetzen, die er seit frühester Jugend kannte. Glücklicherweise war er bisher noch nie in eine Lage gekommen, mit der er nicht auch ohne Schwarze Magie hätte fertig werden können. Keine war bisher so schrecklich gewesen, daß er überhaupt richtig verlockt gewesen wäre, diese Schwarze Magie noch einmal anzuwenden – Bis jetzt. *Falls die Dinge sich hier nur übel genug entwickelten* .... Er wollte nicht darüber nachdenken. *Denk lieber über Gawaine nach, überleg dir etwas, wie du ihn beruhigen kannst. Der arme Junge wird noch krank vor Angst.*

Er beugte sich herüber und berührte das Knie des Jungen. Gawaine stieß einen leisen Schrei aus und wäre um ein Haar aus dem Sattel gesprungen. »Ah! Nicht ... Bitte, tut das nicht!«

»Entschuldige. Ich habe nicht bemerkt, daß du geistesabwesend warst.«

»Habe ich ... War ich nicht ...«, antwortete der Bardling schweratmend. Er holte tief Luft und versuchte es noch einmal. »Ich habe nachgedacht.«

»Dann hör damit auf. Wir müssen rasten. Überlege lieber, wieviel Korn wir brauchen und ob du genug Geld übrig hast, um etwas zum Kauf eines Packtiers beizusteuern.«

Sie hatten nicht annähernd soviel Geld, was Naitachal wußte. Aber es half wenigstens, um Gawaine auf andere Gedanken zu bringen.

Die Sonne stand schon kurz über den Baumwipfeln des Westwaldes, und sie hatten bereits mehrere Zwischenstationen eingelegt – um Futter zu kaufen, sich mit Waffeln, Trokkenfleisch und Früchten einzudecken und Weinschläuche zu besorgen, die auch eine lange, holprige Reise auf einem Pferderücken überstanden. Sie hatten sich wollene Hemden gekauft, Hosen und Gamaschen, dazu extra Decken. Jetzt bog der Barde in eine andere Seitenstraße ein und ritt eine sehr schmale Gasse zwischen zwei Gebäuden hindurch. Sie erreichten einen kleinen Hinterhof, der zum größten Teil zu einer Schmiede gehörte. »Eine Waffenschmiede!« rief er seinem Gefährten zu. Er mußte schreien, um sich in dem Lärm verständlich zu machen. »Wenn wir uns schon ins Unbekannte aufmachen, sollten wir uns wenigstens gegen einige Unvorhersehbarkeiten wappnen!« Er bemerkte erfreut, daß dieser Gedanke Gawaine aufmunterte. *Er ist Kevin vielleicht doch ähnlicher, als ich dachte.*

Anders als die meisten anderen Geschäfte dieser Art, wurde diese Schmiede nicht von Zwergen, sondern von Menschen geführt. Der Schmied und sein Gehilfe arbeiteten im hinteren Teil des Ladens, aber es gab auch eine Menge gebrauchter Geräte aus allen Teilen des Landes.

Schwerter, Dolche, Speere und verzierte Hellebarden hingen in Reihen an den Wänden. Die schönsten (und teuersten) in Schulterhöhe, damit der Blick sofort auf sie fiel und man sie zum Ausprobieren herunternehmen konnte. Gawaine blieb so unvermittelt stehen, daß sein Meister fast gegen ihn gestoßen wäre, und starrte ein einschneidiges Kavallerieschwert mit vergoldetem Griff an. Den Griff schützte ein vergoldeter, mit Brillanten und Rubinen besetzter Korb. Die Klinge war leicht gebogen und ziseliert. Gawaine strich ehrfurchtsvoll über den kreuzförmigen Griff.

»Ja, es ist wirklich hübsch«, meinte Naitachal und schob ihn weiter in den Raum. »Wenn du möchtest, können wir die nächsten fünfzig Tage hier verbringen und genug Geld verdienen, daß du es dir kaufen kannst. Dann bleiben wir noch mal *neunhundertfünfzig* Tage hier, bis du gelernt hast, wie man damit umgeht.«

»Oh.« Gawaine schüttelte sich, warf noch einen letzten,

sehnsüchtigen Blick auf die herrliche Klinge und ließ sich dann widerstrebend zum Tresen schieben.

Der Mann dahinter war so klein, daß er fast für einen Zwerg hätte durchgehen können – oder zumindestens sein Schatten. Sein Gesicht jedoch war unbestreitbar menschlich, und zudem das häßlichste, das Gawaine jemals gesehen hatte. Selbst sein breites Lächeln, als er hinter dem Bardling den Barden erblickte, machte dieses Gesicht nicht annähernd attraktiv, fand Gawaine. »Ha. Ich habe Euch seit Jahren nicht mehr gesehen! Naitachal, nicht wahr? Habe Euch vor, na, sechs, acht Jahren aus den Augen verloren. Vielleicht ist das sogar noch länger her. Das letzte, was ich hörte, war, daß Ihr auf eine närrische Suche für Graf Volmar gegangen seid. Wolltet seine Nichte retten, weil sie angeblich von einem Eurer Art gekidnappt worden war. Wie ist die Sache ausgegangen?«

Gawaine wandte sich zur Seite, um eine Auslage mit Dolchen zu betrachten. Wenn das so weiterging, würden sie den ganzen Tag und wahrscheinlich noch die halbe Nacht hier verbringen.

Zu seiner Überraschung lachte Naitachal jedoch nur und antwortete: »Das ist eine lange Geschichte, Fritton. Ich erzähle sie Euch, wenn wir auf dem Rückweg wieder hier vorbeikommen.«

»Ha, in ungefähr zehn Jahren.«

»Was sind schon zehn Jahre?«

»Für einen Elf oder einen alten Mann wie mich?« wollte Fritton wissen. »Ihr seid sicherlich nicht vorbeigekommen, um einem alten Kampfgefährten einen Gruß zu entbieten, Genosse. Was kann ich für Euch tun?« Er senkte die Stimme zu einem – unglücklicherweise sehr gut vernehmlichen – Flüstern. »Sagt, ist das der Junge, der …?«

»Genau der«, schnitt der Barde ihm ziemlich brüsk das Wort ab. »Und was Ihr für uns tun könnt: Wir wollen einen kleinen Ausflug in ein unbekanntes Land unternehmen. Ich dachte, wir sollten lieber nicht unbewehrt aufbrechen.«

»Ihr seid im Alter anscheinend zur Vernunft gekommen«, bemerkte Fritton. »Mögt Ihr immer noch Messer?«

Gawaine drehte sich verblüfft herum. Sein Meister grinste zufrieden. »Ich mag sie immer noch. Was habt Ihr anzubieten, was ich mir leisten kann?«

Fritton holte einen breiten Gurt hervor, in dem ein halbes Dutzend bösartig aussehender Wurfmesser mit dünner Klinge und ein zweischneidiges Messer mit einem Degengriff steckten. Fritton zog den Dolch heraus, durchschnitt eine dicke Lederschicht, die er für eben solche Demonstrationen auf dem Tresen liegen hatte, und grinste den Bardling an. »Wenn man jemandem solch ein Loch verpaßt, dann hält sie das auf jeden Fall auf, nicht wahr?« Gawaines Mund war plötzlich trocken, und er konnte nur nicken. Fritton legte den Gurt beiseite. »Gut denn, wollt Ihr noch etwas, oder wollen wir jetzt Euren Gefährten ausstatten?«

»Mir reichen die Messer vollkommen«, sagte Naitachal freundlich.

Der Waffenhändler warf ihm einen scharfen Seitenblick zu. »Ja. Vermutlich muß der taub und einfältig sein, der nicht von dem Dunklen Elf hörte, der seine Magie aufgab, um Barde zu werden. Ich würde mich schon nicht mit einem Barden anlegen, ganz zu schweigen mit einem, der ...« Er unterbrach sich unvermittelt und verschwand hinter dem Tresen. Als er wieder hochkam, war sein Gesicht gerötet. In der rechten Hand hielt er einige hölzerne Schäfte. »Schweinespieße«, verkündete er. »Du, Junge, du kommst doch hier aus der Gegend, richtig?« Gawaine nickte. *Als wenn er das nicht wüßte.* »Gut, dann weißt du ja auch, wie man sie benutzt, nicht wahr?« Der Bardling nickte erneut. »Gut. Wir wollen einen aussuchen, der zu deiner Hand und zu deinen Muskeln paßt.« Er schaute den Barden an. »Er reitet doch, nicht wahr, Naitachal?«

»Er reitet. Ja.«

»Wie ist dein Pferd, Junge? Ruhig oder mehr wie ...« Der Waffenschmied unterbrach sich erneut.

Gawaine mußte widerwillig lachen. »Er ist nicht wie der Hengst, den ich angeblich gestohlen haben sollte.« Fritton schaute ihn verlegen an und breitete geschäftig die Speere auf dem Tresen aus. »Er ist sehr friedlich – ein bißchen erregbar, aber nur, wenn man ihn einen Tag nicht geritten hat.«

»Aha. Nun, dann brauchst du ...« Fritton durchsuchte die Speere und fischte zwei aus dem Stapel heraus. »Versuch erst diesen. Nein, Unsinn, er ist zu lang. Nimm lieber den hier. Ich habe hauptsächlich wegen des Futterals gefragt. Einige Pferde duldeten kein Speerfutteral in der Nähe ihrer Schulter.«

Gawaine wog prüfend den ersten Speer, dann auf Verlangen des Mannes noch einen anderen. Er fühlte keinen Unterschied, doch Fritton behauptete, er könne einen erkennen. Er legte den ersten Speer zur Seite, bückte sich, verschwand einige Sekunden unter dem Tresen und tauchte dann mit einem abgewetzten Lederfutteral und einigen Riemen wieder auf, mit denen man das Etui am Sattel befestigen konnte. »Du mußt es ausprobieren«, drängte er Gawaine. »Such dir einen Platz für das Futteral, wo du den Speer ziehen kannst, ohne daß er sich irgendwo verfängt. Dein Leben könnte davon abhängen.«

Naitachal sah sich in dem Raum um, die Hände hinter dem Rücken verschränkt. Als Fritton die anderen Speere zusammensammelte und sie in den Kasten hinter sich legte, sagte der Meister: »Verpasse ihm lieber auch einen Bogen. Einen, den ich im Notfall ebenso benutzen kann, aber er soll hauptsächlich seiner Bewaffnung dienen.«

Sie verließen den Laden, als die letzten Sonnenstrahlen schon auf die Dächern der Häuser fielen. Naitachal hatte seinen Messergurt bereits unter seinen äußeren Gewändern angelegt. Dort konnte er sie schnell erreichen, aber sie waren nicht zu sehen. Gawaine hielt den Bogen und den Schweinespieß in seinem Futteral in einer Hand. Den Köcher für die Pfeile und zwei Ersatzsehnen hingen auf seinem Rücken, wo er normalerweise die Harfe trug.

Er fühlte sich sehr selbstsicher, obwohl die Waffen gebraucht waren und das Futteral vom Alter abgeschabt und fleckig aussah, aber für ihn war es das erste Mal, daß er sich sichtbar bewaffnet in der Öffentlichkeit bewegte. Schweigend ritten sie zur Hauptstraße zurück. Gawaine folgte seinem Meister über den Marktplatz und fast bis zum nördlichen Stadttor zu der Koppel, die zu der Herberge gehörte. »Ich wußte gar nicht, daß Ihr mit Messern gekämpft habt, Meister. Oder daß Ihr es immer noch tut.« Gawaine schaute auf die Laute, die der Barde auf dem Rücken trug.

Naitachal lachte und seine Augen glänzten. »Ich habe auch nie wirklich damit gekämpft. Es war niemals nötig. Ich mag Messer einfach.«

4.
KAPITEL

Das Sylvan Glade entpuppte sich tatsächlich als eines der besten Gasthäuser in ganz Portsmith. Und das hieß einiges, denn Portsmith war ein großes Handelszentrum. Deshalb mußte es viele ausländische Gäste aufnehmen und brauchte infolgedessen viele Herbergen. *Was für ein lächerlich unpassender Name,* dachte Gawaine, als sie abstiegen und die Pferde auf die Koppel brachten. Wie bei vielen anderen Gaststätten war auch der Name für das Sylvan Glade vollkommen irreführend. Die Herberge lag direkt an einer sehr belebten Straße, die zur nördlichen Durchgangsstraße führte. Und es gab nicht einmal einen dürren Busch, von Bäumen ganz zu schweigen.

Das Sylvan Glade rühmte sich Zimmer, in denen der Gast angeblich eine Nacht schlafen konnte, ohne sich die nächsten zwanzig Nächte kratzen zu müssen und, was noch wichtiger war, in denen er garantiert auch wieder aufwachte. Ganz gleich, ob er in einer privaten Kammer oder in dem größeren und billigeren Schlafsaal mit seinen dreizehn Strohlagern nächtigte. Das Essen war nicht nur sauber und verdaulich, sondern auch hervorragend zubereitet. Die Weine und Biere waren nicht zu jung oder zu alt, der große Schlafsaal war gemütlich, und es roch darin nur nach warmen Körpern und etwas Holzfeuer. Ein sehr gut gewürzter Braten und ein schmackhafter Geflügelspieß drehten sich gerade über dem Feuer. Als er den Preis für eine Einzelkammer hörte, riß Gawaine entsetzt die Augen auf, aber Naitachal zahlte, ohne mit der Wimper zu zucken, und bedeutete dem Bardling, mit ihm dem jungen Sohn des Herbergswirts zu folgen.

In ihrer Kammer wuschen sie sich nur rasch und zogen sich um. Der Duft nach Essen erinnerte Gawaine daran, wie lange es her war, seit er etwas zwischen die Zähne bekommen hatte. *Aber vorher hätte ich gar nichts herunterbekommen,* dachte Gawaine. Als er sich im Schankraum umschaute, beruhigten sich Gawaines Nerven allmählich. Hier dachte man keineswegs an Kämpfe oder Kneipenprügeleien. Und sollte der Junker nicht die Gehälter seiner Leute ungeheuerlich erhöht haben, lag diese Herberge weit über dem, was sich ein Stallbursche leisten konnte. Zudem hatte Gawaine bis jetzt kein bekanntes Gesicht ausmachen können. Obwohl sein Meister ihm die Kapuze abgenommen hatte, als sie eingetreten waren, hatte er nur die üblichen Blicke auf sich gezogen. Mit seinem Haar war er nun einmal etwas Besonderes.

Es ist nicht fair. All die Sagen über die großen Druiden, die heiligen Paladine und die Helden, sie alle sind groß, schlank gutaussehend und – dunkelhaarig. Jeder einzelne. Es mag ja nicht wichtig sein, aber wie weit wäre wohl Reydun, der Barde, gekommen, wenn er wie ein zu großer sommersprossiger Zehnjähriger ausgesehen hätte??

Eine der Waschfrauen des Junkers hatte einmal lachend ein Gebräu zum Haarewaschen vorgeschlagen, er erinnerte sich dunkel daran – es war etwas mit Walnüssen und Salbei gewesen. Damals hätte er niemals gewagt, so etwas auszuprobieren. Die anderen Stallburschen hätten ihn den Rest seines Lebens damit aufgezogen. Er warf Naitachal einen Seitenblick zu, als sie sich an einen Tisch neben dem Feuer setzten, und beschloß, diese Idee für sich zu behalten. Naitachals Sinn für Humor war eindeutig elfisch, was bedeutete, daß er den rüden Scherzen eines Haufens grober Halbstarker in nichts nachstand. Schlimmer noch: Der Barde war geistreich, was seine Bemerkungen noch bissiger machte.

Doch später einmal, wenn er selbst Barde war und auf eigenen Füßen stand ...

Seine Gedanken wurden höchst angenehm von einem Kellner unterbrochen, der zwei Humpen fruchtigen Rotweins, einen warmen Laib Brot und eine Holzplatte mit frisch geschnittenem Braten auf den Tisch stellte.

Der Herbergswirt persönlich brachte ihnen einen Krug mit frischem Rotwein, als sie einige Zeit später ihr Mal beendeten. Er warf Gawaine einen betont unauffälligen Blick zu, während er sich zu Naitachal beugte. »Einige Gäste haben mich gefragt, ob uns der Barde wohl möglicherweise etwas vorträgt.«

Naitachal kaute zu Ende, schluckte und lehnte sich auf seinem Stuhl zurück. »Vielleicht. Doch nicht sofort, nach all dem guten Essen.« Er schaute Gawaine an, dessen Augen sich vor Entsetzen weiteten, doch Naitachal grinste nur. »In einer kleinen Weile.« Der Wirt nickte, verbeugte sich und ging zu einem anderen Tisch, um dort die Humpen nachzufüllen. Naitachal stützte sich auf die Ellbogen und lachte leise. Dann schaute er hoch und begegnete Gawaines Blick. »Hast du seine wahre Absicht durchschaut?«

»Er wollte sichergehen, ob ich derjenige bin, für den er mich hält.« Gawaine schluckte. Das hervorragende Essen lag ihm wie ein Mühlstein im Magen. »Einen Augenblick dachte ich ...«

»Daß ich dich an meiner Statt singen lassen wollte?« Naitachals Augen glänzten boshaft, und er zeigte die Zähne, als er lächelte. »Das wäre eine hervorragende Übung für dich gewesen – doch nein. Ich halte nichts davon, junge Männer zu quälen.«

Ach wirklich? dachte Gawaine mißmutig. Sein Herz schlug immer noch wie rasend.

»Ich frage mich nur, ob der Wirt selbst sichergehen wollte, da er schon einen Blick auf dich warf, als wir hereinkamen, oder ob er sich für jemand anderen überzeugt hat. Sieh mich nicht gleich so besorgt an. Das hier ist keine Hafenspelunke. Menschen, die es sich leisten können, ein solches Gasthaus aufzusuchen, pflegen sich gewöhnlich zu benehmen.«

»Ausnahmen gibt es von jeder Regel«, erwiderte Gawaine nachdrücklich. »Wie Ihr selbst mir oft genug vorgehalten habt.«

Naitachal lächelte unbekümmert. »Mach dir nicht soviel Gedanken«, wiederholte er. »Und trink deinen Wein. Sollte der Wirt mich nicht mehr fragen, werde ich mich nämlich über kurz oder lang in eines seiner hübschen, sauberen Betten verkriechen und schon lange schlafen, bevor die späten Zecher hereinkommen.« Er verbarg ein Gähnen hinter der Hand. »Wir sollten morgen früh aufbrechen. Ich möchte gern die Nordtore weit hinter mir gelassen haben, bevor die Sonne sie erwärmt.«

»Damit bin ich von ganzem Herzen einverstanden«, sagte Gawaine. Er schob den Stuhl zurück, so daß er unauffällig den Raum etwas besser überblicken konnte, und nippte an seinem Wein. Er bekam von dem süßen Rotwein Kopfschmerzen, wenn er nicht aufpaßte und zuviel oder zu schnell trank. Und trotz Naitachals Beteuerungen war er keineswegs so zuversichtlich, solange er sich in Portsmith oder innerhalb von fünf Tagesritten von Sire Tomblys Pferdeställen aufhielt. Es war alles in allem besser, einen klaren Kopf zu behalten.

Er spülte gerade mit dem letzten Schluck Wein den Rest des nunmehr kalten Brotes hinunter, als die Tür zum

Schankraum aufgerissen wurde und vier junge Männer hereinkamen. Sie lachten dröhnend und klatschten in die Hände. Einer von ihnen verbeugte sich und nahm den Applaus der anderen dankend an. Ein anderer, der fast einen Kopf größer als die anderen war und einen gepflegten Bart trug, stieß einen dritten in die Rippen. Der war ein eleganter, schlanker Bursche in einem leuchtendroten Wams. Sein Haar war so hellblond, daß es fast weiß wirkte. »He!« rief der Große. »Ich kenne noch einen! Sieben Druiden – einer, um den Lampendocht zu wechseln, und sechs, um es sich wahr zu reden!« Gawaine stöhnte und schlug die Hände vors Gesicht. Es gab vereinzeltes Gelächter, doch einige rauhe Stimmen übertönten es. *»Schließt – die – Tür!«*

»Schließ sie selber, Bauer!« erwiderte eine helle Stimme. Gawaine richtete sich stocksteif auf, als hätte ihn etwas gestochen. Das Blut wich ihm so plötzlich aus dem Gesicht, daß der Barde sich vorbeugte und seinen Unterarm packte.

»Ist dir nicht gut?«

»Ehem.« Gawaine schluckte und schaute dann unauffällig zur Seite. »Alles in Ordnung. Bestimmt.«

»Ich nehme an, du kennst sie?«

»Hmm.« Gawaine schluckte erneut, aber es half nicht viel. »Kenne sie. Sicher.«

»Wach auf, Junge«, zischte Naitachal und grub seine langen Finger in den Unterarm des Bardlings. »Wer sind sie?«

Gawaine zuckte zusammen, und Naitachal ließ seinen Arm los. »Ich kann mich wirklich nicht an die Namen erinnern. Sie sind zusammen mit dem Sohn des Junkers geritten. Ich erinnere mich aber an den mit dem hellen Haar und an diese Stimme. Er war dabei, als man bemerkte, daß das Pferd verschwand. Und er hat auch den Verdacht des Junkers auf die Stallburschen gelenkt.«

»Oh.« Naitachal dachte darüber nach. »Oho.«

»Ich nehme an«, bemerkte Gawaine so gelassen wie möglich, »daß wir nicht einfach jetzt schon auf unser Zimmer gehen und uns zur Nacht hinlegen können?«

»Rühr dich nicht«, sagte der Barde. »Siehst du, wo der Wirt sie hinsetzt?« Gawaine stöhnte. Obwohl der Raum so groß war, saßen die vier nur zwei Tische von ihnen entfernt. »Wenn du dich bewegst, lenkst du ihre Aufmerksamkeit auf dich. Bleib einfach ruhig sitzen. Sie sind viel zu unruhig. Sie werden nicht lange an einem Ort bleiben.« Der Bardling warf ihm einen finsteren, ungläubigen Blick zu, den Naitachal mit einem Achselzucken abtat, bevor er sich wieder seinem Wein zuwandte.

Was für ein verdammtes Pech, dachte Gawaine verdrießlich. *Ich wußte, daß wir nicht hätten herkommen sollen. Aber versuch das einmal dem Meister klarzumachen!* Sein Magen verkrampfte sich, und es war seiner Verdauung nicht gerade förderlich, daß er sich jetzt wieder an alles erinnerte. Der große Kerl mit dem ordentlichen Bart hieß Eldon. Der war schon vor vier Jahren ein meisterhafter Fechter gewesen. Noch bevor er siebzehn wurde, tränkte er seine Klinge schon mit Blut. Und was noch schlimmer war: Eldon und sein Kumpan neben ihm, Waron, lieferten bei dem letzten Erntedankfest, das Gawaine besuchte, einen Schaufechtkampf. Waron war fast ebensogut wie Eldon gewesen. Doch das Übelste kam noch: Er, Gawaine, hatte sich so oft um ihre Pferde gekümmert, daß Waron sogar seinen Namen kannte.

Gawaines Rachen war trocken und begann ernstlich zu schmerzen. Er schenkte sich einen halben Humpen Wein ein und nahm einen langen Schluck. Doch es half nicht viel. Und nun richtete sich Eldon auch noch ein wenig auf, um nach mehr Wein zu rufen. Der Feuerschein funkelte auf dem fein gearbeiteten Metall der Schwertscheide, die tief und bedrohlich an seiner Hüfte hing.

Die Zeit verging, und die vier taten nichts weiter als zu trinken, laut zu lachen und mehr von diesen schrecklichen Lampendocht-Witzen zu erzählen. Gawaine warf einen Blick zu Naitachal. Der Barde zuckte mißbilligend mit den Schultern, als wolle er sagen: »Ich weiß, kindischer Humor, aber was kann man da machen?« Dann schenkte er sich den nächsten Humpen ein. Eldon saß ihnen direkt gegenüber, und der Dandy mit dem hellen Haar – hieß er nicht Kirland? – schaute direkt in das Feuer. Gawaine wagte kaum zu atmen, geschweige denn zu versuchen, unbemerkt aufzustehen.

Wenn Naitachal zuerst aufstünde und sich zwischen mich und sie stellte, könnten wir den Raum vielleicht verlassen, ohne daß sie mich sehen. Natürlich konnte er sich das auch alles nur einbilden. Bis jetzt hatte keiner von ihnen ihn direkt bedroht. Andererseits handelte es sich um die Freunde des jungen Gutsherrn, und damals waren sie höchst ergrimmt darüber gewesen, daß ein einfacher Diener tatsächlich für unschuldig erklärt wurde, daß dieser dreckige kleine Pferdeknecht ungestraft davonkam und daß dieser angebliche »Dumme-Jungen-Streich« den jungen Gutsherrn heftig in die Klemme brachte.

Ich habe eine prima Idee: Ich werde darauf verzichten, herauszufinden, was sie für Gefühle haben, überlegte sich Gawaine. Er stellte sich vor, daß er unsichtbar wäre, während er überlegte, wie er am besten die Aufmerksamkeit seines Meisters erregen und ihm vorschlagen sollte, den geordneten Rückzug anzutreten.

Andererseits: Ein Dunkler Elf und Barde – vermutlich wußten die Leute, die mich da vorher angestarrt haben, auch sehr genau, wer er war. Wir sind nicht gerade ein gewöhnliches Paar. Dunkle Elfen allein schon waren in Herbergen wie dieser hier kein gewöhnlicher Anblick. *Errege seine Aufmerksamkeit, schnell.*

Doch noch bevor er diesen Gedanken zu Ende gebracht hatte, kam der Wirt mit einem weiteren Krug Wein an ihren Tisch. Waron, der gerade einen leeren Humpen über seinen Kopf geschwungen hatte, um mehr Wein zu ordern, sprang auf und kam herüber. »Meister Redin, in Eurem Wirtshaus könnte ein Mann heute abend verdursten ...« Er brach ab, und seine Kinnlade klappte nach unten vor Verblüffung. Der Wirt merkte, daß etwas nicht stimmte und ahnte auch, was es war. Er wußte nur nicht genau, wie er damit umgehen sollte. Er murmelte etwas Unverständliches und schob einfach dem jungen Edelmann den Krug in die Hand. Dann rannte er förmlich zurück hinter die Bar.

Waron blieb noch einige Sekunden unbeweglich stehen und stierte. Es war ruhig im Saal geworden, als die Männer Redlins Aufregung bemerkt hatten. Nur Warons drei betrunkene Kumpane achteten auf nicht viel mehr als auf ihre eigene Gesellschaft und den Boden ihres Weinhumpens.

»He! Waron! Willst du das allein saufen?« schrie Kirland. »Komm schon, bring den Krug her! Teile mit deinen Freunden!« Waron wich einen Schritt zurück, dann noch einen, schließlich drehte er sich um und eilte wieder an seinen Tisch. Er stellte den Weinkrug mit übertriebener Sorgfalt ab. Dann gestikulierte er wild herum, beugte sich herunter und begann zu reden. Gawaine seufzte und tauschte einen Blick mit Naitachal aus.

»Sie haben uns gesehen. Also können wir jetzt ja wohl gehen, richtig?« brachte der Bardling schließlich heraus.

»Das könnten wir«, meinte der Barde. »Obwohl ich mich offengestanden dafür verachten würde, wenn ich mich von einem bequemen Sitz am Kamin und einem angenehmen Humpen Wein von vier arroganten Trunkenbolden vertreiben ließe. Außerdem«, setzte er hinzu, »lassen sie uns ja vielleicht in Ruhe.«

»Vielleicht«, erwiderte Gawaine sarkastisch, »können Druiden ja auch fliegen.«

Der Barde lächelte, und seine Augen glänzten. »Tja, vielleicht können einige das wirklich. Wenn sie genügend erleuchtet sind.« Gawaine schaute ihn ungläubig an, und das Lächeln des Barden verstärkte sich. »Es war nur ein Spaß. Auf jeden Fall ein besserer als die mit den Lampendochten, findest du nicht?« Er zog den Krug heran und neigte ihn, dann schüttelte er den Kopf. »Ich frage mich, wann der Wirt wieder herkommen will. Es ist zwar noch ein wenig Wein da, aber er reicht nicht für uns beide.«

»Ich will keinen …« Gawaine schaute auf, als ein Schatten über den Tisch fiel. Es war ein sehr breiter Schatten, den die vier grimmigen jungen Männer da warfen.

»Ich habe euch doch gesagt, daß sie es sind«, erklärte Waron. Seine Stimme klang ein bißchen jammernd, und Gawaine erinnerte sich plötzlich daran, daß er vor dem Stimmbruch reichlich gewinselt hatte. Eldon gab Waron einen Schubs, der ihn gegen die Wand stolpern ließ, und trat selbst vor. Unmittelbar vor dem Bardling blieb er stehen. *Na toll,* dachte Gawaine und versuchte, eine vollkommen ausdruckslose Miene aufzusetzen, bevor er aufschaute. Eldon zog die Brauen zusammen und preßte die Lippen fest aufeinander. Unglücklicherweise bereitete es ihm leichte Schwierigkeiten, gerade stehenzubleiben, und seine Augen hielten den Blick nicht. Gawaine biß sich auf die Innenseiten der Wangen. Wenn er jetzt lachte, würde Eldon das sicherlich auf eine Weise interpretieren, die einem unbewaffneten Bardling nicht gut bekam.

»Was machst du denn wieder hier?« wollte Eldon wissen.

»Ich bin auf der Durchreise«, antwortete Gawaine.

»So. In letzter Zeit ein paar gute Pferde gestohlen?« Die drei anderen fanden diese Bemerkung köstlich. Eldon zuckte zusammen, als sie in Lachen ausbrachen. Dann straffte er stolz die Schultern. »Hast du letzte Nacht vielleicht einige – *puff* – weggezaubert?« Er schaute sich beifallheischend nach seinen Zechkumpanen um, die pflichtschuldigst lachten.

Gawaine wartete, bis sich die allgemeine Heiterkeit legte. »Ich wurde bei diesem Vorkommnis vollkommen freigesprochen.«

»Vorkommnis!« Kirland schrie das Wort schrill heraus, und Eldon zuckte zusammen und gab ihm einen Schubs. Doch Kirland war etwas sicherer auf den Beinen als Waron. Er strich sich über sein feines Hemd und schubste seinerseits Eldon. »Laß deine Hände von dem Stoff, du Trampel. Ich habe dir doch schon gesagt, daß der Fleck nicht herausgeht.« Er drehte sich herum, stützte die Hände auf den Tisch und beugte sich zu Gawaine herunter, bis seine Nase fast die des Bardlings berührte. »Wie kannst du es wagen, das ein ›Vorkommnis‹ zu nennen? Alaine wurde deswegen in sein Zimmer eingesperrt, nur mit einem Priester und einem Lehrer – *ein ganzes Jahr* lang! Und selbst jetzt behält sein Vater ihn unerbittlich im Auge und kontrolliert noch schärfer seine Geldbörse! Und das nennst du ein ›Vorkommnis‹?«

»Ja«, mischte sich Waron ein, und der vierte im Bunde schwankte vor und nickte heftig.

»Als wenn der Alte nicht gewußt hätte, daß Alaine es überhaupt nur machte, weil er Geld brauchte ...«

»Ja, ja, schon gut, Bertin. Halt den Mund, ja?« forderte Eldon ihn auf. Bertin hustete laut und trat wieder zurück. Kirland fluchte und gab ihm einen Stoß, der ihn gegen den Tisch torkeln ließ.

Gawaine riskierte einen schnellen Seitenblick auf Naitachal, der sich offenbar prächtig amüsierte. *Guter Gott, ich kann fast hören, wie er Reime schmiedet für ein neues Lied aus diesem – ja, ich nenne es einmal einen Vorfall.* Er spürte, wie ihm die Hitze in die Wangen stieg. Er geriet in Wut, was selten genug vorkam. Eldon schaute ihn an. Er hatte die Arme vor der Brust gekreuzt, als erwarte er eine weiteren Kommentar. »Es wurde bewiesen, daß ich an dem *Pferdediebstahl* in keiner Weise beteiligt war«, sagte Gawaine schließlich und wunderte sich darüber, wie ruhig er klang.

»Bewiesen!« höhnte Eldon. »Wenn ihr mich fragt, dann stand da das Wort eines Magiers gegen das eines anderen. Und welcher Mann, der noch einigermaßen bei Verstand ist, gibt schon etwas darauf?«

»Genau.« Bertin versuchte immer noch, sich wieder aufzurichten. »Woher sollen wir wissen, daß es nicht alles deine Idee war? Und vielleicht hast du ja etwas von dem Geld, das du für das Pferd bekommen hast, dazu benutzt, um diesen Magier zu kaufen. Der sollte dann sagen, nicht du warst es, sondern Alaine. Hm? Was hältst du davon, Karotte?«

Kirlands Miene heiterte sich sichtlich auf. »Sag mal! Vielleicht hat er tatsächlich den Barden angeheuert. Jeder weiß doch, was mit Barden los ist! Er hat sicher den alten Junker beeinflußt, so daß der glaubte, Alaine wäre dafür verantwortlich gewesen, obwohl die ganze Zeit eigentlich ...«

»Aber, aber«, unterbrach ihn eine leise Stimme, die gefährlich klang. »Mein sehr betrunkener junger Edelmann, könnte dieser Barde nicht auch vier junge Narren dazu bringen, na, sagen wir, sich für Ziegenböcke auf einer Weide zu halten?« Alle vier drehten sich wie ein Mann zu ihm herum und starrten ihn an. Sie hatten sich so darauf konzentriert, Gawaine zu bedrängen, daß sie seinen Gefährten vollkommen vergessen hatten.

»He.« Waron zwinkerte und leckte sich die Lippen. »Das ist ja dieser Barde, dieser dunkelhäutige Kerl.«

»Wirklich!« Naitachal klatschte leise Beifall. »Wie aufmerksam Ihr doch seid, mein lieber Junge. Und da wir uns nun alle vorgestellt haben ... wie wäre es, wenn ihr an euren Tisch zurückginget, euren Wein tränket und zwei müde Reisende ein wenig ausruhen ließet?«

Einen Moment dachte Gawaine, es könnte funktionieren. Die Stimme des Barden konnte auch dann sehr überzeugend sein, wenn er nur sprach. Bertin und Waron traten auch tatsächlich von dem Tisch zurück und schienen sich umdrehen zu wollen. Eldon jedoch und auch Kirland bewegten sich nicht. Sie waren offenbar weniger betrunken als die anderen, auf jeden Fall aber weniger von Naitachal beeindruckt. Eldon hielt seine beiden Gefährten auf, die sich zurückziehen wollten. Er musterte den Barden mit zusammengekniffenen Augen. Kirland schaute abwechselnd zwischen dem Barden und dem Bardling hin und her.

Es war still im Saal, so still, daß Gawaine zum ersten Mal das Knacken der Holzscheite im Kamin hören konnte.

»Wie kannst du es *wagen*, einen Edelmann herumzukommandieren?« sagte Kirland schließlich. »Wir gehen, wann und wohin wir wollen. Und was dich betrifft ...« Er spie förmlich in Gawaines Richtung. »Mit dir sind wir noch lange nicht fertig, Pferdeknecht. Steh auf und komm her.«

»Er ist nicht Euer Eigentum«, sagte Naitachal sehr leise. »Wenn überhaupt jemandem, dann gehört er mir. An Eurer Stelle würde ich ihn in Ruhe lassen.«

Eigentum. Gawaine spürte, wie ihm die flammende Röte ins Gesicht schoß. Vermutlich leuchteten seine Wangen genauso wie sein Haar, und er umklammerte den Rand des Tisches. Der Barde trat ihm gegen das Schienbein, doch er zog das Bein unter den Stuhl und ignorierte diese Warnung. Waron stieß Eldon an und lachte laut. »Heh, schaut euch den Stallburschen an. Er mag offenbar gar nicht, was Ihr da gesagt habt.«

»Ohh«, fiel Bertin ein. »Der Ärmste! Ist er etwa böse?«

»Das reicht!« Kirland übertönte ihr Gelächter. »Ich sagte, steh auf, Pferdeknecht. Und stell dich dem, was dich erwartet.«

Gawaine sprang hoch, die Fäuste kampfbereit, doch er stieß nach wenigen Zentimetern an eine unsichtbare Barriere. »Verdammt, laßt es mich mit ihnen ausfechten!«

»Setz dich und verhalte dich ruhig«, antwortete Naitachal. Er redete so leise, daß Gawaine es eigentlich nicht hätte verstehen können, doch die Worte dröhnten in seinem Kopf. Sein Brustkorb vibrierte, und die Beine gaben unter ihm nach. Er fiel, und nur durch viel Glück landete er direkt auf seinem Stuhl.

Naitachal sprang mit einer geschmeidigen Bewegung hoch. Die vier jungen Edelmänner schauten ihn verblüfft an und wichen alle gleichzeitig einen Schritt zurück. Doch es schien so, als wäre sowohl hinter als auch vor ihnen eine unsichtbare Barriere. Der Barde lächelte. Es wirkte aus der Entfernung wie ein freundliches Lächeln, aber nur, solange man den Blick in seinen Augen nicht sah. Er bewegte zwar die Lippen, doch lange geschah gar nichts. Und dann stürzten die vier mit einem gemeinsamen Seufzer zu Boden und schlossen die Augen.

Die Barrieren verschwanden, und Naitachal ließ die Arme sinken. Im Schankraum herrschte ein langes, eisiges Schweigen, das von dem erschreckten Wehklagen des Wirtes unterbrochen wurde. »O nein! Was habt Ihr mit ihnen gemacht?«

Der Barde setzte sich wieder und machte es sich gemütlich, bevor er geruhte, aufzublicken. »Oh. Nichts Besonderes. Sie werden einige Stunden schlafen, das ist alles.« Als wollte er das bestätigen, fing Bertin an zu schnarchen. Naitachal gab ihm einen Tritt mit seiner Fußspitze, und das Geräusch brach ab. »Wenn Ihr sie hinausbringt, werden sie sich sicherlich nicht einmal an die letzte Stunde erinnern.« Er holte tief Luft. »Jedenfalls, wenn ich diesen Zauberspruch richtig angewendet habe. Ich benutze ihn nicht sehr oft.«

»O nein, o nein.« Der Wirt blickte auf die vier Häufchen Edelmänner und wrang verzweifelt die Hände. Schließlich kniete er sich hin und fühlte allen den Puls. Dann fuhr er sich mit beiden Händen durchs Haar und schaute hoch. »Ich kann sie nicht hinausbringen – das wage ich nicht! Wenn sie sich nun doch erinnern! Oder wenn ... wenn jemand auf der Straße sie ausraubt oder ihnen etwas zuleide tut ...« *Sie haben nichts anderes verdient,* dachte Gawaine gehässig. Doch gleich darauf schüttelte er den Kopf und vertrieb solch üble Gedanken aus seinem Kopf. Der Wirt raufte sich die Haare. »Selbst wenn sie sich nicht erinnern sollten, in diesem Raum sind dreißig oder mehr Männer, die alles gehört haben.«

»Das ist wahr«, meinte Naitachal nachdenklich. »Aber es wird keinen Ärger geben, weil wir bei Sonnenaufgang aufbrechen.«

»Hm.« Der Wirt zwinkerte heftig, und Gawaine fand, daß er noch nie einen so unglücklichen Mann gesehen hatte. »Hm, Sire, ich fürchte, das wird nicht möglich sein. Ihr und der Junge müßt abreisen. Sofort.«

»Oh, mein Lieber.« Die Stimme des Barden klang verräterisch sanft und der Blick seiner strahlend blauen Augen verhieß nichts Gutes für den Wirt. »Nun denn, dann müßt Ihr wohl mein Geld zurückgeben. Und zwar *alles*.«

Allein der Gedanke ließ den Wirt fast an die Decke gehen. »Ihr ... Das kann ich nicht! ...«

»Bis auf den letzten Pfennig«, sagte Naitachal entschieden. »Ihr könntet uns natürlich auch über Nacht bleiben lassen. Wenn ich mir vorstelle, daß ich die Nacht im Sattel verbringen muß, dann werde ich etwas finden, was mich wachhält – und einige Verse über das hinterwäldlerische Portsmith und seine sogenannten vornehmeren Herbergen werden genau das Richtige sein.«

»O, Ihr Lords des Lichts.« Der Wirt legte den Kopf in den Nacken. »Bitte, Sire, bitte, tut das nicht ...«

»Stellt Euch einen Mann vor, wie Ihr es seid, der junge, närrische Edelleute bedient, wie Euer Grandsire es tut. Die meisten von uns stehen natürlich längst über solchen Dingen, aber in einer Provinz wie Portsmith ...« Der Wirt starrte ihn mit offenem Mund an. Naitachal lächelte, streckte die Hand aus und klappte sanft den Kiefer des Mannes hoch. »Es besteht eine rege Nachfrage nach solchen Liedern, wißt Ihr. Sie sind lustig, und man schaut ja immer gern auf seine eher bäuerlichen Nachbarn herab ...« Er machte eine effektvolle Pause. Der Wirt stöhnte auf und vergrub das Gesicht in den Händen. Bertin gab ein rasselndes Schnarchen von sich, und die Hälfte der Männer im Schankraum zuckte erschreckt zusammen.

»Meister ... Barde.« Die Stimme des Wirtes drang undeutlich zwischen seinen verkrampften Händen hervor. »Sire, ich bin wahrhaftig untröstlich, aber was soll ich tun? Hier ist *nicht* Silver City. Der Gutsherr und die anderen Adligen in der Gegend führen ein strengeres Regiment hier als an den Orten, die Ihr gewohnt seid.«

»Ich?« fragte Barde freundlich nach. »Ich bin alle Gegenden gewohnt, Wirt.«

»Solltet Ihr heute nacht hierbleiben, und einige ihrer Freunde kommen zufällig vorbei, oder sie erwarteten jemand, oder wenn jemand zufällig über sie stolpert ...« Der Mann stammelte unzusammenhängende Sätze zwischen seinen Fingern hindurch. »Oder wenn jemand schon ihre Freunde sucht, um Ärger zu machen, oder wenn ...«

»Schon gut, schon gut«, unterbrach Naitachal ihn hastig. »Ich habe Euren Standpunkt begriffen. Hört bloß auf, wir reisen ja ab! Wenigstens«, fügte er streng hinzu, als der Wirt durch seine Finger schielte, »reisen wir ab, bevor Ihr in Schwierigkeiten kommen könnt – und natürlich nur, wenn Ihr uns unsere Bezahlung zurückerstattet, und zwar bis zur letzten winzigen Kupfermünze.«

»Ich ... Ja, sicher, einverstanden.« Nachdem der Wirt es endlich mental verarbeitet hatte, nickte er plötzlich so heftig, daß ihm das Haar in die Augen fiel. Er stand auf und wollte schon gehen, als ihm noch ein Einfall kam. »Und Ihr werdet doch nicht ... ich meine, Ihr werdet doch kein Lied schreiben?«

»Guter Mann, ich bin ein Barde. Ich schreibe das, was geschrieben werden muß, und zwar dann, wenn mich die Inspiration überkommt.«

»Man wird mir die Schuld dafür geben«, jammerte der Wirt.

Naitachal lachte unfreundlich und machte eine abfällige Handbewegung in seine Richtung. »Nun, da Ihr auf keinen Fall gewinnen könnt, holt doch mein Geld. Und zwar, bevor ich auf der Stelle eine Inspiration erfahre. Wir werden unsere Sachen holen und treffen Euch an der Tür.«

»Man wird mich für alles verantwortlich machen«, wiederholte der Wirt unglücklich. Er warf einen Blick auf die vier jungen Edelmänner, die auf seinem Fußboden lagen, drehte sich um und floh geradezu.

»Der Ärmste«, knurrte Gawaine.

Sein Meister lachte, diesmal etwas liebenswürdiger, und zog ihn auf die Füße. »Ja. Man konnte fast sehen, wie das kleine Räderwerk in seinem Kopf arbeitete, nicht wahr? Lieber jetzt Ärger oder lieber später Ärger? Vielleicht spekuliert er ja darauf, daß ich die ganze Sache vergesse, aber gewiß fürchtet er, daß ich es nicht tue.« Er warf den vier am Boden ausgestreckten Gestalten noch einen gleichgültigen Blick zu, drehte sich um und verließ mit langen Schritten den Raum. Sein Schüler folgte ihm auf den Fersen. Kaum waren sie draußen, konnte Gawaine hören, wie die anderen Gäste erleichtert ihre Gespräche wiederaufnahmen.

5. KAPITEL

Gawaine atmete erst auf, als sie auf ihren Pferden saßen und den Hof der Herberge verließen. Doch kaum hatten sie das Sylvan Glade hinter sich gelassen, zügelte Naitachal Star in einen langsamen Schritt und drehte sich zu seinem Schüler um. »Immerhin, ich habe den ganzen Preis für das Zimmer zurückerhalten. Und auch für das Essen. Wir könnten versuchen, eine andere …«

»Nein!« unterbrach Gawaine ihn entschieden.

Der Barde seufzte. »Ja. Vermutlich hast du recht.« Er seufzte erneut und warf Gawaine einen abschätzenden Seitenblick zu. »Ich fürchte, wir sind ein ziemlich auffälliges Paar.«

»Das fürchte ich auch«, entgegnete Gawaine trocken. »Und was machen wir nun?«

»Jetzt? Wenn uns das Pech nicht verläßt, dann sind die Nordtore bereits wegen der späten Stunde geschlossen.«

»Und sonst?«

»Sonst sind sie nicht geschlossen«, erwiderte der Barde mürrisch und trieb Star an. Sie ritten schweigend einige Zeit nebeneinander die breite Avenue entlang vorbei an den beiden Wachen, die sie prüfend musterten. Sie hatten die beiden schweren Torflügel geschlossen. Nach einem bloßen Blick auf die zwei öffnete der eine von ihnen einen Flügel so weit, daß die Pferde hindurchkamen. Kaum waren die beiden Männer draußen, schoben die Wachen das Tor wieder zu. »Ich hasse es wirklich, nachts zu reisen«, erklärte Naitachal schließlich. »Es gibt nur eins, was noch schlimmer ist, als nachts zu reiten: nachts zu kampieren – es sei denn, man hat Zeit, das Gröbste zu erledigen, bevor die Sonne untergeht.«

»Ja, ich weiß«, sagte Gawaine. »Wir haben es schließlich vorher auch schon gemacht.«

»Ja.« Naitachal schien sich zu schütteln, und dann klang seine Stimme fast fröhlich. »Ja, das haben wir, nicht wahr?« Sie schwiegen eine längere Strecke, und dann brach Naitachal die Stille mit einem Lachen. »Dieser Gesichtsausdruck des jungen Säufers!« Gawaine, der zunehmend gespannter geworden war, seit die Lichter von Portsmith hinter ihnen versunken waren, beruhigte sich. Wenn Meister Naitachal keine Anzeichen von Sorge zeigte, dann immerhin …

Doch Naitachal war nicht so unbeschwert, wie er sich gab. *Die Dinge in der Nacht, Dinge, die durch die Wälder streifen, Dinge, die durch den Himmel fliegen. Dinge, die nachts jagen.* Es gab eindeutig zu viele Gefahren, und sie waren nur zu zweit. Wobei der eine von ihnen vollkommen ungeschult für das war, was ihn hier draußen erwartete. *Ich bin nur froh, daß ich die Laute aus dem Koffer genommen und mir über den Rücken gehängt habe.* Vielleicht würde die Saiten und auch das Instrument in der feuchten Luft Schaden nehmen, doch wenn er sie schnell brauchte, kostete es ihn möglicherweise das Leben, wenn er sie dann erst noch auspacken mußte.

Glücklicherweise war sein Spürsinn noch ausgeprägt. Er bemerkte die Banshee, die Todesfee, bevor sie zuschlug. Es reichte, um eine Barriere zu errichten, die vermutlich Gawaine das Leben rettete.

Gawaine hatte Thunder hinter Star herzuckeln lassen und war in seine eigenen finsteren Gedanken vertieft, als Star unvermittelt stehenblieb und scheute. Thunder tänzelte zur Seite. Überrascht schrie Gawaine auf und hielt die Zügel fest. Mit dem Knie stieß er gegen etwas Hartes. Es mußte durchsichtig sein, denn er konnte die Bäume dahinter sehen. »Was ...?«

»Steig ab und halt die Pferde!« schrie Naitachal. »Und schau ihr nicht in die Augen!« Gawaine sprang aus dem Sattel und zog an Stars Zaumzeug, versuchte, beide Pferde von der Bedrohung wegzuziehen, die sich mit erschreckender Geschwindigkeit auf sie herabstürzte. Der Dunkle Elf sprang ebenfalls auf die Straße hinab, zog sich die Laute auf die Brust und wartete.

Ein schönes Gesicht, blicklose Augen ... und eine Stimme, deren Geheul jeden in den Wahnsinn treibt, der sie hört. Er hörte die Pferde, Gawaines bebende Stimme, als er sie zu beruhigen suchte. Allerdings wenig erfolgreich. Ohne den Blick von der Kreatur zu wenden, die sich fast direkt vor ihm befand, sagte der Barde: »Führe sie ein Dutzend Schritte die Straße zurück, aber keinen Schritt weiter! Dort warte und schau nicht hin!« Es gab keine Antwort, nur Hufschläge, die sich langsam entfernten.

Probehalber strich er mit den Fingern über die Saiten. Die Banshee stürzte sich aus großer Höhe auf ihn, und der Klang dieser klagenden, durchdringenden Stimme richtete seine Haarspitzen auf und berührte etwas tief in seinem Inneren, von dem er nicht gewußt hatte, daß es noch lebte. »Geschöpf der Nacht«, flüsterte er. »Ich könnte dich überwältigen, dich meinem Willen unterwerfen, wenn es mir gefiele. Die Macht schlummert noch in mir, du wundervoll schreckliches Ding, die Macht, dich zu kontrollieren und dich zu dem Unterfangen zu zwingen, das *ich* dir erwähle.« O ja, das könnte er, wahrlich! *Eine Banshee, eine Todesfee, und damit die Macht besitzen, alle lebenden Geschöpfe zum Wahnsinn zu treiben!*

Die Banshee wich ein wenig zurück. Vielleicht witterte sie die so lange verborgene Macht des ehemaligen Geisterbeschwörers, möglicherweise hörte sie ja sogar seine Worte und verstand sie. Doch dann warf sie sich auf ihn, mit einem Heulen, das selbst Steine hätte bersten lassen können.

»Meister!« Gawaines Stimme brach wie die eines kleinen

Jungen, und die Pferde wieherten schrill vor Entsetzen. Naitachal gab sich einen Ruck und umfaßte das Griffbrett fester.

»Ich könnte es, aber ich habe keine Sehnsucht mehr nach solcher Macht«, sagte er leise und begann zu singen. Die Bardenmagie glättete die Versuchung, trug alles mit sich fort, wie sie es immer tat. Seine Stimme wurde kräftiger und machtvoller, als er sich auf das konzentrierte, was er zu tun hatte. *Vertreib die Kreatur, sonst wird sie uns alle in den Wahnsinn stürzen, treib sie hinfort und dann mach dich selbst rasch aus dem Staub.* Er sang so lange, daß es ihm fast wie Stunden vorkam, während seine Finger der Laute Melodien entlockten. Die Banshee dräute über ihm, vor ihm, schwebte hin und her, doch sie fand keinen Weg an seinem Lied vorbei. Sie schrie, heulte und jammerte und zeigte keinerlei Zeichen von Schwäche. *Ich auch nicht,* rief er sich ins Gedächtnis. *Doch ich fühle, wie meine Kräfte schwächer werden. Nun, sie kann nicht ewig aushalten.* Vielleicht reichten ihre Kräfte bis zum Tagesanbruch. Naitachal wußte nicht, ob *er* ebenfalls so lange durchhalten konnte. Gerade als er anfing zu fürchten, daß er sie nicht zur Strecke bringen konnte, verschwand sie mit einem letzten grauenhaften Heulen.

Es klingelte ihm in den Ohren, und seine Knie wurden weich. Er schüttelte die Hände aus und sank im Schneidersitz auf die Straße.

»Meister?« Gawaines ängstliche junge Stimme – und Stars weiche, feuchte Schnauze an seinem Nacken – brachten ihn wieder in die Gegenwart zurück. Er nahm die Hand des Bardlings, packte den Steigbügel und zog sich hoch. Es war zwar dunkel, aber nicht völlig finster, und er konnte sehen, wie besorgt und erschöpft Gawaine war. »Meister Naitachal, es ist fort. Ihr solltet Euch lieber ein bißchen ausruhen.«

Der Barde schüttelte den Kopf und hielt sich mit beiden Händen an dem Steigbügel fest, während die Welt sich um ihn herum zu drehen schien. »Wo wir so viel Lärm gemacht haben? Ich glaube nicht. Es ist ohnehin keine gute Idee, an einem Ort zu bleiben, an dem eine Banshee aufgetaucht ist, aber es könnten darüber hinaus noch andere ... Dinge hier sein.«

»Andere – Dinge.« Gawaine hielt dem Barden den Fuß und hob ihn in den Sattel. Naitachal schob sich die Laute auf den Rücken, hielt mit beiden Händen die Zügel und klammerte sich gleichzeitig an Stars Mähne fest. *Wie lange wird es wohl noch bis zum Morgengrauen dauern?* dachte er.

Es dauerte nicht mehr lange. Sie folgten der schmalen Straße durch den Wald, der sich lichtete, als sie einen langen Hang hinaufritten. Die Straße wurde zu einem kleinen Pfad, nachdem sie den Hang überquert hatten. Die Bäume wichen sanft wogenden Weiden. Sie überquerten einen zweiten, dann einen dritten Hügel. Der Himmel hellte sich allmählich auf, und die Pferde wieherten, als sie Wasser witterten.

Am Fuß des letzten Hügels floß ein Bach entlang, in dem einige flache Steine lagen, über die man ihn durchqueren konnte. Der Pfad ging auf der anderen Seite weiter und verschwand im dichten, hellgrünen Gebüsch. Gawaine schaute seinen Meister an. Naitachal zügelte Star und rutschte aus dem Sattel. »Es ist fast Tag, wir haben hier Schatten und Wasser, und ich kann nichts innerhalb einer annehmbaren Distanz um uns herum wahrnehmen. Wir könnten eine Rast gebrauchen.«

»Einverstanden.« Mit einer Spur Verärgerung bemerkte Naitachal, daß Gawaine nicht so aussah, als brauchte *er* eine Pause. *Ah, noch mal zwanzig sein und nur von sich selbst erfüllt und nicht mit einer Banshee kämpfen müssen,* dachte Naitachal gereizt und ließ seinen Schüler die Pferde an den Fluß bringen, damit sie kurz trinken konnten.

Was für ein Abenteuer. Er ließ sich in das hohe, weiche Gras nieder, zog sich die Laute vom Rücken und streckte sich dann mit einem leisen Seufzer aus. *Und ich dachte an eine kleine Reise, ein paar kleine Abenteuer ... Als ich mir das vorstellte, schwebten wohl die falschen Götter über mir.* Er schlief, bevor Gawaine mit seiner Decke zurückkam.

Gawaine blieb wie angewurzelt stehen, als er seinen Meister mit geschlossenen Augen flach auf dem Boden liegen sah. Seine tiefen Atemzügen verrieten ihm, daß er schlief. Er warf einen Blick gen Himmel. »Wir hätten ruhig noch ein bißchen weiterreiten können«, sagte er leise. »Ach, was soll's?« Er brach eine Waffel aus dem Vorrat, nahm seinen Becher aus dem Gepäck und ging hinunter zum Fluß, um sich Wasser zu holen. Eine Weile blieb er dort sitzen, den Rücken gegen einen Baumstamm gelehnt, und spielte mit den Bachkieseln, während er aß und trank. Der Himmel wurde immer heller, und dann ging die Sonne auf. Er versorgte die Pferde, während Naitachal immer noch schlief.

Schließlich machte Gawaine sich auf und ging ein Stück den Fluß entlang, erst in die eine, dann in die andere Richtung. Er sah erneut nach den Pferden und brachte sie in den Schatten, wo mehr Gras wuchs. Dann führte er sie wieder an den Fluß, damit sie sich diesmal satt trinken konnten. Er kontrollierte ihre Habseligkeiten. Naitachal schlief immer noch. Gawaine seufzte, schaute in die Richtung, aus der sie gekommen waren, ging erneut am Fluß entlang, stromauf- und stromabwärts, sah nach den Pferden und traf schließlich eine Entscheidung. »Ich werde mich einfach ein bißchen umschauen, solange er schläft, nach einem besseren Lagerplatz suchen oder prüfen, ob die Beeren schon reif sind. Was wohl auf der anderen Seite des Hügels sein mag?« Er konnte sich die Antwort auf diese Frage denken: noch 'n Hügel. Doch der entfernte Gebirgskamm lockte ihn. Er prüfte kurz den Sitz seiner Stiefel, streifte den Mantel ab und sprang über die Steine durch den Fluß auf die andere Seite.

Der Hügel war ziemlich steil, wo zu beiden Seiten des Weges Büsche wuchsen, geriet Gawaine ins Schwitzen und kam nur langsam voran. Als er den Anstieg fast geschafft hatte, keuchte er. Doch jetzt lagen überall Steine herum, große Felsnasen, herausgebrochene Brocken, Geröllhalden. »Hier müssen wir die Pferde wohl hindurchführen«, murmelte Gawaine vor sich hin. »Vor allem Star, das arme alte

Vieh.« Trotz seines rassigen Aussehens konnte Star so unbeholfen sein wie ein altes Karrenpferd. Gawaine schaute den Weg zurück, den er gekommen war, und schützte die Augen mit einer Hand, als er zum Himmel blickte. »Hm, hat längst nicht so lange gedauert, wie ich gedacht habe. Da kann ich mir genausogut ansehen, was jenseits dieser verfluchten Steine liegt!« Er schwang die Arme, holte tief Luft und setzte seinen Weg fort.

Eine Kurve, noch eine, und dann ein kurzer, steiler Anstieg, der mit handgroßen Steinen übersät war. Gawaine rutschte bei jedem dritten Schritt zurück, und als er den Hügelkamm erreichte, schwitzte er aus allen Poren. Vor ihm erhob sich ein überhängender Granitvorsprung, und der Weg wand sich einige Male um ähnliche gewaltige Brocken herum, bevor er jäh abfiel.

Nach dem Stand der Sonne zu urteilen, war es früher Vormittag, doch für Gawaines Geschmack war es bereits viel zu heiß. Dann wäre er vor Schreck fast gestürzt, als ein großer rotschwänziger Vogel krächzte und fast unmittelbar an seinem Gesicht vorbei aufflog. Er fiel gegen den Vorsprung zurück, keuchte und hielt die Luft an. Hatte er dahinten nicht eben Stimmen gehört?

Stimmen in der Wildnis konnten beinah alles bedeuten. Gawaine verfügte zwar nicht annähernd über Naitachals Erfahrung, aber er war doch klug genug, um zu wissen, daß derjenige, der dort gesprochen hatte, nicht notwendigerweise ein Freund sein mußte. Er ließ sich auf Hände und Füße herab und kroch vor zu einer Stelle, von der aus er einen großen Teil des Tals überblicken konnte.

Es war still, nur in der Ferne schrie ein Falke, und Gawaine hielt immer noch die Luft an. Vorsichtig kniete er sich hin und stand dann langsam auf. Pferde – sechs Pferde, die an einen Karren angebunden waren, der aus dicken Ästen bestand. Er wollte zunächst nicht glauben, was er da sah. Es waren Gitterstäbe, und an diese Gitterstäbe waren Hände angebunden. Menschliche Hände und andere. Und hinter dem Karren ... Er schnappte nach Luft. Eine lange Reihe Männer, die mit gesenkten Köpfen dicht hintereinander her gingen. Man mußte schon scharfe Augen haben, wie der Bardling, um die Ketten erkennen zu können, die die Männer aneinanderfesselte. Das konnte nur bedeuten ...

Zwei Sklavenhändler kamen in sein Blickfeld. Sie waren schrecklich, abscheulich häßlich. Gewandt glitten sie über den Boden neben ihrer Handelsware her. Sie hatten schlangengleiche Unterkörper und menschliche Oberkörper, mit menschlichen Armen, die ihre Waffen hielten, und menschlichen Gehirnen, die diejenigen kontrollierten, die sie erjagt hatten. *Sie sagten doch, es gäbe keine Sklavenhändler mehr!* war Gawaines erster wütender Gedanke. Man hatte sie doch angeblich aus den zivilisierten Ländern vertrieben – König Amber hatte es jedenfalls geschworen. Und nun das! Er schaute den Hügel hinunter, während er immer noch seinem König zürnte, der es zuließ, daß man den Naiven vorlog, es gäbe keine Sklavenhändler mehr, die Jagd auf aufrichtige und ehrbare Menschen machten. Glücklicherweise arbeitete der Rest seines Verstandes ebenfalls. Der sagte ihm, daß er allein – selbst wenn er Bogen und Spieße dabei hätte und mit ihnen umgehen könnte – nicht die geringste Chance gegen »bloß zwei« Sklavenhändler hätte.

Doch die Bürger von Portsmith und die Wachen, die dort dienten, würden genauso wütend sein wie er. Und es gab genug bewaffnete Männer in der Stadt, damit hier der Gerechtigkeit Genüge getan werden konnte. Gawaine warf einen letzten zornigen Blick den Hügel hinunter, zog sich vorsichtig zurück und rannte fast den ganzen Weg zum Fluß zurück.

Naitachal war schon wach und aß, wobei er seine Füße im Fluß baumeln ließ. Er tauchte den Kopf in das Wasser und durchnäßte Haar und Bart. Dann zog er seinen Mantel und das dicke Hemd aus, das er normalerweise trug. Seine dunklen Arme, die fast so schwarz waren wie sein Gesicht, wirkten gegen das graue, ärmellose Unterhemd beinah wie

Ebenholz. Er nickte einfach nur, als Gawaine den Rest des Hügels hinabrutschte und platschend durch den Fluß lief, ohne sich erst lange mit den Steinen aufzuhalten. »Ich nehme an, du hast Neuigkeiten.«

»Neuigkeiten ...« Gawaine keuchte. Naitachal kaute sein Frühstück und wartete. »Sklavenhändler ... da.« Er deutete mit einer Hand auf den Hügel.

»Sklavenhändler«, wiederholte Naitachal nachdenklich.

»Sie haben ... mindestens dreißig ... und bringen sie ... irgendwohin. Wir müßten zurück nach Portsmith ... Hilfe holen ...«

»Deine jungen Freunde von gestern abend würden *diese* Idee sicher lieben«, erklärte der Barde.

Gawaine schüttelte den Kopf und winkte abfällig mit der Hand. »Das ist ... egal! Wir müssen ... die Wachen holen ... Meister. Es ist *wichtig*. Wir dürfen diese ... diese schmierigen ...«

»Ja«, unterbrach Naitachal ihn schnell. »Diese schmierigen ... was auch immer. Das macht keinen Unterschied. Aber du solltest vielleicht folgendes bedenken, mein werter Schüler. Wie nah sind wir immer noch an Portsmith? Und wie weit entfernt ist jede andere Stadt? Und infolgedessen, wohin wird sich diese Karawane wohl wenden?«

Alle Farbe wich jäh aus Gawaines Gesicht. Er plumpste auf seinen Hintern und schaute seinen Meister fassungslos an. »O nein.«

»Tja, warum nicht? Die Männer in Portsmith sind nicht heiliger als die woanders. Die Stadtwachen sollten eigentlich hier draußen patrouillieren. Und seit den Erlassen des Königs tun sie das sicher auch, um die Farmer und Rinderzüchter zu schützen, die außerhalb der Stadtmauern, aber innerhalb der Grenzen der Stadtgerichtsbarkeit leben. Daß eine Sklavenkarawane so nah an der Stadt vorbeikommen kann, sagt mir, daß die Sklavenhändler mit an Sicherheit grenzender Wahrscheinlichkeit einen Wächter in der Stadt gekauft haben.« Es herrschte Schweigen, und Naitachal beendete sein Frühstück. Gawaine versuchte angestrengt, sein Atmen unter Kontrolle zu bekommen. »Wie viele waren da draußen?« fragte Naitachal schließlich. »Ich meine Sklavenhändler?«

»Ich habe zwei gesehen.«

»Zwei von ihnen – und zwei von uns«, sagte der Barde nachdenklich. Dann grinste er plötzlich. »Ich würde sagen, sie haben ziemlich schlechte Karten.«

»Einverstanden«, antwortete Gawaine nach einer kurzen Bedenkzeit. Er hielt eine Hand hoch und zählte auf. »Mein Bogen, mein Speer, Eure Messer ...«

Doch Naitachal schüttelte bereits den Kopf. »Wir werden keine Waffen gegen zwei armselige Sklavenhändler brauchen.« Gawaine starrte ihn mit offenem Mund an, während Naitachal grinste. »Wir werden sie viel leichter besiegen können – indem wir uns einfach dumm stellen.« Er erklärte es, und als er fertig war, grinste der Bardling genauso strahlend wie der Elf.

6.
KAPITEL

Sie brauchten ein bißchen Zeit, denn sie mußten all ihre Sachen wieder auf die Pferde packen, die Gawaine abgeladen hatte, damit sich die Tiere erholen konnten. Erst mußten sie sie den steilen Pfad hinauf und um alle steinernen Hindernisse herum bis auf den Hügelkamm führen und dann eine Stelle suchen, an der die Pferde weiden konnten, sie wieder abladen und ihre Habseligkeiten und Waffen verpacken. Gawaine schaute sehnsüchtig auf seinen Schweinespieß, gab sich dann einen Ruck und legte ihn zu den anderen Dingen in den Schutz des überstehenden Felsens hinter ein paar Büsche. Er tätschelte Thunders warme Nüstern, als er an ihm vorbeiging. »Nimm's leicht, alter Junge. Und bleib ruhig, ja?« Thunder hob den Kopf und blies ihm warmen Atem in den Nacken. Gawaine wischte sich die feuchten Hände an der Hose ab und schaute zu Naitachal herüber, der auf ihn wartete. *Es ist schon eigenartig, wie großartig sein Plan vor einer Weile noch geklungen hat,* dachte er mißmutig, holte tief Luft und folgte seinem Meister den Pfad entlang, bis sie in einer Kurve hinter der Karawane der Sklavenhändler auf den Weg kamen. Naitachal berührte Gawaines Schulter, um seine Aufmerksamkeit zu erregen, und blickte ihn warnend an. Der Bardling nickte einmal kurz. Naitachal lächelte kaum merklich.

Sie umrundeten die Kurve und hatten fast den letzten Mann in der Kette erreicht, als der Barde mit lauten Ausrufen der Überraschung und des Entsetzens stehenblieb. Die beiden Sklavenhändler kamen aus dem Gebüsch neben der Straße und packten sie. »Gnnh! Ihrr ... bewegt Euchchch nicht!« Man konnte die Worte kaum verstehen, weil ihre Stimme so guttural klang. »Od'rrr ...gnnh! ... wirr werrden Euchch ...Schmerrrrzen zufügennn. Grrroße Schmerrrzen!« Gawaine schnappte heftig nach Luft, als harte menschliche Hände schmerzhaft seine Arme packten. Er ergab sich sofort.

Hinter ihm hörte er die Stimme des Barden zu einem dramatischen Falsett aufsteigen. »O nein! Ich flehe Euch an, tut uns nichts zuleide! Wie sind unschuldige Reisende, die ...!«

Haltet den Mund! dachte Gawaine verzweifelt. Der Sklavenhändler, der ihn festhielt, drehte sich um, und er und sein Kumpan riefen unisono: »Schweig, Sklave!«

»Bit ...Bit ...Bitte, verletzt uns nicht«, brachte Gawaine schließlich stotternd heraus. »Laßt uns gehen, wir werden ...«

»Oooh, nein! Wir sind verloren!« heulte Naitachal, rollte die Augen gen Himmel und rang die Hände. Der Sklavenhändler, der ihn festhielt, machte eine gebieterische Geste.

»Brrring den Jungen mit dem leuchtenden Haarrr nach

vorrrn. Ich brringe das hierr ans Ende derrr … gnnnh …Kette, wo ich es im Auge behalten kann. Du, Sklave, hüte deine … gnnh …Zunge, sonst werrrde ich sie dirrr aus dem Mund reißen! Wirrr brechen soforrrt auf!« Gawaine warf seinem Meister einen verzweifelten und furchtsamen Blick zu, als er an den Anfang der Kette gezerrt wurde. Dieser Blick war keineswegs gespielt.

Der Sklavenhändler hieb auf die halb ohnmächtigen Männer am Anfang der Kette ein, bis er Platz für einen weiteren Mann geschaffen hatte. Dann legte er Gawaine Eisen an Hals und Handgelenken an, zog eine übel aussehende Peitsche aus seinem Gurt und hielt sie dem Bardling vor die Nase. »Du …Gnnh …wirst laufen! Solange ich sage: Laufe! Oderrrr …!« Er rollte das letzte Wort dramatisch und schwang die Peitsche.

Gawaine schluckte hörbar. »Ja, ja natürlich. Ich tue, was immer Ihr sagt.«

»Ja, ja, was immerrr …gnnh …Ihr sagt«, wiederholte das Geschöpf unfreundlich und rutschte vor den Wagen, um die Prozession anzuführen. Gawaine warf den Männern in seiner Nähe vorsichtige Blicke zu, gab dann jedoch jede Idee auf, sie vorzuwarnen: Alle drei waren sehr abgemagert, gingen gebückt und wirkten wie Männer, die jede Hoffnung verloren hatten.

Irgend etwas reizte sein Ohr, fast wie eine unsichtbare Biene. Der Karren ruckte an. Die unerwartete Bewegung hätte ihm fast die Arme ausgekugelt und riß ihm den Kopf schmerzhaft in den Nacken. Gawaine brauchte eine Sekunde, um ordentlich Schritt zu fassen und sich anzupassen – nicht an den Gedanken, gefesselt zu sein, sondern daran, mit gebundenen Händen laufen zu müssen, während ein Riemen ihm jedesmal in die Luftröhre schnitt, wenn einer der Männer hinter oder neben ihm ein etwas anderes Tempo ging. Dann begann er leise zu summen.

Die lange Reihe gefesselter Sklaven schlurfte klirrend einige Schritte weit, als sie plötzlich zum Stehen kam. Laute

Stimme und ausführliche Flüche drangen aus dem Karren zu ihnen hinaus, als die Insassen übereinanderpurzelten. Gawaine unterdrückte ein frohlockendes Grinsen, als der Gefängniswagen schwankte, weil sie darin alle das Gleichgewicht verloren. Plötzlich rollte das hintere linke Eisenrad weg und fiel in einen Graben, während sich der Wagen neigte.

War das schon sein Meister, der seine kleinen fiesen Tricks ausprobierte? *Nun, es gibt nur die Gegenwart, richtig?* Gawaine folgte dem Beispiel des Mannes neben ihm und duckte sich, als die beiden Sklavenhändler sich neben dem Karren trafen und sich gegenseitig erzürnt anzischten und gestikulierten. Sie erinnerten den Bardling an den Stallmeister und den Zuchtmeister des Junkers, wie sie sich darüber stritten, wer die Verantwortung für den Zustand des Zuchtpferchs und des Zauns hatte, der ihn umgab. Er senkte rasch den Kopf, damit die beiden nicht seinen amüsierten Gesichtsausdruck bemerkten und sich etwa gegen ihn wandten.

Die Männer und die anderen Lebewesen in dem Karren lagen immer noch übereinander in einer Ecke, jedenfalls die, die nicht mit kurzen Handschellen an die Gitterstäbe gefesselt waren. Die, die auf dem Boden lagen, heulten oder fluchten vor Schmerz, während einige von denen, die auf ihnen lagen, versuchten, sich aus dem Gewühl zu befreien. Wieder andere schimpften auf alle anderen und versuchten, sich an das andere Ende des Karrens zu drängen. Die, die an die Stäbe gekettet waren, hingen hilflos an ihren Fesseln herunter und fluchten erstickt. Schließlich drehten sich die beiden Sklavenhalter herum und zischten eine Warnung in ihrer eigenen Sprache, die selbst die härtesten Insassen der Karre sofort zum Verstummen brachte.

Die Sklavenhändler schwiegen ebenfalls, bis schließlich der Ranghöhere der beiden – es war der, der sich um Naitachal gekümmert und den anderen Händler herumgeschubst hatte – seine Fäuste in das stemmte, was bei einem Menschen wohl die Hüfte war. Er schaute zum Anfang der Kette und dann auf die Insassen des Karren. »Ihrr ... Ihrr alle da drinnen! Weg von der ...gnnh ... Deichsel!«

Es war nicht einfach und ging auch nicht schnell. Die Insassen des Karren hatten ja gerade versucht, aus dieser Ecke wegzukommen. Gawaine konnte das ungläubige Staunen auf einem runden, glattrasierten Gesicht eines der Männer erkennen. Doch als der zweite Sklavenhalter sich der geneigten Ecke näherte und mit einem Speer durch die Gitterstangen stach, wichen sie sofort zurück. Unglücklicherweise genügte es nicht, daß das ganze Gewicht der Männer, die sich bewegen konnten, in die entgegengesetzte Ecke verteilt wurde ... der Wagen richtete sich trotzdem nicht auf.

Und keiner der Sklaventreiber schien sich die Hände an einem Rad schmutzig machen zu wollen. Sie berieten sich erneut temperamentvoll, und schließlich bellte der Chef-Sklavenhändler einige Befehle. »Ihr im Wagen! Ich werde euch in zwei Gruppen aufteilen. Die erste wird den Wagen hochheben, die zweite wird das Rad dort anbringen, wo es hingehört. Ihr werdet ... ihr werdet dann in den Karren zurückgehen. Gnnnh! Oder wir werden euch weh tun. Sehrrr weht tun!« Gawaine riskierte einen Blick auf den schief stehenden Wagen. Die meisten Insassen waren von den Sklavenhändlern und ihren Peitschen entweder vollkommen eingeschüchtert – oder spielten ihre Rolle gut. *Wahrscheinlich ersteres,* dachte er unglücklich. Schon während dieser kurzen Zeit in Ketten war in ihm ein Gefühl von Hoffnungslosigkeit hochgestiegen, gegen das man nur schwer ankämpfen konnte.

Andererseits befanden sich einige ziemlich beeindrukkende Exemplare im Wagen. Sicher hatten die Sklavenhändler nicht aus allen den Willen zum Widerstand herausgeprügelt.

Er spürte erneut dieses vertraute Summen im Kopf, irgendwo zwischen Ohr und Verstand, und senkte den Kopf, um ein Lächeln zu verbergen. »Nur« zwei Sklavenhändler. Das war genug, um eine ganze Reihe geschlagener

Männer zu kontrollieren, eine Sammlung von selbstverständlich gefesselten und gefangenen Kreaturen. Der Anführer der Sklavenhalter trat etwas zurück und hob deutlich die Peitsche. In der anderen Hand hielt er ein Wurfmesser, das Gawaine an das Messer mit der breiten Klinge erinnerte, das sein Meister an seinem Gurt trug. Der häßliche Freund des Barden hatte gesagt, damit könnte man jemandem eine Wunde zufügen, die ihn mit Sicherheit aufhielte. Gawaine erschauerte.

Der zweite Sklaventreiber hielt seine Peitsche schon in der Hand, als er die Tür des Karrens öffnete. Dann trat er zurück und ließ zehn Gefangene aussteigen. Sie krochen mit gesenkten Köpfen und abgewandten Gesichtern heraus, bewegten sich langsam, während man ihnen Befehle zuschrie. Sieben stellten sich mit dem Rücken gegen den Karren, damit sie ihn hochheben konnten, sobald der Befehle dafür ertönte, zwei andere holten das Rad, und einer suchte die Straße nach dem kleinen Stift ab, der es auf der Achse halten sollte. Die Sklavenhalter schrien Befehle. Der Untergebene ließ die Peitsche über die Köpfe knallen, und sein Boß brüllte ihn an. »Mach dem da keine Striemen! Ich habe einen Käufer für ihn, aber er hat nur Interesse, wenn die Haut ... gnnh ... unverletzt ist!« Er machte eine Handbewegung, und die Gefangenen lehnten sich gegen den Karren zurück. Sie ächzten und stöhnten und hoben den Wagen an. Dann versuchten sie, einen besseren Halt zu bekommen, während das Rad auf die Achse geschoben wurde.

Jetzt. Gawaine spürte den Barden. Er sang leise, damit die Slavenhalter ihn nicht hörten, und Gawaine spürte die Macht von dem, was Naitachal da tat. Er neigte den Kopf noch tiefer und begann zu summen. Die Macht zog an ihm, drang in ihn ein und erhöhte seine Stärke. Er fühlte sich einen Augenblick lang fröhlich und benommen, schloß die Augen, legte beide Hände flach auf den steinigen Boden und summte weiter. Er spürte, wie sich die Männer neben ihm regten. Nun, gewiß gab er einen seltsamen Anblick ab, auch ohne das leise Summen und auch ohne daß sich seine Lippen leicht bewegten und Worte bildeten: »Offen. Auf. Fallt herab, bringt die beiden *schlimm* auf Trab.«

»Klirr!«

Er hörte, wie die ganze Reihe herunter Schlösser aufsprangen und Fesseln von Handgelenken und Hälsen auf die Straße fielen. Der Chef-Sklaventreiber schaute bei dem unerwarteten, aber vertrauten Geräusch hoch und glotzte Männer an, die sich selbst und ihre ungefesselten Körper verblüfft anstarrten. Er schrie auf, als er begriff, was da vorging. Einen Moment später schrien die beiden ihr Erschrekken hinaus, als das Schloß des Karrens mit einem Donnerknall und einem grünen Feuer explodierte. Die Tür wurde aufgestoßen, und einige entfesselte und riesengroße Menschen und mindestens ein Echsenwesen stürzten mit lautem Wutgebrüll heraus. Gawaine sprang auf die Füße, ohne darauf zu achten, daß der Blitz ihn kurzfristig geblendet hatte. Er hob die Stimme. »Ihr alle! Kommt zu Hilfe und laßt uns den beiden hier ein Ende bereiten!«

Er hatte die Situation richtig eingeschätzt. Die meisten Männer, die zusammengekettet gewesen waren, hockten sich zwar hin und hielten sich von dem Kampf fern, doch es gab noch genug, die den untergebenen Sklaventreiber überwältigen konnten. Er stand immer noch da, starrte ungläubig und mit schlaffem Kiefer auf die Szene vor ihm, als fünf Männer ihn ansprangen und flachlegten. Er kam zwar wieder hoch, doch dann stürzten sich zehn ins Kampfgetümmel, und er ging wieder zu Boden. Einer riß ihm die Peitsche aus der Hand und warf sie fort, ein anderer packte den Speer. Er gab ihn dem Sklaventreiber einen Augenblick später zurück – allerdings mit der Spitze voran. Gawaine drehte sich zur Seite, als die Angreifer zurücktraten und den noch zuckenden Körper mitten auf der Straße liegenließen. Die Männer schauten sich einen Augenblick zweifelnd an, und dann, als hätte ihnen jemand ein unhörbares Signal gegeben, rannten sie los. Einige in die Richtung, in die sie gegangen waren, die meisten jedoch in die, aus der sie kamen.

Die Insassen des Karrens waren bereits zum größten Teil verschwunden. Ungefähr ein halbes Dutzend jedoch nahm sich des zweiten Sklavenhändlers an, der offenbar ein wesentlich ernsthafterer Gegner war als sein Untergebener. Aber er hielt nicht sehr lange durch. Am Ende gab es einen leeren Karren, der sich immer noch bedenklich zu einer Seite neigte, und zwei sehr tote Kreaturen, die tot wesentlich mehr Ähnlichkeit mit Schlangen hatten als lebendig. Gawaine erschauerte und zuckte dann zusammen, als sich eine Hand auf seine Schulter legte.

»Gut gemacht, Schüler«, sagte Naitachal leise. »Sehr gut gemacht.« Gawaine nickte nur. »Ich nehme an, daß niemand, den wir befreit haben, den Abhang hinaufgelaufen ist«, fuhr er fort. »Und wenn doch, dann haben sie hoffentlich alles liegengelassen, was sie da gefunden haben. Ich meine damit *unsere* Sachen.«

Gawaine stöhnte und schloß die Augen. »Ich glaube nicht, daß einer der Männer, die angekettet waren, noch die Kraft hatte, diesen steilen Pfad hinaufzugehen. Diejenigen, die ich gesehen habe, sind auf der Straße geblieben. Aber ich sollte vielleicht lieber ...«

»Warte«, riet Naitachal. »Spar dir den Atem. Wahrscheinlich hast du recht. Und außerdem haben wir Gesellschaft.« Er warf seinem Schüler einen Seitenblick zu und lachte leise. »Nun schau nicht so! Ich meinte die da.« Er drehte Gawaine herum und machte eine schwungvolle Handbewegung.

Gawaine zwinkerte verblüfft. Fast alle Sklaven und Gefangenen waren verschwunden, doch ein paar waren noch da, und zwar eine ziemlich bunt zusammengewürfelte Gruppe. Ein kleiner Junge, der kaum so alt sein konnte wie Gawaine, mit einem ungezeichneten und bartlosen Gesicht unter einer Mähne schlecht geschnittenen blauschwarzen Haars; ein Zwerg in einem schwarzen Seidenwams, das einmal sehr teuer gewesen sein mußte; hinter ihm und ragte ein Echsenmann hervor, der noch immer die rotgefärbten, gekreuzten Lederriemen eine Edelmannes trug, obwohl natürlich die Juwelen aus ihren Fassungen herausgebrochen worden waren. Ein brauner Mann mit dem zerrissenen grünen Wams eines Druiden stand neben ihnen. Der untere Teil seines Gesichts war von einem dichten braunen Bart und einem herunterhängenden Schnauzer verborgen. Dann gab es noch einen breitschultrigen und schmalhüftigen Mann mit blondem, bis auf die Schulter reichendem Haar und einem ordentlichen roten Spitzbart. Seine Oberlippe zierte ein schmaler rötlicher Schnurrbart. Abgesehen von dem zerrissenen Lederwams war seine Kleidung makellos. Der letzte der Gruppe war ebenfalls gut gebaut, aber weniger eitel. *Vermutlich ist er nicht so von sich eingenommen,* dachte Gawaine. *Du kennst doch keinen von ihnen, also urteile nicht über sie,* ermahnte er sich. Nun, mit ihm machten es die Leute ja auch: sein Haar, seine Sommersprossen ...

Er merkte, daß er starrte und warf Naitachal rasch einen Blick zu. Doch der Barde rieb sich gedankenverloren das Kinn und schaute von einem zum anderen. »Ich bin der Barde Naitachal«, sage er schließlich. »Und das hier ist mein Schüler Gawaine.«

Der muskulöse Bursche trat einen Schritt vor und verbeugte sich höfisch. »Ein Barde also? War es Euer Werk, daß die Schlösser zerbrachen? Gott sagte mir gerade eben, daß es so war. Nun denn, Sire, meinen unsterblichen Dank. Ich bin Arturis«, er verbeugte sich erneut, »Paladin und Held, und ich stehe tief in Eurer Schuld.«

»Das tun wir alle, wenn dem so ist.« Die Sprache des Echsenmannes war überraschend akzentfrei, jedenfalls empfand Gawaine es so, der bisher nur sehr wenig Vertreter dieser Rasse getroffen hatte. »Ich bin Tem-Telek, und dies hier ...« Er streckte eine Hand aus und richtete seinen langen Zeigefinger auf den Zwerg. »Dies ist mein Kammerdiener und persönlicher Künstler.«

»Wulfgar, zu Euern Diensten, mein Barde«, sagte der Kammerdiener beflissen.

»Cedric«, fügte der andere blonde Mann hinzu. Er zog an einem Riemen, der über seine Brust führte, und ein leerer Köcher tauchte kurz über seiner Schulter auf. Er lächelte bedauernd. »Bis vor kurzem war ich ein Meister des Bogens. Nunmehr bin ich ... ein lebendiger Mann, was nicht wenig ist. Auch ich danke Euch, Sirs. Und dies hier ist, wenn ich mich richtig erinnere, Raven.«

Der dunkle Mann in Grün neigte den Kopf. Gawaine sog scharf die Luft ein. »Ihr ... Ihr seid ein Druide, nicht wahr?« Er flüsterte vor Bewunderung. Naitachal schaute erst ihn und dann den Druiden finster an, der nickte. »Aber ich dachte, ihr lebtet alle ...«

Naitachal seufzte vernehmlich und Raven zuckte mit den Schultern. »Die meisten von uns leben weit im Süden und Osten von hier, ja. Ich habe die letzten Jahre im Norden verbracht, um die riesige Wildnis zu studieren und ihre Geheimnisse zu entdecken. Auch ich bedanke mich für meine Rettung.«

Der letzte der Gruppe trat vor und verbeugte sich linkisch. Er hatte rote Wangen und lächelte verlegen. »Nun, ehm, in meinem Dorf nennt man mich Ilya. Ich bin nach Süden gekommen, um Häute zu verkaufen und habe entdeckt, daß die alten Legenden stimmen: Dieses Land ist voller Gefahren.«

»So gefährlich ist es nun auch wieder nicht«, antwortete der Barde freundlich. Er klatschte in die Hände und rieb sie. »Tja, da ihr nun alle frei seid und tun könnt, was ihr wollt ... Wir beide haben noch einen langen Weg vor uns, bevor die Sonne heute untergeht. Wenn es Euch also nichts ausmacht ...«

»Aber ...« Vier der sechs sprachen gleichzeitig, unterbrachen sich und schauten sich an. Arturis gebot mit einer Handbewegung Schweigen und trat feierlich vor.

»Sire, meine Schuld Euch gegenüber kann man unmöglich mit einem einfachen Dankeschön abtragen. Das sagt mir auch mein Gott. Unglücklicherweise hatte ich kein Geld im

Säckel, als diese Kreaturen mich überraschten und in diesen Käfig steckten. Aber ich bin ein erfahrener Krieger, und obwohl es offensichtlich ist, daß Ihr selbst große Macht besitzt, könnte Euch dennoch nicht ein Schwert nützen, das Euch den Rücken deckt? Und der Beistand Gottes obendrein?«

Welcher Gott, wo wir doch unter so vielen wählen können? dachte Naitachal spöttisch. Er hörte nicht mehr zu, als sich der Paladin über Ehre, seinen Gott und heilige Visionen ausließ. Glücklicherweise war er nicht der einzige, den das Gott-ist-auf-meiner-Seite, und-Ich-bin-heiliger-als-ihr-alle-Geschwafel dieses selbsternannten Helden nervte. Allerdings verriet ihm ein Blick auf Gawaine unseligerweise, daß sein Schüler wie ein Verdurstender in der Wüste, der Wasser sieht, zwischen dem Druiden und dem Paladin hin und her schaute. Doch bevor Arturis seinen improvisierten Sermon fortsetzen konnte, machte Tem-Telek einen Schritt auf ihn zu und fixierte ihn. »Seid ruhig!« stieß er unvermittelt hervor. »Ihr bereitet mir Kopfschmerzen!« Während Arturis verblüfft innehielt, wandte sich der Echsenmann an den Barden. »Der Mann spricht auch für mich, obwohl ich nicht soviel Worte darum machen würde. Mein Diener und ich kennen diesen Teil der Welt nicht so gut, aber er scheint ziemlich weit von irgendeiner Stadt oder Bewaffneten des Königs entfernt zu sein. Auf den Straßen können sehr wohl Gefahren lauern, wie Wulfgar und ich nunmehr bezeugen können. Das können wir alle. Sollten wir nicht lieber für den Moment zusammen reisen?«

»Was auch immer die Sklavenhändler Euch abgenommen haben mögen«, erklärte Raven schüchtern, »haben sie vorn im Karren verstaut. Jedenfalls lag es noch da, als sie mein Zeug aufluden. Und wahrscheinlich«, wandte er sich an Cedric, »befinden sich Euere Pfeile und der Bogen ebenfalls dort.«

Cedric drehte sich herum und lief zu dem Wagen. Sie konnten das Quietschen von Angeln hören und den Knall von etwas Schwerem, Hölzernen. Dann rief der Bogenschütze: »Ich habe es gefunden! Kommt und schaut, Ihr alle! Hier sind genug Waffen, um eine ganze Kompanie auszurüsten.« Arturis war bereits unterwegs. Eine knappe Handbewegung seines Herren schickte Wulfgar hinterher. Kurz darauf kehrte er mit einem Schwert, einer schweren Streitaxt und einem Lederbeutel zurück, den er dem Edelmann reichte.

Tem-Telek nahm ihn, schaute hinein, lächelte und schob den Beutel in seine Tunika. »Du kannst die Juwelen wieder in den Riemen einsetzen, wenn wir heute abend rasten, Wulfgar.«

»Selbstverständlich, Sire«, erwiderte der Zwerg stolz. »Ich kann nicht zulassen, daß Ihr weiter *so* herumreist. Es sieht wahrhaftig höchst ... unzivilisiert aus.«

Gawaine warf einen Blick zu seinem Meister. Naitachals dunkles Gesicht verriet wie gewöhnlich nicht die leiseste Gemütsregung. Er selbst jedoch war in Hochstimmung: *Ein heiliger Paladin und ein Druide – und sie wollen mit uns reisen! Mein Schicksal hat sich auf einmal zum Besseren gewendet!* Er hatte gewußt, daß es richtig war, die Sklavenhändler zu stellen!

Naitachal unterdrückte einen Seufzer. *Ein Druide und ein Paladin! War es nicht schlimm genug, sich mit Sklavenhändlern auseinandersetzen zu müssen? Nun, ich hätte mich natürlich nicht guten Gewissens abwenden und diese Tiere mit ihrer bejammernswerten Beute einfach weiterziehen lassen können.*

Ich frage mich, wer der Edlen von Portsmith wohl eine Ladung billiger Hafen- oder Feldarbeiter erwartete.

Und noch wichtiger ist, warum hat niemand von ihnen auch nur im geringsten verstört auf meine Gegenwart reagiert? Immerhin bin ich ein Dunkler Elf ... Sicher, sie sind dankbar. Aber dennoch, sie sind völlig arglos, selbst der Paladin. Wo doch gerade solche Männer als genauso engstirnig wie erleuchtet gelten.

Doch das wichtigste ist, wie werde ich diese ganzen Figuren wieder los – vor allem diesen großmäuligen Kerl, diesen sogenannten ›Helden des Reinen Geistes‹, damit der Junge und ich die Reise fortsetzen können?

7.
KAPITEL

Sichtlich mit Mühe riß der Barde sich aus diesen finsteren Gedanken und wandte sich an seinen Schüler. »Ich werde mir überlegen, wie wir am besten mit dem Dank umgehen, den diese Herren uns anbieten. Während ich das tue und während sie ihre Besitztümer und Waffen suchen, könntest du unsere Sachen und Pferde holen, damit wir weiterreiten können.« Gawaine nickte erleichtert. Er hatte schon befürchtet, daß die Miene seines Meisters bedeutete, daß er gar keine zusätzliche Gesellschaft wollte, die des Druiden nicht ausgenommen. Er ging bereits die Straße entlang und suchte nach dem Pfad, der auf den felsigen Hügel führte, als er hinter sich einen zögernden Ruf vernahm. Der große Bursche mit dem hellen Haar kam auf ihn zu. Er trug jetzt einen langen Bogen, und aus seinem Köcher, der über der linken Schulter hing, lugten zahlreiche glänzend befiederte Pfeile. »Ich hörte, wie der Barde Euch befahl, Eure Sachen zu holen. Ich dachte, meine Hilfe wäre vielleicht willkommen.«

Gawaine zögerte, doch das Lächeln des Bogenschützen war so ansteckend, daß er es erwiderte. »Euch steht eine üble Kletterei bevor«, sagte er und deutete auf die Felsen.

Cedric stieß vernehmlich die Luft aus. »Nachdem ich so lange in dem engen Käfig ausgeharrt habe, tut mir etwas Bewegung sicher gut.«

Zu Gawaines Verblüffung versuchte er nicht, voranzugehen, sondern folgte ihm einfach nur.

»Wie lange wart Ihr gefangen?« fragte er atemlos, nachdem er den Pfad gefunden hatte und auf halbem Weg eine Pause einlegte. »Wenn ... wenn Euch meine Frage nichts ausmacht«, fügte er hastig hinzu.

»O nein, sie stört mich nicht ... Gawaine, nicht wahr? Ich bin Cedric, falls Ihr es vergessen haben solltet. Tja, schwer zu sagen, wirklich. Ich war vor einiger Zeit verletzt und mußte eine andere Arbeit als die eines Bogenschützen annehmen, bis die Wunde geheilt war. Man muß ja von irgend etwas leben, nicht wahr? Tja, ich habe mir wohl die falsche Karawane ausgesucht. Mir wurde klar, was und wer sie waren, und ich versuchte, zu verschwinden. Da machten sie mich vom Kutscher zur Ware.«

»Nicht sehr erfreulich für Euch«, sagte Gawaine. Er drehte sich um und setzte den Anstieg fort.

»Nicht besonders, nein«, stimmte Cedric liebenswürdig zu.

Die Pferde waren noch da, wo Gawaine und der Barde sie gelassen hatten, und Thunder war sehr froh, ihn zu sehen. Star ließ es einigermaßen gnädig zu, daß Cedric ihn sattelte, und nach kurzer Zeit hatten sie Vorräte, Waffen und die Instrumente hinter den Sätteln verstaut. Gawaine schaute zum Himmel hoch. Die Sonne hatte ihren höchsten Stand zum Mittag bereits deutlich überschritten. Heute würden sie nicht mehr besonders weit kommen. Er drehte Thunder um und führte ihn auf den Pfad. »Bleibt lieber etwas zurück und laßt mich vorgehen«, warnte er Cedric. »Star ist nicht so gutmütig, wie er auf den ersten Blick wirkt.«

»Aha.« Der Bogenschütze warf dem schwarzen Hengst einen mißtrauischen Blick zu. Star schnaubte ihn an, schüttelte den Kopf und fügte sich dann in sein Schicksal, geführt zu werden.

Der Abstieg über den schmalen, steilen Weg war fast so schwierig, wie Gawaine befürchtet hatte. Als sie endlich die ebene Erde erreichten, war er klatschnaß geschwitzt. Seine Beine zitterten von der Strapaze so sehr, daß er nicht wagte, vor dem Fremden aufzusitzen. Er fürchtete, daß er aus Schwäche abrutschen und sich das Kinn am Sattel stoßen könnte.

Naitachal stand mitten auf der Straße, den Kopf gesenkt, weil er – wie es aussah – seine Hände betrachtete. Gawaine fragte sich, ob er immer noch versuchte, aus all dem schlau zu werden. Doch als sie herankamen, erkannte Gawaine, was seinen Meister beschäftigte: ein anderer Waffengürtel. Es waren zwar nur vier Messer, aber sie waren so erlesen, daß sie leicht einem Edelmann hätten gehören können. Naitachal war ganz offensichtlich von den goldverzierten Griffen und den schmalen, hochglanzpolierten Klingen bezaubert.

Der Druide saß am Ende des Karrens und hielt einen langen Stab in der linken. Auf der anderen Seite half Ilya dem Paladin, das Geschirr von einem der Pferde zu hieven, das den Karren gezogen hatte, so daß man sie reiten konnte. Gawaine ging zu ihnen, um ihnen zu helfen. Vermutlich kannte er sich besser mit Pferdegeschirren aus als alle anderen hier. Und gewiß konnte es nicht schaden, wenn er erst einmal einen sorgenden Blick auf die armen Tiere warf.

Zu seiner Überraschung zeigten sie jedoch keinerlei Anzeichen von schlechter Behandlung oder Mangel an Futter. Er fand sogar einige Hafersäcke unter der Sitzbank, die natürlich keiner sonst geholt hatte, wie Gawaine säuerlich bemerkte. Klar, keiner der fünf war ein Reiter, so daß sie vermutlich gar nicht auf die Idee gekommen waren, daß sich hier die Nahrung für die Pferde befinden könnte. Noch wahrscheinlicher war, daß vermutlich keiner geglaubt hatte, daß Sklavenhändler ihre Pferde gut versorgten. Doch sie taten gut daran, die Tiere zu pflegen, die ihre Handelsware zum Markt zogen. *Diese ... miesen ... diese ekligen ...* Gawaine fielen eine ganze Menge passender Worte ein, aber keines davon war so abfällig, daß es diese Wesen beschrieben hätte. Er schlug vor, ein behelfsmäßiges Zaumzeug aus Riemen anzufertigen und Decken auf die Pferde zu legen, durch die sowohl die Beine der Reiter als auch die Rücken der Tiere geschont würden. Er wartete, bis Ilya begriff, was er zu tun hatte, und kümmerte sich dann um die Vorratskiste. Zwei Speere lagen noch auf dem Boden. Gawaine nahm sie heraus und steckte sie in das Futteral zu seinem eigenen Speer. Sie paßten gerade, aber es war vermutlich angenehmer, als nur einen Speer zu tragen, weil der immer hin- und hergerutscht war.

Tem-Teleks Diener war mit verschiedenen Schwertern und Dolchen behängt, und ein Speer mit Wurfriemen baumelte ihm von der Hüfte bis zum Knie. Darüber hinaus hielt er in beiden Händen einen Anzug aus dickem Stoff. Der Echsenmann hatte sich bereits das Unterteil dieses Overalls über die Beine gezogen und wand sich gerade mit Wulfgars Hilfe in die Arme. Eine kleine Kapuze hing ihm vom Rücken herunter, und an seinen Handgelenken waren lose Riemen und kleine, klumpig aussehende Beutel befestigt. *Was das wohl ist?* fragte sich Gawaine. Was es auch war – *vielleicht ja eine Art Rüstung* –, der Echsenmann hatte es offenbar ziemlich eilig, es sich anzuziehen, und er stieß einen erleichterten Seufzer aus, als der Zwerg die letzten Verschlüsse über seiner Brust zumachte. Über diesen seltsamen Anzug legte er zwei gekreuzte rote Lederriemen an, einen für das Paar langer Dolche und einen für das dazu passendes Schwert. Der Wurfspeer kam in ein eingenähtes Futteral auf Tem-Teleks Rücken und ragte hoch genug heraus, daß er ihn mit einem schnellen Griff leicht erreichen konnte.

Arturis war mit Klingen und einem kurzen, dicken Hornbogen an seiner Hüfte förmlich gespickt. Er hatte den Riß in seinem Wams ordentlich genäht und trug jetzt noch einen Helm und einen Brustpanzer, der aus vier miteinander verbundenen Eisenringen bestand, die sein Herz und seinen Bauch schützten. Eifrig polierte er sie gerade. Ilya schien keine Waffen bei sich gehabt zu haben, als man ihn erwischte. Wulfgar wollte ihm ein langes Schwert aufschwatzen, und da er das nicht nehmen wollte, drängte er ihm einen Dolch auf, den Ilya zunächst mißtrauisch beäugte. Schließlich jedoch gestattete er dem Zwerg, die Waffe an seinem Gürtel zu befestigen.

Sie hatten sich dabei die ganze Zeit leise unterhalten, und nun drehten sich die sechs Ex-Sklaven erwartungsvoll zu Naitachal herum.

Der Barde schloß die Augen. Als er sie wieder öffnete, schaute er langsam einen nach dem anderen an. »Ich nehme an, Ihr empfindet alle so wie Tem-Telek – daß es sicherer ist, zusammen zu reisen.« Er schwieg und erntete sechsfaches Nicken als Antwort. »Wohlan denn!« Er klatschte in die Hände und rieb sie dann lebhaft. »Ihr seid zu sechst und alle bestens gegen das Schlimmste gerüstet. Es gibt sieben Pferde, und Ihr seid zu sechst – solltet Ihr keine Einwände haben, dann nehmen wir das übriggebliebene Pferd als Bezahlung. Wir werden da, wo wir hingehen, vielleicht einen Extra-Gaul brauchen können.«

Schweigen. Die sechs tauschten Blicke. »Und wo ist das?« fragte Arturis schließlich, da Naitachal offensichtlich nicht weiterreden wollte.

Der Barde schüttelte den Kopf. »Nun, das wissen wir noch nicht genau. Wir gehen nach Norden, mitten durchs Land, denke ich. Wir entfernen uns dabei von Portsmith, das in dieser Richtung liegt, und auch von jeder anderen Stadt, die in dieser Richtung liegt.« Er deutete mit der Hand grob nach Süden. Seine Stimme war leise und melodisch. »Wir gehen nach Norden«, erklärte er mit etwas glasigem Blick.

»Tja, nun.« Arturis brach das erneute Schweigen. »Aber warum geht Ihr dorthin?«

»Oh, weil ...« Die Stimme des Barden wurde schwächer. »Dort oben werden wir vielleicht einiges finden, worüber mein Schüler Lieder schreiben kann. Oder ... vielleicht auch nicht. Auf jeden Fall wird es sehr, sehr kalt dort sein.«

Gawaine unterdrückte erst ein Gähnen, dann ein Grinsen. Er wußte, was sein Meister versuchte – und merkte auch, wie geschickt und unauffällig er es tat. Er wollte ihnen allen von der Reise abraten, sie entmutigen, und er stellte sie so langweilig dar, daß keiner mehr Lust verspürte, mitzukommen. Doch sein Lächeln erlosch, als ihm klar wurde, daß dies auch durchaus bei den beiden wirken könnte, die vielleicht den Schlüssel zur Wahrheit hatten. *Wenn wenigstens der Druide mitkäme,* dachte er sehnsüchtig. Aber wenn Naitachal entschlossen war, sie loszuwerden ...

Nun, immerhin sagte sein Meister nicht geradeheraus, sie sollten verschwinden. Er versuchte nur, sie umzustimmen.

Doch offensichtlich hatte er diesmal in den Sechsen seinen Meister gefunden. Und ganz offensichtlich brachte er es nicht übers Herz, seine Magie einzusetzen, um den jämmerlichen Haufen abzuschrecken.

»Tja nun, ein bißchen kaltes Wetter«, sagte Tem-Telek wegwerfend. Er strich sich mit den Händen über den seltsamen Anzug, vor dessen blasser Farbe sich seine Haut sehr grün und unmenschlich abhob. »Bedenkt, Meister Barde, daß ich bereits weit von meinem eigenen Land entfernt bin. Und auch von dem Klima, in dem sich meinesgleichen wohl fühlt. Dieser Anzug wurde mir von meinem Kammerdiener angefertigt, bevor wir weit wärmere Gegenden verließen.«

»Kalt«, summte Naitachal trübselig vor sich hin. »So kalt, daß Ihr Euch nicht einmal annähernd vorstellen könnt ...«

»Mein Vorstellungsvermögen mag zwar nicht an das eines Barden heranreichen«, unterbrach ihn der Echsenmann kühl. »Aber so armselig ist es nun auch wieder nicht. Genausowenig wie mein Ehrgefühl. Wollt Ihr mich beschämen, indem Ihr mir keine Möglichkeit gebt, meine Schuld abzutragen?«

Der Barde spreizte die Hände und drehte sich schließlich herum, um den Zwerg anzuschauen. »Und Ihr?«

»Ein bißchen Kälte macht mir nichts aus«, sagte Wulfgar. »Mich stört nicht einmal starke Kälte. Außerdem habe ich ebenfalls Ehrgefühl, und selbst wenn ich es damit Genüge sein ließe, meine Schuld an Euch mit einem schlichten ›Habt

Dank‹ abzugelten, würde ich doch niemals meinen Herrn verlassen. Jemand hat darum Sorge zu tragen, daß seine Kluft tadellos und sauber bleibt. Abgesehen davon muß ich seinen Kasten-Gurt, der seinen Rang anzeigt, reparieren, und das ist gewißlich nicht in einer Nacht getan.«

Gawaine fand zwar, daß Loyalität keine Erklärungen erforderte, schwieg aber.

»Nach Norden, sagt Ihr?« sinnierte Cedric laut. »Ich habe gehört, daß es dort im Norden Bögen gibt, die so machtvoll sind und so zielsicher zu treffen vermögen, daß man sie schon fast magisch nennen könnte. Stellt Euch vor, was eine solche Waffe für jemanden bedeutet, der sein Geld mit Turnierbogenwettkämpfen verdient! Nein«, fügte er hastig hinzu, als Naitachal sich rührte. »Versucht erst gar nicht, mir davon abzuraten. Für solch einen Bogen, ja selbst für die vage Möglichkeit, daß eine solche Waffe existiert und ich sie vielleicht in die Hände bekommen könnte, würde ich einiges wagen. Zudem könnten Euch auch meine Fertigkeiten von Nutzen sein, obwohl Ihr Barde seid. Denn es gibt auch noch andere Mären über den Norden, solche über böse Dinge und böse Menschen, die die Straßen unsicher machen, Bestien, die einen starken Mann in der Luft zerreißen können …«

»Ja, schon gut«, unterbrach Naitachal ihn hastig. »Aber dorthin, wo wie gehen, gibt es angeblich keine Siedlungen und keine Städte. Wenn Ihr erwartet, einen solchen Bogen zu finden …«

»Nun, ich muß ja nicht immer an Euch kleben, richtig?« wollte Cedric ganz richtig wissen. »Wohin geht Ihr denn eigentlich genau, wo es angeblich weder Städte noch Siedlungen gibt?«

Gawaine wollte antworten, doch Arturis kam ihm zuvor. Er hatte vor Aufregung ganz runde Augen und wedelte aufgeregt mit den Armen. »Jawohlja! Was der Bogenschütze sagt, ist wahr. Das furchtbare Böse und schreckliche Kreaturen, entsetzliche Bestien … Ich muß hingehen und sie alle vernichten!«

»Ach, tatsächlich?« murmelte Naitachal, drehte den Kopf und zwinkerte seinem Schüler zu. »Ich habe nie etwas von solchen bösen ...«

»Ich irre mich niemals in solchen Belangen«, verkündete Arturis zuversichtlich. »Der Wahre Gott hat mich oft auf Kreuzzüge gegen das Böse und furchterregende Wesen gesandt, und immer hat er mir eine Vision geschickt, um mich zu warnen, zu warnen, daß ich ... Aaaiiiaiiaii ...!« Seine Stimme wurde plötzlich zu einem schrillen Quieken, er fiel auf die Knie, schwankte und murmelte unverständliche Worte. Seine Augen rollten in die Höhlen, dann schloß er sie. Gawaine schrie verärgert und entsetzt auf und wollte vorstürmen, doch der Barde hielt ihn am Arm fest.

»Aber, aber, mein Schüler«, sagte er leise. »Es ist nur eine Vision. Hast du nicht gehört, wie er sie angekündigt hat?«

»Eine Vision ...«, stieß Gawaine hervor und schaute den Paladin ehrfürchtig an. Glücklicherweise wurde seine Aufmerksamkeit von dem Mienenspiel des Helden in Anspruch genommen, dem die Tränen aus den fast geschlossenen Augen über die Wangen in den Bart liefen. Deshalb bemerkte Gawaine nicht den gereizten Blick, den sich Tem-Telek und sein Diener zuwarfen, oder den deutlichen Überdruß des Druiden. Arturis plapperte noch eine Weile vor sich hin – oder vielleicht plauderte er ja auch mit seinem Gott, falls nicht gar dieser Gott Stimme und Lippen seines Helden benutzte, um eine Botschaft unter die Leute zu bringen. Schließlich bewegte Arturis sich, öffnete die Augen, blinzelte und schaute die Umstehenden an. »Wo ...?« fragte er undeutlich. Dann warf er mit einer schwungvollen Bewegung des Kopfes sein langes blondes Haar über die Schultern zurück und sprang auf die Füße. »Jawohlja! Es gibt dort tatsächlich schreckliche Ungeheuer und Dinge unbeschreiblicher Form, Meister Barde, und gegen diese habt Ihr keinen anderen Schutz als den meines Gottes und Herrn – und meiner starken Hand! Doch selbst wenn ich nicht mit Euch zöge, müßte ich dennoch diesen Weg beschreiten, um meinen tapferen Kreuzzug gegen diese Wesen zu führen, auf daß ich sie zum Ruhm meines Gottes und für die Reinheit meiner Seele überwinde!«

»Klar, sicher«, beeilte Naitachal sich beizupflichten. »Senkt nur Eure Stimme, bittschön, weil sonst *mir* der Kopf schmerzt. Kommt mit, wenn Ihr es denn unbedingt müßt.« Daraufhin wandte er sich nachdenklich an den Druiden. »Ihr habt noch gar nichts gesagt.«

»Nein«, erwiderte Raven genauso ruhig. »Aber ich sage jetzt etwas. Die Gegend, in die Ihr gehen wollt, ist kaum bewohnt, und es gibt nur sehr wenig Straßen dort. Ich habe genug Jahre im Norden verbracht, und es gibt nur wenig, was ich nicht über diese Gegenden weiß, was man essen kann und was nicht, zum Beispiel. Ich habe viele Wälder durchwandert, in denen man verhungern könnte, bevor man wieder herauskommt. Ich kann Euch führen – wenn Ihr damit einverstanden seid.«

Der Barde warf seinem Schüler einen kurzen Blick zu. Er konnte Gawaines Gedanken fast hören: *O ja! Führt mich!* Vielleicht neutralisierten er und der Paladin sich ja gegenseitig; jedenfalls bestand kein Zweifel daran, daß die Dienste des Druiden nützlich sein könnten, wenn er nur die Hälfte von dem konnte, was er vorgab.

»Wohin genau geht Ihr eigentlich?« wollte Raven wissen.

»Ein Tal«, fiel Gawaine ein, bevor Naitachal irgend etwas sagen konnte. »Ein Tal, in das niemals der Sommer kommt.«

»Aber ... das Tal kenne ich!« rief Ilya aufgeregt. »Ich kenne es sogar sehr gut. Es liegt keinen Tagesritt von meinem Dorf entfernt!«

»Wirklich?« Der Barde lächelte den jungen Bauern tatsächlich an. »Wohlan denn!« Er schaute zum Himmel hinauf. »Es wird nicht mehr lange hell bleiben, und ich habe gestern abend wenig Schlaf gefunden. Ich würde gern die Zeit haben, um unser Nachtlager mit einem wirksamen Bannkreis umgeben zu können, bevor die Sonne untergeht, und ...« Er schaute vielsagend auf die toten Sklavenhändler und den ganzen Müll auf der Straße ... »Ich kann mir keinen Grund vorstellen, warum jemand heute nacht *hierbleiben* möchte, nicht einmal den, um die Totenwache zu halten.« Arturis warf ihm einen scharfen Blick zu, den Naitachal sanft lächelnd erwiderte, bevor er sich umdrehte und auf Star aufsaß. Er musterte die kleine Reisegruppe und schaute dann Gawaine neben sich an, der auf Thunder saß. »Wer auch immer mit uns kommen will, der sollte jetzt aufbrechen.«

Er war nicht sonderlich erfreut und keinesfalls überrascht, als die sechs Geretteten gleichzeitig aufstiegen und sich hinter ihnen einreihten.

Die Sonne war schon fast untergegangen, als sie einen Platz fanden, der vor den Nachtwinden Schutz bot, die laut Raven hauptsächlich aus dem Osten wehten. Es gab auch Wasser, und das Lagerfeuer würde man nicht schon aus weiter Entfernung sehen. Als Cedric und Wulfgar das Feuer endlich entzündet hatten, war es bereits vollkommen dunkel. Gawaine versorgte die Pferde, und Naitachal zog eine ordentliche magische Grenze um das ganze Lager und die Pferde bis hinunter an den Fluß. Es war eher ein flacher, schnell dahinplätschernder Bach, der sich über einen Stein in ein Becken ergoß und dann im Boden verschwand.

Als der Bardling von den Pferden zurückkam, hatte Raven bereits ihre Vorräte durchstöbert und bereitete eine Art Eintopf zu, allerdings ohne Fleisch. Was bei seinen Ex-Sklaven-Gefährten eine kleine Diskussion auslöste. »Ich kann Euch bekochen«, sagte er schlicht. »Aber nicht mit totem Fleisch. Von lebendigen Geschöpfen.«

»Für heute abend wird es sicher genügen«, schlichtete Naitachal den Streit, bevor Arturis die Einstellung seines Gottes niedrigeren Kreaturen gegenüber erneut ins Feld führen konnte. »Mir persönlich ist es Wurst, ob Fleisch im Essen ist oder nicht, solange es so gut riecht wie das hier. Wenn Ihr

Euch einen Eber rösten wollt, Paladin, dann holt ihn Euch.« *Oder verschwindet und eßt, was Ihr wollt.* Der Gedanke war ihm so deutlich vom Gesicht abzulesen, als hätte er ihn laut geäußert. Der Paladin warf ihm einen mißtrauischen Blick zu und gab nach.

»Ja. Es gibt gewiß Zeiten, in denen ein Krieger auch ohne Fleisch auskommt, um seine Seele auf größere Aufgaben vorzubereiten und …« Naitachal unterbrach ihn mit einer unwilligen Handbewegung, beugte sich vor und deutete auf Ilya, der auf der anderen Seite des Feuers saß und an einem Stück dunklen, fast schon verschimmelten Brotes herumkaute. »Erzählt uns doch ein wenig von diesem Tal, hm?«

Ilya nickte heftig, kaute und schluckte. »Nun, früher, als meine Großmutter noch ein Mädchen war, gab es dort angeblich eine Weide … Sie sagte, es hätte dort Gras, Blumen und all das gegeben, was man auch in unserem Dorf und in der Nähe fand. Wilde Zwiebeln wuchsen auf den Hügeln, ein Fluß mit einem Weiher war dort, wo die Gänse im Frühling und im Herbst rasteten. Doch dann kam ein Winter, der Großvater aller Winter. Der Schnee lag hoch bis zu den Dachrinnen aller Häuser. Wölfe und Eisbären durchstreiften die Straßen und kratzten an den Türen. Und mitten in diesem furchtbaren Winter, zu einer Zeit, in der es nur soviel Sonne gibt«, er deutete mit den Händen eine Fingerlänge an, »in einer langen, schrecklichen Nacht erhob sich ein Wind, der an den Schornsteinen rüttelte und den Ruß herunterrieseln ließ und den Schnee von der Straße durch den Kamin drückte. Die Menschen verkrochen sich in ihre Häuser und warteten auf den nächsten Sturm, der gewißlich jede Hütte und jeden Schuppen im Dorf wegreißen würde. Doch als der Morgen kam, stand alles im Dorf noch so wie immer. Nur die Schneewehen zeigten, wo der Wind entlanggestürmt war. Und das Tal war von einem geheimnisvollen weißen Wall umgeben.

»Die Leute waren natürlich neugierig. Einige gingen hin, um es sich anzusehen. Meine Großmutter erzählte, daß einige von denen, die dort waren, berichteten, daß der Wall tatsächlich echt sei und daß einem die Hand erfror, wenn man ihn berührte. Und dann gab es noch diejenigen ...« Er senkte die Stimme zu einem Flüstern. »... die über den Wall geklettert sind ... und niemals zurückkamen.«

In dem folgenden Schweigen hörte man nur das Knacken des Feuers und das leise Blubbern des Eintopfs, den Raven zusammenköchelte. »Der Sommer kam«, fuhr Ilya schließlich mit normaler Stimme fort. »Aber der Wall blieb, wo er war, und es war immer Eis darauf, selbst im heißesten Hochsommer. Selbst jetzt ist dort noch Eis, und als ich noch ein dummer Junge war, bin ich auf die Schultern eines Freundes geklettert und habe herübergeschaut. Überall ist Schnee und Eis, und mittendrin ist ein Turm, oder vielleicht ist es auch eine Burg. Es ist schwierig zu erkennen, weil es genauso weiß ist wie der Boden drumherum. Aber es haben auch andere über den Wall geschaut, und sie bestätigen das, was ich gesehen habe.«

»Und was ist aus denen geworden, die hineingegangen sind?« wollte Naitachal wissen.

Ilya steckte sich den letzten Bissen des Brotes in den Mund, schaute einen Moment ins Feuer und stand dann auf. »Ich sagte, ich würde Euch dorthin führen, Herr, und das werde ich auch tun. Aber nur bis dorthin, von wo aus Ihr den Wall sehen könnt. Zu meinem Dorf und vielleicht noch ein kleines Stückchen weiter. Aber nicht mehr. Denn diejenigen, die den Wall überklimmen, kommen nicht zurück. Nie mehr.«

8. KAPITEL

Der Barde lag noch lange wach, nachdem seine plötzlich so zahlreichen Gefährten schliefen. *Magische Bögen*, dachte er mißmutig. Nun, es war jedenfalls eine weit einfallsreichere Lüge als diese albernenen Visionen von Arturis. *Dieser Ausdruck auf dem Gesicht meines Schülers, als der Paladin diese Nummer zum besten gab!* Und es war natürlich nur ein Spiel: Gawaine mochte vielleicht jung und weltfremd sein, aber Naitachal erkannte einen Betrug, wenn er auf einen stieß.

Vielleicht war es nicht direkt Betrug: Es bestand die Möglichkeit, daß Arturis auch sich selbst etwas vormachte. »Trotzdem, ich werde diesen angeblichen Paladin sehr genau im Auge behalten, damit er nicht plötzlich verschwindet und etwas mitgehen läßt, was nicht ihm gehört – einschließlich meiner Barschaft *und* meines Schülers!« flüsterte der Barde vor sich hin.

Eins war jedenfalls sicher: Nach der Geschichte, die Ilya erzählt hatte, würde er keinen von ihnen mehr abschütteln können. Er mußte kein Barde sein, um aus ihren Mienen ablesen zu können, wie fasziniert sie bis auf den letzten Mann von dieser Erzählung gewesen waren.

Selbst Gawaine. Naitachal grinste plötzlich. *Ich verwette meine Laute darauf, daß der Junge nicht für fünf Pfennig an dieses Tal glaubte, bis er die Geschichte dieses Bauern hörte!* Nun, jetzt glaubte er sie jedenfalls. Der Barde rutschte zur Seite und entfernte einen Stein unter seiner Hüfte. Dann versuchte er, es sich bequem zu machen. Die Frage war, glaubte er selbst an die Geschichte?

War das wichtig? Es mochte eine reine Fabel sein, wie die von den ertrunkenen Männern in dem verwünschten See – er hatte diese Geschichte schon von mindestens zwanzig Männern in verschiedenen Teilen des Landes gehört. Und jeder von ihnen behauptete, er hätte eine der Frauen gekannt, die von den Untoten ins Wasser gelockt worden waren. *Die Geschichte ist so alt, daß sie schon einen langen grauen Bart hat.* Vielleicht war die Legende um den Wall ja jetzt die neueste Mode, genau wie dieser grauenvolle Lampendocht-Kalauer.

Er grinste, streckte sich und schloß die Augen. Es spielte wirklich keine Rolle. Sein Hauptanliegen war es, Gawaine in die Welt hinauszubringen und ihm die Chance zu geben, etwas zu sehen, ihn dazu zu zwingen, sein Leben zu leben, statt es nur vorbeifließen zu lassen. Wenn es kein Eistal gab – wenn das nur Ilyas Beitrag war, um sich ihnen anzuschließen zu dürfen – auch gut. Abgesehen einmal davon, wenn die Dinge so weiterliefen, wie sie angefangen hatten, würde schon der Weg zu ihrem Ziel der halbe Spaß sein.

»*Wie viele?*« Der Paladin schaute Ilya fassunglos an. Sie hatten nahzu alles gepackt, als Arturis den Jungen fragte, wie viele Tage er unterwegs nach Süden gewesen war.

Der Bauernjunge zuckte mit den Schultern. »Ich habe es an Händen und Füßen abgezählt und habe von vorn begonnen, nochmals durchgezählt und bin dann noch mal so weit gekommen ...« Er hielt seine rechte Hand hoch und legte den Daumen über Mittel- und Zeigefinger, »bevor ich an das Dorf kam, in dem ich meine Felle verkaufte. Dort erzählte mir eine Frau, daß ich nach Portsmith gehen sollte, wenn ich ein besseres Geschäft machen wollte. Aber ich würde vier Tage brauchen, um die Strecke zurückzulegen.«

Jetzt schaute Gawaine ihn ungläubig an. »Du bist bis vier Tagesreisen an eine so große Stadt herangekommen, nachdem du den ganzen Weg nach Süden zurückgelegt hast, und du bist nicht hingereist, um sie dir anzuschauen?«

»Warum hätte ich das tun sollen?« fragte Ilya zurück. »In dem Dorf, in dem ich die Felle verkauft habe, gab es siebzehn Häuser und eine Herberge. Ich habe sie gezählt. Was hätte Portsmith mehr bieten können?« Er schaute von einem entgeisterten Gesicht zum nächsten und wandte sich schließlich an Naitachal, der eher grimmig wirkte. »Habe ich etwas Falsches gesagt?«

»Nein.« Raven klopfte ihm auf die Schulter und widmete sich dann wieder den Riemen, die er gerade festzurrte. »Für einige von uns gibt es eben noch mehr als nur das Stadtleben ...«

Arturis gab sich einen Ruck. »Nun, gewißlich gibt es das! Betrachtet nur das Leben, das ich führe. Ich folge den Wegen meines Gottes und nehme selbst die wunderlichsten Prüfungen auf mich, die er mir auferlegt ...«

»Ja, ja, ja«, unterbrach Naitachal ihn schnell. Seine drohende Miene hatte nichts mit Ilyas Geplapper zu tun. Er war einfach kein Frühaufsteher und gereizt, wenn er vor Sonnenaufgang aufwachte. »Warum hebt Ihr uns diese gar wunderliche Geschichte nicht für später auf – nachdem wir losgeritten sind?« *Und ich außer Hörweite bin,* dachte er, was jeder leicht an seinem finsteren Blick ablesen konnte.

Zu seiner Überraschung verstummte Arturis sofort, nicht ohne allerdings ein unschuldiges: »Selbstverständlich, Sire« gemurmelt zu haben. Der Paladin drehte sich um, hob einen großen Kleidungssack auf und lud ihn auf das freie Pferd. Stirnrunzelnd schaute ihm der Barde hinterher. Schließlich schüttelte er den Kopf, wandte sich ab und kniete sich hin, um seine Decken weiter zusammenzurollen.

»Vierzig Tage oder ein wenig länger sogar ...« Cedric schien laut zu denken und stand gedankenverloren da, den Köcher in der Hand. »Und mit zu wenig Essen für uns acht ...« Er zwinkerte, als er merkte, daß Raven fertiggepackt hatte und ihn beobachtete.

»In der nördlichen Wildnis gibt es viele Pflanzen«, informierte ihn der Druide. »Dicke Knollen und andere Wurzeln, aus denen man eine gute Suppe machen kann, Blätter und mehr solcher Dinge. Ich habe lange nur von den Früchten des Landes gelebt und ...« Er deutete mit beiden Händen auf sich selbst. »Ich finde nicht, daß ich besonders abgemagert aussehe.«

»Nun, nein«, erwiderte Cedric nachdenklich. »Dennoch entsprechen Wurzeln und Beeren nicht gerade meiner Vorstellung von einem ordentlichen Essen.«

Naitachal hatte Gawaine seine Beutel gegeben, damit er sie auf Stars Rücken befestigte. »Der Bardling und ich haben Dörrfleisch bei uns, und .. Raven, ich muß gestehen, daß ich nichts gegen etwas Frischfleich habe, falls es jemandem gelingen sollte, Wild zu erjagen. Ehrlich gesagt finde ich von Zeit zu Zeit einen ordentlichen Spießbraten oder ein paar Koteletts nicht zu verachten.«

Die beiden maßen sich einen Augenblick mit finsteren Blicken, während der Rest der Gruppe sie beobachtete. Selbst Wulfgar, der sich so früh am Morgen um niemanden geschert hatte, kam um das Pferd seines Herren herum und sah zu. Schließlich zuckte Raven mit den Schultern. »Wie Ihr wollt. Solange niemand erwartet, daß ich ...«

»Jeder kann essen, was – und wie – er will«, unterbrach der Barde ihn gereizt. Er schaute sie alle der Reihe nach an. »Ist die Sache damit geklärt? Können wir endlich aufbrechen?«

Gawaine machte es sich auf Thunders Rücken bequem und ließ den Rest der Gruppe an sich vorbereiteen. Als er endlich hinten war, lächelte er zufrieden. Er hatte fest damit gerechnet, daß Naitachal eine Möglichkeit fand, sich der anderen heute morgen zu entledigen. Aber er hatte es nicht geschafft. *Ein Druide und ein Paladin – und mindestens vierzig Tage Zeit, um von beiden zu lernen!* Sein Meister wollte wissen, wo er blieb, und drehte sich nach ihm um. Dann zügelte er Star, so daß sie beide nebeneinander reiten konnten. »*Du* wirkst heute morgen ja ungewöhnlich zufrieden«, bemerkte der Barde grollend. Gawaine grinste. Er kannte Naitachals Art und wußte auch, warum er jeden anfuhr – er, Gawaine, war kein Morgenmuffel und hatte sich längst daran gewöhnt, dem Barden aus dem Weg zu gehen, bis er richtig wach war.

»Nun … ja. Wißt Ihr, ich glaube, das bin ich auch.«

Der Barde murmelte etwas, was er nicht hören konnte, und trieb Star an. Bis die Sonne hoch am Himmel stand, ritt er mitten in der Gruppe, sprach mit niemandem und wurde tunlichst in Ruhe gelassen.

Das Land blieb einige Tagesreisen hügelig, und trotz Arturis' Versicherungen, daß Gott ihnen den Weg zur nächsten Straße weisen würde, stießen sie nur auf einen schmalen Pfad, der sich am Fuß der Berge entlangschlängelte. Schließlich wurde es immer flacher und die Flüsse immer seltener, bis sie sich am vierten Tag am Rand einer ausgedehnten, nur leicht hügeligen Landschaft wiederfanden, in der vereinzelte Wäldchen von hohem, saftigem Gras umgeben waren.

Die Pferde waren entzückt, die Menschen, der Zwerg und der Echsenmann weit weniger. Der Pfad führte, soweit sie sehen konnten, geradewegs auf etwas Zerklüftetes, Dunkles zu. Raven trieb sein Pferd an und deutete mit der Hand auf das Gras. »Vernünftige Lebewesen überqueren diese Ebene in einem Tagesritt, und sie bleiben auch auf dem Pfad. Es ist zwar nicht direkt ein Sumpf, aber der Boden ist sehr feucht. Es gibt große Löcher an Stellen, die man nicht sehen kann. Es gibt auch morastige Stellen, und wenn ich mich nicht sehr täusche, gibt es auch Gruben, in denen ein Pferd mitsamt seinem Reiter verschwinden kann.«

»Oh.« Tem-Telek schüttelte den Kopf. »Ich habe keine Angst vor Sümpfen. Damit kenne ich mich aus. Doch dieser Pfad … Wer hat ihn angelegt, und sind uns diese Lebewesen wohlgesonnen?«

Arturis ritt vor und machte Anstalten, abzusteigen. »Ich kann die Hände auf den Boden auflegen, und dann wird mein Gott mir sagen …«

»Ja, ja, ja«, sagten Naitachal und Raven im Chor. Der Barde war bereits von Star abgestiegen und spähte über das hohe Gras. »Der Pfad selbst scheint mir sicher zu sein, doch das Land könnte uns gefährlich werden, wenn wir von der Dunkelheit überrascht werden. In solchen Gegenden hausen manche *Dinge*, doch sie kommen nur bei Nacht heraus.«

»Ja, aber ...«, stotterte Arturis. Naitachal drehte sich um und lächelte ihn höchst unfreundlich an. Seine Augen glänzten.

»Was Euer Gott auch immer von diesem Land hält«, sagte er ruhig. »Ich für meinen Teil weiß Euch etwas von Dunklen Dingen zu berichten, Dinge, die Eure Seele rauben, ob sie nun einem Gott geweiht ist oder nicht. Ihr wißt ja wohl hoffentlich, was ich bin, Paladin.«

Gawaine hielt den Atem an. Der Paladin zog den Kopf ein und rührte sich nicht. Es war Raven, der antwortete.

»Ihr seid ein Dunkler Elf – wart ein Geisterbeschwörer und seid nunmehr ein Barde. Selbst jemand, der lange Zeit in der Einöde verbracht hat, weiß, wer und was Ihr seid, Naitachal.« Die beiden schauten sich lange an, und plötzlich lächelte Raven. »Und wart. Ich sehe keinen Grund, an Eurem Wort zu zweifeln. Aber wir müssen einen Weg durch diese Gegend finden, bevor die Sonne untergeht.«

»Sicherlich«, bestätigte Tem-Telek. »Selbst eine Haut wie meine ist nicht vollkommen gegen Insektenstiche gewappnet. Und ich kann Euch verraten, bei Morgengrauen und in der Abenddämmerung seht ihr nichts mehr, außer dichte Wolken von ihnen.«

»Ja. Genau.« Cedric vertrieb mit der Hand Insekten vor seinem Gesicht, stellte sich in seinen provisorischen Steigbügeln auf und schaute nordwärts. »Aber jetzt können wir etwas sehen ... Was ist das, Raven ... Ein Wald?«

Der Druide nickte. »Wald. Ich sage es nochmals: Wenn wir da sind, wo ich vermute, dann ist das ein sehr ausgedehnter Wald, und er ist größtenteils sehr tückisch. Doch ich kenne ihn gut und finde von jeder Stelle aus einen Weg hindurch.«

»Gut, dann also ...« Der Barde kam zurück und stieg wieder auf. »Da Ihr das Land kennt, reitet Ihr am besten voran.« Er grinste den gebändigten Arturis bösartig an. »Da Ihr ja lieber mit Eurer Gottheit kommunizieren wollt, solltet Ihr vielleicht die Nachhut bilden.«

Arturis senkte den Kopf. »Gewißlich, Sire«, murmelte er.

Gawaine schaute ihn verwirrt an, als er vorbeiritt, doch Arturis hatte bereits die Augen geschlossen und achtete auf keinen mehr. Zweifellos besprach er sich bereits mit seinem Gott. Der Bardling runzelte verärgert über seinen Meister die Stirn. Hatte nicht Naitachal ihm immer eingebleut, daß es unhöflich sei, sich über den Glauben anderer Menschen lustig zu machen?

Als er Thunder wieder zurück in die Reihe und weg von dem verlockenden Gras führte, fiel ihm noch etwas anderes ein. Wenn Arturis ein so hingebungsvoller Paladin war, wie er vorgab, besonders einer, der angeblich von Visionen in rauhen Mengen erleuchtet wurde, warum wehrte er sich dann nicht gegen den rüden Ton des Barden? Warum erflehte er nicht von seinem Gott Beistand – vielleicht in Form von Blitz und Feuer, um die Ungläubigen zu rösten? Sicher, Naitachal war ein exzellenter Barde, aber auch nicht mehr. Er war ein Dunkler Elf, ein Barde, und selbst wenn er einmal ein Geisterbeschwörer gewesen war, war er trotzdem kein Gott. Und stand auch nicht unter dem besonderen Schutz von einem.

Warum also schien Arturis ausgerechnet vor Naitachal Schiß zu haben?

Gawaine konnte den Paladin hinter sich leise vor sich hin murmeln hören. *Und wenn er wirklich so heilig ist, warum empfinde ich dann in seiner Gegenwart nichts anderes als das starke Bedürfnis, ihn zu erwürgen?*

Er preßte die Zähne zusammen. Denn Arturis war neben ihn geritten, als könne er Gedanken lesen. »Ho, Bursche, wie geht es dir?«

»Gut soweit«, erwiderte Gawaine unverbindlich. Schweigen. Eher unwillig fügte er hinzu: »Und selbst?«

Arturis seufzte dramatisch. »Kann auch nicht klagen, obwohl die Bürde, die ich zu tragen habe, ausreichte, um einen weniger gefestigten Mann unter sich zu begraben. Früher einmal hätte sie mich gewißlich in die Knie gezwungen, damals, als ich noch ein gewöhnlicher Sterblicher war –

nun, so einer wie du selbst, Bardling, mich dem Wein und Orgien hingegeben habe und auch ...«

»Ich hatte bisher kaum Gelegenheit, Zechgelagen beizuwohnen«, unterbrach Gawaine ihn. »Bevor ich als Schüler zu Naitachal ging, war ich Stallbursche bei einem Edelmann und habe hart für mein Brot und vier Kupfermünzen im Jahr arbeiten müssen.«

»Oh, ich meinte auch nicht dich«, erwiderte Arturis schnell. »Nicht persönlich.« Seine Stimme klang ziemlich weinerlich, und Gawaine wandte sich ab, um seine Verlegenheit darüber zu verbergen, daß ein erwachsener Mann derartig seinen Gefühlen freien Lauf ließ. »Dennoch«, redete der Paladin weiter, »damals als sterblicher Bursche – welche schrecklichen Dinge habe ich nicht getan? Ich trank reichlich Rotwein und gab mich in elenden Spelunken mit den abscheulichsten Männern ab – und auch den Frauen!« Ein Geräusch ließ Gawaine herumfahren. Es klang so, als habe sich der Mann an etwas verschluckt und drohte zu ersticken. Tränen strömten dem Paladin über die schmutzigen Wangen und tropften an seinem Bart herunter. Er schaute den Bardling mit geröteten Augen an. »Frauen«, wiederholte er mit weinerlicher Stimme. »Ich war einer, der die niedrigsten Weiber aufsuchte. Ich sank tiefer als die Gemeinsten, und nun, sieh mich an!« Gawaine nickte hastig und hoffte, daß er so wirkte, als habe er alle Hände voll damit zu tun, Thunder auf dem Pfad zu halten. »Gott fand mich in dieser schlechten Gesellschaft, und er öffnete mir die Augen. Er schickte mich auf meine erste Prüfung, um meine Seele zu läutern, und so habe ich es seitdem gehalten.« Er schniefte laut und widerlich. »Und so mußt du es halten, Bardling«, fuhr er brüsk fort. »Und dich entscheiden, ob du eine reine Seele behalten willst und schlechte Gesellschaft meiden. Nur so findest du die Wahrheit.«

»Ehm, ja, natürlich.« Gawaine stellte sich in die Steigbügel. »Ehm, hört, ich glaube, mein Meister hat mich gerufen. Ich sollte lieber hinreiten und in Erfahrung bringen, was er von mir will.« Thunder protestierte, als der Bardling ihn antrieb. Er hatte das Gras beinah erreicht und reagierte recht ungnädig, als er weggezogen wurde. Gawaine klopfte ihm tröstend auf den Hals. »Tut mir leid, alter Junge. Ich werde dich später versorgen, ich schwör's.« Er warf einen kurzen Blick zur Seite, wagte jedoch nicht, sich umzudrehen und nachzusehen, wie weit Arturis zurückgeblieben war. »Ich fürchte, daß ein Mord meiner Reinheitsstufe nicht besonders gut bekommen würde, oder was meinst du?«

Naitachal hatte ihn nicht gerufen. Er war trotzdem heilfroh, seine Rolle als Vermittler in dem Streit zwischen Cedric und Raven aufgeben und statt dessen mit seinem Schüler plaudern zu können. Die beiden stritten sich darüber, ob Cedric einige Enten schießen sollte oder nicht. »Ich verstehe das nicht«, murmelte Naitachal. »Nach dem, was Tem-Telek erzählt hat, waren die beiden in dem Karren der Sklavenhalter sehr freundlich zueinander, und jetzt hör sie dir an!«

Das tat Gawaine.

Raven stand in seinen Steigbügeln und spähte nach vorn und nach Westen, wo man eine große Schar Enten hören konnte. »Ihr sagtet, ihr schösset nur auf Turnieren und hättet Preise mit euerer Fertigkeit gewonnen – davon, daß Ihr Lebewesen umbringt, habt Ihr nichts gesagt.«

»Ich bringe keine ...« Cedric ließ sich in den Sattel zurückfallen und warf dem Barden einen bösen Blick zu. »Ich laufe nicht einfach herum und bringe Lebewesen um. Seid nicht so spießig und tut nicht so, als hättet ihr nie einen Fuß vor Eure Druideneremitage gesetzt. Ihr wißt sehr gut, daß andere Menschen Fleisch essen, auch wenn Euresgleichen das nicht tut. Und ich versichere Euch, daß ich schon oft verhungert wäre, wenn ich kein Fleisch gegessen hätte.«

»Unsinn«, erwiderte Raven hitzig. »Wärt Ihr kein Fleischesser, dann hättet Ihr gewußt, welche Pflanzen eßbar sind, und hättet sie ernten können, statt unschuldige Tiere abzuschlachten ...«

»Nun«, konterte Cedric grollend. »Zufälligerweise mag

ich aber den Geschmack einiger Tiere, und es kümmert mich nicht besonders, ob sie unschuldig sind oder nicht.«

Raven musterte den Bogenschützen einen Moment. »Habt Ihr jemals bedacht«, sagte er schließlich, »daß Ihr einen wesentlich ruhigeren Arm und einen festeren Zug entwickeln könntet, wenn Ihr kein Fleisch äßet?«

Cedric schaute ihn sprachlos an, und Naitachal lachte. »Achtet nicht darauf, Bogenschütze. Mir haben schon Druiden erzählt, daß meine *Singstimme* sich verbessern würde, wenn ich kein Fleisch zu mir nähme. Es ist ein verbreiteter Tick bei diesem ansonsten recht umgänglichen Volk. Raven, wie weit müssen wir noch reiten?« Es war ein deutlicher und nachdrücklicher Themenwechsel. »Erreichen wir den Wald vor Einbruch der Dunkelheit?«

Raven reckte sich und schaute voraus. »Könnt Ihr den Waldessaum schon erkennen?«

»Ihr vergeßt, ich bin Fleischfreser, deshalb sind meine Augen nicht so scharf wie Eure«, antwortete der Barde sarkastisch. Raven drehte sich um und musterte ihn argwöhnisch. Naitachal warf ihm ein kurzes Lächeln zu. »Um Eure Frage zu beantworten, ich bin kein Waldläufer und kann nicht abschätzen, wie Wald und Bäume unter diesen Lichtverhältnissen und aus dieser Entfernung aussehen. Ihr dagegen könnt es, jedenfalls habt Ihr es gesagt.«

»Wir sollten ihn deutlich vor Sonnenuntergang erreichen«, erklärte Raven und warf Cedric einen anzüglichen Blick zu. »Vorausgesetzt, es gibt keine längeren Verzögerungen.«

»Ich brauche keinen Geleitschutz, um ein Paar Enten zu erlegen«, erwiderte Cedric geduldig. »Ich persönlich würde lieber darauf verzichten, daß uns jemand hilft, vor allem wenn mich dieser Jemand die ganze Zeit mit wütenden Blikken durchbohrt. Sagtet Ihr nicht, Ihr wärt ein Heiliger Mann, Raven? Läßt ein solcher Mann seine Mitmenschen nicht in Frieden?«

»Ich bin Druide«, antwortete Raven. »Und ich persönlich

ziehe es vor, die lebendigen Dinge am Leben zu lassen – selbst solche, die von anderen als willkommene Speise betrachtet werden oder aus gewinnsüchtigen Gründen gejagt und getötet werden.« Seine Lippen wurden zu einem schmalen Strich. »Selbst solche, die andere versklaven«, preßte er heraus.

Einen Augenblick lang herrschte ein höchst unangenehmes Schweigen. Zu Gawaines Überraschung war es Cedric, der es brach. Er warf den Kopf in den Nacken und lachte. »Ah! Gut gegeben! Und wie anders als jemand, der mit uns im Karren saß und entweder von seinem Gott faselte oder herumprahlte, wie er die Sklavenhändler malträtieren würde, wenn man ihm nur die Chance dazu gäbe. Nun, was soll's? Ihr seid bestimmt ein heiligerer Mann als ich, Raven. Reitet nur weiter, ihr alle. Ich werde nicht weit hinter Euch zurückbleiben. Und heute abend gibt es Frischfleisch – für alle, die wollen.«

9.
KAPITEL

Wie Raven es vorhergesagt hatte, erreichten sie den Wald, bevor die Sonne unterging. Sie schafften es sogar, fast eine Wegstunde weit hineinzureiten. Cedric hielt ebenfalls sein Versprechen. Er holte die anderen am Waldrand ein, und vier fette Enten baumelten hinter ihm auf dem Pferderükken. Raven verzog zwar mißbilligend den Mund, sagte aber nichts, wofür Gawaine ihm dankbar war. Das Wissen des Druiden über das Land beeindruckte ihn zwar, aber vor allem hegte er die Hoffnung, etwas von ihm lernen zu können.

Doch er verspürte auch Hunger – und liebte gebratene Ente.

Wulfgar hatte seit Anfang der Reise kaum etwas gesagt. Jetzt trat er heran, inspizierte die Beute und stieß dann einen leisen Pfiff aus. »Guter Schuß! Es bedarf einer großen Fertigkeit, einen Vogel so sauber zu treffen.«

Cedric nickte knapp. »Ich mag es nicht, wenn Tiere lange leiden. Und ich bin ein so guter Schütze, daß sie es nicht müssen. Ich würde auf nichts schießen, wenn ich es nicht rasch töten könnte.« Er warf Raven einen finsteren Blick zu, aber der Druide ritt bereits weiter. »Leider halten sich die Enten nicht lange, und wir haben keine Zeit, sie zu räuchern. Also werden wir heute abend reichlich essen und morgen früh die Reste vertilgen.«

Wulfgar lachte. »Würde meine Gefühle jedenfalls kein bißchen verletzen. Und mein Herr liebt Geflügel.«

Sie erreichten eine Lichtung, die von drei Seiten von hohen, dicken Koniferen begrenzt wurde. Auf der vierten Seite war ein Fluß mit Weiden. Naitachal, der immer unruhiger geworden war, je weiter die Sonne sich dem Horizont zugeneigt hatte, sprang erleichtert zu Boden und überließ seinem Schüler die Pferde. Er schaute sich auf der Lichtung um, um zu prüfen, ob es der ideale Ort für ihr Nachtlager war. »Gut. Es ist spät und ich habe einiges mit der Sicherung des Lagers zu tun. Cedric, Ihr kümmert Euch um das Fleisch; Raven, sammelt Ihr mit Ilya das zusammen, was wir brauchen? Und Eure Nahrung selbstverständlich ebenfalls«, fügte er hastig hinzu, um jedem Kommentar des Druiden zuvorzukommen. Raven nickte nur und winkte dem Bauernjungen, ihm zu folgen. Dann ging er zum Fluß voran. »Entfernt Euch nur nicht zu weit«, rief Naitachal ihnen nach. »Ich möchte den Wachring nicht reparieren müssen, nachdem ich ihn einmal eingerichtet habe. Tem-Telek.« Er nickte dem Echsenmann wie üblich zu, statt sich zu verbeugen. Eine Höflichkeit, die sowohl der momentanen Lage Rechnung trug als auch der Tatsache, daß der Echsenmann ein Adliger war. »Wenn Ihr das Feuer und die Stäbe für die Vögel vorbereiten wollt und Eurem Diener gestatten würdet, Gawaine bei den Pferden zu helfen ...«

Der Echsenmann erwiderte das Nicken und schaute den Zwerg an. »Es macht dir doch nichts aus, Wulfgar?«

Der Zwerg streckte sich. »Ich kümmere mich gern um die Pferde, Herr. Außerdem muß ich sowieso Eure Schale holen.«

Arturis trat ruhelos von einem Fuß auf den anderen, als Naitachal sich an ihn wandte. »Wenn Ihr Euch bequemtet, Feuerholz zu holen, Paladin, dann müßten wir eigentlich für die Nacht gerüstet sein.«

Der Paladin schüttelte den Kopf. »Ich hatte eigentlich vor, mich eine Stunde in mein Gebet zu vertiefen, bevor das Essen fertig ist – um heute nacht das aufmerksame Auge Gottes über uns wachen zu lassen.« Er reckte das Kinn. »Außerdem«, setzte er hinzu, »riskiere ich es nicht gern, mir einen Splitter in die Schwerthand zu rammen, wenn hier zwei Diener sind, die ...«

Naitachal unterbrach ihn ziemlich grob. »Wir haben hier keine Diener, Arturis. Wenn Ihr essen und schlafen wollt, wie wir anderen, dann werdet Ihr Euren Teil zu den Lagerpflichten beitragen. Holz. Und solltet Ihr genug gesammelt haben, bevor wir mit *unseren* Pflichten fertig sind, holt Wasser.«

»Oh.« Arturis verharrte einen Moment regungslos und schaute dann vorsichtig zur Seite. »Ja, selbstverständlich, Sire. Sofort.« Naitachal schaute ihm nach, wie er zwischen den Bäumen verschwand, bevor er sich mit gekreuzten Beinen auf den Boden setzte. *Jedesmal widerspricht er. Nun, glücklicherweise hat der Paladin nicht den Mut, sich einem Befehl zu widersetzen. Noch nicht.* Der Barde rutschte ein wenig hin und her, bis er bequemer saß, und schloß die Augen.

Gawaine kam gerade mit den Instrumenten von den Pferden zurück und blickte Arturis hinterher. Es war wirklich merkwürdig. Der Paladin wollte offenbar nicht mit Hand anlegen. Er stritt mit jedem, falls er einem nicht einfach die Ohren volljammerte, welche Aufgaben man ihm nun schon wieder aufgebürdet hatte – oder daß er nicht die erste Wache halten durfte, damit er hinterher ohne Unterbrechung schlafen konnte. Er stritt mit jedem außer dem Barden. *Vielleicht,* dachte Gawaine, *beschützt sein Gott ihn ja gegen alle, nur nicht gegen Dunkle Elfen?* Er schob diesen unschicklichen Gedanken sofort beiseite. So etwas zu denken würde wesentlich besser zu Naitachal passen als zu mir selbst. Statt dessen ging er lieber und half Wulfgar bei den Pferden.

Immerhin hatte Arturis ihm gestern über eine Stunde lang auseinandergesetzt, daß ein reines Herz keinen Sarkasmus kannte. »Es ist eine Waffe, deren einziger Zweck es ist, dem ehrlichen und reinen Mann Unbehagen zu bereiten. Deshalb ist der wahre Gott den Spöttern und Zynikern nicht hold.« Gawaine seufzte. Das klang so, als wäre Arturis' Gott alles in allem ziemlich humorlos.

Es war dunkel, als sie mit dem Abendessen fertig waren. Raven hatte Blätter gefunden, aus denen er einen herben, aber angenehmen Tee zubereitete, und tagsüber, während sie geritten waren, hatte er Wurzeln gesammelt, aus denen er ein Sauerteigbrot backen konnte. Währenddessen hatte Ilya Wurzeln, die er kannte, am Flußufer gesammelt, sie geschält und im Feuer gebraten. Die anderen aßen die gegrillte Ente. Raven beschied sich mit Tee und Brot und einem ledrig schmeckenden Streifen einer Trockenfrucht. Schließlich stellte Naitachal seine Schale beiseite und reckte sich. »Nun, Druide. Dieser Wald ... Sind wir an der Stelle, die Ihr kennt?«

»Ich glaube es zumindest«, erwiderte Raven vorsichtig. »Ich bin sogar ziemlich sicher, daß ich diesen Fluß kenne, wenn auch eher einen Abschnitt weiter im Westen. Doch das wird sich morgen herausstellen. Und wenn ja, dann werden wir vier Tagesritte brauchen, um an den Rand des Waldes zu kommen. Aber ich kenne sichere Orte, an denen wir die nächsten beiden Nächte schlafen können.«

»Gut.« Der Barde gähnte und streckte sich. »Es klingt

jedenfalls so, als läge noch ein langer Ritt vor uns. Ich schlage vor, wir verteilen die Wachen und legen uns schlafen.«

Arturis leckte sich die Finger. »Ich würde gern die erste Wache ...«

»Ihr hattet gestern nacht bereits die erste Wache«, unterbrach Cedric ihn nachdrücklich. »Und wir sind übereingekommen, abwechselnd die mittleren Wachen zu übernehmen, so daß jeder einmal durchschlafen kann.«

»Aber ...«

Naitachal räusperte sich drohend und warf den beiden Männern einen finsteren Blick zu. Sie verstummten sofort. »Wir machen es lieber so: Cedric übernimmt die erste Wache heute. Und zwar sowohl als Anerkennung für das hervorragende Essen als auch, weil er gestern die mittlere Wache übernahm. Arturis, mein Guter, ist es nicht so, daß die meisten Götter sich ihren heißgeliebten Jüngern in den frühen Morgenstunden zeigen, wenn ansonsten niemand wach ist? Oder habt Ihr noch nie etwas von Nachtwachen gehört?« Der Paladin wollte etwas erwidern, schloß jedoch den Mund wieder, ohne daß ein Laut über seine Lippen drang. »Ich selbst werde die letzte Stunde übernehmen. Die übrigen können sich die restlichen Stunden nach Belieben aufteilen. Mein Bauch ist voll, und mir fallen vor Müdigkeit beinah die Augen zu.« Er drehte sich vom Feuer weg, wickelte sich in seinen Mantel und legte sich hin. »Ich vertraue darauf«, sagte er noch leise, »daß ihr eine schnelle – und leise – Entscheidung trefft.«

Gawaine warf einen Blick auf seinen Meister, und Raven lächelte kaum merklich. Cedric räumte den Rest Fleisch weg, und Arturis stand auf. Sie konnten hören, wie er durch den Fluß watete.

Tem-Telek griff in eine Innentasche und holte verschiedene dünne, bunte Stäbchen heraus. Sie waren alle unterschiedlich lang. Er wählte sechs aus und steckte den Rest wieder ein. »Ich bezweifle, daß einer von euch auf dieser Reise spielen möchte ...«

Raven lächelte erneut und schüttelte den Kopf. »Ich spiele selten mit Wurfhölzern, und ich würde auf keinen Fall gegen jemanden antreten – wie kann ich es höflich ausdrücken ...? Ich würde niemals mit jemanden spielen, der sein privates Hölzer-Set bei sich trägt.«

Der Echsenmann lächelte ihn mit zusammengebissenen Zähnen an. »Für einen weltfremden Druiden kennt Ihr Euch bemerkenswert gut in weltlichen Dinge aus, Raven. Und es ist wahr, daß nur wenige außerhalb meiner Rasse ihr Glück mit Wurfhölzern versuchen und daß noch weniger damit Erfolg haben. Doch jetzt dienen sie einem anderen Zweck.« Er drehte sich zu Ilya um, der an einem langen Entenbein knabberte. »Hier, Jüngling. Die beiden kürzesten Stücke sind für die Stunden um die Wache des Paladin herum, die anderen müssen sich das aufteilen, was noch da ist.« Er zog sie schnell zurück, als der junge Bauer danach griff. Seine Finger glänzten vor Vogelfett. »Warte. Es ist wohl besser, wenn du eine Farbe nennst. Ich ziehe sie für dich.«

Am Ende mußte Gawaine die Wache zwischen Arturis und Raven übernehmen, der seinerseits den Barden für die letzte Wache wecken mußte.

Es war kühl und feucht unter den Bäumen. Das Geräusch des Baches vermischte sich mit einem ständigen leichten Wind in den hohen Zweigen. Es war gerade so laut, daß er nie sicher war, ob er nicht etwas anderes außer dem Wind und dem Wasser hörte. »Der Meister hat Sicherheitsvorkehrungen getroffen, sie werden alles abwehren«, sprach er sich selbst Mut zu.

Bei all den Sicherungen, die Naitachal errichtet hatte, mußte der Wachtposten eigentlich nur die Augen offenhalten, ob etwas versuchte, den Bannkreis zu überwinden. Ein solcher Versuch, so hatte Naitachal allen versichert, würde eine sehr helle und unverwechselbare Reaktion auslösen. Außerdem, beruhigte Gawaine sich, würden ihn Thunder und Star gewiß warnen, wenn wirklich etwas da draußen war und versuchte, an Naitachals Sicherungen vorbeizuschleichen.

Er ging hinüber zu Star und streichelte ihn, dann überprüfte er Thunders Beine und Hufe und eilte zurück, um sich neben das Feuer zu setzen. Dort war es ein bißchen wärmer. Arturis hatte dort gesessen und gedöst, als Gawaine wachgeworden war. Er hatte sich selbst zur Wache hochgerappelt. Der Paladin wäre fast aus seiner Haut gefahren, als der Bardling ihn berührte. Er behauptete, er habe mit seinem Gott Zwiesprache gehalten, um dafür zu sorgen, daß sie alle sicher beschützt wären. Wäre es jemand anders gewesen, hätte Gawaine geschworen, daß der Mann schlief.

»Ein unwürdiger Gedanke«, sagte er sich entschieden. Und unrein. Man kann nicht zur Wahrheit gelangen, wenn man spottet. Wenn Meister Naitachal diese Wahrheit nicht suchen will, ist das seine Sache. Er hat wohl das Recht, dem Paladin das Leben schwerzumachen. Aber ich darf mich von der Haltung meines Meisters gegen einen Heiligen Mann nicht beeinflussen lassen.«

Gawaine schaute sich am Lagerfeuer um und zählte automatisch seine Gefährten durch. Tem-Telek lag am dichtesten am Feuer. Er war ganz in seinen Wärme-Anzug eingehüllt und hatte eine Extra-Decke über sich gezogen, die nur seine Stirn freiließ. Und zwischen ihm und allem, was Naitachals Sicherungen überwinden konnte, lag sein treuer Diener. Cedric schlief mit dem Kopf auf dem leeren Köcher. Bogen und Pfeile lagen auf dem Mantel neben seiner ausgestreckten Hand, wo er sie im Notfall sofort erreichen konnte. Ilya schnarchte in einiger Entfernung von den anderen. Er ist immer noch sehr scheu, dachte Gawaine. Nur die Geschichte über das Tal hatte er ihnen erzählt, ohne zu stammeln oder zu erröten.

Gawaine wußte, daß Raven sich zum Schlafen unter das Blätterdach einer Weide dicht am Bach zurückgezogen hatte. Der Druide hatte ihm sein Lager gezeigt, damit er ihn finden konnte, wenn er ihn zu seiner Wache wecken wollte. Er schlief offensichtlich lieber etwas von den anderen entfernt. Naitachal hingegen ruhte natürlich so wie immer: Auf dem

Rücken und die Hände über der Brust verschränkt wie ein Ritter aus Onyx auf einem Sarkophagdeckel. Er war vollkommen reglos, und nur an dem leichten Heben und Senken seiner Brust konnte man sehen, daß er noch lebte. Arturis lag platt auf dem Bauch und hatte das Gesicht vom Feuer angewandt. Darüber war Gawaine froh, denn wenn der Paladin auf der Seite oder dem Rücken lag, schnarchte er. Und zwar beträchtlich lauter als der leise schnorchelnde Ilyas.

Der Bardling rieb sich die Stirn. Vier Tage ritten sie jetzt schon zusammen, vier lange Tage. Er hätte nicht geglaubt, daß es so schwer sein würde, in einer so großen Gruppe zu reisen. Er hatte ja von der Reise Meister Naitachals mit Graf Kevin gehört, damals, vor all den Jahren, aber die war offenbar ohne Zankereien und kleinliche Mißverständnisse verlaufen.

Und er selbst, Gawaine, war nun darin verwickelt. Er dachte, er hätte Raven klargemacht, daß er die ›Absolute Wahrheit‹ suchte – nicht einfach Antworten, wie so viele andere, sondern ›Die Antwort‹. Er wollte sich selbst erfahren, sich über das Weltliche, Profane, Alltägliche erheben. Doch bis jetzt hatte er in den wenigen kurzen Gesprächen, die er mit dem Druiden führte, etwas über eßbare Pilze erfahren (»Du darfst niemals *annehmen*, daß sie eßbar sind – du mußt es *wissen*«), hatte gelernt, wie man reife Knollen fand und welche Gräser zum Essen oder für einen würzigen Tee geeignet waren. Wie man ein Feuer mit feuchtem Holz oder in einem Wolkenguß entzündete – aber nichts Wesentliches. Bis jetzt hatte der Bardling sich unter den wachsamen Blicken seines Meisters und aus Verlegenheit nicht getraut, mit ihm über den Sinn des Lebens zu reden. Die wenigen vorsichtigen Fragen, die er sich abgerungen hatte, waren unbeantwortet geblieben, oder aber Raven hatte ausweichende Antworten gegeben.

Arturis dagegen ... Er bemühte sich eifrig, Gawaine und alle anderen, einschließlich Raven, zu seiner eigenen Religion und seinem Gott zu bekehren. »Mist«, murmelte

Gawaine, als er daran dachte. »Er redet über Religion und Gott und sonst nichts, außer, daß er über seine eigene vormalige Verderbtheit jammert. Und dann faselt er davon, daß sein Gott und dessen Weg das einzig Richtige seien. Wenn er recht hat, dann hat er ›Die Antwort‹, und wenn man seinem Weg zur Reinheit und dem Guten folgt, kommt man von da aus auch zu ›Der Wahrheit‹. Aber dennoch ...« Alles, wovon Arturis sprach, schien nichts mit dem zu tun zu haben, was Gawaine wollte. Arturis und seine schamlosen Selbstanklagen und sein Gejammere machten seine Gesellschaft unerträglich unangenehm. Und an dem Nachmittag, als sie den moorigen Pfad einschlugen, ging der Paladin wirklich zu weit.

Nicht daß es am Tag darauf besser gewesen wäre. Als Antwort auf die einfache Frage, *wieviel* Reinheit denn genüge, redete Artursi den ganzen Vormittag auf Gawaine ein und erzählte ihm, wie rein er selber sei. Wiederholt versicherte er dem Bardling, das, was er wirklich brauchte, sei ein gutes Vorbild – und zwar Arturis höchstpersönlich. »Verhalte dich und denke so wie ich, Junge«, beendete er seinen Sermon. »Dann wirst auch du ein reines Herz und geläuterte Gedanken erlangen.« Gawaine dachte nur: *Lieber sterbe ich!* Er behielt das aber für sich, und Arturis entging offenbar, wie schweigsam sein Gefährte war. Natürlich, denn er achtete nur noch auf sich selbst, wenn er seine Tiraden erst einmal begann.

Aber der Barde bemerkte es, dachte Gawaine ärgerlich. Er warf seinem schlafenden Meister einen finsteren Blick zu, als er sich an die amüsierten Blicke erinnerte, die er ihm zugeworfen hatte. Die besagten ganz klar, daß er die Antwort bekam, die er verdiente, weil er »einem Narren, und zwar *diesem* besonderen Narren, eine einfache Frage, vor allem *diese* Frage« gestellt hatte.

Erst gegen Mittag erbarmte sich Naitachal seines Bardlings und schickte Arturis den Fluß hinunter, um ihre Wasserflaschen zu füllen.

Gawaine hatte in diesem Moment nur Erleichterung verspürt, und vielleicht noch ein leises Klingeln in den Ohren. Doch nun kam es ihm seltsam vor, und die alte Frage tauchte wieder in seinem Kopf auf: Warum gehorchte Arturis Naitachal so ängstlich, wenn doch seine Reinheit so groß war, wie er immer vorgab und sein Gott soviel Macht besaß? Irgendwie kam es ihm unwahrscheinlich vor, daß er einfach von Haus aus so gut erzogen war, vor allem, wenn man sein barsches Benehmen den anderen gegenüber gegen seine extreme Demut abwog, wenn der Barde etwas von ihm verlangte oder ihn zu einer Wache einteilte.

Aber dennoch ... Gawaine überlegte noch eine Weile, dann heiterte sich seine Miene auf. »Vielleicht hat er einfach nur Schwierigkeiten, die Wahrheit auszudrücken, die sich ihm enthüllt hat. Vielleicht dient er seinem Gott noch nicht lange genug, und wenn jemand mit ihm streitet, dann kann er einfach noch keine angemessene Antwort geben.« Ja, nun ergab das Verhalten mehr Sinn. Sollte der Paladin selbst noch nach ›Der Antwort‹ suchen oder fühlte er sich immer noch der Aufmerksamkeit seines Gottes nicht würdig, dann empfand er es vielleicht einfach als peinlich, es zu sagen. »Ich werde nicht aufgeben,« versicherte Gawaine sich fest entschlossen. »Ein Paladin ist ein heiliger Mann, selbst ich weiß das. Und – ja! Vielleicht ist das ein Test. Vielleicht unterliegen wir ihm alle, damit deutlich wird, wer die Stärke hat, das Wissen trotz aller Hindernisse zu suchen.« Ja, das mußte die Erklärung sein. Er beugte sich von den wärmenden Steinen der Feuerstelle zurück und schaute in den Himmel. Die Sterne hatten sich genug bewegt: Es war Zeit, den Druiden zu wecken.

Auf dem Weg zum Fluß schaute Gawaine noch einmal nach den Pferden. Star stampfte ruhelos, doch Thunder stand phlegmatisch da, und auch die anderen Pferde gaben keinerlei Anzeichen von sich, daß etwas nicht in Ordnung wäre. Es war zu schade, daß er und Raven nur zu dieser Zeit allein sein konnten. Mit all den Schläfern ringsum konnte er nicht in Ruhe mit dem Druiden reden. Raven schien ohnehin noch etwas weggetreten zu sein. Gawaine wartete, bis er sich kaltes Wasser ins Gesicht gespritzt hatte und einigermaßen wach wirkte, dann holte er seinen eigenen Umhang, wickelte sich darin ein und legte sich neben seinen Meister zum Schlafen nieder.

10.
KAPITEL

Der Druide kam weit vom Weg ab, wenn auch weniger, als Naitachal befürchtet hatte. Am späten Nachmittag des folgenden Tages stieß er auf einen Pfad, den er erkannte und der sie zu einer Stelle führte, die für ein Lager gut geeignet war. Lange vor Einbruch der Dunkelheit erreichten sie die Lichtung, und der Druide machte eine weitausholende Armbewegung, als wollte er den Platz umschließen. »Hier gibt es viele Wurzeln, und es ist noch hell genug, um Beeren zu sammeln. Wasser gibt es dahinten ...« Er deutete in nördliche Richtung. »Und auch Kresse, jedenfalls gab es sie, als ich das letzte Mal hier war.«

Naitachal stieg behutsam ab, er spürte den unbequemen Nachtschlaf noch in den Knochen. Unbemerkt warf er dem Bardling einen finsteren Blick zu, als dieser ein Bein über Thunders Sattel schwang und heruntersprang.

»Ich versorge die Pferde, falls niemand etwas dagegen hat«, bot Gawaine an.

Raven lächelte und reichte ihm die provisorischen Zügel. »Da du dich so gut um mein armes Vieh kümmerst, warum sollte ich da protestieren? Es sei denn ... Barde, habt Ihr einen besseren Vorschlag?« Naitachal stützte sich auf Stars Rücken und schaute die beiden verständnislos an. Der Druide wiederholte die Frage.

»Wie? Ob, natürlich, ganz wie Ihr wollt.« Als Gawaine sich mit den Zügeln in der Hand umdrehte, zwinkerte der Barde Raven zu. »Sobald ich die Sicherungen eingerichtet und gegessen habe, werde ich bis zu meiner Wache schlafen. Es sei denn, es ergaben sich Probleme mit unserem heiligen Recken. In dem Fall weckt mich.«

Raven runzelte die Stirn. »Gibt es Probleme? Ihr scheint ein wenig – abgelenkt zu sein.«

Naitachal brachte ein schwaches Lachen zustande, obwohl ihm eigentlich gar nicht danach war. »Ich spüre etwas, was uns nichts Gutes will. Etwas Genaueres kann ich nicht sagen.«

»Verstehe.« Raven dachte schweigend darüber nach, wollte dann etwas sagen, schloß jedoch den Mund, als der Echsenmann und sein Diener dicht an ihnen vorbeigingen. Er schaute sich prüfend um, ob sie allein waren, und senkte dann umsichtig die Stimme. »Vielleicht kann ich Euch ja nicht behilflich sein, aber wenn doch, dann sagt mir bitte womit – und wie. Inzwischen werde ich die Augen offenhalten. Obwohl wir uns in einem uralten Wald befinden, einem, der schon alt war, als mein Urgroßvater geboren wurde. Und in solchen Wäldern, vor allem so weit im Norden – nun, hier gibt es immer *Dinge*, die solche unserer Art nicht verstehen, und andere, die uns direkt Böses wollen.« Er breitete die Arme aus. »Noch andere betrachten uns und unsere Pferde möglicherweise als willkommenes Abendessen.« Der Druide schaute sich um. »Da kommen Euer Schüler und der Bauernjunge. Ich hole Wasser und Kresse«, sagte er etwas lauter, als Gawaine und Ilya herankamen, um die anderen Pferde abzusatteln.

»Geht es Euch gut, Meister?« Gawaine musterte ihn forschend.

Naitachal nickte knapp. »Ich denke nach, Schüler«, sagte er nachdrücklich.

Gawaine errötete und eilte fort, Ilya und die Pferde im Schlepptau. Sie wären fast über Arturis gestolpert, der sich mitten auf der Lichtung hingekniet und die Augen geschlossen hatte. Naitachal lächelte, als die beiden Burschen an den erschöpften Pferden zerrten. Schließlich mußte Gawaine das Zaumzeug der beiden, die er führte, an Ilya übergeben, damit er Star um den Paladin herumführen konnte. Star sah, daß Thunder nicht weit weg angebunden war, und verspürte offenbar überhaupt keine Lust, sich von seinem Gefährten trennen zu lassen. Der Blick, den Gawaine Arturis zuwarf, als er vorbeiging ... Naitachal grinste erfreut und ließ sich am östlichen Rand der Lichtung nieder. Er zuckte zusammen, als sein Rücken den harten Boden berührte.

Vielleicht war es doch sinnvoll, daß Arturis mit ihnen reiste. Gawaine verlor sehr schnell seine schwärmerische Bewunderung für diesen angeblich heiligen Mann. Und heute nachmittag hatte er ihn sogar gemieden, um einer weiteren Lektion des Paladin zu entgehen. *Doch wie soll ich diesen Brocken loswerden, jetzt, da mein Schüler ihn fast durchschaut hat?*

Raven war nicht annähernd so problematisch, und je länger sie ritten, desto mehr lernte Naitachal den Druiden schätzen. Er half, den Weg zu finden, spürte Treibsandlöcher und morastige Stellen auf und besorgte Nahrung. Raven gab sich zurückhaltend und höflich, was in dieser Gesellschaft mit dem offenenherzigen Tem-Telek, dem einseitigen Wulfgar, dem extrem engstirnigen Arturis und den beiden naiven Burschen Gawaine und Ilya sehr angenehm war.

Und noch wichtiger: Dem Druiden war ein Geschenk förmlich in den Schoß gefallen, nämlich Gawaines fast schon kindliche Gier nach der ›Absoluten Wahrheit‹. Doch er hatte es nicht angenommen. Sicher, er reagierte höflich, wenn Gawaine ihn ansprach, aber er sagte nichts zu dem Bardling, das auch nur die *Andeutung* enthielt, daß Druiden in das Geschäft mit der Wahrheit verwickelt waren. Das wußte Naitachal, denn er sorgte dafür, daß er sich immer in der Nähe aufhielt, wenn die beiden miteinander sprachen.

Anders als Arturis zeigte Raven auch keinerlei Anzeichen dafür, daß er den Barden fürchtete. Auch wenn Naitachal die Haltung des Paladins manchmal ganz nützlich fand, hätte er ihn doch am liebsten manchmal aus lauter Frustration über seine Ängstlichkeit gewürgt, und sei es nur, um ihm einen *richtigen* Grund für seine Angst zu liefern.

Er schaute zum Himmel. Plötzlich war es dunkler geworden, und er hatte Zeit verschwendet – fast soviel wie Arturis, der sich noch immer in seiner ›Trance‹ befand. Doch im Moment sollte sich jemand anders um den Mann kümmern. Er mußte einen Zauber über das Lager legen, um es für die Nacht abzusichern. Natürlich würde der Bann nichts aufhalten können, das entschlossen genug war, um einzudringen. Aber das wußten die meisten anderen nicht.

Die Haare auf seinen Unterarmen richteten sich auf, als er tief Luft holte und sie langsam wieder ausstieß. Er zwang sich dazu, zu entspannen. Der Zauberspruch war zeitraubend; war er jedoch dabei angespannt, würde es ihn vollkommen erschöpfen.

Naitachal hatte nicht einmal die Hälfte geschafft, als Ilyas' entfernter, erschreckter Schrei ihn aufspringen ließ. Gawaines bardenähnlicher Ruf übertönte den Schrei des Bauernjungen genauso leicht, wie er in einer vollen Taverne mit seiner Singstimme das Gemurmel der Betrunkenen hatte übertönen können. »Wölfe! Jenseits des Flusses sind Wölfe! Sie kommen ... Komm, Ilya, komm sofort her!« Es krachte im Unterholz, und beide Jungen stürzten geradewegs zum Lager zurück. Sie achteten nicht auf den Weg. Ilya hielt den leeren Eimer in der Hand, ohne sich dessen bewußt zu sein. Augenblicke später rannte Raven den Pfad entlang, er fuhr herum, als er die Lichtung erreichte und hob die Hände über den Kopf. Cedric kam aus der anderen Richtung herbeigestürzt und ließ dabei große Holzscheite fallen, anscheinend um etwas hinter ihm aufzuhalten. Schließlich hatte er die Hände frei, kniete sich hin und zog den Bogen von der Schulter.

Arturis richtete sich langsam auf. Er schien noch benommen zu sein. Tem-Telek stieß ihn so hart an, daß der Paladin taumelte und einen höchst unheiligen Fluch ausstieß. Einen Moment später streifte Wulfgar ihn, woraufhin der Recke flach aufs Kreuz fiel.

Gawaine lief zu Naitachal hinüber und fischte seinen Spieß und den Bogen aus dem Haufen ihrer Habseligkeiten. »Das nächste Mal legst du sie *auf* die anderen Dinge!«

»S ... Si ... Sire«, stammelte der Bardling.

»Vergiß es. Hol ihn raus, mach dich bereit, und sag mir, wohin ich die Laute gelegt habe.« Naitachal kam auf die Füße, als Gawaine wortlos auf den Koffer deutete. Dann schrie der Junge auf, und Naitachal hätte die Laute fast fallen lassen, was ihr sicher nicht gut bekommen wäre. Er wollte seinen Schüler schon anschreien, doch als er aufsah, blieben ihm die Worte im Hals stecken. *Ich habe bestimmt auch so geschrien, als ich das erste Mal so viele Wölfe gesehen habe.* Der Barde warf den Koffer für die Laute beiseite, schluckte und legte die Finger auf die Saiten. Es mußten mindestens zwanzig Wölfe sein – große Wölfe.

Gawaine zitterten die Knie und auch die Hand, die den Spieß hielt, doch seine Stimme klang fest, als er nach Ilya rief. »Komm her zu mir. Wir müssen den Meister schützen, damit er einen Zauber singen kann!«

»Dann beeilt Euch!« rief Tem-Telek über das laute Gewiehere der erschreckten Pferde und dem Heulen der Wölfe. Der Echsenmann trat rasch vor, packte Ilyas Arm und schob den Jungen in die richtige Richtung. Gawaine schüttelte den Kopf, als der junge Bauernbursche ihn beinahe umrannte. Er trug keine Waffe.

»Hier!« Gawaine schob ihm den Spieß in die zitternden Hände und kniete sich hin, um den Bogen zu spannen. »Kannst du damit umgehen?«

»Damit umgehen?« Ilya starrte den Spieß an, als hätte er so etwas noch nie zuvor gesehen. »Ich habe so eine Waffe schon einmal gegen Wölfe benutzt, aber es sind so viele ...«

»Nun, dann töte sie einfach der Reihe nach!« zischte Tem-Telek. Er und Wulfgar standen Rücken an Rücken ein bißchen weiter entfernt. Der Echsenmann schwang ein zweischneidiges Schwert mit breiter Klinge, während der Zwerg eine langstielige Streitaxt probehalber in Halbkreisen durch die Luft sausen ließ. Arturis hatte beide Schwerter gezogen und fuchtelte wild mit ihnen um sich, während er mitten auf der Lichtung stand und etwas in einer unverständlichen Sprache rief. Cedric spannte seinen Bogen. Vor ihm im Boden steckten ein Dutzend Pfeile, und er kniete sich, um schießen zu können, sobald die Biester näherkamen. Gawaine schaute nervös auf den Rücken des Bogenschützen und nahm sich vor, daß er in sicherem Abstand von Tem-Teleks Schwert und dem wild um sich schlagenden Paladin zu bleiben.

Doch dann hatte er keine Zeit mehr, länger nachzudenken. Mit einem wilden Geheul und einem Sprung überwanden drei Wölfe die Grenze und kamen direkt auf ihn zu.

Irgendwie erinnerte Gawaine sich daran, daß das Ding in seiner Hand ja eine Waffe war. Er spannte die Sehne und schoß den Pfeil ab. Ein Wolf heulte auf und fiel ihm direkt vor die Füße. Ilya stürzte sich mit dem Speer auf einen anderen, doch er wurde beinah selbst getötet, als der dritte ihn angriff, während er den Spieß aus dem Körper des Tieres herausziehen wollte. Der Wolf jedoch war nicht tot, und ein massiver Kopf, der fast nur aus Zähnen zu bestehen schien, schnappte nach ihm. Ilya schrie auf und sprang zurück. Glücklicherweise ließ er dabei mehr aus Versehen denn aus Absicht den Spieß nicht los, so daß er die Waffe im Sprung mit herauszog. Er stach erneut zu, und diesmal verstummte der Wolf und blieb reglos liegen. Gawaines Hände zitterten, als er einen weiteren Pfeil auf den Bogen legte, doch bevor er ihn abschießen konnte, brüllte Cedric: »Runter mit euch, Jungs!« Sein eigener roter Pfeil fegte wie ein Blitz über die Lichtung. Der Wolf überschlug sich, zuckte und lag dann still.

Gawaine stemmte sich hoch und schaute sich auf der Lichtung um, während er nach dem Pfeil tastete, den er fallengelassen hatte. Ilya kniete neben ihm und umklammerte zitternd den Speer. Gawaine hörte hinter sich seinen Meister die Laute spielen und mit tiefer Stimme irgendeinen Zauber singen. Die Luft knisterte plötzlich vor Magie. Gawaine achtete jedoch vor Entsetzen nicht auf das, was sein Meister sang. Am anderen Ende der Lichtung, in der Nähe des Pfades, der zum Bach führte, schrie der Druide Cedric wütend an. »Ihr *tötet* sie ja! Ihr müßt sie doch nicht alle abschlachten!«

»Dann unternehmt *Ihr* doch was!« entgegnete der Bogenschütze. »Und Arturis, seid vorsichtig mit Eurem Schwert! Ihr hättet mich um Haaresbreite geköpft!« Der Paladin schrie immer noch – oder war es ein Singen? – in irgendeiner fremden Sprache und nahm offenbar nichts mehr wahr. Cedric erlegte noch einen Wolf, und der Druide kreischte in hilfloser Wut. »Ich habe nicht vor, für Euren Glauben zu sterben, Druide!« brüllte Cedric. Doch im nächsten Augenblick zogen sich die übriggebliebenen Wölfe zurück, als Naitachals Stimme über die Lichtung schallte. Eine rote Blase bildete sich zwischen Cedric und Gawaine, wurde größer und hüllte sie dann schließlich alle ein. Die Wölfe wurden in den Wald getrieben. Einen Augenblick später hörten die Gefährten ihre verängstigtes Geheul und ein Krachen, das langsam schwächer wurde.

Arturis ließ seine Schwerter fallen und fiel auf die Knie. Er warf den Kopf in den Nacken und stieß etwas Unverständliches aus. Cedric schaute angewidert auf ihn herab. »Unser Dank, gnädiger Gott, der seinen bescheidenen Paladin erhörte und ...«

Ein mißtönender Akkord brachte ihn zum Schweigen. Arturis drehte sich halb herum und starrte Naitachal fassungslos an. Der überwand mit wenigen Schritten den Abstand zwischen ihnen, die Laute noch in den Armen. »Ich wußte ja gar nicht, daß *Euer* gnädiger Gott sich ebenfalls mit der Bardenmagie auskennt«, sagte er in liebenswürdigem Ton, obwohl sein Blick höchst unfreundlich war. »Und was war das für eine Sprache, die Ihr da benutztet? Und die so gefährlich lange meine Konzentration störte?«

»Ehm ...ehm ...Sprache?« Der Paladin brachte ein schwaches Lächeln zustande, das jedoch schnell verschwand, als der Barde ihn unverwandt anschaute. »Ich ... ich habe gar nicht gemerkt, daß ich laut geredet habe. Ich ...Oftmals spricht der Gott durch mein unwürdiges Instrument, in seiner eigenen Zunge.«

»Aha.« Naitachals Zähne glänzten weiß in der Dunkelheit. »Zungen. Gewißlich. Warum bin ich nur nicht selbst darauf gekommen? Tja.« Er wandte sich ab und ging wieder zum Waldrand. Dann blieb er plötzlich stehen, als wäre ihm etwas eingefallen, und er schaute über die Schulter zu Arturis zurück. »Dennoch, vielleicht könnt Ihr ja Eurem Gott klarmachen, daß beim nächsten Mal, wenn wir solche – Gäste bekommen und er *Euer* Instrument benutzt, um in ›Zungen‹ zu reden, ich *mein* Instrument benutzen werde, um Euch ein anderes Geschenk zu machen. Eins, das Ihr gewißlich nicht besonders mögen werdet.« Er zeigte ihm ein letztes Mal die Zähne und ging weiter.

Arturis stand dann auf. »Er verhöhnt Gott«, begann er verärgert. Wulfgar tippte ihn an, und als Arturis den Kopf zu ihm herunterneigte, schüttelte der Zwerg den Kopf.

»Ich würde an Eurer Stelle nichts sagen«, schlug er vor. »Ich war selbst von Eurem Gesang abgelenkt, und ich mag *überhaupt* keine Ablenkung, wenn ich meinem Herrn helfe, sich zu schützen.«

»Ich auch nicht«, erklärte Cedric grimmig. Er hatte seinen Bogen über die Schulter geschoben, damit er die toten Wölfe von der Lichtung in den Wald hineinziehen konnte. »Wenn Ihr etwas braucht, um Euch zu beschäftigen, Arturis, dann könntet Ihr mir helfen, die Leichname hier wegzuschaffen. Es sei denn, Ihr mögt ihre Gesellschaft heute nacht.«

»Ich ... ich dachte daran, eine Führung zu suchen ...«,

begann der Paladin, doch der Blick des Bogenschützen ließ ihn innehalten. »Ja, einverstanden. Aber da draußen wird es dunkel ...«

»Eben, drum haltet den Mund und bewegt Eure Füße«, antwortete Cedric, ging zum nächsten Wolf und entfernte den Pfeil aus dem Körper. Dann packte er die Hinterläufe des Tieres und zog es fort. Widerwillig ging Arturis daran, ihm zu helfen.

Gawaine schaute sich um und vergewisserte sich, daß niemand auf ihn achtete, bevor er aufstand. Er zitterte so stark, daß er nicht wußte, ob er geradestehen konnte. Ilya half Wulfgar, das Holz aufzusammeln, das Cedric mitgebracht und dann fallengelassen hatte. Und Tem-Telek sammelte Steine, um eine Feuerstelle zu errichten.

Der Bardling schrak zusammen, als ihm jemand die Hand auf die Schulter legte. Es war nur Raven. Der Druide nickte in Naitachals Richtung – der Barde saß mit gekreuzten Beinen am Rand der Lichtung mit der Laute in der Hand und geschlossenen Augen, während er den Schutzzauber vollendete. »Wenn er bei dem, was er da macht, deine Hilfe nicht braucht, können wir Wasser holen gehen.« Gawaine fühlte, wie das Blut aus seinem Gesicht wich bei dem bloßen Gedanken, über den schmalen Pfad durch den dunklen Wald zu gehen. Doch der Druide schlug ihm aufmunternd auf die Schulter. »Schon gut. Ich beherrsche zwar keine Magie wie dein Meister, aber ich spüre, wenn etwas Lebendes in meine Nähe kommt. Und wir brauchen Wasser – zum Trinken und für die Suppe. Und für die Pferde.«

»Die Pferde!« rief Gawaine plötzlich. Er hatte sie vollkommen vergessen. Doch dann stellte er fest, daß sie alle noch dastanden, wo er sie angebunden hatte – wenngleich sie auch unruhig waren. Star stampfte so weit vor und zurück, wie das Halfter es ihm ermöglichte.

»Sie sind weit weniger verängstigt, als ich erwartete.« Gawaine strich über Thunders Flanke.

»Ich habe getan, was ich konnte, um sie zu beruhigen«,

erklärte der Druide. Er legte die Hand auf die Schulter des Bardlings und führte ihn zum Anfang des Weges. »Ich werde dir helfen, sie zu pflegen, sobald wir Wasser geholt haben.«

Sie mußten zur Seite treten, als Arturis und der Bogenschütze aus dem Wald zurückkamen. Raven warf Cedric einen finsteren Blick zu. »Ihr habt mich in dem Karren der Sklavenhändler hintergangen. Ihr habt behauptet, Ihr wärt ein Mann des Wettkampfs, kein Mörder!«

»Ein Mörder?« Cedric richtete sich zu voller Höhe auf. »Und was wäre aus Euch oder aus mir geworden, wenn ich nicht zufällig die Fähigkeit hätte, sich schnell bewegende Ziele zu treffen?«

»Das waren keine Ziele, das waren Lebewesen!« fuhr Raven ihn an.

»Ach ja?« entgegnete Cedric nicht weniger bissig. »Und was bin ich? Bin ich kein Lebewesen? Habe ich nicht das Recht, mich gegen Tiere zu verteidigen? Tiere, die mich sonst auffressen würden?«

»Ihr ... wir hätten sie ja vielleicht auch verscheuchen können«, erwiderte Raven.

»Sicher«, gab der Bogenschütze höhnisch zurück. »Denkt Euch etwas aus, und setzt nächstes Mal Euren Plan in die Tat um, bevor ich moralische Entscheidungen treffen muß, ob ich oder der Wolf das Recht zu leben hat. Obwohl ich Euch warnen möchte: Ich werde leben, und der Wolf wird sterben, solange ich eine Wahl habe!«

Die beiden musterten sich finster. Gawaine räusperte sich, und als sie sich beide zu ihm umdrehten, sagte er schüchtern: »Ehm, Druide – Raven? Was ist mit dem Wasser ...?« Raven murmelte etwas Unverständliches, und ging den Pfad weiter. Gawaine spürte Cedrics Blicke, die ihnen folgten, und er hörte den Bogenschützen etwas murmeln. Es war jedoch glücklicherweise zu leise, als daß man es hätte klar verstehen können.

11.

KAPITEL

Gawaine schlief nicht besonders gut. Sein Unterbewußtsein quälte ihn, und beim kleinsten Geräusch zuckte er zusammen. Wenn er dann kurz einschlief, träumte er nur von Wölfen und riesigen Gebissen und Wolfsblut, das überall verspritzt war.

Das Lager roch natürlich nach Blut, und es war ein Wunder, daß sich die Pferde die ganze Nacht ruhig verhielten. Wohingegen es ihn nicht überraschte, daß sein Magen rebellierte. Und es war auch verwunderlich, daß all die anderen fleischfressenden Kreaturen des Waldes nicht von den riesigen Blutlachen angelockt wurden und über sie herfielen.

Sehr früh am nächsten Tag brachen sie auf, noch bevor es ganz hell geworden war. Sie nahmen sich gerade die Zeit, ihre Pferde zu satteln und ihre Vorräte aufzuladen. Raven, der den Wald ja wenigstens ein bißchen kannte, führte sie an, als sie zu Fuß und im Gänsemarsch weitermarschierten, bis die Sonne aufging und alle den schmalen Pfad sehen konnten, der nach Norden führte. Kurz darauf kamen sie an einen Wasserfall, der sich in ein natürliches Becken ergoß. Naitachal ließ eine kleine Rast einlegen, damit sie die Pferde ordentlich tränken konnten. Sie machten ein kleines Feuer und kochten Tee. Wulfgar reinigte den Anzug seines Herrn, denn die Ärmel waren rot und steif von Wolfsblut. Der rechte Ärmel war von oben bis unten aufgerissen, und der Zwerg murmelte mißbilligend vor sich hin, während er das Kleidungsstück säuberte und flickte.

Sobald das Feuer gelöscht und die Gruppe aufbruchbereit war, verteilte der Barde Waffeln an alle. Jeder bekam zwei. »Teilt sie Euch ein. Eine zum Mittagessen, die andere ein paar Stunden später. Wir werden heute keine weitere Rast machen, außer, um die Pferde kurz ausruhen zu lassen.«

»Meinen Segen habt Ihr«, sagte Tem-Telek knapp. Er trug

einen Verband am Arm in der Nähe des Handgelenks, und Gawaine erschauerte, als er das schmale weiße Band auf der dunkelgrünen, dünnen Haut sah. Sein Arm wäre vermutlich vom den Fingern bis zur Schulter aufgeschlitzt worden, und zwar bis auf den Knochen. Tem-Telek zwängte sich in seinen Umhang und hüllte ihn um sich, nachdem er aufs Pferd gestiegen war. Wulfgar hatte zwar den Riß im Anzug seines Herrn genäht, aber Tem-Telek ertrug den Druck des Materials an seiner Verwundung nicht. Daraufhin mußte Wulfgar den Ärmel hochrollen. *Wenigstens ist es nicht besonders kalt,* dachte Gawaine, obwohl er selbst seinen Umhang über die Schultern warf. Er ließ ihn dort, auch als die Sonne mittags hoch am Himmel stand, und beobachtete den Echsenmann interessiert. Wie mußte es sein, ein Blut zu haben, das es einem nicht einmal ermöglichte, angenehme frischkühle Luft zu ertragen? Und da stellte sich Gawaine zum ersten Mal die Frage, warum Tem-Telek überhaupt die Beschwerden einer solchen Reise auf sich nahm. Welch finsterer Grund trieb ihn nach Norden, wo doch all die anderen Wesen seiner Art (und jeder mit einem einigermaßen ausgeprägten Selbsterhaltungstrieb) sofort nach der Befreiung aus den Klauen der Sklavenhändler nach Süden gegangen wären?

Weder Tem-Telek noch Wulfgar verrieten auch nur den kleinsten Hinweis auf ihre Absicht, und es war ziemlich unwahrscheinlich, daß es einem gemeinen Bardling gelingen würde, etwas aus ihnen herauszulocken.

Er konzentrierte sich wieder auf die Gegenwart, als Naitachal aufstieg und seinem Schüler die Zügel aus der Hand nahm.

»Ich bin ebenfalls dafür, keine unnötigen Zwischenstationen einzulegen«, sagte Raven, als er seine Teekanne über die Asche des Feuers ausgoß, sie mit Wasser füllte und es über den Rand der Feuerstelle schüttete. Dann stieß er prüfend die schwarzen Holzscheite mit dem Fuß an, drehte sich befriedigt herum und verstaute den Teekessel in seinem

Gepäck. »Laßt uns aufbrechen. Der nächste Lagerplatz ist weit von hier entfernt, und je eher wir aus dem Wald herauskommen, desto besser. Hier hat sich seit meinem letzten Aufenthalt einiges geändert, und abgesehen davon ...« Er warf einen ungehaltenen Blick in Cedrics Richtung. »Ich möchte mir keine weiteren Verluste an *irgendeinem* Leben aufs Gewissen laden.« Er stieg auf, und Cedric rollte mit den Augen, sagte jedoch nichts dazu.

Gawaine war fast zu müde, um bis zum Abendessen wachzubleiben. Es gab wieder eine der Suppen des Druiden, und in seiner Schüssel lag noch zusätzlich ein Stück Dörrfleisch. Die Brühe schmeckte nach gar nichts, aber er brachte nicht die Energie auf, um sein Gepäck nach dem kleinen Heftchen mit Salz abzusuchen.

Er schlief trotz des Tagesrittes Entfernung zum letzten Lagerplatz nicht viel besser als in der Nacht zuvor: Wölfe waren berüchtigte und ausdauernde Läufer, und außerdem gab es noch andere Wölfe – und noch viel Schlimmeres – in diesem Wald.

Den ganzen Tag dachte er mit Sorge an seinen Wachdienst, doch nach dem Essen verkündete Naitachal: »Wir werden heute zu zweit wachen.«

»Aber das bedeutet, daß wir länger wachen müssen ...«, unterbrach Arturis ihn, doch ein Blick des Barden brachte ihn zum Schweigen.

»Zu zweit«, wiederholte der Echsenmann nachdenklich. »Sehr klug. Es ist keine gute Nacht, um seine Wache zu verschlafen.«

»Solltet Ihr damit andeuten wollen, daß ich meine Wache verschlafe, wo ich doch meine Verantwortung für ...« Die Erklärung des beleidigten Paladins wurde von Wulfgars trockenem Lachen abgeschnitten.

»Ich bin davon überzeugt, daß Euer Gott *Euch* niemals auf Wache eindösen lassen würde«, sagte er spöttisch. »Aber ich bin nur ein einfacher Sterblicher – und todmüde.« Er schaute seinen Herrn an, der einen seiner Dolche mit einem

Schleifstein schärfte. »Ich werde selbstverständlich mit Euch wachen, Sire. Und Ihr solltet mich diese Arbeit da tun lassen.«

»In meinem Mantel ist ein Riß, wenn du eine Aufgabe brauchst«, antwortete der Echsenmann. »Für die Schärfe meiner Klingen bin ich selbst verantwortlich, wie du sehr genau weißt.«

Der Zwerg gab ein grollendes Geräusch von sich und suchte in seinem Beutel nach dem Nähzeug. »Ihr solltet mir so etwas rechtzeitig sagen«, meinte er vorwurfsvoll, »statt so unordentlich herumzulaufen. Das wirft ein schlechtes Licht auf meine Sorgfalt Euch gegenüber. Reicht mir den Mantel näher ans Feuer. Wenn niemand etwas dagegen hat, dann sind wir das erste Paar. Den Rest könnt Ihr verteilen, wie Ihr wollt, Barde.«

Gawaine mußte mit einem stillen und eindeutig nervösen Ilya die mittlere Wache halten, doch das größte Lebewesen, das sie sahen und hörten, war eine Eule, die sich auf ein kleines Nagetier stürzte. Vielleicht war es von dem flachen Sauerteigbrot angelockt worden, das Raven gebacken hatte, oder von den Arturis' Waffeln, die achtlos in seinem offenen Beutel lagen.

Naitachal erwachte bei der ersten leisen Berührung des Bardlings, um mit einem schweigenden und verschlossenen Raven die nächste Wache zu übernehmen. Der Druide verschwand immer wieder im Wald. Der Barde wußte jedoch, wo er sich aufhielt, und spürte ihm nach. Raven schlich zwischen den Bäumen umher, schaute immer wieder nach den Pferden, trat dann in die tiefen Schatten des Waldes zurück, um mit irgendeinem Vogel zu kommunizieren, oder witterte vielleicht auch in der Luft nach irgendeiner Botschaft. Der Barde blieb in der Nähe der Feuersglut, denn ihm war kalt. Außerdem mußte er auch nicht herumlaufen, um Annäherungen von Lebewesen spüren zu können. Im Moment waren viele kleine, ängstliche Kreaturen da draußen, die sich nicht in der Nähe des Lagers aufhielten, wenn sich

Wölfe oder andere unerfreuliche Dinge herumtrieben. Außerdem würde er Wölfe spüren.

Diesmal jedenfalls. Wäre er nicht von all dem Gezanke und Gezetere abgelenkt gewesen, hätte er sie gespürt, lange bevor sie das Lager angegriffen hatten. Wenn man ihn in Ruhe die Zauber um das Lager hätte spinnen lassen. Dieser elende Arturis. Er machte nichts als Ärger.

Schließlich kam Raven zurück ans Feuer. Naitachal hieß ihn sich hinlegen und ging, um Cedric zu wecken.

»Es ist sehr ruhig«, flüsterte er. »Ich glaube nicht, daß Ihr Probleme bekommen werdet. Trotzdem, behaltet Euren Gefährten im Auge.« Cedric weckte den Paladin.

Sie verbrachten noch einen Tag und eine Nacht im Wald. Am nächsten Vormittag endlich kamen sie aus dem dichten Wald heraus und in eine Gegend mit dichtem Gebüsch und hohen Pyramidenpappeln. Ein flottes Bächlein kreuzte ihren Weg. Sein Wasser war undurchsichtig grün und eiskalt, was bedeutete, daß es aus Eisfeldern gespeist wurde, die nicht allzuweit entfernt sein konnten. Raven behauptete, er wisse jetzt endlich genau, wo sie wären, und zeigte ihnen zur Bestätigung einen felsigen, flachen Fjord nicht weit stromaufwärts. Er führte sie hindurch, ein bröckeliges Ufer hinauf auf einen breiten Weg, der sogar einem Karren Platz geboten hätte. Hier konnte man zu zweit nebeneinander reiten. Die Bäume standen nicht mehr so dicht zusammen, und statt der Pappeln gab es jetzt Erlen und silbergrüne Büsche mit dunklen Beeren, die laut dem Druiden eßbar waren. Gawaine probierte sie. Sie waren geschmacklos, aber sättigend und allemal angenehmer als die herben roten Knubbel, die an den Zweigen dorniger Rosensträucher wuchsen. Doch er aß gehorsam ein paar davon, als der Druide darauf bestand. »Sie verhindern, daß man für kleineren Krankheiten anfällig wird, die in den kalten Gegenden herrschen. Natürlich schmecken sie in Tee besser.«

»Natürlich«, wiederholte Gawaine. »Ich ... Meister Raven, warum verbringt Ihr soviel Zeit damit, all dieses Wissen zu sammeln? Warum lernt Ihr soviel über Pflanzen und dumme Tiere, wo es doch ... ich meine, wenn Ihr statt dessen ... will sagen ...« Er verstummte, als der Druide ihn mit milder Neugier betrachtete, und spürte, wie er errötete. *Mein Gesicht ist bestimmt so rot wie mein Haar* , dachte er kläglich und wollte schon Thunder antreiben und vorreiten, als der Druide sanft sein Bein berührte, um seine Aufmerksamkeit zu erregen. Als Gawaine einen Seitenblick riskierte, bemerkte er, daß Raven keineswegs den Eindruck machte, als hätte sein junger Gefährte eine zu persönliche Frage gestellt.

»Du meinst, warum nutze ich meine Zeit nicht lieber dafür, die ›Absolute Wahrheit‹ zu suchen?« Er neigte den Kopf und betrachtete Gawaine. Der nickte, immer noch rot im Gesicht. »Nun, ich entdecke gern Dinge über Pflanzen und Tiere, wie alles wächst und welchen Zweck sie in der großen Ordnung der Dinge erfüllen. Das könntest du als einen Teil der Wahrheit ansehen, wenn es dir gefällt.« Gawaine betrachtete ihn unverhüllt skeptisch. »Außerdem«, fuhr der Druide gleichmütig fort, »wenn ich nicht auf meine Gesundheit achte, gäbe es ja keinen Raven, der die Wahrheit suchen könnte, nicht wahr?«

»Ihr macht Euch über mich lustig«, protestierte Gawaine unglücklich. »Ich verdiene es, sicherlich, ich weiß ...«

»Nein«, widersprach der Druide. »Ich meine nicht, daß du ein Narr bist, weil du Wissen suchst. Ich sage dir nur, was ist, und wenn du hinter dem Antworten suchst, was ich dir erkläre, dann wirst du bei mir, fürchte ich, vergeblich suchen.«

Sie schwiegen einen Moment, während sie weiterritten. »Tja«, sagte der Bardling schließlich. »Ich danke Euch für die Antworten, die Ihr mir gegeben habt. Meister Raven.« Hinter ihnen beobachtete Naitachal lächelnd, wie sein Schüler voranritt.

Raven, der sehr empfindsam war, wartete, bis der Bardling ein Gespräch mit Cedric anfing. Dann zügelte er sein

Pferd und wartete, bis Naitachal ihn eingeholt hatte. Sie ritten in einvernehmlichem Schweigen einige Zeit nebeneinander. Dann reckte Naitachal sich und rutschte unbehaglich hin und her. »Ich bin längst nicht so alt, daß ein einfacher Ritt meinen Rücken so angreifen sollte. Ich muß mir wohl einen besseren Sattel besorgen, wenn der Junge und ich wieder in die zivilisierten Länder zurückkehren.«

Raven lächelte. »Nennt sie nur zivilisiert, wenn Ihr wollt.«

»Ja. Dabei habe ich sie so lange durchkreuzt, daß ich es besser wissen sollte.« Erneut schwiegen sie. Raven zog seine Wasserflasche heraus, nahm einen Schluck und hielt sie dann Naitachal hin. Der Barde nahm sie, trank und gab sie dann zurück. »Danke, übrigens.«

»Wofür? Weil ich nicht versuche, Euch den Jungen abspenstig zu machen? Schließlich ist er *Euer* Schüler, und selbst ein einfacher Druide kann seine Begabung erkennen. Sie bedarf Eurer Lehren, nicht unserer.«

»Nicht jeder erkennt das«, meinte Naitachal und deutete nach vorn. Dort hatte Arturis sich halb im Sattel herumgedreht, so daß er der Unterhaltung hinter ihm folgen konnte. Im Augenblick sprach er gerade ausnahmsweise zu leise, als daß der Druide und der Barde ihn hätten verstehen können, und wedelte heftig mit den Armen. Gawaine und Cedric, die »Nutznießer« dieser einseitigen Konversation, warfen sich einen resignierten Blick zu. Der Bogenschütze schüttelte den Kopf, doch Arturis bemerkte es offensichtlich nicht. Der Druide lachte leise.

»Nein, das erkennt nicht jeder. Aber die Blindheit des Paladins ist ... Nun, warum darüber reden, weil noch soviel Gerede nichts ändert. Trotzdem, wenn ich mir etwas wünschen könnte, denn würde ich diese beiden, Arturis und den Bogenschützen, woandershin wünschen. Irgendwo anders hin.«

»Oh, Cedric ist *so* schlimm nicht«, meinte Naitachal freundlich.

»Ich ... ach, na gut.« Ravens Laune verschlechterte sich

sofort. »Vielleicht nicht. Trotzdem geht er zu freigebig mit diesen Pfeilen um.«

»Er hat nicht mehr Wild getötet, als wir essen, wißt Ihr. Und was die Wölfe angeht ... Er hörte sofort auf zu schießen, als sie flohen.« Er schaute den Druiden an, aber dessen Miene war ausdruckslos. »Denkt doch einmal darüber nach«, drängte Naitachal ihn, »während ich meinen armen Schüler rette.«

Kurze Zeit später hatte Naitachal die Gruppe umgeordnet. Gawaine und Ilya, der die Hügelkette am Horizont zu kennen vorgab, ritten an der Spitze, und Arturis bildete – allein – die Nachhut. Naitachal blieb ebenfalls für sich und dachte nach. Als ein dunkler Finger seinen Unterarm antippte, wurde er aus seinen Gedanken gerissen. Tem-Telek wirkte ziemlich grimmig, und der Barde zwinkerte verblüfft, während er versuchte, sich zu sammeln. »Entschuldigt, Barde, aber vielleicht habe ich in absehbarer Zeit nicht mehr eine solche Gelegenheit. Ich möchte Euch allen Ernstes vorschlagen, zu versuchen, diesen elenden Paladin loszuwerden.«

Der Barde wollte etwas entgegnen, doch bevor er sprechen konnte, ritt Wulfgar an seine andere Seite. »Hört, Ihr Barde! Ist das Leben nicht schon kurz genug, auch ohne die Art Hilfe, die Arturis bietet? Warum schieben wir ihn nicht einfach ab?«

Der Barde lachte aus vollem Hals. »Ach, bei allen Göttern!« brachte er schließlich heraus. »Tut mir leid, ich lache nicht über Euch, meine Freunde, das verspreche ich Euch. Und was diesen ach-so-nützlichen Paladin angeht ... Nun, ich werde heute abend mit ihm sprechen. Vielleicht braucht es ja nur eine kleine Ermunterung, um ihn auf den Weg zu bringen.«

Sie schlugen das Lager am nördlichsten Ende des Waldes auf, und Naitachal hielt Wort. Doch Arturis beabsichtigte nicht, sie zu verlassen. »Nein!« verkündete er laut und streckte pathetisch die Arme aus, wobei er den armen Ilya beinah von den Füßen gefegt hätte, als der mit einem Bündel Zweigen hinter ihm entlangging. »Gott hat mich für höhere Ziele auserkoren, als nur meinen persönlichen Komfort zu suchen. Ich bin dazu bestimmt, Euch bei Eurer Suche zu helfen! Sollte ich meiner mir auferlegten Pflicht ...«

»Ja, ja, ja, ganz wie Ihr sagt«, unterbrach Naitachal ihn schnell. Sonst hätte der Paladin sicherlich weitergeplappert, solange er Luft hatte. Außerdem klang seine Stimme schon wieder weinerlich. »Sicher, auferlegte Pflicht, klar, verstehe. Ich habe ja nur an Eure Bequemlichkeit gedacht. Tja. Wenn Ihr wirklich nicht an Euch denken mögt, warum helft Ihr dann nicht mit, und geht Wasser holen?«

Arturis wollte etwas erwidern, entschied sich dann aber anders und ging los, die Eimer suchen. Finster schaute ihm der Barde hinterher. »Auferlegte Pflicht, meine Güte. Bei den Füßen meiner Großmutter!«

Doch der Paladin scheint bei all seinem verrückten Gerede fest zu seinem Glauben zu stehen, dachte der Barde mürrisch. Das reichte bereits, damit ihm dieser armen Kerl ein bißchen leid tat. Deshalb gab er Arturis die erste, als er die Wachen einteilte.

Am Nordende des Waldes wehte ein eiskalter Wind von der hügeligen braunen Ebene herüber, die zu den schneebedeckten Bergen in der Ferne anstieg. Gawaine fror, trotz der dicken Decke, und obwohl er seine Gamaschen angelassen und seine Füße sogar in sein Reservehemd gewickelt hatte. Außerdem fühlte er sich ruhelos. Und noch ein bißchen steif, weil er so viele Stunden geritten war und dann auch noch auf dem harten Boden schlafen mußte. Er erinnerte sich daran, wie er das letzte Mal vergeblich versucht hatte, Mandoline zu spielen, und bezweifelte, daß seine Hände jetzt besser über die Saiten fliegen würden.

Er rollte sich auf die Seite, zog die Knie an und zog sich die Decke über die Schultern. Der Arm, auf dem er lag, wurde taub. Er drehte sich auf die andere Seite, wickelte sich erneut in die Decke ein und versuchte, sich an die Verse zu erinnern, die er im Moonstone gesungen hatte. Er hoffte, daß diese Übung ihn in den Schlaf brachte. Doch ihm fielen nur Bruchstücke ein. Jetzt, da sein Verstand sich nach den restlichen Versen auf die Suche machte, war natürlich an Schlaf nicht mehr zu denken.

Ein paar Meter entfernt sah er Arturis am Feuer sitzen. Es brannte noch, war aber etwas zusammengesunken. Die Silhouette des Paladins mit seinen straffen Schultern und dem makellos gekämmten Haar war unverwechselbar. Anscheinend starrte er in die Flammen oder auf eine Stelle kurz dahinter.

Er bewegte sich nicht, als Thunder und Star leise wieherten, und auch nicht, als die Pferde an der anderen Seite des Taus unruhig wurden. Gawaine richtete sich auf, hüllte sich fest in die Decke ein und erhob sich. Thunder schnaubte erneut, und Star stieß ihn nervös an.

Irgend etwas war faul, etwas ... Rasch ging Gawaine zu seinem Meister, rüttelte ihn an der Schulter. Naitachal erwachte und war sofort alarmiert. »Irgend etwas ist da draußen«, flüsterte Gawaine. »Die Pferde ... es ist eigenartig.« Er trat zurück. Der Paladin hatte sich immer noch nicht gerührt. Doch er fuhr zusammen und jaulte überrascht auf, als Gawaine schrie: »Aufwachen! Angriff auf das Lager! Wacht auf!« Fast im selben Moment stieß Thunder ein schrilles Wiehern aus und bäumte sich auf. Mit wildem Geschrei drang aus verschiedenen Richtungen ein halbes Dutzend Männer auf die Lichtung.

»Banditen!« rief Raven. »Wacht auf!« Er stand schon auf den Füßen, den Stab kampfbereit in den Händen. Der erste Mann, der in seine Reichweite kam, bekam das Ende ans Kinn. Er stürzte wie vom Blitz getroffen zusammen und blieb reglos liegen. Raven sprang über ihn hinweg auf den Mann zu, der sich an der Pferdeleine zu schaffen machte, um die Gäule zu stehlen. Doch noch bevor der Druide ihn erreicht hatte, bäumt Thunder sich erneut auf und schlug den Pferdieb mit den Hufen zu Boden. Der Mann, der

Ravens Stab gegen das Kinn bekommen hatte, kam stöhnend zu sich und versuchte, auf allen vieren wegzukrabbeln. Tem-Telek stieß einen furchtbaren Fluch in seiner Sprache aus und spießte den Burschen auf.

Entsetzt starrte Gawaine auf den schlaffen Körper. Dann löste er gewaltsam seinen Blick von der Szene, spannte den Bogen und legte einen Pfeil an. Cedrics Idee, den Bogen immer schußbereit neben sich liegen zu haben, zahlte sich aus. Aber nach dem Erlebnis mit den Wölfen hätte er das sowieso getan. Sein erster Schuß ging ins Blaue, doch der zweite und dritte trafen einen dunkelhäutigen, kleinen Mann mit wilder Mähne und einem struppigen Bart. Er schrie auf und stolperte rückwärts zurück in den Wald. Einen Augenblick später hörte Gawaine, wie er krachend stürzte. Kurz darauf verstummten gnädigerweise seine Schreie.

Nachdem die ersten vier gefallen waren, drehten sich die beiden Übriggebliebenen um und flohen.

12.
KAPITEL

»So.« Naitachal hockte sich neben das fast erloschene Feuer und legte konzentriert kleine Stöcke nach, bis es wieder aufflackerte. Dann richtete er sich auf und schaute sich mit offensichtlichem Ekel auf der Lichtung um. »Was für eine Schweinerei. Will denn niemand aufräumen?«

Cedric räusperte sich. Gawaine zuckte vor lauter Anspannung zusammen und stieß einen kleinen Schrei aus. Der Bogenschütze nickte ihm kurz zu. »Tschuldige, Junge, ich wollte niemanden erschrecken. Arturis, vielleicht könnt Ihr uns ja erklären, wieso es überhaupt zu dieser Schweinerei kommen konnte?«

Gawaine folgte dem grimmigen Blick des Bogenschützens. Arturis hockte zusammengesunken auf der anderen Seite des Feuerlochs und nahm offenbar nichts wahr. Cedric kreuzte die Arme vor der Brust und wartete auf eine Antwort.

Der Paladin schaute hoch, kniff die Augen zusammen und lief rot an. »Beschuldigt Ihr etwa mich? Ihr *wagt* es, einem heiligen Mann zu unterstellen, daß er sich mit solchen ... solchen Kreaturen zusammentut?«

»Nun, Cedric«, begann Raven sanftmütig, doch der Bogenschütze gebot ihm mit einer Handbewegung zu schweigen.

»Ihr hättet Euch mit ihnen zusammengetan? Nicht unbedingt. Aber ich finde es sehr interessant, daß diese Männer uns während Eurer Wache angegriffen haben. Ich bin, offen gesagt, Arturis, mehr als einmal in der Nacht während Eurer Wache aufgeschreckt und sah Euch so ruhig und schlaff dasitzen, daß man denken konnte, Ihr schliefet, statt zu wachen. Übrigens fiel mir das auch während unserer gemeinsamen Nachtwache so auf.«

Arturis starrte ihn fassungslos an. »Ich ... Wie könnt Ihr es *wagen*!« stammelte der Recke schließlich und sprang auf die Füße. »Aber was kann man schon von einem so gottlosen Menschen und einer so gottlosen Gesellschaft anderes erwarten? Natürlich sehen sie nicht das, was direkt vor ihrer Nase ist.«

»Ich sehe tote Männer«, erwiderte Cedric grimmig. »Und zwar vier. Die nicht zu unserer gottlosen Gesellschaft gehörten, sondern selbst eine gottlose Gesellschaft bildeten.«

Der Barde räusperte sich. »Sie haben mich geweckt, als sie die Barriere überschritten, aber hier lagen so viele Zweige auf dem Boden und«, er rümpfte angewidert die Nase, »sie haben wahrscheinlich seit einem Jahr oder noch länger nicht gebadet, so sehr stanken sie gegen den Wind. Ich frage mich allerdings auch, warum meine Barriere da die einzige Warnung war.«

Es folgte ein unangenehmes Schweigen. Arturis' Miene spiegelte nur Verwirrung.

»Sie war genaugenommen nicht die einzige Warnung«, sagte Gawaine schließlich. Alle wandten sich ihm gleichzeitig zu, und er stotterte: »Ich ... ich habe nicht besonders gut geschlafen, Meister, und, tja, ich habe Thunder gehört, Meister, ihr wißt ja, wie er sich benimmt, wenn jemand in der Nähe ist, den er nicht kennt.«

Naitachal nickte einmal knapp. »Unruhig. *Und* laut genug, um jeden zu warnen, der wach ist.«

Wulfgar beugte sich über die toten Männer und musterte ihre Gesichter. »Ich habe deinen Gaul ebenfalls gehört, Junge, aber ich döste auch nur noch.«

Arturis schüttelte den Kopf. »Ihr ... Ihr tut mir unrecht, wenn Ihr behauptet, daß ich während meiner Wachen schlafe! Ich habe gebetet und auf eine Antwort Gottes gewartet, wie lange ich Euch noch folgen muß. Er hat mir eine Vision gewährt, und siehe! Ich war unfähig, mich herauszureißen ...«

»Dem entnehme ich«, unterbrach Wulfgar ihn gereizt, »daß Euer Gott offenbar die Gefahr nicht sah, die sich an Euch und Eure ungläubigen Gefährten heranschlich. Oder hat er sie gesehen und es einfach nicht für nötig erachtet, Euch zu warnen?« Er schnalzte verächtlich mit der Zunge und wandte sich ab. »Ich persönliche würde lieber einen Gott anbeten«, warf er über die Schulter zurück, »der sich um das Wohlergehen derer, die ihm dienen, kümmert.«

»Gotteslästerer«, zischte Arturis. »Gott hat mich gewarnt! Doch bevor ich seine Warnung verkünden konnte, fing der Junge an zu rufen und vertrieb meine Vision.« Er blickte verdrießlich zu Gawaine, der sich, ohne ihn einer Antwort zu würdigen, umdrehte und Wulfgar half, eine Leiche von der Lichtung zu schleppen. Ilya schloß sich ihnen an.

Eine Zeitlang herrschte Stille, bis auf das leise Geräusch von Stoff, der über staubige Erde gezogen wurde, und das unruhige Trampeln der Pferde, die an ihrer Leine zogen.

»Arturis«, sagte der Barde leise, und der Paladin zuckte erschreckt zusammen. »Ihr seid doch offenbar nicht glücklich in unserer Gesellschaft. Wir beten Eure Gottheit nicht an und respektieren sie auch nicht, jedenfalls nicht nach Euren Maßstäben. Wir sind alle sehr verschieden, aber Ihr seid der einzige, der größere Schwierigkeiten hat, sich in die Gruppe einzufügen. Ich könnte es Euch nicht verdenken, wenn Ihr Euch entscheidet, uns zu verlassen und Euren eigenen Weg zu suchen.«

Arturis hob das Kinn und blickte Naitachal trotzig an. »Wollt Ihr mich allein in die Nacht schicken, wo Wölfe und Männer mir auflauern?«

Naitachal seufzte. »Ihr solltet uns eigentlich mittlerweile besser kennen, Ihr Narr! Natürlich werden wir Euch nicht gewaltsam wegschicken. Ich sagte nur ...«

»Mein Gott hat zu mir gesprochen, und sein Wort steht höher als Eures. Ich würde zwar nicht dort bleiben, wo ich nicht erwünscht bin, aber falls Ihr mich nicht Verbrechern, Dämonen oder Wölfen zum Fraß vorwerft, werde ich Euch nicht verlassen«, unterbrach Arturis ihn. Dann stand er auf und stakste in die Dunkelheit hinaus. Barde und Bogenschütze schauten sich hilflos an. Dann grinste Cedric und lachte schließlich laut heraus

»Das ist *nicht* komisch«, meinte der Barde.

»Doch. Mehr, als Ihr ahnt«, antwortete Cedric. Er dachte darüber nach und lachte noch mehr. Dann trat er ans Feuer und senkte die Stimme. »Offenbar dürfen wir es nicht riskieren, diesen Mann allein Wache halten zu lassen. Einer von uns muß sein Händchen halten oder zumindestens wachbleiben. Aber ich glaube, ich weiß, wie wir ihn loswerden können, wenn wir erst einmal morgen unterwegs sind.« Er warf einen Blick über die Schulter und schilderte dem Barden hastig seinen Plan. Naitachal hörte eine Weile schweigend zu. Doch dann grinste auch er, und schließlich lachte er sogar leise.

Am nächsten Morgen trat Naitachal zu Arturis, der ihn argwöhnisch über den Sattel seines schon teilweise bepackten Pferdes musterte. »Wißt Ihr, Paladin, ich fürchte, wir müssen uns bei Euch entschuldigen.« Tem-Telek und Wulfgar, die am Feuer gesessen hatten, schossen senkrecht hoch und schauten ungläubig herüber. Wulfgar wollte etwas sagen, doch Cedric berührte seine Schulter. Als der Zwerg anhub zu sprechen, schüttelte der Bogenschütze warnend den Kopf.

»Wenn Ihr das sagt«, erwiderte der Paladin knapp, doch Naitachal sah, daß die Augen des Mannes vor Freude aufleuchteten.

»Immerhin läuft einem nicht oft ein Mann von Eurer Frömmigkeit und Stärke über den Weg«, fuhr der Barde fort. »Und es ist nur natürlich, daß wir anderen – nun, Euch ablehnen ist vielleicht übertrieben, aber ich bin sicher, daß Ihr mich versteht.«

»Manchmal muß ein Mann wie ich eben damit leben«, sagte Arturis und schüttelte traurig den Kopf. Gawaine, der Thunders Hufe säuberte, biß sich auf die Lippen, um nicht laut herauszulachen, und er sah, wie Cedric sich herabbeugte. Vorgeblich, um das Feuer zu löschen, doch in Wirklichkeit preßte er sich eine Hand vor den Mund. »Stärker zu sein als die meisten,« plapperte Arturis weiter. »Und ... nun, nicht heiliger, natürlich, aber auserwählt von Gott, um ...«

»Ja. Ja, ja. Ja sicher«, fiel ihm Naitachal rasch in die Parade. »Versteht Ihr, ich habe Sorge«, fuhr er flüsternd fort, »daß sich die Gefahren, die auf uns lauern, in den letzten Tagen vervielfacht haben. Die Straße nach Norden wird immer unsicherer. Und ... nun, seht uns doch an. Keiner von uns ist so kampferprobt wie Ihr, und ich, der Bardling und der Bauernjunge haben gar keine Erfahrung in Waffengängen. Also fragte ich mich, wie Ihr es wohl fändet, als Vorhut voranzureiten, um die Gefahren zu erkunden, die zweifellos vor uns liegen.« Arturis schaute ihn verdutzt an, und Naitachal lächelte bedauernd und breitete die Arme aus. »Ich würde Euch natürlich keinen Vorwurf machen, wenn Ihr das ablehntet. Schließlich haben wir Euch in letzter Zeit das Leben schwergemacht, und Ihr hättet alles Recht, diese Bitte schlichtweg abzuweisen.«

»Ah!« Der Paladin gab sich einen Ruck. »Doch ich bin ja ein gottgefälliger Mann, ein moralischer und aufrechter Recke, der Gott dient, die Reinheit und den richtigen Weg sucht. O nein, Barde, so würdet Ihr Euch vielleicht verhalten, nicht jedoch ich! Ich werde tun, worum Ihr mich bittet«, fügte er überheblich hinzu.

»Oh, danke, vielen, vielen, vielen Dank«, rief Naitachal inbrünstig. »Wir werden noch ein wenig packen, und es ist selbstverständlich nicht nötig, daß Ihr zu weit vorausreitet …«

»Nun, wenn ich auf Erkundung gehen soll«, erwiderte Arturis zweifelnd, »dann sollte ich Euch wohl recht weit voraus sein.«

»Aber nicht so weit, daß Ihr uns nicht zu Hilfe rufen könnt, solltet Ihr uns brauchen«, meinte Naitachal gelassen.

Der Paladin jedoch schnaubte nur verächtlich. »Hilfe! Gott ist meine Hilfe in allen Dingen, und so soll es auch sein für alle, die reinen Herzens sind!« Er warf seine letzten Habseligkeiten auf das Pferd und wälzte sich auf den Sattel. Dann zog er sein Schwert, während er die Zügel aufnahm. »Ich werde die Straße nach Norden entlangreiten, und bei allem, was recht und billig ist, ich werde Euch unter Einsatz meines Lebens schützen!«

Leider verdarb es ihm ein bißchen seinen starken Abgang, daß er auf Gawaine warten mußte, damit der die Fußfesseln seines Pferdes löste, die er vergessen hatte. Arturis tat so, als achte er nur auf eine Stelle in einiger Entfernung, und als der Bardling zurücktrat, trieb der Held sein Roß in einen leichten Galopp und verschwand kurz darauf auf der Straße. Es herrschte tiefes, langes Schweigen, bis die Hufschläge verklungen waren. Dann brach vielstimmiges, brüllendes Gelächter los.

Doch sie waren ihn natürlich nicht ganz los. Naitachal hatte die anderen schon gewarnt, daß sie sich dieser Hoffnung gar nicht erst hingeben sollten. Ab und zu hörten sie ihn in der Ferne krakeelen. Er verscheuchte das Wild und schrie einmal eine Warnung zurück, daß ihnen Männer neben der Straße auflauerten. Cedric seufzte und machte seinen Bogen schußbereit. »Ich denke, ich sollte wirklich lieber hinreiten und den Kerl retten. Sonst findet der bestimmt eine Möglichkeit, von den Toten aufzuerstehen und uns zu verfolgen.«

»Was für ein furchtbarer Gedanke«, stimmte ihm der Barde mit gekünsteltem Erschauern zu. »Dann geht, doch seid vorsichtig.«

»Ho – Ihr solltet jemanden mitnehmen, der Euch den Rükken freihält«, sagte Tem-Telek. »Wulfgar, geh und hilf ihm. Und ruft, wenn Ihr mich ebenfalls benötigt.«

»Euer Wunsch ist mir Befehl, Herr.« Der Zwerg schwang seine Axt, als er dem Bogenschützen folgte.

Der Rest der Gesellschaft erreichte kurze Zeit später eine Stelle, wo sich die Straße über die Landschaft erhob und wo tiefe Gräben sie flankierten. Einige tote Männer lagen auf beiden Seiten des Weges. Cedric und Wulfgar warteten auf die Gefährten, von Arturis jedoch war nichts zu sehen. Der Bogenschütze grinste. »Er meinte, er habe noch 'ne Vision, von noch mehr Ärger voraus, und er müsse schon mal vorreiten, um ...«

»Das reicht«, unterbrach der Barde ihn entschieden. »Es ist schon schlimm genug, daß ich mir dieses Gequatsche von Arturis anhören mußte. Es ist überflüssig, daß Ihr ihn jetzt auch noch zitiert.«

»Ja.« Cedric seufzte. »Das einzige wirkliche Problem ist, daß er auf dem ganzen Weg das Wild verscheucht hat.«

»Und das ist der bis jetzt beste Grund, Arturis vorauszuschicken.« Das war das erste, was Raven seit dem vergangenen Abend gesagt hatte. Und es war das erste Mal, soweit Gawaine sich erinnerte, daß der Druide wirklich absolut erfreut klang.

Arturis kam vor Sonnenuntergang zu ihnen zurück. Sein Gesicht war gerötet und sein Haar zerzaust. Er plapperte eine Weile vor sich hin, bis man ihn überreden konnte, zusammen mit Ilya weiterzureiten, der behauptete, er kenne die Gegend sehr gut. »Ein bißchen weiter vorn ist ein kleiner Fluß, in dem sehr große Fische schwimmen. Ich kann uns einen fangen, wenn Ihr mögt, Sires.« Ilya warf dem Druiden einen zweifelnden Blick zu und drehte sich zu Naitachal um. Der Barde nickte.

»Ich habe nichts gegen Fisch. Vielleicht macht es ja Euch, Raven, auch nicht soviel aus, wenn es Fisch und nicht Wild oder Geflügel ist.«

»Damit könnt Ihr mich nicht ködern«, entgegnete der Druide freundlich. »Aber wo ein Fluß ist, gibt es vielleicht auch Kresse, und ich könnte auch Wurzeln für Mehl finden. Wir könnten Brot backen.«

»Wir brauchen Nahrung«, erklärte ihn Naitachal. »Und zwar aller Art. Ilya, wie weit ist es noch zu deinem Dorf?«

Der Bauernjunge dachte kurz nach und zuckte schließlich mit den Schultern. »Ich brauchte zwei ganze Tage, um es zu Fuß zu erreichen. Zu Pferd schaffen wir es vielleicht bis morgen abend. Ich kann es natürlich nicht versprechen. Aber, ja, es ist gut möglich.«

Er führte Arturis und Raven um ein kleines Weidenwäldchen herum und dann in die untergehende Sonne hinein. Der Barde ließ sich zu Boden sinken. »Ich werde ihn vielleicht erwürgen, wenn er mir nicht ehrlich geantwortet hat.«

Cedric, der gerade aus Steinen die kreisförmige Feuerstelle baute, grinste. »Ich glaube, Barde, Ihr habt wohl vom Reisen die Nase voll.«

»Da könntet Ihr nicht ganz unrecht haben«, knurrte Naitachal. Er streckte sich aus und murmelte vor sich hin, als seine Gelenke knackten. Dann beobachtete er Gawaine, der die Pferde absattelte, ihre Fesseln zusammenband und sie anleinte. Jetzt striegelte er Stars schwarze Flanken. *Der Bardling kommt zurecht,* dachte Naitachal. Er war zwar noch weit davon entfernt, auf eigenen Füßen stehen zu können, aber der Dunkle Elf sah allmählich den Barden in dem Jungen. *Du mußt ihn nur vor Arturis und seinesgleichen fernhalten,* dachte er.

Er ahnte, daß Gawaine bereits begonnen hatte, die Dinge zu hinterfragen, die Arturis von sich gab.

Naitachal wußte selbst einiges über die Suche nach der Wahrheit, nicht nach der des Paladins, und auch nicht nach der Wahrheit, die die Druiden einem normalerweise andienen wollten, sondern die, nach der der Barde schon sein ganzes Leben suchte, durch seine Musik, seine Magie, einfach dadurch, daß er lebte und Erfahrungen machte. Mit etwas Glück begriff auch Gawaine irgendwann, daß der Weg das Ziel war.

Er stand auf, als der Bardling die Pferdepflege beendete und mit ihren Besitztümern herüberkam. »Wo wünscht Ihr heute abend zu schlafen, Meister?«

Naitachal deutete auf die Stelle, und Gawaine trug die Sachen dorthin. Behutsam stelle er die Mandoline ab und breitete die Decken aus. »Wenn ich daran denke«, sagte er und lächelte. »Morgen abend schlafen wir vielleicht schon wieder in einem richtigen Bett.«

»Ja, könnte sein.« Ein wundervoller Gedanke. »Aber schraube deine Hoffnungen nicht zu hoch. Denk an deinen Freund Ilya. Er sieht nicht so aus, als wüßte er, was ein ordentliches sauberes Bett ist.«

Der Bardling stöhnte, kniete sich nieder und legte die Mandoline auf die Decken.

»Ich warne dich ja nur«, sagte Naitachal freundlich. »Damit du nicht zu enttäuscht bist.«

»Glaubt mir«, gab Gawaine zurück. »Alles wird besser sein als Steine und Zweige. Ganz gleich, was es sein mag.«

Der Barde lachte. »Ich hoffe, daß diese Worte nicht auf dich zurückfallen. Wo hast du die anderen Instrumente hingelegt?«

»Dort. Zu den Lebensmittelsäcken.« Gawaine deutete in die Richtung.

»Bleib und ruh dich einen Moment aus. Ich hole sie. Ich will ohnehin kurz mit Tem-Telek reden.« *Und ich hoffe, daß du nicht einen minderen Fluch auf dich ziehst, Junge.* ›Ganz gleich, was es sein mag‹. Also wirklich! Nichts war schöner, als nach Ärger zu rufen, oder?

Am späten Nachmittag des nächsten Tages ritten sie in Ilyas Dorf ein. Eine Vorahnung überfiel den Barden, doch zunächst sah er keinen Grund für sein Unbehagen. Überall arbeiteten Bauern. Sie verließen ihre Pflüge und Stecheisen und kamen herbeigelaufen, strömten aus zugig wirkenden kleinen Hütten und aus einem Schweinepferch, in dem eine Herde Frischlinge sich im Schlamm wälzte. Sie kamen aus allen Himmelsrichtungen und riefen aufgeregt Ilyas Namen.

Der Barde sah sich um. Eigenartigerweise schien es nirgendwo ein Herrenhaus zu geben, sicher, ein Gutshaus hatte er auch nicht erwartet. Aber zumindestens hätte es doch ein schöneres Haus geben müssen, in dem der Herr des Dorfes wohnte. Gawaine ritt an seiner Seite und beugte sich stirnrunzelnd zu ihm herüber. »Hier sind alle Leute wie Ilya«, sagte er leise. »Da stimmt doch etwas nicht, oder?« Naitachal schüttelte den Kopf, doch bevor er etwas sagen konnte, hatten sie den Marktplatz erreicht. Es handelte sich um einen großen Fleck braunen Schlamms, im Gegensatz zu dem breiten Streifen braunen Schlamms, der die Straße bildete. Ilya zügelte sein Pferd und sprang aus dem Sattel. Sofort umringten ihn die Bauern und die schmutzigen Kinder, die im Schweinepferch gespielt hatten.

»Ohhh! Sieh mal, Katya, *sieh doch*! Schau dir dieses entzückende rote Haar an!« Gawaine schaute hinunter und ihm blieb vor Staunen der Mund offen stehen. Sie waren von mindestens zwei Dutzend junger Frauen eingekesselt.

13.

KAPITEL

»So was«, sagte der Barde ehrfürchtig, und seine Augen glänzten. Doch Gawaine starrte entsetzt auf dieses Meer von äpfelwangigen, blondgezopften und solide gebauten Bauernmädchen, die Thunder umgaben, und hörte offenbar nichts.

Ilya drängte sich durch diese Meute junger Mädchen zurück zu ihm, umfaßte sein Knie und rief glücklich: »Seid nicht langweilig, Freund. Ich habe meinen Onkel alles von Euch erzählt. Ihr müßt absteigen und meine lieblichen Kusinen kennenlernen.«

»Deine ... Kusinen?« fragte Gawaine matt.

»Mach schon«, ermunterte Naitachal ihn und gab ihm einen Schubs, so daß er aus dem Gleichgewicht geriet. »Nichts kann schlimmer sein, als auf dem harten Boden zu schlafen. Geh und sei freundlich!« Gawaine warf ihm einen bösen Blick zu, doch der Barde lächelte nur sanft und deutete auf die Mädchen. »Du wirst eingeladen«, sagte er nachdrücklich.

Gawaine holte tief Luft, zwang sich zu einem Lächeln und glitt von Thunders Rücken. Der intensive Duft nach Zwiebeln hätte ihn fast umgeworfen, und nur mit aller Entschlossenheit gelang es ihm, weiter zu lächeln, als Ilya ihm auf den Rücken schlug und ihn umdrehte, damit er sich den erwartungsvoll blickenden jungen Frauen stellte. Vom Boden aus betrachtet waren sie noch viel entmutigender. Die kleinste von ihnen war doppelt so breit wie er, und sie alle lächelten ihm höchst beunruhigend zu.

»Meine Kusinen«, verkündete Ilya liebenswürdig und deutete auf die Mädchen, während er Namen herunterrasselte. »Katya, ihre Schwester Marya, die Töchter meines Onkels Ivan, Marya und Katya ...« Gawaine zwinkerte erstaunt. Falls sein Gehör nicht nachließ, hießen die meisten

Mädchen Marya oder Katya – sollte es eine unauffällige Variation geben, war sie ihm entgangen. »Und das hier sind die Töchter meines Onkels Ivanya«, schloß Ilya triumphierend. »Katya, Marya und Greta!« Ungefähr zwanzig junge Mädchen und ein Junge schauten ihn erwartungsvoll an.

Gawaine lächelte schwach. »Ah, Greta! Was für ein – ungewöhnlicher Name!«

»Es sind Drillinge«, antwortete Ilya sofort. »Soweit sind wir nun auch wieder nicht von der Zivilisation entfernt. Sie haben alle verschiedene Namen, wißt Ihr!«

»Gawaine«, gurrte Greta und klimperte mit den Wimpern.

Er hielt den Atem an. »Ihr habt ja soooo wunderschönes Haar, die Farbe von Karotten und so lockig!« Eine pummelige Hand griff nach den Locken, die ihm in die Stirn gefallen waren, doch eine andere schlug sie weg. *Zwiebeln. Ich werde keine Zwiebeln mehr essen, solange ich lebe. Sie müssen sie als Parfum benutzen!*

»Schäm dich, Greta, er hat es dir nicht gestattet!«

»Na, na, Katya, er hat mit mir geredet«, antwortete Greta beleidigt. »Und nicht mit dir.«

»Sicher, denn er hatte bis jetzt auch noch keine Gelegenheit, mit der armen kleinen Katya zu reden.« Diejenige, die Gretas Hand weggeschlagen hatte, schmollte und drängte sich zwischen Greta und den Bardling. »Ohh, und seine Augen sind so wunderhübsch grün!«

Ilya strahlte. »Ich wußte, daß sie Euch mögen würden, mein Freund.«

»Das ... das wußtest du?«

»Nun, selbst wenn Ihr langweilig wärt, was Ihr natürlich nicht seid!« Er beugte sich zu Gawaine herüber. »Die Mädchen haben es hier im Dorf nicht leicht. Wenn ein Mann nicht als Heiratskandidat in Frage kommt, weil er ein Onkel ist, dann, weil er ein Vetter ist.« *Heiraten?* Wäre Gawaine nicht von so vielen warmen, kräftigen jungen Frauen gehalten worden, hätten ihm wohl die Knie nachgegeben. Ilya breitete die Arme aus. »Soviel Gesundheit! So eine großartige Auswahl für jeden Mann … Ach, wie ich Euch beneide!«

»Nun, Vetter«, sagte eine der Maryas, oder war es eine Katya? Sie kicherte schrill. »Geh weg und laß den jungen Mann erst einmal zu sich kommen. Du bereitest ihm Unbehagen.«

»Ohh ja!« quietschte eine hinten in der Menge. »Seht, er ist ganz rot im Gesicht!«

»Oh, fast wie sein Haar!« rief eine andere, und die ganze Meute brach in schrilles Kichern aus. Gawaine schaute sich hastig um, doch Naitachal und Star waren nicht mehr an seiner Seite. Irgendwann mußte der Barde ihn verlassen haben, ohne daß er es bemerkt hatte. *Meister! Dafür werde ich mich rächen!* Da – Naitachal hatte Star gezügelt, um abzusteigen. Gawaine sah, wie er sich ernst mit einem der älteren Männer unterhielt. *Ich werde mich revanchieren – falls ich nicht vorher an einer Zwiebelvergiftung sterbe!*

Inzwischen versuchten die Mädchen gleichzeitig, auf Gawaine einzureden, falls sie nicht miteinander flüsterten, kicherten oder ihm Seitenblicke zuwarfen. *Ich weiß doch, wie Ilya ist – warum habe ich nicht darüber nachgedacht, wie sein Dorf sein muß?* Natürlich kannte er den Typ. Er kam ja ebenfalls vom Land, obwohl nicht aus einem kleinen Bauerndorf. Eigentlich hätten sie einen Lehensherrn haben müssen, der aber offenbar nicht in diesem Dorf lebte. Es gab nichts außer Schweineställen, Gerbereien, Gemüsekellern, *die vermutlich bis zum Rand mit Zwiebeln gefüllt sind,* dachte Gawaine mißmutig, und Hütten, in denen die Menschen wohnten. Doch diese Behausungen sahen nicht viel besser aus als die Vorrats- und Tierverschläge mitten auf den kleinen Schweinekoben. Gawaine betrachtete das wogende Meer blonder Schönheit, und ein derber alter Spruch seines Vaters kam ihm in den Sinn. ›Stark wie ein Bulle, dumm wie ein Ochs‹, damit sie vor den Pflug kann, wenn das Pferd eingeht, und breite Hüften für Babies …«

Sei fair, ermahnte er sich. Es waren vermutlich nette Menschen, wie die meisten Dörfler. Sie teilten das letzte Stück Brot mit einem – oder die letzte Zwiebel. Boten einem Unterschlupf an – und eine Tochter im heiratsfähigen Alter. Gawaine atmete ein wenig zu schnell und fühlte trotz der kühlen Brise, daß ihm der Schweiß auf der Stirn stand.

Eine der Katyas – oder Maryas? – schob ihren Arm durch seinen und tätschelte seine Wange. »Ihr paßt ja gar nicht auf, Ihr dummer Bub. Ich habe Euch gefragt, ob Ihr vielleicht Lust habt, heute abend mit mir spazierenzugehen.« Einige der Mädchen protestierten, die anderen kicherten oder flüsterten miteinander.

»Spazieren?« Er zwinkerte, als sie sich zu ihm beugte und dicht an seinem Ohr flüsterte. Der Zwiebelduft ließ seine Augen tränen.

»Ja, spazieren. Oder wißt Ihr nicht, wie das geht, weil Ihr immer nur dieses große Pferd reitet?« Das Kichern verstärkte sich. »Ich kenne ein sehr hübsches *Feld*, das ich Euch gerade *heute abend* gern zeigen würde.« Jemand hinter ihm schnappte nach Luft.

»Katya, wie kannst du es wagen?«

»Ich habe zuerst gefragt!« rief Katya über seine Schulter zurück, und ihr Zwiebelatem hüllte ihn ein. Gawaine befreite seinen Arm und hustete in seine Hände. Katya und ein halbes Dutzend anderer Mädchen klopften ihm mit ihren kräftigen, fleischigen Händen auf den Rücken. »Ich habe das Recht zu fragen, weil ich zuerst auf die Idee gekommen bin. Und du nicht ... oh«, schloß sie mit gezierter Stimme, als Gawaine fragend aufschaute. Dann lächelte sie. *Dieses Lächeln hat sehr viel Ähnlichkeit mit den Grimassen der Wölfe*, dachte Gawaine nervös. Jetzt waren auch seine Hände schweißnaß. »Was haltet Ihr davon, Gawaine mit den roten Locken?« Sie gurrte wieder. *Wer hat diesen Mädchen bloß erzählt, daß es verführerisch ist, wenn man mit den Wimpern klimpert?* fragte er sich. Er hatte noch nie etwas Alberneres gesehen. »Wollt Ihr heute abend mit mir über das Feld spazieren und mir von Eurer Welt erzählen?«

Sie warteten. *Mit angehaltenem Atem.* Plötzlich drängte sich Gawaine das Bild von Katzen auf, die vor dem Mauseloch saßen und darauf warteten, daß eine einzige kleine Maus ihren Kopf herausstecken würde ...

Ich sitze in der Falle.

»Hm. Tja. Ehm ...« Er hatte noch nie in seinem Leben so angestrengt nachgedacht. »Ich muß heute abend für meinen Meister seine Musikinstrumente stimmen, damit wir beide für Euch alle musizieren können«, improvisierte er rasch. »Ich muß sie bespannen, sonst verprügelt er mich.«

»Ohhh!« drang es aus einem Dutzend oder mehr Kehlen. Eine der Maryas fuhr mit den Fingern seinen Arm entlang. »Oh, er wird doch wohl so eine hübsche, nette Haut nicht verunstalten? Oh, was für ein schrecklicher und grausamer Mann Euer Meister sein muß!«

»Nun, er macht das nicht immer. Ich meine ...«

»Oh«, sagte die Marya und rückte ein Stück näher. »Wenn Ihr vielleicht nur nicht mit meiner Kusine Katya reden wollt, dann treffen wir uns doch bei Sonnenuntergang. Ich kenne da einen Ort ...«

»Nun, ehm, ja, ich ...«

»Marya!« Eines der Mädchen packte ihre Arme und zog sie fort, doch bevor Gawaine die Luft anhalten konnte, hatte sie sich an die Stelle des anderen Mädchens geschoben. Und war ihm noch dichter auf die Pelle gerückt. »Achtet nicht auf sie, sie ist schrecklich aufdringlich«, sagte die hier leise. »Mein Onkel ist ein starker Mann. Wenn Ihr Euren Meister loswerden wollt, dann wird er Euch sicher helfen. Ich bringe Euch zu ihm, und während er sich um diesen Unmenschen kümmert, können wir beide durch das Dorf bummeln. Ich kenne eine Blumenwiese, gleich da drüben ... Von da aus ist der Sonnenuntergang so bezaubernd ...«

»O ...Oh, ja, ich bin sicher, daß er das ist.« Gawaine senkte den Kopf, um zu husten, und wischte sich verstohlen die Stirn. »Aber ... aber mein Meister ist auch zufällig mein Onkel, und ich liebe ihn sehr. Außerdem wäre mein Vater, welcher sein, äh, Bruder ist, äh, der wäre ziemlich verärgert, wenn seinem, äh, Bruder etwas zustieße.«

»Ein Bruder. Familie. Oh.« Die Mädchen schauten sich an und runzelten die Brauen, als wüßten sie nicht genau, wie sie weitermachen sollten. Die einzige Greta, jedenfalls soweit Gawaine das sagen konnte, kicherte und zupfte an seinem Ärmel. »Warum kommt Ihr nicht einfach mit mir? Ihr müßt müde und durstig sein. Meine Mutter wird Euch Suppe geben, während ich Euch frische Milch hole.«

»Oh, das ist ein sehr freundliches Angebot. Aber ich bin noch nicht hungrig oder durstig und ...«

»Meine Mutter züchtet die feinsten Schweine im ganzen Dorf«, übertönte Greta ihn und das unzufriedene Gemurmel um sie herum. »Und ihre Weide grenzt an die Blumenwiese, von der meine Kusine soeben gesprochen hat. Ich kann Euch gewiß eine viel schönere Aussicht bieten als sie ...«

»Oh, ja, das ist sehr nett.« Gawaine sah Ilya in der Nähe. Er redete mit einem der schmutzigsten alten Männer, die er jemals gesehen hatte – abgesehen einmal von den beiden genauso schmutzigen Männern neben ihm. Der Junge schien Gawaines Blick zu spüren, denn er drehte sich um und strahlte ihn an. Gawaine konnte sich gerade noch davon abhalten, ihm mit der Faust zu drohen. *Denk nach!* befahl er sich schnell. Die jungen Frauen drückten sich fest an ihn, und er spürte mehr – glücklicherweise bekleidete – weibliche Körper, als er bisher in seinem ganzen Leben gefühlt hatte. Zwei der Mädchen fummelten schon wieder in seinem Haar, und jetzt strich eine mit ihren dicklichen Fingern über seinen Nacken. »Nun ja, was für ein wundervolles Angebot! Ich kann euch allen gar nicht genug danken, doch mein Meister braucht mich jetzt.«

»Ich habe aber niemanden rufen hören«, widersprach eine Marya – oder war es eine Katya? – erstaunt.

Gawaine schüttelte den Kopf und zuckte zusammen, als einige kräftige Finger sich in seinen Locken verfingen. »Ich habe das im *Gefühl*«, behauptete er.

»Oh, was für eine wundervolle Gabe!« sagte eine Katya oder Marya. »Wie selten lernen arme Mädchen wie wir einen Mann von derartiger Sensibilität kennen!«

»Aber Euer Haar ist so zerzaust. Ihr müßt es mich kämmen lassen«, murmelte eine andere in sein Ohr. *Ich dachte schon, ich hätte meinen Geruchssinn verloren*, dachte Gawaine, als ein betäubender Zwiebelduft ihn einhüllte.

»Ah ... Ja ... Tja ... Nein, *das* könnt Ihr nicht machen. Es ... äh, es handelt sich um ... einen Schwur, ja, den ich geleistet habe. Ich werde mein Haar nicht kämmen, bis ein bestimmtes Ereignis eintritt«, improvisierte er schnell.

»Ein Schwur? Ah, vielleicht bis Ihr ... geheiratet habt?« fragte eine andere. Alle kicherten und tuschelten miteinander. Gawaine starrte sie mit unverhülltem Entsetzen an, doch er gewann seine Fassung wieder, als sich die Frauen ihm zuwandten.

Denk daran, wie der Junker Männer abwimmelte, denk an seine Stimme dabei. »Nun«, sagte er strahlend und gleichzeitig entschieden. »Ich kann Euch gar nicht sagen, wie erfreut ich bin, Euch alle hier zu treffen. Ich bin überzeugt davon, daß wir noch später Gelegenheit haben, uns alle kennenzulernen. Aber wenn es diese Gelegenheit geben soll, muß ich leider gehen, sonst gewährt mein Meister mir keine Freizeit.« Die jungen Frauen musterten ihn unzufrieden. Einige schmollten sogar ganz unverhüllt, und keine rührte sich von der Stelle. »Wirklich«, fügte er hinzu. »Aber später ...«

»Natürlich.« Eine klatschte in die Hände und hüpfte auf der Stelle. »Er verschwindet ja nicht über Nacht, Mädels! Wenn Ihr nicht mit Katya spazierengehen wollt, schöner Gawaine, dann denkt an mich und daran, daß ich als zweite gefragt habe.«

»Ich ...« Er spreizte die Hände und zuckte hilflos mit den Schultern. »Es liegt an meinem Meister, ob ich ...«

»Oh, aber er wird doch nicht Eure ganze Zeit beanspruchen?« fragte eine andere, die ihn mit großen, runden blauen Augen anschaute. »Und wenn doch ...« Sie konnte vor lauter Kichern nicht weiterreden.

»Wenn doch, dann schleicht Euch doch heraus, wenn er schläft«, beendeten zwei andere für sie den Satz.

»Tja, äh, ja, aber das ist nicht so einfach, da er mir jeden Abend eine Aufgabe stellt, und wenn sie nicht erledigt ist, wenn er aufwacht ...« Er machte ein so grimmiges Gesicht, daß die Mädchen, die durch sein Haar strichen, quietschend zurückwichen. Gawaine nutzte hastig die Lücke, die sich da auftat und trat zu Thunder, der einige Schritte – und einige sehr kräftige weibliche Körper – weiter entfernt stand.

»Oh, wie grauenvoll ...!«

»... schrecklich ...!«

»Entsetzlich!« sagte eine von ihnen sehr laut und schlug die Hände vor den Mund, als die anderen sie anzischten, leise zu sein.

Einen Moment später ertönte eine barsche männliche Stimme. »Und was ist das? Läßt das Vieh die Milch von allein in den Eimer tropfen? Und verwandelt sich die Milch von allein in Käse?« Die Schreie und das Gekicher, das darauf folgte, klingelte Gawaine in den Ohren, doch er konnte plötzlich wieder atmen und sich bewegen, als die Mädchen in alle Himmelsrichtungen davonliefen. Doch vorher blieben sie alle kurz bei ihm stehen und zischten ihm zu: »Wenn ich Euch gefalle, wollen wir dann heute abend spazierengehen?«

»Wenn ich Euer Herz erfreue, geht Ihr dann mit mir spazieren?«

»Denkt daran, ich habe zuerst gefragt!«

»Katya, du lügst, ich habe zuerst gefragt!«

»Nein, ich!«

»Die beiden sollen sich ruhig streiten, mein Süßer, während Ihr und ich heute abend bummeln gehen. Ich kenne den schönsten Weg ...«

Der ältere Mann warf ihm einen wütenden Blick zu und ging dicht an ihm vorbei, ohne ein Wort zu sagen. Allein sein Gestank reichte, um den armen Bardling aus den Schuhen zu kippen, selbst nach all dem Zwiebelgeruch. Der Mann mußte seit Monaten, wenn nicht seit Jahren, nicht mehr gebadet haben. Gawaine stieß einen derbe Bemerkung aus. *Als hätte ich sie ermutigt*! dachte er.

Eins war sicher: Spaziergänge und Felder kamen nicht in Frage. Jeder Barde oder Bardling, der sein Geld wert war, kannte einige Lieder über solche Unternehmungen und solche Orte. Anschließend waren die Parteien meistens so eng verbunden, als wären sie vor den Altar getreten und die Ringe ausgetauscht. *Bei allen Göttern, einschließlich dem des Paladins*, dachte Gawaine fromm. *Eher sterbe ich.*

Wenigstens hörten seine Knie auf zu zittern. Er nahm Thunders Zügel auf und ging los, um den Barden und seine anderen Gefährten zu suchen. Ilya kam an und klopfte ihm grinsend auf den Rücken. »So! Wie gefällt Euch mein Dorf?«

»Ja, sehr nett.«

Ilya kicherte und stieß ihm verstohlen den Ellbogen in die Rippen. »Sehr nett, was? Und eine so entzückende ... Aussicht, findet Ihr nicht?« fügte er vielsagend hinzu und stieß Gawaine erneut an.

»Ja ... sicher. Selbstverständlich. Sehr nett.«

»Wir hier wissen, wie eine Frau aussehen muß. Nicht wie diese mageren Geschöpfe im Süden. Jede meiner Kusinen ist so kräftig gebaut, daß Ihr spürt, was Ihr in der Hand habt, wenn Ihr sie umarmt. Und was kann in einer kalten Winternacht schöner sein als zwei Decken und solch ein ... Polster?«

Gawaine trat schnell einen Schritt zurück, bevor Ilya ihm erneut den Ellbogen in die Rippen rammen konnte. *Ob es den Mädchen wohl gefällt, daß man sie mit Decken und Polstern vergleicht*? Dieser Gedanke empörte ihn. Doch dann ließ er die Schultern sinken. *Wahrscheinlich halten sie das für das größte Kompliment überhaupt*. Er bemerkte plötzlich, daß Ilya, der die ganze Zeit weitergeplappert hatte, ihn erwartungsvoll anschaute.

»Ich verstehe«, sagte Ilya und legte dem Bardling mitfühlend eine Hand auf den Arm. »Soviel unerwartete Schönheit ... Mir wäre auch ganz schwindlig. Wenn Ihr heute abend etwas unternehmen wollt ... Ihr wißt schon«, er zwinkerte anzüglich, »werde ich den Barden so gut wie möglich ablenken. Wenn Ihr es wünscht.«

Gawaine zwang sich zu einem Lächeln. »Tja, ich werde ... äh ... *ganz bestimmt* darüber nachdenken.«

»Ich bin ja *so* froh, daß Euch mein Dorf gefällt«, fuhr Ilya ernsthaft fort. Gawaine schaute sich um, suchte verzweifelt Naitachal oder irgend jemanden, der ihn retten könnte. Und als hätte jemand seine Gebete erhört, tauchte Cedric auf.

»Ilya, der Mann, der dort wohnt, möchte mit dir reden. Es geht um die Felle, die du verkauft hast, und das Geld, das du dafür bekommen hast.«

Ilya schaute auf die Tür, auf die Cedric deutete, und nickte. »Ja. Ich muß sofort gehen. Das ist mein Onkel Ilya, und es wäre nicht gut, ihn warten zu lassen. Aber vergeßt nicht ...« Er zwinkerte Gawaine erneut vielsagend zu.

Cedric wartete, bis der Bauernjunge in der schwarzen Öffnung der Hütte verschwunden war, dann lachte er leise. »Nicht vergessen?«

»Ich habe es schon vergessen«, erwiderte Gawaine grimmig. »Bringt mich hier fort.«

»Fort? Wie weit?«

»Und hör auf, mich so albern anzugrinsen«, fuhr Gawaine ihn an und vergaß seine übliche Höflichkeit dem Bogenschützen gegenüber, der älter und unbestreitbar besser im Umgang mit dem Bogen war. »Portsmith wäre genau richtig, aber es reicht auch, wenn wir dahingehen, wo mein Meister ist.«

Unglücklicherweise befanden sich vier junge Frauen im Haus bei dem Barden. Zwei brachten ihm Erfrischungen, während zwei mit dem Rücken an der Wand standen und hinter vorgehaltenen, dicken Händen kicherten. Naitachal musterte seinen Schüler. »Das geschieht dir recht für deine unbedachte Bemerkung von gestern abend«, sagte er leise. »Paß nächstes Mal auf, bevor du etwas sagst.«

Gawaine stöhnte sehr leise und stützte den Kopf in die Hände. Alle vier Mädchen scharten sich sofort besorgt um ihn, und ein Schwall von Fragen – zusammen mit dem unvermeidlichen Zwiebelduft – umhüllte ihn. »Ist er krank, Barde?«

»Gawaine, du bist doch nicht krank, oder?«

»Schwester! Ein großer, starker Kerl wie er, krank?«

»Ich frage doch, Schwester. Barde, ist er krank?«

»Ja, ja, ja.« Gawaine ließ die Hände vor dem Gesicht, diesmal, um ein Lächeln zu verbergen. Der Barde wirkte so genervt, wie er sich fühlte. Genauso hörte er sich an, wenn er versuchte, Arturis den Mund zu stopfen. »Alles ist in Ordnung – mein Schüler ist gesund.«

Das Lächeln verschwand. An dieser Situation war absolut nichts komisch. *Wundervoll*, dachte Gawaine verdrießlich. *Er hätte wenigstens sagen können, ich litte an einer furchtbaren Seuche, am besten etwas Ansteckendes, sehr gefährlich vor allem bei engem Kontakt!* Immerhin, falls er den Barden die vergangenen vier Jahre nicht falsch eingeschätzt hatte, würde er ihn nicht der zärtlichen Barmherzigkeit dieses Schwarms plumper Schönheiten ausliefern. Was nicht bedeutete, daß er sich nicht zuerst seinen Spaß daraus machte. *Jedenfalls das, was er für Spaß hält.* Gawaine wagte es, den Kopf zu heben. Die Frauen musterten ihn aus nächster Nähe, doch als er sie anschaute, quietschten und kicherten sie schrill und stoben gnädigerweise auseinander.

Die Hütte war fensterlos und dunkel, aber alles andere als luftdicht. Glücklicherweise. Gawaine fragte sich, wie lange er wohl die Luft anhalten könnte. Der Barde rammte ihm seinen spitzen Ellbogen in die Rippen. Die Mädchen waren fort, aber er hörte sie draußen reden. Sie unterhielten sich mit ihren Eltern und standen dabei vor der ungewöhnlich breiten Haustür, die zu einem kleinen, umzäunten Flecken führte, in dem sich ein riesiges Schwein mit einer Schar Frischlinge suhlte. Dahinter befand sich eine etwas größere Koppel, auf der eine knochige Kuh und zwei Ziegen grasten. Die beiden älteren Leute kamen ins Haus zurück, und nun wurde Gawaine der Zweck der überbreiten Tür deutlich: Die Frau hätte niemals durch eine normale Tür gepaßt, und ihr Ehemann war auch nicht wesentlich schlanker. »Stell dir vor«, flüsterte Naitachal ihm ins Ohr. »Was dich in ein paar kurzen Jahren erwartet. Man sagt, daß die meisten Frauen ja mit der Zeit ihren Müttern immer ähnlicher werden.« Gawaine warf ihm einen entsetzten Blick zu, und der Barde grinste.

Ein schriller Schrei ertönte von der Kuhweide, und das ältere Paar trat hinaus, um nachzusehen, was passiert war.

»Kurz?« Gawaine richtete den Blick zur niedrigen Decke. »Kurze Jahre? Zwei Tage an diesem Ort kommen mir länger vor als mein ganzes bisheriges Leben!«

»Macht nichts, wir haben einen Moment Zeit«, sagte der Barde beschwichtigend und klopfte Gawaine auf die Schulter. »Das war ziemlich rauh, nicht wahr? Und nicht sehr freundlich von mir, ich weiß.«

»Allerdings«, bestätigte Gawaine grimmig.

»Aber allein deine Miene! Mein armer, weltfremder Schüler, war dir denn nicht klar, was für eine Art Frauen in einem solchen Dorf aufwächst?«

»Wie hätte ich das wissen sollen?«

»Mit ein bißchen Welterfahrung, die ich dir ja vermitteln werde«, erklärte der Barde liebenswürdig. »Jetzt entspann dich etwas, Gawaine. Ich verspreche dir, daß ich dich nicht mit einer von denen alleinlassen werde, wenn ich es verhindern kann. Und du sorge dafür, daß du nicht mit einer von ihnen allein bist, wenn du kannst.«

Gawaine schaute ihn an, und der Barde lächelte. »Allein – mit einer von denen? Seid Ihr verrückt geworden?«

»Wie ich sehe, hast du bereits begriffen, wie wichtig es ist, sagen wir, kompromittierende Situationen zu vermeiden.«

»Ja. So kann man es sagen.«

»Wir werden heute nacht hierbleiben, nicht länger. Ilya wird uns morgen früh zu dem Tal führen. Und achte auf deine Miene, wenn der Bruder des Bauern zurückkommt.«

»Woher soll ich wissen, wer der Bruder ist?«

»Oder einer der anderen unverheirateten Männer«, erklärte Naitachal geduldig. »Die meisten werden heute abend auf eine Suppe vorbeischauen. Sie wollen sich die Fremden ansehen und ein bißchen Musik hören, die ich ihnen versprochen habe. Von uns beiden. Die meisten Junggesellen baden nicht und waschen ihre Kleidung oder ihr Bettzeug auch nicht vor dem Hochsommer.«

»Ah.«

»Nimm dich zusammen, da kommen der Bauer und eine seiner Töchter! Natürlich waschen sie sich nicht. Ein Mann könnte an der Zugluft über feuchtem Bettzeug sterben. Jedenfalls denken sie das und handeln entsprechend.«

»Ach ..., Sir.« Gawaine schaffte es gerade noch, sich zu beherrschen und aufzustehen, um dem älteren Mann beide Hände zu reichen, die der mit seinen rauhen, schwieligen Pranken packte. »Danke für Eure herzliche Gastfreundschaft.« Der Mann nickte, drehte sich herum, als seine Frau hereinkam, und trat zur Seite, so daß eine ihrer Töchter mit einer schweren Steingutschüssel auf einem angemalten Holztablett an ihm vorbeigehen konnte. »Und Suppe ... *Zwiebelsuppe.*« Gawaine bemühte sich, seine Stimme unbeschwert klingen zu lassen, als ihn der mittlerweile vertraute Duft umwehte. »Was für eine Überraschung! Und wie außerordentlich, *außerordentlich* nett!«

14. KAPITEL

Später spielten Naitachal und Gawaine für die Bauern – oder zumindest Naitachal tat es. Gawaine versuchte es nur. Als er begann, ging ein solches Raunen durch die Zuhörer, daß er vollkommen aus dem Takt geriet. Er mußte immer wieder Extra-Schläge einbauen, während er die Worte suchte, oder zu dem Barden hinschauen, der auf der anderen Seite des mit Fackeln erleuchteten Platzes saß und mit übertriebenen Lippenbewegungen soufflierte. Seine Finger waren ungelenk, als hätte er ein Jahr und nicht nur ein paar Tage nicht mehr ordentlich geübt. Schon nach zwei Liedern begannen seine Fingerspitzen zu schmerzen, weil er die Saiten auf das Griffbrett niederdrücken mußte. Glücklicherweise zeigte sich sein Meister nachsichtig mit ihm, obwohl das sicherlich die schlechteste Vorstellung war, die er in den ganzen vier Jahren gegeben hatte. Er gab sich milder, als Gawaine mit sich selbst war. Am liebsten wäre er von dem staubigen Platz in die Nacht verschwunden und niemals wiedergekehrt.

Die Dorfbewohner schienen seine Fehler jedoch nicht zu bemerken. Wahrscheinlich war das seit Jahren die erste Abwechslung für sie. Und Gawaine mißfiel es gründlich, daß für die Mädchen des Dorfes ohnehin alles, was er tat, großartig und einfach perfekt war.

Ihre Reisegefährten lauschten mit dem Rest der Dorfbewohner ebenfalls dem Konzert. Anschließend unterhielten sie sich noch kurz, bevor sie sich trennten und auf die verschiedenen Hütten verteilten, in denen sie die Nacht verbringen sollten. »Wir werden früh aufbrechen«, sagte der Barde, als sich der Platz endlich leerte. »Also schlage ich vor, daß wir alle ins Bett gehen und auf das Vergnügen verzichten, noch lange mit unseren Gastgebern herumzusitzen, zu reden und zu trinken.«

»Vergnügen?« fragte Tem-Telek mißmutig. »Wißt Ihr, woraus sie hier ihren Schnaps brauen?«

»Aus Zwiebeln?« fragte Gawaine kläglich, doch der Echsenmann schnaubte nur.

»Noch schlimmer – aus häßlichen braunen Knollen!«

»Schon, aber sie legen Zwiebelscheiben in den Becher«, warf Raven in. »Zusammen mit dem Schnaps.«

»Ich jedenfalls bedarf einer solchen Warnung nicht«, hub

Arturis an. »Da ich nicht vorhabe, mich solchen ungesunden Substanzen hinzugeben ...«

»Ja, ja, ja, wir zweifeln keineswegs daran«, unterbrach Naitachal ihn und setzte leise hinzu: »Warum überrascht es mich bloß nicht, daß er nicht trinkt?« Er vergewisserte sich mit einem kurzen Blick, daß keiner der Dorfbewohner mithören konnte, und fuhr dann laut fort: »Außerdem würde ich auch den jungen Mädchen aus dem Weg gehen. Wenn Ihr morgen wirklich weiterreiten wollt.«

»Mit einem von *uns* werden sie auch kaum reden«, stellte Tem-Telek klar und deutete auf sich und seinen Diener.

»Davon würde ich nicht so einfach ausgehen, Sire, nicht an einem Ort wie dem hier«, meinte Cedric grinsend.

Arturis wirkte verwirrt. »Nun, man hat mich gefragt, ob ich heute abend einen Spaziergang machen wollte, um über Gott und die Suche zu reden, die mir auferlegt ... Warum lacht Ihr? Barde, Ihr solltet Euren Schüler dahingehend instruieren, daß er einem wie mir die gebührende Ehrerbietung ...« Er verstummte, als er sah, daß der Barde genauso grinste wie Cedric, Tem-Telek und Wulfgar.

»Ich würde an Eurer Stelle den jungen Frauen *aus dem Weg* gehen.« Der Barde lachte und wischte sich die Tränen aus den Augen.

Schließlich nickte Arturis zögernd. »Natürlich, so einer wie ich ...«

»Ja, ja, eben, genau. Ich glaube, Euer Gastgeber erwartet Euch. Vielleicht möchte er auch etwas von Eurer Suche erfahren?« Naitachal deutete über den Platz. Arturis drehte sich um und spähte ins Dunkel. Da die Fackeln langsam erloschen, konnte man kaum noch einzelne Gesichter ausmachen. Schließlich ging er los.

»Schämt Euch, Sire Barde. Das war eine perfekte Gelegenheit, und Ihr habt sie kläglich vergeben!« meinte Cedric.

Naitachal grinste immer noch, und seine Augen glänzten boshaft. »Schon. Aber was ist mit meinem Seelenfrieden, wenn ich einen Mann einer solch gefährlichen Situation ausliefere? Ich konnte es einfach nicht, obwohl ich sehr versucht war. Wo schlaft Ihr heute nacht?«

»Der Bogenschütze und ich haben eine Ecke im Haus von Ilyas Onkel Ilya zugewiesen bekommen«, antwortete Raven für sie beide. Er dachte kurz nach und schüttelte den Kopf. »Kennen sie in diesem Dorf wirklich nur sieben Namen? Ich könnte schwören, daß es hier nicht mehr gibt.«

»Warum auch, da sie ohnehin alle gleich aussehen?« Cedric lachte liebenswürdig, schlug dem Barden aufmunternd auf den Rücken, und dann brachen sie auf.

Tem-Telek unterdrückte ein Gähnen. »Wulfgar, hast du meine Klingen?«

»Selbstverständlich, Herr. Meine eigenen ebenfalls.« Der Zwerg schaute sich rasch um und senkte sicherheitshalber die Stimme. »Es ist zwar unhöflich, einer angebotenen Gastfreundschaft zu mißtrauen, dennoch ...«

»Höflich, unhöflich ...« Der Barde zuckte mit den Schultern. »Wer kann schon sagen, was Gastfreundschaft an einem Ort wie diesem hier bedeutet? Er ist so weit von allem entfernt, was wir kennen ... außer vielleicht Raven?« Er warf seinem Schüler einen freundlich-spöttischen Blick zu. »Und wenn schon ein einfacher Spaziergang über Huflattich und Pilzen und feuchtes Gras bereits einer Verlobung entspricht ...«

»Nicht«, flehte Gawaine. »Bitte nicht!«

»Es war nur ein Spaß, Bardling. Außerdem habe ich doch bereits zugestimmt, daß du an der Wand schläfst mit mir als Puffer zwischen dir und jedweder Bedrohung –, aber ich verstehe, daß dich das Thema stört. Komm, die Menschen an einem Ort wie dem hier stehen sicherlich bei Sonnenaufgang auf. Wir haben sie sicherlich schon längst über Gebühr wachgehalten.«

Gawaine trottete hinter dem Barden her. Er würde bestimmt nicht schlafen, da war er sich absolut sicher.

Er schlief wohl, wenn auch sehr unruhig. Und wurde dabei auch noch von Alpträumen geplagt. Meistens wiederholte sich in ihnen ihre Ankunft in Ilyas Dorf, obwohl es auch andere Schrecken gab, die ebenso furchtbar waren. Er konnte sich am nächsten Morgen nur an eins erinnern, doch bei Tageslicht war es nicht mehr bedrohlich, sondern eher verwirrend: eine weiße Wolke mit Klauen, die sich auf ihn stürzte und ihn in den Schnee warf.

Ilya wartete schon auf sie, saß bereits auf dem Pferd, das er von dem Karren der Sklavenhändler mitgenommen hatte. Es war ein sehr kalter Morgen. Als seine Gefährten schließlich aufstiegen, versammelte sich eine schweigende Menge um sie, die Augen der jungen Frauen schimmerten tränenfeucht. »Werdet Ihr diesen Weg zurück nehmen?« fragte eine zögernd, doch ein Dutzend anderer brachte sie zum Schweigen.

»Es bringt Unglück, davon zu reden!« zischte eine von ihnen. Die Männer, die dicht dabei standen und diesen Wortwechsel hörten, brachten sie mit wütenden Blicken zum Schweigen.

Naitachal dankte seinen Gastgebern sehr freundlich und vermied es, ihre Rückkehr zu erwähnen. Aus irgendeinem Grund schien die Erwähnung der Rückreise unter den älteren Dorfbewohnern eine unverhältnismäßig große Aufregung auszulösen.

Die Sonne stieg vom Horizont in einen grauen, wolkenverhangenen Himmel. »Hoffentlich ist das kein Omen«, knurrte Wulfgar.

Dann ordneten sie ihren Aufbruch. Ilya ritt vornweg, neben ihm Raven, dann der Barde und sein Schüler, dann Cedric und der Paladin. Der Echsenmann und sein Diener bildeten den Schluß. Ilya ließ sein Pferd in einen leichten Galopp fallen, und der Abstand zwischen den Reitern wurde schnell größer.

Sie ritten an den letzten Häusern fast im Galopp vorbei und zügelten die Pferde, als sie auf einen tief ausgefahrenen Wagenweg einbogen. »Ob wir diesen Weg zurück nehmen? Lieber sterbe ich«, murmelte Gawaine vor sich hin.

»Schüler«, wies der Barde ihn zurecht, »sprich keine Worte aus, die Unglück bringen. Außerdem, wo soviel offenes Land vor uns liegt, warum sollten wir durch das Dorf zurückreiten? Es sei denn, du möchtest vielleicht gern ...?«

»Ich glaube«, Gawaine schnitt ihm das Wort ab, »ich habe genug Zwiebelkuchen, Zwiebelbrot und Zwiebelplätzchen in meinem Säckel, daß es für zwei Leben reicht.« Er warf Naitachal einen finsteren Seitenblick zu. »Meister«, setzte er dann hinzu.

»Aber Bardling, du hast nichts von dem Zwiebelpudding oder dem herzhaft gewürzten Ziegenkäse genommen.« Cedric hatte unbemerkt zu ihnen aufgeschlossen. Gawaine schloß die Augen und erschauerte. Der Bogenschütze lachte leise. »Ich habe ein Netz von dem Käse genommen, falls du deine Meinung ändern solltest. Er hat ein höchst interessantes Aroma. Ich vermute fast, sie haben Zwiebeln hineingetan.« Er stellte sich in den Steigbügeln auf und schaute nach vorn, dann zurück, wo Arturis Tem-Telek und Wulfgar mit einem seiner Abenteuer traktierte. »Es wundert mich, daß er nicht vom Pferd fällt, so wie er mit den Armen gestikuliert«, bemerkte der Bogenschütze nachdenklich.

Naitachal drehte sich kurz um. »Mich wundert es eher, daß unser schuppiger Freund ihn nicht einfach aus dem Sattel haut.«

Cedric lachte auf. »Er ist vornehm und würde Wulfgar befehlen, es für ihn zu tun. Seht, hier scheint sogar der Wagenweg aufzuhören.« Ilya führte sie weiter, über eine Wiese, einen steinigen Hang hinauf und über eine andere Wiese. Sie war mit niedrigen, wachsgelben Pflanzen und roten Blumen übersät, die selbst aus kurzer Entfernung eher wie Rost denn wie Vegetation wirkten. Dort gab es kaum mehr als einen Ziegenpfad. »Ich werde mal fragen, wie weit das Tal noch entfernt ist.« Cedric ritt vor, holte erst Raven und dann Ilya ein. Der Junge deutete auf einen niedrigen, brauen Hügel, der etwas weiter vor ihnen lag.

Es war fast Mittag, als sie den Bergkamm erreichten. Sie

ritten über eine Fläche, die leicht nach Norden abfiel. Nach einer kurzen Strecke jedoch neigte sie sich steiler bergab. Ilya zügelte das Pferd und wartete darauf, daß die anderen ihn erreichten. Er deutete hinab.

»Da unten ... seht Ihr, wo der Pfad verläuft? Ihr könnt den Anfang von hier aus erkennen.«

»Ich sehe es«, meinte Raven.

»Gut. Ihr müßt dort lang ...« Er streckte einen Arm aus und zog ihn sofort wieder zurück, als habe er Angst, daß etwas den ausgestreckten Finger packen oder ihn abbeißen könnte.

Alle schauten schweigend in die angegebene Richtung. Mindestens zwei Wegstunden entfernt, mitten in dem braunen, geschwungenen Land, das hier und da mit Flecken von Gras oder dieser rostig wirkenden Pflanze bewachsen war, sah man einen enorm großen weißen Flecken. Er schien im Nebel zu liegen. Jedenfalls konnten sie die Umrisse nicht erkennen, so sehr sie sich auch bemühten. »In der Mitte ist ein Turm«, sagte Naitachal schließlich. »Jedenfalls glaube ich das. Und eine große Mauer vielleicht.«

»Äh, Sirs ...«, unterbrach Ilya ihn nervös. Trotz der kühlen Luft und dem bewölkten Himmel war er naßgeschwitzt. Das Haar klebte ihm auf der Stirn. »Sirs, da Ihr von hier aus alles klar sehen könnt, habe ich getan, was ich versprochen habe. Ich wollte Euch in Sichtweite dieses verfluchten Platzes bringen, zum Ausgleich für Eure Gesellschaft auf unserer Reise.«

»Du hast dein Versprechen gehalten«, erklärte Raven ihm, aber er wandte den Blick nicht von dem weißen Fleck in der Ferne ab.

»Dann darf ich Euch jetzt verlassen?« wollte Ilya nervös wissen. »Meine Großmutter Katya kocht mir ihre beste Zwiebelsuppe als Willkommensgeschenk. Und ich würde wirklich gern nach Hause zu ihr.«

Mühsam richtete Naitachal sich auf, drehte sich um und schlug dem Jungen auf die Schulter. »Du hast getan, was du versprochen hast. Es steht dir frei, zu gehen – mit meinem Dank. Es kann gut sein, daß uns unser Rückweg nicht durch Euer Dorf führt, also ist dies hier vielleicht ein Lebewohl.«

Der Bauernjunge schaute ihn lange an, doch schließlich wandte er das Pferd und ritt davon.

»Abergläubische Bauern«, knurrte Arturis. »Ein wahrhaft gottgläubiger Mann würde niemals ...«

»Ein wahrhaft *vernünftiger* Mann würde die Klappe halten«, sagte Tem-Telek leise, doch mit einem höchst unfreundlichen Blick. »Damit die anderen nachdenken und entscheiden können, wie man sich diesem Wunder am besten nähert.«

Arturis preßte beleidigt die Lippen fest aufeinander.

»Annähern ... Tja, warum tun wir nicht genau das?« schlug Naitachal vor.

Niemand antwortete, aber Raven trieb sein Pferd mit einem Schnalzen an. Es war weiter entfernt, als es aussah. Sowohl der Abstieg als auch der Weg zum Tal. Sie erreichten es erst am späten Nachmittag.

Ein letzter niedriger Kamm verbarg ihr Ziel, sie mußten absteigen und die Pferde über herabgefallene Felsbrocken und Geröll führen. Cedric war vorangegangen und blieb stehen, als er die Spitze erreicht hatte. Wulfgar und sein Herr folgten ihm, dann der Barde, schließlich Arturis und Cedric. Staunend verharrten die Gefährten.

Was kann denn das ...? dachte Gawaine nervös. Als er die Spitze des Kammes erreichte, blieb er ebenfalls wie angewurzelt stehen und starrte nur. Der schmale Weg, dem sie gefolgt waren, führte einen sanften Hang hinab und verlief dann über ebene Erde. Er endete unmittelbar vor einer Wand – einer weißen Wand, die so hoch war wie drei Männer, die auf ihren Schultern standen. Und schon der Wind, der von Norden aus darüber hinwegblies, ließ ahnen, daß das, was hier und da in langen, gefährlichen Zapfen von der Mauer herabhing, tatsächlich Eis war.

Die Gefährten schauten sich das eine Zeitlang sprachlos

an. Schließlich ging Naitachal an Cedric und Wulfgar vorbei und übernahm die Führung. Die anderen folgten ihm und verteilten sich, als sie den Fuß der Mauer erreichten. »Wie eigenartig«, murmelte der Barde. »Anscheinend gab es den Weg vor der Mauer. Es sieht ganz so aus, als würde sie ihn kreuzen.«

»Seht nur, wie *alt* diese Mauer erscheint«, sagte Raven leise.

»Und wie hoch«, fügte Cedric ruhig hinzu.

»Aber nirgendwo ist Schnee oder Eis zu sehen, außer auf dieser Mauer«, bemerkte Arturis. Doch selbst er flüsterte.

»Ausgesprochen merkwürdig«, erklärte Naitachal.

Gawaine schaute seinen Meister an. »Was für eine Mauer«, sagte er leise. »Ich frage mich, was sich wohl dahinter befindet.«

»Du sprichst mir aus der Seele, Bardling«, sagte Cedric sofort.

Ja! Was war denn nun auf der anderen Seite – Ein Turm? Ein Schatz? Aber welcher vernünftige Mann wollte schon ein solch schreckliches, tückisches Hindernis erklimmen?*Du,* antwortete sofort Gawaines innere Stimme. *Aber das hier ist nicht richtig, nicht* normal. *Warum solltest du so etwas Verrücktes machen und eine Mauer ersteigen, wo doch eigentlich gar keine Mauer da sein dürfte?* »Weil sie da ist«, flüsterte er, und die Debatte in seinem Inneren verstummte. Er trat noch einen Schritt vor, dann noch einen und legte die Hand gegen die kalten, weißen Steine.

»Ich möchte mal wissen ...« Der Barde rieb sich nachdenklich das Kinn. »Es muß doch einen Weg hinüber geben, meint Ihr nicht?«

»Wir sollten weiter suchen. Vielleicht ist sie ja an einer anderen Stelle nicht so hoch«, sagte Raven.

»Aber vielleicht finden wir so eine Stelle auch nicht«, gab Cedric zu bedenken.

»Wohl wahr«, meinte Naitachal. »Ich will aber unbedingt wissen, was auf der anderen Seite dieses Walles ist, jetzt, wo wir schon so nah sind.«

»Ich schließe mich Euren Worten an.« Arturis strich mit beiden Händen über die Mauer. »Ich würde sie gern sofort erklimmen. Sicher wartet ein wunderliches Abenteuer auf uns ...«

»Oder ein großer Schatz«, meinte Cedric.

»Oder Wissen.« Raven trat einen Schritt vor.

»Oder Wissen«, wiederholte Gawaine. Er tastete die Wand nach Spalten oder Mulden für Hände und Füße ab, fand aber keine.

»Oder nur die Spitze einer vereisten Mauer, wo keine sein sollte. Doch selbst das wäre recht verwunderlich«, sagte Naitachal. Er schritt am Wall entlang. »Ja, ich muß wirklich herausfinden, was dahinter ist.«

»Da war ein Turm – jedenfalls glaubte ich die hohe Spitze eines Kirchturms zu sehen«, verbesserte Raven sich penibel. »Oder eines Palastes. Wenn es einen solchen Turm gibt, möchte ich einen Blick darauf werfen. Sollten mir nur die Entfernung oder meine Augen eine Sinnestäuschung vorgegaukelt haben, möchte ich mir trotzdem ansehen, was ich da irrtümlicherweise für einen Palast gehalten habe.«

»Da sind wir einer Meinung«, sagte Cedric. »Es ist immerhin noch Tag, und *so hoch* ist die Mauer nun auch wieder nicht.«

»Hoch genug«, gab Naitachal zu bedenken. Gawaine hielt den Atem an, weil er fürchtete, der Meister könnte seine Meinung ändern.

Doch in dem Moment meldete Tem-Telek sich das erste Mal zu Wort. »Wulfgar, hast du diese Metallstifte? Wenn du sie mit einigen Riemen zusammenbindest, könnten wir sie an Händen und Füßen befestigen ...«

»Ich kann Kletterspikes machen«, stimmte Wulfgar zu.

Cedric kam zurück. »Ich werde Euch helfen.«

»Ich auch«, meldete sich Arturis freiwillig, woraufhin ihn alle verblüfft anschauten.

Der Zwerg holte seine Beutel, und die beiden Männer halfen ihm. Zu dritt saßen sie vor dem Haufen mit den Riemen und den Metallstiften. Tem-Telek blieb etwas abseits von den anderen und betrachtete mit einem neugierigen Lächeln die Mauer. Gawaine sah es und auch, wie sein Meister den Echsenmann verwirrt beobachtete. Doch er vergaß sie beide, als er sich wieder auf die Mauer konzentrierte.

Kurz danach schreckte ihn das Klingeln von Metall hoch. Cedric tippte ihm auf die Schulter und hielt ihm die Riemen hin, die in regelmäßigen Abständen um die Metallstifte gewickelt waren. »Lege das an deine Füße an«, sagte er. »Ich helfe dir bei den Händen, wenn du möchtest.« Das mußte er auch tun, denn Gawaines Finger waren kalt und steif von den eisigen Steinen der Mauer. Cedric stemmte ihn hoch, bis Gawaine einen Halt fand, dann setzte sich der Bogenschütze hin und legte seine eigenen Hand- und Fußeisen an.

Gawaine schaute nur einmal kurz zurück. Obwohl er nicht einmal mannshoch über dem Boden hing, schwindelte ihm aus irgendeinem unerfindlichen Grund schon, wenn er herabsah. Außerdem konnte er so nicht klettern. Er legte den Kopf in den Nacken und stieß ihn sich an der Mandoline in ihrem schweren Tuchsack. Der Wall war zwar steil, glücklicherweise aber nicht ganz senkrecht. Er sah den grauen Himmel über sich, und wenn er seinen Blick auf die Mauer richtete, entdeckte er feine und grobe Risse, in die er vielleicht die Stifte setzen konnte. Es ging. Er bewegte sich vorsichtig voran, doch seine Hände und Füße schienen Augen zu haben – es machte den Eindruck, als fänden sie immer erfolgreich Spalten, und im Nu erreichte er die Krone der Mauer und zog sich hoch.

Oben schob er ein Knie über den glatten Rand und schaute zurück. Der Barde erreichte ebenfalls gerade die Spitze, Cedric kletterte direkt hinter ihm, und links neben ihm schob sich Arturis gerade grunzend auf die Mauerkrone. Auch Raven kam ans Ziel, und Wulfgar streckte die Hand aus, um seinem Herrn behilflich zu sein. Der war derjenige, der noch am weitesten zurückhing. Gawaine richtete sich auf und schaute nach Norden.

Der Anblick war wahrhaftig verblüffend. »Dort ... dort ist eine andere Mauer, seht, und es geht weiter ...«

»Sie ist höher«, sagte Naitachal überrascht.

»Aber seht doch, dazwischen!« rief Arturis. »Schaut dort unten hin, ein Durchgang. Er verschwindet in beiden Richtungen – also, das ist *ganz sicher* ein höchst wunderliches Abenteuer!« Er verstummte. Sie standen alle schweigend auf der Mauer und schauten auf den nächsten Wall und den Korridor dazwischen.

»Da unten liegt ebenfalls Schnee«, sagte Raven nachdenklich.

»Oder Eis«, meinte Cedric.

»Oder beides«, meinte Wulfgar ziemlich ungeduldig. »Also, was machen wir nun?«

Arturis drehte sich um. »Was wir machen? Na, wir gehen weiter, natürlich! In den Korridor hinein, um zu finden, was gefunden werden muß ...«

»Klar, sicherlich«, unterbrach der Barde ihn unwirsch. »Aber ...«

»Los geht's!« rief Arturis erfreut und stürzte sich praktisch die Mauer hinunter. Er rutschte aus und landete flach auf seinem Gesicht. Doch einen Moment später rappelte er sich anscheinend unverletzt hoch. Die anderen folgten ihm gemächlich.

»Ich sage, wir gehen dort entlang«, hub Arturis gewichtig an und deutete nach links.

»Warum?« Cedric trat dem Paladin in den Weg, bevor der einfach losstürmen konnte, und deutete in die andere Richtung. »Warum nicht da lang? Der Weg kommt mir wesentlich angenehmer vor ...«

»Wie könnt Ihr das sagen?« wollte Gawaine wissen.

»Er sieht eben angenehmer aus«, wiederholte Cedric starrköpfig.

»Aber ich habe geschworen, zur Ehre Gottes zu kämpfen, und alles Böse kommt von links!« brüllte Arturis.

»Um so mehr ein Grund, in die andere Richtung zu

gehen«, sagte Naitachal. »Ich habe nämlich weit weniger Interesse an den ›Bösen Dingen‹ als vielmehr daran, zu entdecken, was es hier sonst noch gibt.« Er schaute sich um. »Tem-Telek, was denkt Ihr?«

Der Echsenmann zog die Kapuze tiefer über seine Brauen. »Ich gehe in die Richtung, in die der Rest geht. Mir ist es egal.«

»Ich gehe mit Euch«, sagte Wulfgar sofort. »Natürlich.«

»Und Raven?« fuhr der Barde fort. Der Druide zuckte die Schultern und schaute ergeben zum Himmel. »Nun, ich würde sagen, wir gehen ...«

Gawaine seufzte, als Cedric und Arturis ihn niederschrien, wobei sie weniger den Druiden als vielmehr sich gegenseitig anbrüllten. Jetzt jedoch platzte Naitachal der Kragen, und er fauchte sie beide gleichzeitig an. Raven trat zur Seite und kreuzte die Arme. Gawaine fühlte sich daran erinnert, wie der alte Stallmeister streitende Pferdeknechte zur Räson gebracht hatte.

»Bei dem Tempo kommen wir nie von der Stelle«, murmelte Gawaine verärgert. Sein Blick fiel auf die nächsten Wand. *Warum streiten wir uns über rechts und links, wenn es auch ein Geradeaus gibt?* Ohne länger nachzudenken, überquerte er den Korridor und fing an, die Mauer zu erklimmen. Auf halbem Weg schaute er zu seinen Gefährten hinab. Der Bogenschütze, Arturis und sein Meister standen sich jetzt unmittelbar gegenüber. Sie fuchtelten alle mit den Armen herum und versuchten, die beiden jeweils anderen niederzuschreien. Wulfgar mischte sich ein und hüpfte auf der Stelle, um sich Gehör zu verschaffen. Tem-Telek seinerseits bemühte sich, die Aufmerksamkeit seines Dieners zu gewinnen – vergebens. Raven lächelte spöttisch vor sich hin.

Der Boden schien sich zu bewegen und zu verschwimmen, und Gawaine konzentrierte sich wieder auf die Mauer. Einen Moment später stand er oben. »Meister!« rief er hinab. »He, Meister!«

Naitachal drehte sich um und schaute schließlich hoch.

Die anderen verstummten und blickten erwartungsvoll zum Bardling auf.

»Was ist auf der anderen Seite?« wollte der Barde wissen.

Doch Gawaine hatte eine Bewegung in westlicher Richtung bemerkt. Jetzt starrte er fassungslos den Korridor entlang. Er streckte die Hand aus. »Äh ... Ihr solltet lieber fragen, was da zu Eurer Linken kommt.«

Naitachal und die anderen drehten sich wie ein Mann um. Ziemlich weit entfernt, aber längst nicht weit genug, standen zwischen den beiden Mauern große, häßliche Männer in schwarzer Lederkleidung und mit schweren Brustpanzern. Und jeder von ihnen schwang ein Schwert in der Hand.

»Es müssen ungefähr fünfzig sein«, flüsterte Cedric. »Woher sind die denn gekommen?«

»Unwichtig«, fuhr Naitachal ihn an. »Wohin sollen wir gehen? *Das* ist die entscheidende Frage. Los, über die Mauer, ihr alle!«

Doch er hatte nicht mit Arturis gerechnet. Der Paladin stieß einen lauten Schrei in seiner ›Zunge‹ aus und brüllte dann: »Zur Ehre und dem größeren Ruhm des wahren Gottes!« Daraufhin zog er sein Schwert und einen langen Dolch und raste direkt auf die Schwarzen zu.

»Sie werden ihn umbringen!« rief Raven.

»Das hoffe ich für ihn, sonst werde ich ihn höchstpersönlich ermorden«, zischte Naitachal. »Wir werden es nicht alle schaffen, die Mauer zu überwinden, bevor sie über uns herfallen.«

»Nein«, sagte Cedric ruhig.

»Und es ist sinnlos, ohne Grund zu sterben«, setzte Naitachal hinzu.

»Ja.« Der Schütze hatte den Bogen erhoben, ließ ihn jedoch sinken.

»Tut das nicht, solange Ihr ihre Absichten noch nicht kennt«, beendete der Barde seinen Satz. Er schaute kurz hoch und erwiderte Gawaines ängstlichen Blick, als einige der Bewaffneten Arturis umringten. Glücklicherweise verstummte der Paladin.

Die restlichen Männer kamen über Schnee, Eis und dem verblichenen braunen Gras in einem raumgreifenden Trab auf sie zu. »Junge, laß dich auf die andere Seite fallen, außer Sicht – und widersprich mir nicht. Tu's einfach!«

»Sire!« Gawaine zitterte plötzlich so stark, daß er über die Mauerkrone kriechen mußte. Er setzte sich auf den gegenüberliegenden Rand und ließ sich so vorsichtig wie möglich herab. Ein Schrei von der anderen Seite erschreckte ihn. Seine Hände glitten auf dem Eis aus, und er rutschte hinab. Dann fiel er durch die Luft. Er merkte nicht mehr, wie er auf dem Boden aufschlug.

15. KAPITEL

Naitachal hörte das rutschende, schabende Geräusch und zuckte zusammen, als Gawaines erschreckter Schrei schnell leiser wurde und schließlich abbrach. *Hoffentlich ist ihm nichts passiert,* dachte er besorgt. Zu mehr blieb jedoch keine Zeit, denn sie waren umzingelt, und zwei schwarz gekleidete Wächter packten ihn.

»Tau!« befahl einer von ihnen heiser. Jemand reichte ihm ein Stück. *Gut, ein beruhigender Gedanke,* dachte Naitachal. Bewaffnete wie die hier trugen keine Stricke bei sich, wenn sie ihre Gegner umbringen wollten. Neben sich sah er Arturis, der regelrecht verschnürt war. Er trug einen Knebel, und einer der Bewaffneten hatte ihn sich einfach über die Schulter geworfen. Der Barde streckte die Arme aus, damit die Häscher sahen, daß er keine Waffen in der Hand hielt. Er ließ sich ohne Kommentar durchsuchen. Einer der Männer ertastete den Messergurt, fand auch das kurze Schwert, das

Naitachal aus dem Wagen der Sklavenhändler mitgenommen hatte, und spürte auch den Dolch, der im Stiefel steckte. Doch er nahm ihm keine Waffe fort. Auch die Laute ließ er auf dem Rücken des Barden. Dann fesselte er Naitachals Hände und ließ ein Stück Strick als Leine übrig.

Naitachal schaute auf die innere Mauer und gab nach, als man ihn in einen schnellen Marsch drängte. *Hoffentlich geht es dem Jungen gut.* Man konnte nur raten, was sich hinter dieser Mauer befand. Wahrscheinlich noch eine, so wie die Dinge lagen. Naitachal betrachtete nachdenklich die äußere Mauer, während er an ihr vorbeiging. *Ich weiß nicht mehr, warum ich diese Mauer überhaupt überwinden wollte. Eigenartig, höchst merkwürdig.* Es war fast so, als hätte etwas in ihre Gedanken eingegriffen und die Vorstellung, herüberzusteigen, unwiderstehlich gemacht.

Jetzt war es nicht mehr unwiderstehlich. Naitachal fühlte sich, als wäre er gerade aus dichtem Nebel herausgeritten. Die Mauer zu beiden Seiten empfand er jetzt nur noch als ein Rätsel. Ein interessantes, gewiß. Aber sie war es nicht wert, daß sie in ihrer Wachsamkeit nachließen. Wie sie da standen und sich gegenseitig anschrien, hatten sie ein leichtes Ziel für jeden geboten, der sie gefangennehmen wollte.

Er schaute nach vorn und dann nach rechts. Einer der Wächter trug immer noch Arturis, der sich schwach wehrte. Raven ging direkt vor ihm, daneben Cedric. Der Bogen schlug im Takt seiner Schritte gegen seine Schulter. *Sie haben uns unsere Waffen nicht genommen. Und da sie selbst bewaffnet sind, wissen sie genau, was wir damit tun können. Nicht gut. Anscheinend fürchten sie das nicht.* Vielleicht hatten sie keine besonderen Befehle, was sie mit den Waffen anfangen sollten, und handelten nicht selbständig. Aber das wäre dumm. Wahrscheinlich fürchteten diese Männer die kleine Gruppe nicht, bewaffnet oder nicht. Ein bedrückender Gedanke. Naitachal zwang sich dazu, an etwas anderes zu denken.

Wulfgar trottete neben ihm, an dessen Seite der Echsenmann, der fast von den Seilen erdrosselt wurde. Tem-Telek drehte den Kopf herum, als spürte er den nachdenklichen Blick des Barden, und lächelte, wenn auch gequält.

Keine schlechte Idee, dachte Naitachal. Überall lagen kleine Steine, die unter dem Eis halb begraben waren und das Gehen plötzlich erschwerten. Er richtete den Blick auf den Weg, aber er dachte immer noch über Tem-Telek nach. Von all den seltsamen Ereignissen des Tages war dieses das eigenartigste. Der Echsenmann schien überhaupt nicht überrascht zu sein. *Was hat er vor? Ich frage mich …* Was ist mit diesem Kalt-Wetter-Anzug, den Wulfgar für ihn konstruierte? Oder seiner Weigerung, sich von ihnen zu trennen? Sicher, die meisten Echsenwesen hatten ausdruckslose Gesichter. Deshalb machten Menschen auch meistens keine Glücksspiele mit ihnen. Doch Naitachal kannte sie besser. Er hatte mehr als ein Jahr in einem ihrer Dörfer verbracht, Magie und Lieder gelernt, und er kannte den großen Turo-Turo sehr gut. Tem-Telek setzte in dieser erschreckenden Situation nicht einfach eine Spielermiene auf – er war schlichtweg nicht erschreckt.

Er hat das erwartet – oder jedenfalls so etwas Ähnliches. Falls er noch die Chance bekam, würde er herausfinden, was Tem-Telek erwartet hatte. *Er hätte uns warnen können, dachte* Naitachal *grimmig. Oder zumindest mich warnen können!* Das hatte er nicht getan, und jetzt war Gawaine irgendwo da drin. In Gott weiß was für einem Zustand, vorausgesetzt, der Junge lebte überhaupt noch. *Er ist noch ziemlich naiv für sein Alter. Ich darf aber nicht vergessen, daß er schon in frühen Jahren genausogut auf sich aufpassen kann wie jeder andere*. Aber es war trotzdem kein sehr beruhigender Gedanke.

Die Wachen gingen langsamer und blieben dann stehen. Naitachal rührte sich und wollte eine Frage stellen, doch der Wächter, der ihn führte, drehte sich um und warf ihm einen derartig finsteren Blick zu, daß er klugerweise den Mund hielt und wartete. Nach einem Augenblick gingen sie weiter, eine niedrige Rampe hinauf und durch eine breite Öffnung in der Mauer zur rechten. Hier drinnen herrschte dicker

Nebel, wie unter einem schweren Gewölbe gefangen oder als wollte jemand vor seinen Gefangenen ein Geheimnis bewahren. Als er den letzten Nebel aus seinen Augen weggezwinkert hatte, sah Naitachal, daß sie sich mitten in einem riesigen Innenhof aus blanken Steinen befanden. Nichts Grünes wuchs hier, und die Luft war eiskalt. Tem-Telek erschauerte und rieb seine Wangen abwechselnd gegen die Schultern, als wolle er sie wärmen.

»Der Große möchte sie sehen. Sofort!« Unbemerkt hatte sich ein anderer Wächter ihnen genähert. Er trug eine Tunika über dem schwarzen Leder, die ein seltsames Wappen zierte: ein großer, kompliziert geschliffener Kristall, der erstrahlte, als das blasse, winterlicher Licht auf ihn fiel. Darumherum rollte sich etwas Weißes. Es ähnelte einer Schlange, und doch ... es war nicht ganz so. Bevor Naitachal eine genaueren Blick darauf werfen konnte, wurden sie über den Hof auf eine breite Treppe mit niedrigen Stufen gedrängt. Sie gingen hinauf und traten durch eine schwere Tür. Dann kam noch eine Tür, hinter der ein langer Korridor mit weißem Marmor lag, an dessen Ende sie durch eine weitere Doppeltür in eine ungeheuer große Kammer gelangten. Die Türen schlugen mit einem metallenen Klang gegen die Marmorwände, der von der weit entfernten Decke widerhallte.

»O Großer!« intonierte eine tiefe Stimme feierlich. »Ich bringe dir Gäste!«

»Bring sie her.« Die Stimme, die antwortete, war tief und sonor. Ein Lüster mit Tausenden von geschliffenen Kristallen, der von der Decke herabhing, begann zu zittern. Hundert Kerzen steckten in diesem Leuchter und den vier anderen, die in regelmäßigen Abständen von der Decke des riesigen Gewölbes herabhingen. Naitachal schaute hinauf ins Licht und auf die wunderschön bemalte Decke.

Er stolperte, als der Mann, der ihn führte, an dem Seil zog, und senkte den Blick wieder zu Boden. Der bestand aus golddurchwirktem Marmor, auf dem achtlos kostbare Teppich ausgebreitet waren. Überall standen wie zufällig verstreut Tische und Regale, bedeckt mit Seidentüchern, die mit Fransen verziert waren, erlesen geschnitzten Dosen, goldenen Körben und wunderbar glänzenden Vasen, Kristallflaschen und emaillierten Weidenkörben, die mit Gold durchwirkt waren. In ihnen lagen Brillanten und geschliffene Halbedelsteine in Blau, Rot und Rauchfarben sowie enorme Bernsteinperlen. Der Wächter zog erneut an der Leine, um Naitachals Aufmerksamkeit zu erregen. Mitten auf dem Marmorboden stand ein Springbrunnen. Ebenholzschwarze mythische Figuren hielten das Becken, eine Säule war mit vergoldeten Schlangen und wildem Wein verziert, und sie trugen eine kleinere Schale aus reinem Amethyst. Durch dieses blasse Lavendel konnte Naitachal den Wasserspeier sehen: ein Diamant von der Größe seiner Faust.

Doch es floß kein Wasser. Es war im Strömen eingefroren und ergoß sich in einem stehenden Fluß hinunter in das nächste goldene Becken. Die größere Schale war mit Perlen und Rubinen eingefaßt.

Überall zwischen den Kostbarkeiten standen seltsame Statuen herum, aus einfachem, glatten Stein und Marmor, doch gespenstisch naturgetreu, sogar bis auf das Mienenspiel auf den Gesichtern. Einige hielten Schachteln, aus denen Juwelenketten heraushingen, oder mit Diamanten besetzte Leuchter und einzelne Kerzenhalter. Anderen wiederum war über die ausgestreckten Arme wertvolle Kleidung gelegt – aus der feinsten Seide oder sogar aus Gold, in die Rubine und Smaragde eingenäht waren. Zwei andere Statuen hielten ovale Spiegel in wunderbar geschnitzten, vergoldeten und mit Intarsien verzierten Rahmen. Darin reflektierten sie sich gegenseitig in einer unendlichen Fortführung von Barden und Wächtern bis in eine kaum noch erkennbare Entfernung. Naitachal schaute kurz hin und wandte sofort den Blick ab. Er kannte dieses Phänomen, und es machte ihn immer benommen.

Stapel von Kisten und Schränken blockierten ihre Sicht

auf das Ende des Saals. In ihnen funkelten noch mehr Juwelen, noch mehr edles Tuch, noch mehr wertvolle Kostbarkeiten. Der Barde rümpfte die Nase. Jedes dieser Dinge war für sich betrachtet ein Augenschmaus. Man hätte es genießen können, sie zu berühren, sie vielleicht sogar zu tragen oder auf ein Regal zu stellen. Doch alles zusammen war die schlimmste Zurschaustellung von schlechtem Geschmack, die er jemals gesehen hatte. Und zum ersten Mal fragte er sich, was für ein Wesen sich wohl mit einem solchen Überfluß umgeben mochte.

Sie gingen an den Kisten vorbei und durch einen schmalen Durchgang auf eine Wand zu, an der nur ein einziger Teppich hing – natürlich steif vor lauter Gold und Diamanten. Schließlich gelangten sie vor ein niedriges Podest.

Es war mit Tüchern behangen, umgeben von vielen dieser Statuen und mit kostbaren, silberblauen Teppichen bedeckt. Der schönste Läufer führte vier flache Stufen hinauf bis zu einem massiven Thron, der aus einem einzigen Stück Eiskristall zu bestehen schien. Naitachal runzelte die Brauen und betrachtete die Lehne. Fast ganz oben war eine silberne Dose in den Kristall eingearbeitet worden.

Doch direkt unter dieser Dose ... Der Barde hielt überrascht die Luft an. Die Kreatur saß so unbeweglich da, daß er sie erst in diesem Moment bemerkte.

Es hätte ein Echsenmann sein können, dem man alle Farbe aus Körper und Gliedern gewaschen hatte. Doch so ganz traf es das nicht. Erstens war sie mindestens um die Hälfte größer als Tem-Telek. Arme und Beine waren länger und endeten in wunderschönen schlanken, langfingrigen Händen und schlanken Füßen, die in silbernen Schuhen steckten. Der ganze Körper der Kreatur glänzte wie eine polierte Perle, und ihre Augen war von einem so blassen Blau, daß sie beinah farblos wirkten. Als Naitachal den Blick dieser Augen erwiderte, öffnete die Kreatur den Mund zu einem – wie es schien – Lächeln und entblößte dabei sehr viele lange und sehr scharfe Zähne.

Die Kreatur auf dem Thron winkte mit einer Hand und sagte grollend: »Befreit sie und geht.«

Nicht gut, dachte Naitachal, während der Wachtsoldat die Knoten löste, die seine Hände zusammenhielten, anschließend zurücktrat und verschwand. *Er muß wissen, daß er uns mit Leichtigkeit überwinden kann.* Unauffällig schaute Naitachal erst nach rechts und dann nach links. Es waren alle da, bis auf den armen Bardling natürlich. Cedric und Raven standen Schulter an Schulter, schwiegen und beobachteten mißtrauisch den Thron und den, der darauf saß. Arturis hatte man auf den Hintern gesetzt. So saß er immer noch, nachdem er zu sich gekommen war, und betrachtete verblüfft das Podest. Wulfgar fummelte am Umhang seines Herrn herum, während Tem-Telek sehr ruhig dastand und die Arme vor der Brust gekreuzt hatte. Er sah allerhöchstens nachdenklich aus, aber immer noch nicht überrascht, wie der Barde finster feststellte. *Wir haben einiges zu besprechen,* dachte er grimmig und fragte sich dann, ob sie wohl jemals Gelegenheit zu einem Gespräch bekommen würden.

Arturis unterbrach Naitachals finstere Gedanken, als er aufsprang und sein Schwert zog – wobei er Cedric um ein Haar enthauptete. »Ich verlange zu wissen, warum Ihr uns hergebracht habt!« schrie er. Die Kreatur schenkte ihm ihr entnervendes, spitzes Lächeln und sagte nichts. Raven packte den Schwertarm des Paladins und flüsterte etwas in sein Ohr, doch der Recke schüttelte den Druiden ab. »Ihr werdet uns nicht einsperren, und Ihr habt nicht das Recht, Eure schwarzen Hände an einen Diener Gottes zu legen!« Jetzt reagierte das Wesen. Und zwar, indem es seine sehr kleinen und sehr blassen Hände hob und sie nachdenklich betrachtete. Als Arturis weiterpolterte, schaute es wieder hoch. »Gegen Gott sind die Legionen des Bösen machtlos, und das Recht wird die Oberhand behalten!« Seine Stimme ließ den Kronleuchter an der Decke klirren. Die Kreatur schaute hinauf und lehnte dann die Schultern bequemer gegen den Thron. Sie musterte den Paladin höchst interessiert.

Arturis machte ein paar Schritte und blieb wie angewurzelt stehen, als eine trockene Stimme es ihm befahl. Das Wesen kreuzte penibel ein Bein über das andere und faltete die Hände auf dem Knie. »Ja. Seid Ihr fertig?«

Arturis schaute ihn erstaunt an. Doch bevor er antworten konnte, redete das Geschöpf weiter. »Ich bin Voyvodan, und dieses Land innerhalb der großen Mauern und all das, was darauf steht, gehört mir. Folglich, darf ich mir wohl die Frage erlauben, woher Ihr kommt? Und warum Ihr es wagt, hier einzudringen?«

»Eindringen?« rief Arturis. »Wir wären ... eingedrungen?«

»Ich habe Euch nicht hierhergeholt«, erwiderte Voyvodan ruhig. »Andererseits, ich bringe vieles her, so daß die Möglichkeit besteht ... Ich werde es herausfinden. Ihr habt es doch hoffentlich nicht eilig, oder?«

Arturis glotzte ihn an, und Raven antwortete. »Nein, Sire. Ganz und gar nicht.«

»Wie höflich. Gut zu wissen, daß Ihr nicht alle so rüde mit meinem Kristall umgeht.« Er hob die Stimme eine Nuance. »Komm her!«

Hinter dem Thron raschelte es, dann ertönte das Geräusch von Schritten auf dem Marmor, jemand stieg die Stufen hinan – dann tauchte ein vertrauter Kopf auf, ein sehr bekannter, sehr schlecht geschnittener Schopf schwarzer Haare und darunter – das unschuldige Lächeln Ilyas.

»Ah!« Naitachal erhob zum ersten Mal seine Stimme. »Jetzt werden einige Dinge klar. Ich denke nicht, daß *das* da ...« Er deutete mit dem Finger auf Ilya, »auch Euer Eigentum ist.«

»Nein?« Voyvodan erwiderte seinen gelassenen Blick und schaute dann auf Ilya, der rot angelaufen war. »Wenn ich mich richtig an die Spielregeln erinnere, dann steht das Gesetz zu Neun-Zehnteln auf der Seite des Besitzenden, nicht wahr?«

»Das Gesetz«, murmelte Arturis. »Das *Gesetz?* Ihr wagt es,

Ihr unheilige, schreckliche Kreatur, das Gesetz des Königs zu verspotten? Ihr wagt es, in solch leichtfertiger Mißachtung über das Gesetz des wahren Gottes zu sprechen? Ich werde Euch das Gesetz lehren, ich werde ...« Er stieß erneut einen lauten Schrei aus, holte mit dem Schwert aus, entwand sich Ravens und auch Cedrics Griff und stürzte vor. Voyvodan beugte sich nur vor und lächelte, als Arturis die letzten zwei Stufen hinaufstürmte und das Schwert über dem Kopf schwang. Dann machte das Wesen eine seltsame, flinke Handbewegung. Arturis erstarrte in der Bewegung. Ein Nebel hüllte ihn den Bruchteil einer Sekunde ein, und als er verschwand, stand dort die heroische Steinstatue eines Recken auf der obersten Stufe, das Schwert stolz erhoben und einen Ausdruck blanker Wut im Gesicht.

Voyvodan rutschte ein wenig näher, um seine neue Statue zu begutachten. Er strich über den Arm und schaute dann über die Schulter an Ilya vorbei. »Kommt her!« rief er mit erhobener Stimme.

Drei Wachen liefen eilig um das Podest herum, betraten es, hoben die neue Statue an und trugen sie ein Stück zurück zu einem viereckigen Pfeiler. Einer der Wächter nahm der Statue das Schwert aus der Hand, während ein anderer im Raum verschwand und mit einem grauenvoll verzierten Kandelaber wiederkam, den er fragend hochhielt. Voyvodan nickte heftig. Der Leuchter wurde in die erhobene Hand gesteckt und die Kerzen angezündet.

Voyvodan runzelte die Stirn. »Dreht ihn etwas in diese Richtung – nein, zu weit, wieder zurück. Vielleicht solltet ihr ihn vom Teppich herunterbringen. Schon besser, aber jetzt ist er zu weit von meinem Thron entfernt.«

Naitachal achtete nicht mehr auf ihn, das konnte noch ewig so weitergehen, und er wollte ein paar Antworten, solange er sie noch hören konnte. Er kreuzte die Arme und warf Ilya einen finsteren Blick zu.

»Du hast uns hergelockt.«

»Ich ... äh, tja.« Ilya zögerte und blinzelte nervös.

»Du hast uns hergelockt, dann Voyvodans Zauber auf uns gelegt, so daß wir den Wall erklommen und uns lange genug stritten, damit diese Männer uns fangen konnten. Richtig?«

Ilya schluckte. »Besser, als ein Kerzenleuchter zu sein«, erwiderte er schlicht.

»Ich ... na ja, wahrscheinlich«, gab Naitachal zu.

»Ihr wolltet doch ohnehin hierherkommen«, sagte Ilya nachdrücklich. »Hättet Ihr Euch nicht zwischen den Wällen gestritten, wärt Ihr nicht so gefangen worden. Dann wärt Ihr nur ein Haufen neuer Statuen.« Er blickte sichtlich verwirrt von einem zum anderen, und Naitachal sank der Mut. *Er weiß, daß einer von uns fehlt* – vielleicht aber auch nicht. Als Ilya zu ihnen hinschaute, bewegte der Barde sich unauffällig, genug, um anzudeuten, daß er jemanden zu verbergen suchte.

Einen Moment später erregte Voyvodan seine Aufmerksamkeit. »Du kannst jetzt gehen, Bauer«, sagte er gleichgültig. »Aber halte dich bereit, falls ich deine Dienste ein andermal in Anspruch nehmen will.«

»Das werde ich, Herr.« Ilya warf sich auf dem Podest zu Boden, kam sofort wieder hoch, als die Kreatur ungeduldig mit dem Fuß tapste, und eilte die Treppe hinter dem Thron hinab. Naitachal hörte das Rascheln von Vorhängen, sah, wie sich der große Wandteppich bewegte und seufzte erleichtert auf. Was auch immer Ilya dachte oder vermutete, er war verschwunden, anscheinend auch vollkommen aus den Gedanken Voyvodans.

Der konzentrierte sich jetzt auf die Gesellschaft vor sich. Schließlich streckte er einen langen, schwächlichen Arm aus und deutete auf Wulfgar. »Du. Zwerg. Vermagst du schöne Dinge herzustellen?«

Wulfgar richtete sich stolz auf. »Und ob ich das kann.«

Tem-Telek trat vor. »Und ich bin sein Assistent«, warf er hastig ein. Der Barde hob die Augenbraue. Das war ja für Tem-Teleks Verhältnisse ein regelrechter Wortschwall.

Voyvodan nickte. »Dann mußt du freilich mit ihm zusammenbleiben. Ich komme später auf Euch beide zurück. Du.« Er deutete auf Cedric. »Du trägst einen Bogenkasten, der zwar alt, aber gut gepflegt ist. Und einen Bogen, der ebenfalls wie ein oft benutztes Stück wirkt. Kannst du mit dieser Waffe umgehen?«

»Besser als jeder Mann in Euren Diensten«, antwortete Cedric mit einer tiefen Verneigung. »Ich habe große Turniere gewonnen und konnte so manches Jahr von meinen Prämien leben. Kein Ziel wäre so schmal oder noch so geschickt verborgen oder verzaubert, daß mein Bogen nicht mitten ins Herz träfe.«

Voyvodan lächelte und lehnte sich auf seinem kristallenen Thron zurück. »Dann werden wir beide uns ebenfalls später unterhalten. Ich liebe Wettkämpfe und Kräftemessen. Und du, Druide? Welche Fertigkeiten hast du wohl, die einen wie mich interessieren könnten?«

Raven breitete die Hände aus. »Ich weiß nicht, ob sie für Euch von Interesse sind. Ich bin ein Student und ein Hüter alter Überlieferungen.«

»Ein Student, aha, ja, verstehe!« Voyvodan lachte tief und brachte das geschliffene Kristall im Raum leise zum Klingeln. »Ihr Druiden seid immer so bescheiden, wenn ihr über euch redet. Deinen Worten entnehme ich, daß du über unermeßliches Wissen verfügst. Wir werden in naher Zukunft darüber reden, du und ich. Du.« Sein Blick richtete sich auf Naitachal. »Zieh die Kapuze herab auf deine Schultern, wenn du so freundlich wärst.« Der Barde ließ sie fallen, und sie blickten sich schweigend an. »Du trägst ein Instrument in dem Koffer auf deinem Rücken, wenn ich das richtig sehe.«

»Ich habe eine gute Laute bei mir«, sagte Naitachal leise.

»Bist du also ein Barde?«

»Das bin ich.«

»Was ... Kein weiteres Wort dazu, wie groß deine Fähigkeiten und Talente sind?« Naitachal lächelte unmerklich und zuckte mit den Achseln. Voyvodan lachte. »Nun, nun! Nur ein sehr guter Barde würde sich so benehmen, denke ich. Und … ein Dunkler Elf! Wie wahrhaft faszinierend! Wir müssen unbedingt miteinander sprechen, du und ich. Darüber, wie so etwas solche möglich ist …«

»Ich gelte als Meister«, unterbrach ihn Naitachal.

Das Wesen faltete seine merkwürdig kleinen Hände, und das schwache Lächeln wurde zu einem Grinsen. »Ja! Jeder von euch fasziniert mich. Ich werde über euer Schicksal nachdenken. Und jetzt – geht.«

Im nächsten Moment kamen die Wachen, umzingelten sie und führten sie aus dem langen Raum hinaus in den Flur.

16. KAPITEL

Diesmal eskortierten die Wachen sie nur, als wären sie geehrte Gäste. *Doch da keiner von uns weiß, wie wir hier herauskommen, und da wir mehrfach in der Unterzahl sind, ist es völlig egal, ob sie offen Waffen gegen uns tragen oder nicht,* dachte Naitachal finster.

Er erwartete Zellen am Ende dieses schmalen Ganges, doch zu seiner großen Überraschung wurden sie alle in eine große Kammer geführt, in der wundervolle Wandteppiche hingen, und in einem Kamin brannte ein großes Feuer. Die Wachen schlossen die Tür, und sie hörten, wie ein Schlüssel in einem schweren metallenen Schloß umgedreht wurde.

Neben dem Feuer befanden sich schwere, gepolsterte Stühle, und in der Mitte des Zimmers stand ein großer Tisch mit Brot und Früchten in goldenen Schüsseln. Aus einem großen Topf über einer Flamme duftete es höchst verlokkend. Tem-Telek ging sofort zum Kamin herüber, wo er einige Augenblicke mit ausgestreckten Händen stehenblieb und sich wärmte. Wulfgar beschäftigte sich damit, den Vorrat an Holzscheiten ausfindig zu machen, während Cedric an den Tisch trat und den Deckel von dem Suppentopf nahm.

»Wir müssen uns unterhalten.« Naitachal stellte sich neben den Echsenmann, obwohl das Feuer für ihn fast zu heiß war.

Der Zwerg schob einen letzten Scheit in die Flammen und schaute zwischen dem Echsenmann und dem Dunklen Elf hin und her. »Herr, nehmt Ihr Suppe?«

»Ganz bestimmt«, antwortete Tem-Telek energisch. »Ich fühle mich wie zu einem Eisblock gefroren!« Er ließ Wulfgar einen Stuhl dicht an die Flammen stellen. Naitachal nahm einen anderen und stellte ihn nicht ganz so nah ans Feuer. Er wartete geduldig, bis der Kammerdiener ein Tablett mit zwei Tellern Suppe, frisches warmes Brot und Fleischkäse brachte und alles auf einem kleinen Tisch zwischen ihnen aufbaute. Dann steckte er Tem-Telek eine weiße Serviette in den Halsausschnitt seines Anzugs. »Wenn Ihr noch etwas braucht Herr, Ihr oder der Barde, ich bleibe in der Nähe«, murmelte Wulfgar und trat dann zurück.

Tem-Telek roch an der Suppe und tauchte dann den Löffel in die fettige Fleischbrühe. »Sehr gut zubereitet.«

Naitachal stippte Brot hinein und biß ab. »Ja«, sagte er unvermittelt. »Ich bin jedoch nicht hergekommen, um mich zu wärmen, bedienen zu lassen oder Suppe zu essen.«

»Nein, natürlich nicht.« Tem-Telek nahm noch einen Löffel Brühe. »Ihr habt durchschaut, daß ich kein gewöhnlicher Reisender bin, der eine Ehrenschuld ausgleichen möchte, und wollt jetzt wissen, was meine Absichten sind.«

Der Barde machte eine wegwerfende Handbewegung. »Eure Absichten kümmern mich wenig. Viel neugieriger bin ich darauf, was dieses Ding eigentlich ist, wie es an diesen protzigen Reichtum gekommen ist und wieso Ihr von seiner Existenz nicht überrascht wart.«

»Voyvodan ist ein Schneedrache«, sagte der Echsenmann. »Und was den anderen Teil Eurer Frage betrifft ... Ich war überrascht, aber offenbar nicht so sehr wie ihr. Ich wußte, daß es eine solche Kreatur gibt, nur ihren Namen kannte ich nicht.«

»Ein Schneedrache? Unmöglich!« widersprach Naitachal.

»Gar nicht unmöglich«, erwiderte Tem-Telek freundlich. »Eßt Eure Suppe, bevor sie kalt wird. Sie ist wirklich köstlich.« Er wartete, bis Naitachal Suppe und ein paar Bissen Brot gegessen hatte, und fuhr dann fort. »Er ist ein Schneedrache, eine der Kreaturen aus den Ländern noch weiter im Norden. Und er verfügt über all die Machtmittel, die in diesen Breitengraden zur Verfügung stehen: Schnee, Eis, Kälte und Sturm. Ich vermute, daß er auch noch andere Fähigkeiten besitzt, wie er uns anhand des armen Paladins vorgeführt hat.« Tem-Telek schlürfte noch mehr Suppe. Er klang nicht so, als verspüre er übergroßes Mitleid mit Arturis. »Geht man davon aus, daß er genauso langlebig ist wie ein Roter Drache, dann hatte er zweifellos viele Jahre lang Gelegenheit, sich diese Mächte und Fähigkeiten anzueignen, zusammen mit seinem unbestreitbaren Reichtum.« Der Echsenmann dachte über seine letzte Bemerkung nach, schuckte ein Stück Brot herunter und verbesserte sich selbst. »Mit seinem räuberisch erworbenen Reichtum.«

»Erworben?« meinte Naitachal empört. »Er raubte einfach alles, was ihm in die Quere kam, nichts weiter.«

»Allein schon deshalb müßte Euch klargeworden sein, daß er nur ein Drache sein kann.«

»Drache ... Echsenmann, ich kenne nur Rote Drachen, die in den heißesten, trockensten Gegenden zu Hause sind, und ich habe wirklich eine Menge Erfahrung.«

»Ich muß zugeben, Barde, sie sind nicht sehr verbreitet und werden auch nicht übermäßig oft besungen. Dennoch, ein Roter Drache sammelt schöne Dinge, nicht nur Schätze, sondern einfach schöne Dinge. Anders als die Roten Drachen können sich Schneedrachen in drei Gestalten verwandeln, von denen Ihr eine gesehen habt. Die Humanoide. Es gibt noch eine Zwischenform, von der ich nicht viel weiß –

und als Drache ist er riesig. So lang wie zehn Männer aneinandergelegt.«

»Aber woher ...?«

»Woher ich wußte, daß er hier lebt? Ich sagte Euch ja schon, Barde, ich wußte nicht, daß dieser Schneedrache hier lebt, nur, daß überhaupt einer existiert. Und zwar ganz einfach deshalb: Wo auch immer ein Schneedrache sein Lager aufschlägt, dorthin kommt niemals der Sommer.« Er setzte den Suppenteller an den Mund, um die letzten Tropfen zu trinken. »Ich bin nur froh, daß er diese Sammlung von feinen Dingen auch auf die Küche und seinen Koch ausgedehnt hat.« Er hielt den Teller hin und wartete, bis Wulfgar ihn holte, füllte und ihn wiederbrachte. »Aber ich hatte wahrhaftig nicht vor, mich gefangennehmen zu lassen.«

»Sicher«, erwiderte der Barde trocken. »Ich auch nicht, und zwar von keinem Wesen hier. Aber diese Kreatur verfügt über eine sehr starke Magie. Ich spürte nicht, daß ich unter seinem Einfluß stand.«

»Natürlich nicht. Voyvodan ist sehr alt und hat viele Jahre Zeit gehabt, seine Fähigkeiten zu perfektionieren. Er ist älter als jeder Elf, weiß oder dunkel«, fügte er mit einem scharfen Blick auf seinen Gefährten hinzu. »Und genauso ist er ein Dilettant, wie die meisten seiner Art. Leicht zu amüsieren und genauso leicht zu langweilen.«

»Und er sammelt kostspielige Dinge«, sagte Naitachal und wischte den Rest Suppe mit seinem letzten Stück Brot auf. »Und schöne.«

»Ja. Aber Schönheit bedeutet für ihn nicht dasselbe wie für Euch, Barde, oder für mich oder selbst für einen Roten Drachen. Er versteht darunter Qualität jeder Art, zum Beispiel Intelligenz oder Fertigkeiten wie Cedrics oder Wulfgars. Und natürlich Eure.«

»Natürlich.« Der Barde seufzte mißmutig. »Er könnte uns morgen einfach alle in Statuen verwandeln.«

»Möglich«, antwortete der Echsenmann abgeklärt. »Aber unwahrscheinlich. Ich halte es für wesentlich wahrscheinlicher, daß er uns Probleme stellt, die wir lösen müssen. Und zwar den Fähigkeiten angemessen, die er in uns sieht oder die zu besitzen wir behauptet haben. Was gut ist, denn solange Ihr sein Interesse wachhalten oder seine Neugier reizen könnt, wird er Euch am Leben lassen.«

»Was ist, wenn er sein Interesse verliert?« Cedric war unbemerkt von den beiden an sie herangetreten.

Tem-Telek zuckte die Achseln. »Ich würde an Eurer Stelle möglichst dafür sorgen, daß dies nicht geschieht. Wenn Ihr sein Interesse nicht durch Eure Fähigkeiten aufrechterhalten könnt, dann werdet Ihr seine eigenen Methoden anwenden ... wie eine Katze, die sich mit einer Maus vergnügt.«

Cedric dachte kurz darüber nach. »Ich verstehe, worauf Ihr hinauswollt.«

»Entweder akzeptiert die Maus, daß sie herumgeschubst wird«, fuhr der Echsenmann nachdenklich fort. »Oder sie überrumpelt die Katze und verlängert dadurch des Spiel. Bitte«, meinte er drängend, als Raven und der Zwerg ebenfalls zu ihnen traten. »Ihr müßt das im Gedächtnis halten. Denkt daran, wenn er sein Interesse an Euch verliert ... Er *ist* ein Drache.«

»Ich habe nicht das geringste Verlangen danach, irgend jemandem oder einem Ding als Abendessen zu dienen«, meinte Cedric entschieden. »Ich wollte Euch sagen, daß es da zwei miteinander verbundene Schlafkammern mit warmen Kaminfeuern und weichen Betten gibt. Sie sind mindestens so vornehm wie die der besten Herbergen, in denen ich jemals übernachtet habe. Und weit weniger verheerend für meinen Geldbeutel.«

»Vielleicht ist der Preis weit höher als nur ein paar Münzen«, erinnerte Raven ihn.

»Sehr wahrscheinlich, es sei denn, wir finden einen Weg, wie wir hier herauskommen«, antwortete Cedric unbeeindruckt. »Und die Hoffnung darauf werde ich nicht aufgeben.« Er wandte sich an den Barden. »Was ist aus Gawaine geworden? Habt Ihr eine Ahnung?«

Naitachal schüttelte den Kopf. »Ich habe gehört, wie er von der anderen Seite der Mauer fiel. Hätte Voyvodan ihn erwischt, hätte er ihn sicherlich zu uns gebracht. Sofern er noch lebt.«

»Wenn er die Mauer heruntergerutscht ist, dann besteht durchaus Hoffnung«, erklärte Tem-Telek. »Vor allem, weil sein Blut so anders ist als meins. Vergeßt nicht ... so mächtig der Schneedrache auch ist, er ist nicht *allmächtig*. Er kann Eure Gedanken nicht lesen, und er kann auch nicht von seinem Standort in alle Ecken seines Reichs schauen. Es ist sehr gut möglich, daß etwas so Kleines wie ein schlichter Bardling ihm entkommt.«

»Ihr beruhigt mich sehr«, bemerkte der Barde sakrastisch.

Gawaine stöhnte und klopfte vorsichtig mit beiden Händen den Boden ab. Dann betastete er seine Arme. Ihm tat alles weh, und er war von dem langen Liegen im Eis beinah erfroren. Er lag in einem Korridor, der dem ersten glich. Indem er sich an der Mauer festhielt, schaffte er es, sich aufzusetzen.

Er stöhnte und zog sich schließlich vorsichtig hoch. Nirgendwo war ein Geräusch zu hören, außer dem schrillen Pfeifen des eisigen Windes. Und dem Knistern des schon lange vertrockneten Grases. »Nun, wenn jemand mich retten soll, werde ich das wohl selbst in die Hand nehmen müssen.« Wenigstens befanden sich die Kletterspikes noch fest an Händen und Stiefeln. »Es ist ein wahres Wunder, daß ich mich bei dem Sturz nicht aufgespießt habe«, knurrte er. Sein Ohr schmerzte, er berührte es, und als er seine Finger besah, entdeckte er Flecken von gefrorenem und getrocknetem Blut. Offenbar hatte er es sich bei dem Sturz aufgekratzt, aber glücklicherweise nicht viel geblutet. »Wenn mein Gefühl mich nicht täuscht, muß mein Blut in den Adern sowieso schon halb gefroren sein. Na, was soll's. Vorwärts oder rückwärts?«

Doch der Wall war an der Stelle, wo er sich befand, steil,

und er konnte nirgendwo Spalte oder Risse sehen. Kein Wunder, daß er abgerutscht war. Dann also der innere Wall. Er musterte die Mauer. Ein langer Spalt verlief diagonal darüber, und ein anderer kreuzte ihn nicht weit über seinem Kopf. »Als wäre er für mich gemacht – hm, ein wirklich höchst unerfreulicher Gedanke!« Er holte tief Luft, tastete die Mandoline auf seinem Rücken ab und stellte fest, daß sie offenbar den Sturz heil überstanden hatte. »Kein Wunder, da ich ihren Fall ja mit meinem Körper aufgefangen habe. Aber Meister Naitachal würde mir auch die Ohren abreißen, wenn ich sie zerbrochen hätte.« Sofern er noch am Leben war.

Er schüttelte sich, was sofort einen klopfenden Schmerz in seinem Kopf auslöste. Kurz lehnte er sich an die Mauer und wartete, bis es nachließ. »Wenn du dir keine schönen Gedanken machen kannst, dann beweg dich«, befahl er sich und griff hinauf in den Spalt.

Es war ein beschwerlicher Aufstieg, obwohl die Mauer nicht annähernd so hoch war wie die vorige. Zudem neigte sie sich leicht, so daß er es auch fast ohne Spikes geschafft hätte.

Auf der Mauerkrone ruhte er sich aus. Er schloß die Augen und wartete, bis er wieder normal atmen konnte. Hier oben blies der Wind allerdings erheblich schneidender. Er setzte sich hin, schwang die Beine über den Rand der schmalen Mauer und schaute in einen kleinen viereckigen Hof hinab, in dem weder Schnee noch Eis lagen. Eine herzerwärmende Aussicht.

Statt dessen bedeckte frühlingsgrünes Gras den Boden, und mittendrin stand ein Apfelbaum. Zwischen den Blättern schimmerte es rot. *Äpfel*. Gawaine sprang von der Mauer, lief zum Baum und legte die Hand gegen die rauhe Rinde. *Noch nie in meinem Leben*, dachte er ehrfürchtig, *habe ich etwas so Wundervolles, so* Echtes *gefühlt*. Es kam ihm fast so vor, als wäre jeder andere Apfelbaum, den er jemals berührt hatte, eine Täuschung gewesen und dieser hier der einzig richtige. »Wie die Äpfel wohl schmecken mögen?« murmelte er. Doch als er in die Zweige hinaufschaute, um eine reife Frucht zu suchen, bemerkte er eine Bewegung.

Es war etwas auf der anderen Seite, und zwar weit oben im Baum. Etwas Glänzendes, was sich heftig bewegte. Er trat von dem Stamm zurück und beschattete seine Augen. Eine Schlinge ... Irgend jemand mußte eine Schlinge ausgelegt und einen Vogel gefangen haben. »Wer würde es wagen, in einem solchen Baum eine Falle aufzustellen?« fragte er sich empört. Der Vogel schlug mit seinen hellen Flügeln wie wild um sich, und er würde sich sicher verletzen, wenn er ihn nicht sofort befreite.

Doch welche Vogelart war so ungeheuer groß und hatte so leuchtendrote Flügel wie diese?

»Ein Vogel? Es ist ... nein, ist es ... eine Frau?« Jetzt schaute er mit unverhohlenem Staunen hinauf. Frau – Vogel – er konnte es nicht genau unterscheiden.

Doch seine leisen Worte machten die Kreatur auf ihn aufmerksam. »Wenn Euch Euer Leben lieb ist, schöner Jüngling, dann befreit mich!« Das war eindeutig die Stimme einer Frau.

»Das werde ich!« rief er und lief zurück zum Stamm. Dort entledigte er sich hastig der Kletterspikes und seiner Mandoline. Im Nu zog er sich in die Zweige, doch er brauchte etwas länger, um vorsichtig in die hohen Äste zu klettern. Er mußte auf einem Knie balancieren, um das Messer aus seinem Gürtel ziehen zu können und das Netz zu zerschneiden.

Vorsichtig rutschte er wieder herunter und kletterte dann den Stamm hinab. Er packte die Spikes in seinen Beutel und hängte sich die Mandoline auf den Rücken. Doch als er unter dem Blätterdach des Apfelbaums hervortrat, flog die Vogelfrau herab und setzte sich auf das Gras. Sie wartete offenbar auf ihn und spreizte ihre Flügel, als er vor ihr hinkniete. »Verbeuge dich nicht, Junge. Setz dich lieber und unterhalte dich ein wenig mit mir.«

»Das mache ich gern, Lady.« Er kam sich vor wie in einem seiner Lieder. Mit gekreuzten Beinen setzte er sich ins Gras. Sie war so nah, daß er ihr Gefieder hätte berühren können, wenn er es gewagt hätte. »Ich bin Gawaine, Bardling bei Meister Naitachal, dem Barden. Wie nennt man Euch?«

»Ich heiße Fenix.«

Gawaine schaute auf die Mauern, die den winzigen Garten umgaben. »Was ... was ist das hier für ein Ort, und wie kommt Ihr hierher? Und ... und wo sind meine Gefährten? Mein Meister und drei Männer, ein Echsenmann und ein Zwerg?«

»Eine höchst wundersame Mischung«, sagte Fenix ernsthaft. »Dieser Ort hier, nun, es ist die Burg des Schneedrachens Voyvodan, und die Mauern und Türme gehören ihm. Was nun Eure Freunde angeht – ich fürchte, daß Voyvodan alle gefangennimmt, die in sein Gebiet eindringen. Der Garten und der Baum gehören mir, wie früher einmal das ganze Tal, bevor der Schneedrache kam und den Zauber des unaufhörlichen Winters darüber warf. Die Falle stellte er für mich auf, denn er weiß, daß ich zu dem Baum zurückkehren muß, wenn die Äpfel reif sind.«

»Warum? Sind es ... magische Äpfel?«

Fenix gab ein silberhelles Geräusch von sich, offenbar ein Lachen. Gawaine spürte, wie er errötete. »Ihr braucht nicht verlegen zu sein«, sagte sie sofort. »Es ist eine durchaus berechtigte Frage, da Ihr es ja nicht wissen könnt. Sie sind nicht magisch. Es sind Äpfel.« Er schaute sie verwirrt an. »Geht«, sagte Fenix, »pflückt einen und bringt ihn her.«

Gawaine stand auf und trat unter das Blätterdach. Der süßliche Duft der Äpfel drang in seine Nase, und er suchte die niedrigen Zweige ab, bis er eine große, rote Frucht fand. Mit dem Apfel in der ausgestreckten Hand setzte er sich wieder vor das Vogelwesen hin. »Eßt ihn«, forderte Fenix ihn auf.

Unsicher betrachtete er ihn, doch allein der Duft machte ihn schrecklich hungrig. Er biß hinein, und der Saft lief ihm das Kinn hinunter. »Apfel«, sagte er bewundernd.

»Eben«, erwiderte der Vogel. »Und er ist perfekt. Keiner, der jemals in einen solchen Apfel gebissen hat, kann ihnen widerstehen. Das wußte der Schneedrache, und deshalb stellte er die einzige Falle auf, der ich nicht entgehen konnte.«

»Perfekte Äpfel.« Gawaine biß erneut ab. Irgend etwas, was Raven über die ›Absolute Wahrheit‹ gesagt hatte, ging ihm im Kopf herum, aber er konnte sich nicht genau daran erinnern. Doch wenn es so etwas gab, dann lag die Wahrheit über Äpfel sicherlich in dieser Frucht. Er aß ihn auf, leckte sich die Finger ab und legte das Gehäuse vorsichtig zur Seite. »Was werdet Ihr tun, Fenix?« fragte er schließlich.

»Ich weiß es nicht.« Sie seufzte, und Gawaine war sicher, daß er noch nie in seinem Leben ein so trauriges Geräusch gehört hatte. »Das war mein Tal, wie ich Euch ja schon sagte, und dieser Baum gehört mir. Obwohl der Schneedrache eine tödliche Bedrohung für mich darstellt, kann ich beide nicht verlassen. Aber da ist noch mehr ... Es gibt hier eine Schriftrolle, und sie enthält – die ›Absolute Wahrheit‹. Die Götter selbst legten diese Rolle in eine platinene Schatulle und verschlossen sie in dem großen Kristallstuhl. Mir trugen sie auf, sowohl den Stuhl als auch die Rolle zu bewachen. Und nun«, sie seufzte wieder, »hockt Voyvodan auf dem Stuhl, häuft protzige und kostspielige Dinge und Reichtümer aller Art im Palast an. Dabei hängt der größte Schatz direkt über seinem Kopf, eingeschlossen in den Kristall. Und er ahnt nichts davon.«

Gawaine dachte verblüfft darüber nach. Doch bevor er etwas erwidern konnte, flog Fenix davon.

»Sie hätte ruhig etwas hilfreicher sein können«, sagte er leise. »Schließlich habe ich sie gerettet.« Aber durch Meister Naitachals Erzählungen wußte Gawaine, daß man sich auf magische Geschöpfen nicht verlassen durfte. Er wühlte in seinem Beutel und holte die Kletterriemen heraus. »Nun, sie *hat* mir immerhin erzählt, wonach ich suchen muß. Vermutlich liegt es an mir, die anderen zu retten.«

Es war nicht einfach, die Lederriemen ohne Hilfe fest um die Hand zu binden. Aber schließlich schaffte er es. Er stand auf, drehte sich langsam um sich selbst und musterte der Reihe nach die Mauern. »Diese nehme ich, denke ich. Gott weiß, welche Richtung das sein mag. Oder von welcher ich heruntergesprungen bin.«

Er hatte seinen Orientierungssinn vollkommen verloren, doch als er die Mauerkrone erreichte, wurde ihm klar, daß es auf eine bestimmte Richtung eigentlich nicht ankam. Wohin er auch blickte – überall Mauern, die an andere stießen, nah und fern, scheinbar endlos.

17. KAPITEL

In späteren Jahren konnte sich Gawaine an diese Episode nie genau erinnern. Er kletterte eine Ewigkeit über Mauern, stand auf Mauerkronen – nur, um über Myriaden weiterer Wälle zu schauen. Es gab nichts anderes: Den Himmel bildete eine undurchdringliche Decke aus Grau, der Wind blies stetig und eisig, und die Wände sahen alle gleich aus. Nur daß manche mit Eis bedeckt waren und andere nicht

Mal rutschte Gawaine in einen Korridor, mal in ein Quadrat oder ein Rechteck, mal dachte er nach, dann wieder schlief er. Er machte kleine Pausen und aß etwas von den wenigen Vorräten, die ihm noch geblieben waren, oder trank einen Schluck eiskaltes, aber abgestandenes Wasser. Es mußten schon Tage vergangen sein, jedenfalls hatte er das Gefühl, vielleicht war aber auch die Zeit merkwürdig gedehnt. So wie die Korridore, die sich anscheinend unendlich vor ihm erstreckten. Außerdem konnte er sich an keine einzige Nacht erinnern.

Einmal fand er einen kleinen sechsseitigen Hof, doch wie

der Rest des Labyrinths war auch er von steilen weißen Mauern umgeben und unfruchtbar. Er entdeckte keinen anderen Ort wie Fenix' Hof, und er bedauerte allmählich, daß er nicht daran gedacht hatte, wenigstens noch einen Apfel mitzunehmen.

Noch etwas anderes regte ihn auf. *Armer Thunder! Wie es ihm wohl geht?* Hatten der Schneedrache oder seine Leute die Pferde gefunden? *Hoffentlich letztere. Hoffentlich hat jemand sie gefunden und abgesattelt, sie irgendwo aus der Kälte geführt, sie gefüttert und sich um sie gekümmert.* Viel Hoffnung hegte er nicht. Aber wenigstens lenkte ihn der Gedanke an sein Pferd von seinen eigenen Schwierigkeiten ab. Ein bißchen jedenfalls.

Er wußte auch nicht mehr, in welcher Richtung die äußerste Wand dieses Labyrinths liegen mochte, wo sich der Turm befand, den sie von diesem hohen Kamm aus gesehen hatten, oder wie lange er schon suchte. *Tage? Stunden?* Der heroische Anflug, der ihn noch in Fenix' Garten übermannt und ihn die Mauern hatte erklimmen lassen, war verschwunden. Der Gedanke, seinen Meister und die Gefährten zu retten und möglicherweise sogar Voyvodan zu töten, kam ihm jetzt geradezu lächerlich vor. »Ich bin einfach kein Held«, murrte er. »Ich kann ja nicht mal mich selbst retten!« Er konnte nicht einmal die geringe Magie, die er vielleicht besaß, einsetzen, weil seine Hände so steifgefroren waren, daß er die Saiten der Mandoline nicht hätte berühren können.

Er fühlte sich so müde, daß er kaum spürte, daß das Instrument auf seinem Rücken hing. Allerdings achtete er darauf, daß er die Mandoline beim Klettern nicht noch mehr beschädigte, als die kalte Luft das sicher schon tat.

Gawaine kämpfte sich weiter, und kurze Zeit später stieß er auf einen Hof, der bewohnt war. Ungefähr ein Dutzend kleiner brauner Mäuse saß irgendwie in diesem Loch in der Falle. Gawaine stand auf der Mauerkorne und schaute hinab, die Mäuse stellten sich auf die Hinterbeine und schauten hinauf. Ihre Nüstern und Nasen zuckten. »Oh, ihr armen Geschöpfe«, sagte Gawaine leise. »Ihr werdet hier verhungern.« Er ging auf der Mauer entlang, doch die Mäuse folgten ihm. Also mußte er sich umdrehen und hinunterklettern. Er konnte nur hoffen, daß sie zur Seite liefen, wenn er hinabsprang. Als er in dem kleinen, viereckigen Hof stand, fragte er sich, wie er diese ungezähmten Wesen wohl fangen sollte. Doch die Mäuse kauerten sich einfach zu seinen Füßen hin und beobachteten ihn. Mitleidig streckte er die Hand aus. Die Mäuse schnupperten daran, ohne Angst zu zeigen. »Hier«, sagte er. »Es wird sicher Zeit für eine Mahlzeit. Wir teilen den Rest von meinem Brot. Dann werde ich euch hier herausholen, jedenfalls aus diesem Hof, wenn auch nicht aus dem Labyrinth.« Er brach das harte Brot in Stückchen und krümelte sie vor sich auf den Boden. Dann kratzte er ein kleines Loch in den Boden und goß einen Löffelvoll von seinem Wasser hinein. Die Mäuse aßen das Brot und tranken das Wasser, während sich Gawaine eine Waffel nahm.

Danach ließen sich die Mäuse ohne den kleinsten Quiek einsammeln. Er verstaute sie sicher in seiner Gürteltasche, in der sich das Brot befand, kletterte hinaus und ließ sie in einem der endlosen scheinenden Korridore frei. »Viel Glück«, sagte er, als er die letzte herabließ. »Ich hoffe, es ergeht euch besser als mir. Paßt auf, daß ihr nicht wieder in eine Falle geratet. Denn nächstesmal komme ich vielleicht nicht vorbei, um euch zu retten.« Eine der Mäuse stellte sich auf die Hinterbeine und packte kurz den Fuß des Bardlings, dann drehten sich alle um und liefen davon.

Gawaine schaute ihnen nach und lachte unfroh. »Ich muß ja verrückt sein, jetzt schon mit Mäusen zu reden, als könnten die mich verstehen!«

Eine Zeitlang ging er einen der Korridore entlang, kletterte dann jedoch bald wieder auf eine Mauer. Er hatte entdeckt, daß er auf diesen engen Wegen so lange in jede Richtung gehen konnte, wie er wollte. Sie machten weder eine

Kurve noch endeten sie. Und in ihnen war es weit kälter als in den kleinen Höfen oder sogar auf den Kronen der Mauern.

Es gab natürlich immer mehr Korridore, die parallel zu dem verliefen, in dem er ging, oder in seltsamen Winkeln davon abgingen. Und noch mehr Höfe. In manchen sah er seltene und wundersame Dinge, und ab und an stieß er sogar auf wahre Schätze. Einen Baum zum Beispiel, dessen Blätter aus grünen Steinen bestanden, die Früchte waren Rubine. Ein geflügeltes Pferd, das täuschend echt ausah. Doch es fühlte sich kalt wie Stein an, als er es mit der Hand berührte. Ein Weinstock, dessen Blätter so groß waren wie Gawaine selbst und der bis in den Himmel hineinreichte. Aber er konnte ihn trotzdem nur sehen, wenn er direkt darunter stand. Nicht wenn er auf der Mauer stand. Und berühren konnte er ihn gar nicht, obwohl er hoch über sich Harfenmusik hörte. Ein runder Glasball, größer als er. Darin war Wasser, in dem ein goldener Fisch schwamm und ihn mit seinen Glubschaugen anglotzte. Statuen von drei merkwürdigen kleinen Männern mit ungeheuer großen Ohren und kurzen Hosen. Jeder von ihnen trug ein flaches, rundes Objekt an einem Stiel in der Hand. Und zu Füßen des einen hockte ein unglaublich häßlicher Steinhund. Eine andere Statue, die eines Panthers, war am Hals mit einer Kette aus Gold und Perlen aufgehängt. In einem anderen Hof befand sich die Statue eines Wolfs, die an einer Kette aus Silber und eisblauen Saphiren hing. Auf einem eisernen Ring balancierte ein reich verzierter Ball, und in einem langen, schmalen Hof hatte eine quietschende Blechbestie durch Hin- und Herlaufen einen tiefen Pfad ausgehoben.

Es gab so viele verschiedene Wunder, und sie waren so wertvoll oder einfach merkwürdig, daß er zunächst nur staunen konnte. Nach einer Weile jedoch achtete er nicht mehr besonders auf sie, sondern ging an den meisten vorbei, ohne mehr als einen flüchtigen Blick darauf zu werfen.

Er traf aber auch auf Lebendiges. Zum Beispiel auf einen

Hengst, der so groß und wild war, daß der Bardling sich nicht traute, sich ihm zu nähern. Ein Panther, der einen langen Korridor auf und ab lief. Zum Glück für Gawaine führte über diesen Gang eine hochgeschwungene, schmale Brücke aus Silber hatte. Dieses Tier ließ er auch lieber in Ruhe. Doch nicht weit hinter dem Panther, in einem anderen quadratischen Hof, stieß er auf einen kleinen Drahtkäfig, in dem kleine Vögel saßen, Hänflinge. »Ihr armen Kleinen, wem habt ihr denn Schaden zugefügt?« Er verfütterte ihnen etwas von einer zerkrümelten Waffel und schaute ihnen nach, als sie in den grauen Himmel hinaufflogen, vor dem sie sich rot und gelb abhoben.

Es tat ihm gut zu sehen, daß irgend etwas diesem Labyrinth entkommen konnte. Doch als er Momente später auf die Mauer kletterte, sah er zum ersten Mal seit langer Zeit wieder den Turm, und der Wind blies plötzlich noch kälter. Gawaine sprang in den nächsten Korridor hinab.

Der Himmel blieb grau. Erneut verlor er jedes Zeitgefühl und wußte nicht mehr, wie viele Mauern er überwunden hatte. Doch ab und an konnte er die Festung erkennen. Es kam ihm so vor, als näherte er sich ihr tatsächlich an.

Er überwand eine sehr dicke Mauer und ließ sich in einen der endlos scheinenden Korridore herab, wo er eine kleine Pause machen wollte. Doch kaum hatte er sich hingesetzt, als er Stimmen hörte. Männliche Stimmen. Sie klangen barsch und tief. Panisch sprang er hoch und schaute sich hastig nach beiden Seiten um. Er wußte nicht genau, woher die Stimmen kamen, doch sie waren auf jeden Fall lauter als noch einen Moment zuvor. *Versteck dich.* Er kletterte hastig die nächste Mauer hinauf und warf sich gerade herüber, als zwanzig Männer in Zweierreihen den Korridor entlangmarschierten, den er gerade verlassen hatte. *Versteck dich, jetzt ist keine Zeit, schwach zu werden!* befahl er sich, und ließ sich einfach die andere Seite der Mauer herunterfallen, sprang auf, lief zur nächsten und überwand auch die. Die Angst ließ seine Knie weich werden. Als er die nächsten Wand hinunterglitt, rissen rauhe Steine an seinem Hemd und dem Mandolinenkasten. Er schloß die Augen und sah eine merkwürdige Vision, einen Palast, der mit Türmen und Spitzen aus weißem Stein bewehrt war, der glänzte und funkelte. Aber er war nicht größer als ein mittelmäßiges Landhaus oder eine Herberge. Er sah Weideland und eine Hecke und leuchtende Farben, vielleicht von Blumen?

Wahrscheinlich noch mehr Tiere. Doch ihm war nach dem Sturz die Luft weggeblieben, und die Flucht vor den Wachen hatte ihn vollkommen geschwächt. Er konnte sich im Moment nicht mehr rühren.

Der süße Duft von Rosen und Gewürzen drang Gawaine in die Nase. Er hörte das leise Rascheln von edlen Stoffen und dann eine leise, wunderbar wohlklingende Frauenstimme. »Sire. Sire, könnt Ihr Euch bewegen?«

Gawaine öffnete allein schon vor Überraschung die Augen. Dann klappte ihm die Kinnlade herunter. Er saß immer noch mit dem Rücken dort an der Wand, wo er heruntergerutscht war, und um ihn herum standen – Frauen. Mindestens zwanzig von ihnen, und sie alle unterschieden sich voneinander wie Rubine von Saphiren, Smaragde von Diamanten oder Rosenblätter von Pfirsichblüten. Doch jede war das schönste Mädchen, das er jemals in seinem Leben gesehen hatte. »Wie die Äpfel«, sagte er leise.

Eines der Mädchen, hatte wundervolles, dunkelrotes Haar und Augen von dem grünsten Grün. Sie drehte sich zu einem anderen, noch jüngeren Mädchen um, das ihn aus großen, porzellanblauen Augen unter einer wundervollen Flut weißblonden Haares anschaute. »Ariana, hat er uns eben Äpfel genannt?«

»Kein Wunder, daß er phantasiert«, sagte Ariana liebevoll. »Wenn er den ganzen Weg von der äußeren Welt in unser Gefängnis gekommen ist.«

Im gleichen Moment schob eine andere die beiden zur Seite und kniete sich vor ihn hin. Schwarzes, glattes Haar strömte unter einem himmelblauen und golddurchwirkten Schleier heraus, und sie schaute ihn mit schwarzblauen Augen besorgt an.

»Ich bin Lyrana, und Euer Leben ist in Gefahr. Die Wachen, die gerade vorbeigegangen sind, werden sicher gleich hereinkommen. Wenn sie das tun und Euch finden ... Vertraut Ihr Euch uns an?« Er schaute die drei nacheinander an und nickte. »Gut. Schön, daß Ihr vernünftig seid. Ariana, Edorra, wir drei sind die Kräftigsten, wir müssen ihm helfen, aufzustehen. Miritas und Dulcena, geht und breitet rasch eine Decke über den kleinen Tisch in der Laube aus. Beeilt euch!« Ein Wirbel sinnlicher Düfte drang auf ihn ein, als die jungen Frauen auseinanderstoben, während Lyrana und die beiden anderen Gawaine auf die Füße zogen. »Ihr seid erschöpft. Stützt Euch auf meinen Arm.« Lyrana führte ihn über einen weiten Garten und weiches Gras zu einem kleinen Pavillon, an dem blühender Wein wuchs. Sie gingen die zwei Schritte hinauf, und Gawaine konnte in einiger Entfernung Männerstimmen hören, die grob verlangten, eingelassen zu werden. Doch Lyrana half ihm ruhig die letzte Stufe hinauf. Dann schob sie ihn durch den Raum unter einen niedrigen, langen Tisch. Sie packte seinen Arm, als er sich hastig darunterschob. »Nur Mut. Wenn es möglich ist, Euch zu retten, wird es uns gelingen. Verhaltet Euch vollkommen ruhig. Wenn Ihr einen Fuß fühlt, der sich gegen Euch preßt, dann kriecht leise zum anderen Ende des Tisches. Geht!«

Das tat er und legte sich auf den kostbaren dicken Teppich. Zum ersten Mal seit langem war ihm wieder warm, und er beruhigte gerade sein Atmen, als laute Stimmen und schwere Schritte durch den Pavillon näherkamen. »Ja, Hauptmann?« *Das ist Lyranas Stimme,* dachte Gawaine. *Höflich, aber kühl.* »Kommt der Herr, oder wünscht er gar eine von uns zu sehen?« Er hörte, wie ein Stuhl zurückgeschoben wurde, dann noch einer. Zuerst sah er einen zierlichen kleinen Fuß in einem blauen Schuh unter das Tischtuch gleiten. Dann einen anderer. Auch er war schlank, aber nicht winzig, und der Schuh, in dem er steckte, wirkte geradezu praktisch. Als er hinschaute, schwang er vor und stupste gegen seine Schulter. Gawaine schaute durch seine Beine hindurch nach hinten und rutschte vorsichtig zurück.

Die Stimme des Mannes verlor ihre Schärfe und klang nun beinah ehrerbietig. *Sicher, wer könnte auch barsch zu soviel Schönheit sein?* dachte Gawaine. »Pardon, Miss, aber ... Einer meiner Männer hat einen Burschen gesehen, oder jedenfalls glaubte er das. Angeblich sei er über die Mauern geklettert, und wir mußten natürlich überprüfen ...«

»Ein Mann!« Diese Stimme hatte er noch nicht gehört.

»Ein Mann!« Jetzt riefen verschiedene Stimmen im Chor.

»Aber doch kein bewaffneter Mann!« ertönte die erste Stimme wieder. »O Herr Hauptmann, wie gut, daß Ihr in der Nähe wart! Er könnte ... nun, er könnte überall sein!«

»Ihr werdet ihn kaum übersehen, falls mein Soldat sich nicht geirrt hat. Er hat leuchtendrotes Haar, so rot, wie Ihr Euch nur vorstellen könnt!«

Ein anderes Mädchen stieß einen leisen Schrei aus. »Rotes Haar ...? Da war einmal ein Mann mit leuchtendrotem Haar in meinem Dorf. Er hat fünf Frauen ermordet, bevor man ihn faßte! Ein Teufel, sagten die Leute, und ich glaube ihnen«

»Ein Teufel!« rief ein anderes Mädchen.

»Das ist entsetzlich«, erklärte Lyrana. Es mußte ihr Fuß gewesen sein, der Gawaine zum Ende des Tisches gestupst hatte. »Ihr müßt sehr genau aufpassen, Hauptmann. Wir wollen nicht alle in unseren Betten ermordet werden!«

»Ja«, fiel Ariana schnell ein. »Wir haben die letzte Stunde hier gesessen und Tee getrunken. Wer kann schon wissen, welcher Unhold in der Zwischenzeit in unser Schafzimmer eingedrungen ist?«

»Oder in die Küche!« rief eine andere. Gawaine mußte plötzlich grinsen. Sie waren hervorragende Schauspielerinnen. *Und sie klingen fast so wie die Maryas und Katyas,* dachte er und biß sich in die Hand, damit er nicht laut auflachen mußte. Er erstarrte jedoch, als Lyrana sprach.

»Er könnte ja sogar unter dem Tisch sein, Hauptmann. Wollt Ihr nicht nachsehen?«

Der Hautmann lachte, er entspannte sich, und seine Stimme klang fast schon onkelhaft. »Nun, Miss Lyrana, Ihr sagtet doch, Ihr hättet in der letzten Stunde hier Tee getrunken. Wie sollte ein Mann mit flammendrotem Haar sich an Euch vorbeigeschlichen und unter dem Tisch verkrochen haben?«

»Oh, Ihr haltet mich jetzt bestimmt für dumm, Hauptmann«, sagte Lyrana und wirkte verlegen. »Aber allein der Gedanke an einen Mann, hier ... abgesehen freilich von Euch. Schließlich wissen wir, wie gut Lord Voyvodan für uns sorgt.«

»Nun, sicher.« Enorme Lederstiefel schoben sich unter das Tischtuch. »Ich werde Euch etwas sagen, Miss, Ladies. Wir werden kurz das Haus überprüfen, um sicherzugehen, daß keiner in der Nähe ist. Solltet Ihr dennoch einen Mann mit leuchtendroten Haaren sehen ...«

»Wenn ich einen sehe, werde ich schreien!« sagte das Mädchen, das von dem rothaarigen Massenmörder erzählt hatte. »Und zwar – so.« Sie gab eine Kostprobe davon, und Gawaine sog heftig den Atem ein.

»Sicher, ja, Miss«, gab der Hauptmann zurück. »Macht das, und wir werden Euch *ganz* sicher hören, wo auch immer innerhalb der Mauern des Herrn ihr Euch befindet.«

»Solange Ihr rechtzeitig zu unserer Rettung herbeikommt«, erwiderte Lyrana kühl. »Könnt Ihr uns nicht eine Wache zum Schutz im Haus lassen?«

»Nun, Miss, Ihr wißt ja, was der Meister von Männern hier hält. Einschließlich meiner Männer. Ich kann Euch aber zwei Männer als Wache vor dem Tor lassen. So könnt Ihr sicher sein, daß Ihr beschützt seid, für alle Fälle.«

»Ich verstehe.« Lyrana zog ihre Füße unter dem Tisch

weg. »Wir wissen das wirklich zu schätzen, Hauptmann. Ihr versteht das sicher – der Herr sorgt zwar gut für uns, aber wir sind so oft so lange allein, und das macht den meisten von uns angst.«

»Wir werden für Euch sorgen«, versprach der Hauptmann. »Das wißt Ihr doch. Der Herr sieht es nicht gern, wenn eine von Euch beunruhigt ist.«

Vielleicht hatte in den letzten Worten des Hauptmannes eine Frage mitgeklungen. »Wir wissen, daß Ihr Euer Bestes tut, Hauptmann«, antwortete Lyrana. »Ich werde das auch dem Herrn berichten, sollte jemals die Sprache darauf kommen. Soll ich Euch zum Haus begleiten?«

»Das schaffe ich schon, Miss. Trinkt Ihr nur Euren Tee und macht Euch keine Sorgen.« Die riesigen Stiefel entfernten sich.

Eine leise weibliche Stimme murmelte: »Er ist noch nicht weg, und die Wachen auch nicht. Verhaltet Euch ruhig.« Kurz darauf sagte dieselbe Stimme: »Sie sind durch das Tor gegangen und haben es verrammelt. Zählt bis zehn und kommt dann heraus.«

Das tat Gawaine. Als er auftauchte, sah er junge Frauen, die im Gras lagen oder eingehakt spazierten und miteinander plaudeten. Vier von ihnen saßen immer noch um den Tisch im Pavillon. Und Lyrana stand am Ende des kleinen Tisches und schaute auf die Tore.

Ihr Haar war einmalig schön, schwarzblau, schwer und glatt, und es reichte ihr fast bis zu den Knien. Ihr Gesicht war so weiß wie feinste Sahne, die Augen, groß und mandelförmig und mitternachtsblau. »Jetzt«, sagte sie lebhaft, nahm ihren Platz wieder ein und winkte ihn zu sich. »Wartet noch einen Moment, während wir überprüfen, ob wirklich keine Wachen außer den beiden am Tor da sind. Danach werden wir Euch einige Erklärungen geben – und Ihr uns sicher auch, Ihr Ärmster«, fügte sie lächelnd hinzu. »Ihr habt sicher genauso viele Fragen wie wir.«

18. KAPITEL

Ariana kam über das Gras zu ihnen herüber und rieb munter die Hände aneinander. »Jetzt sind sie weg. Und diese beiden Jungs, die der Hauptmann als Wachposten aufgestellt hat, sind so unsicher, daß sie sich niemals hereintrauen, außer wir schreien nach ihnen.« Sie schaute Gawaine an. »Das ist ein Trick hier – Sie können uns nur hören, wenn wir schreien.«

»Danke, daß Ihr es mir sagt«, erwiderte Gawaine.

Lyrana musterte ihn. »Die Fragen können noch ein wenig warten, denke ich. Ihr seht vollkommen erschöpft aus, armer Mann. Wann habt Ihr das letzte Mal ordentlich gegessen?«

»Ordentlich?« Er lachte schwach. *Muß ich das Zeug in Ilyas Dorf mitrechnen?* »Nun, wenn ihr Zwiebelsuppe und Zwiebelbrot als Essen akzeptiert, dann ...«

Lyrana lächelte und schüttelte den Kopf. »Ariana, sieh zu, ob du dem Ärmsten etwas zu essen besorgen kannst, ja? Oder«, sagte sie rasch, als sie Arianas mißbilligende Miene bemerkte, »wenn du lieber hierbleiben möchtest, dann trag es Irene auf. Die kennt sich ohnehin in der Küche besser aus.« Ariana lief über die Wiese und sprach mit einem anderen Mädchen, das sofort durch eine sehr schön geschnitzte Tür in dem kleinen Palast verschwand. Ariana kehrte sofort zurück und setzte sich an den Tisch – aber nicht, wie er erwartet hatte, neben ihn, sondern ihm gegenüber. Dabei lächelte sie ihm zu, doch ds war reine Höflichkeit. *Hier werden keine Spaziergänge im Zwiebelfeld vorgeschlagen*, dachte er, holte tief Luft und lehnte sich zum ersten Mal entspannt gegen die Kissen auf seinem Stuhl zurück.

»Ihr müßt Euch zwischen uns sehr unbehaglich fühlen«, sagte Lyrana. »Wir meinen es nicht böse, wenn wir starren, wißt Ihr, aber es ist halt ... tja, es ist schon lange her, seit eine von uns das letzte Mal einen Mann gesehen hat, außer ihr zählt Lord Voyvodan in seiner besten Gestalt dazu. Doch selbst dann hat er wenig Menschliches an sich.« Sie erschauerte ein bißchen, machte jedoch eine abwehrende Handbewegung, als er aufstehen und sie irgendwie trösten und beschützen wollte, ohne genau zu wissen wie. *Zumindest hätte ich sie berühren können,* dachte er noch verwirrter, und jetzt schienen seine Ohren zu glühen.

»Um Eure Frage zu beantworten«, fuhr Lyrana ruhig fort. »Die Leute aus meinem Dorf halten Zwiebeln ebenfalls für schmackhaft. Ich habe sie natürlich auch gegessen, denn in der Ecke des Königreiches, aus der ich stamme, lernt ein Mädchen schnell, das zu essen, was da ist, und nicht darüber zu lamentieren, was sie statt dessen lieber hätte.« Sie neigte den Kopf zur Seite, als er sich rührte und sie überrascht anschaute. »Was?«

»Ich ... es tut mir leid ...« Gawaine schluckte, holte tief Luft und sagte dann hastig: »Ich hatte Euch alle für Edeldamen gehalten ...«

Er hielt inne. Lyrana legten den Kopf in den Nacken und lachte. Doch irgendwie fühlte Gawaine sich wohl in ihrer Nähe. Sie lachte ihn nicht aus, das wußte er sicher. »Unsere feinen Kleider, ja, schon! Nun, ein oder zwei von uns sind auch adelig oder stammen zumindest aus der Oberschicht. Wie andere vor uns auch.« Zwei junge Frauen betraten den Pavillon. Jede von ihnen trug ein Tablett. »Irene und ihre Zwillingsschwester Iris«, stellte Lyrana vor, als die beiden anfingen, Teller, Schüsseln und Essen und Trinken vor Gawaine auszubreiten. »Obwohl Ihr sicher nicht darauf gekommen wärt, daß sie Zwillinge sind, nicht wahr?«

»Ladies.« Gawaine rutschte etwas vom Tisch zurück und verneigte sich im Sitzen vor ihnen. Die beiden Frauen warfen sich einen amüsierten Blick zu und lächelten erfreut. Dann machten sie einen vollendeten Hofknicks. Gawaine hätte sie nicht einmal für Schwestern gehalten, nur ihr Haar hatte denselben Braunton mit roten Strähnen, so daß es im

Licht der Kerzen kupferrot schimmerte. Iris trug ihres offen, und es reichte ihr bis auf die Taille. Irene hatte ihres mit blaßblauen Bändern zu einem dicken Zopf geflochten. Ihr Gesicht war glatt und rund und wundervoll liebenswürdig. Ihre hellbraunen Augen hatten grüne Sprenkel und einen sehr intelligenten Blick. Iris hatte ein etwas längeres Gesicht mit einem Hauch von Sommersprossen über ihrer schlanken Nase und den hohen Wangenknochen, einen großen, freundlichen Mund, dunkelbraune Augen, die ihr ein nachdenkliches Aussehen verliehen, trotz des vergnügten Lächelns. Beide Mädchen überhäuften ihn mit Essen: kalte Kräutersuppe, geschnittenes heißes Hühnerfleisch in Soße, und allerfeinstes Weißbrot.

Nun erst bemerkte er, wie hungrig er war. Er aß und aß, und keine der Frauen redete mit ihm oder stellte ihm eine Frage außer »Mehr davon?« und »Noch etwas Wein?«, bis er satt war. Wie anders als die Katyas, Maryas und Greta. Er seufzte glücklich. Zur Schönheit gehörte sicherlich noch mehr als gutes Aussehen – vielleicht Intelligenz?

Als er fertig war, gab er ihnen einen kurzen Abriß über seine Ankunft hier, über die Trennung von seinen Gefährten, und er erwähnte auch kurz Fenix und den Apfelbaum. »Ich kann mir nicht vorstellen, wohin man die anderen gebracht hat«, sagte er schließlich. »Ich habe überall gesucht, aber nichts weiter gefunden als Mauern und Korridore und Höfe und schreckliche kalte ...« Er lächelte verlegen die Frauen an, die um ihn herumsaßen. »Das heißt, bis jetzt. Ich danke Euch für das Essen. Aber ich sollte jetzt lieber gehen, bevor man mich hier findet und ich Euch schreckliche Schwierigkeiten bereite.«

»Oh, ich glaube, damit werden wir schon fertig«, erwiderte Lyrana ruhig. »Man warnt uns natürlich Stunden vorher, bevor Voyvodan kommt. Er wäre höchst ungehalten, wenn auch nur eine von uns nicht perfekt ausähe. Doch selbst ihm ist klar, daß es nicht *ganz* so einfach ist, ständig in perfekter Bereitschaft zu warten. Und die Wachen kommen hier nicht herein, ohne anzuklopfen und von einer von uns hereingebeten worden zu sein. Voyvodan, das könnt Ihr Euch ja sicher vorstellen, wäre alles andere als erfreut, wenn sein schönes Eigentum mißhandelt werden würde. Und die Wachen scheinen zu glauben, daß wir hier oft in einem Aufzug herumlaufen, in dem es nicht schicklich wäre, sie zu empfangen.«

»O Lyrana!« rief Iris und lachte vergnügt. »Hast du so diesen armen Wächter verunsichert?«

»Und glaubt der wirklich, daß wir hier manchmal unbekleidet herumlaufen?« fragte Irene. »Was für eine schlaue Idee!«

Lyrana zuckte mit den Schultern und lächelte die beiden Schwestern an. »Das ist nur schlau, weil es klappt.« Sie schaute Gawaine an und zwinkerte. »Deshalb haben wir genug Zeit, Euch zu verstecken, wenn es nötig sein sollte.«

»Bleibt ein bißchen«, bat Ariana, und Irene fügte hinzu: »Ja, bitte. Es ist nett, sich einmal mit jemand anderem unterhalten zu können. Sicher, es kommen immer neue Mädchen, aber ...« Sie brach verwirrt ab, und ihre Schwester klopfte ihr aufmunternd auf die Schulter. »Ich bin sicher, daß der Barde dich schon verstanden hat. Liebes.«

»Ich bleibe sehr gern noch ein wenig bei Euch«, sagte Gawaine und rief damit ein Lächeln in der Runde hervor. »Und ich bin leider ein Bardling, kein Barde. Ich möchte es auch nicht riskieren, die Mandoline für Euch zu spielen, damit die Wachen des Schneedrachen es nicht hören. Das tut mir wirklich leid, weil ich oft als Entgelt für mein Abendessen singe.« Plötzlich fühlte er sich sehr wohl in der Mitte dieser Schönheiten, und er gab sich auch gar nicht mehr so unbeholfen wie sonst. *Es ist dieser Ort und das Essen nach all den Entbehrungen,* sagte er sich. Daran mußte es liegen. »Aber erzählt mir doch etwas über Euch. Warum seid Ihr hier?«

Einen Moment herrschte Schweigen.

»Gut«, begann Ariana dann. »Ich war die zweite Tochter

eines Grafen und sollte zu einer Ehe gezwungen werden, die ich nicht wollte. Also sattelte ich an einem Nachmittag mein Pferd und ritt zu einem Hügel. Dort überlegte ich, ob ich dem Wunsch meines Vaters nachkommen und das Beste aus diesem schlechten Handel machen, allein weglaufen oder meinem Lehrer vertrauen sollte, der behauptete, ich wäre ihm so wichtig, daß er mit mir fliehen würde.« Sie senkte kurz den Blick. »Dann gab es einen hellen Blitz und einen furchtbar kalten Windstoß, und mein Pferd warf mich ab. Ich erinnere mich an nichts mehr, bis ich hier aufwachte.«

»Wir«, bemerkte Irene, »sind Bauerntöchter. Wir haben denselben hellen Blitz und die Kälte erlebt, als wir mit zwei Geißen meines Vaters zum Markt unterwegs waren.«

»Und ich war das zehnte Kind eines armen Viehhüters«, sagte ein anderes Mädchen, eine entzückende weißblonde Schönheit, deren Haut so zart war, daß an den Schläfen ihre Adern zu sehen waren. »Ich hatte gerade die Gänse an den Strom geführt, als ich sah, daß das Wasser zu Eis gefror – mitten im Hochsommer! Und am anderen Flußufer stand ein seltsamer Mann in Weiß. Er bot mir an, mich von dort weg und mit hierherzunehmen.« Sie zuckte mit den Schultern. »Stellt Euch vor: Statt eines beschwerlichen Lebens, immer zuwenig Essen und einer öden Hütte, die im Winter kalt und zugig war und im Sommer heiß und stickig, bot er mir Seide und Juwelen an, eine Frau, die mein Haar frisierte und sich um meine Kleidung kümmerte, und Diener, die mich mit Leckerbissen versorgten. Welches Mädchen mit Verstand hätte das nicht akzeptiert? Ich tat es jedenfalls – und fand mich dann hier wieder, ohne mich daran erinnern zu können, wie ich hierher gekommen war.« Sie seufzte. »Es war am Anfang höchst verwunderlich, nichts weiter zu tun zu haben, als die Strapazen der jahrelangen Arbeit abzuschütteln, Freundinnen kennenzulernen, zu spielen oder zu sticken. Doch jetzt langweile ich mich, trotz all der Freundinnen und der Dinge, die meine Aufmerksamkeit erregen.«

»Ihr langweilt Euch?« Gawaine zog verblüfft die Augenbrauen hoch.

»Aber ja«, erklärte Lyrana. »Wir haben nichts weiter zu tun als die Hobbies von Edeldamen auszuüben. Es gibt keine Bücher, obwohl ich ihn selbst darum gebeten habe. Er genehmigt uns auch keinen Lehrer, obwohl einige von uns belesen sind und versuchen, die anderen zu bilden. Das schlimmste ist, wenn ein Mädchen erst einmal in diesem Hof aufgewacht ist, gibt es kein Entkommen mehr.« Einige der jungen Frauen rührten sich, und Lyrana fügte hinzu: »Nun ja, jedenfalls können wir den Palast nicht verlassen, dessen sind wir sicher.« Gawaine schaute sie fragend an. »Immerhin *ist* er ein Drache, wißt Ihr«, erklärte Lyrana.

»Oh? Ach so.« Gawaine stöhnte, schloß die Augen und vergrub den Kopf in den Händen. Lyrana redete weiter.

»Ich bin die Älteste von uns und am längsten hier, obwohl ich erst zwanzig bin. Fünf von uns kamen nicht lange nach mir, und die vierzehn, die vor mir da waren, sind fort. Voyvodan schickte nach ihnen, wißt Ihr, und sie kehrten niemals zurück.«

»Denkt Ihr ...?« Er konnte die Frage nicht beenden.

»Jede von ihnen war älter, als Lyrana jetzt ist«, sagte Irene schlicht.

»Ja, und sie waren nicht mehr so schön und jung und taufrisch, daß ältere Männer sich ihretwegen zum Narren machten«, setzte Iris scharfsinig hinzu.

»Er ist ein Drache und sammelt folglich schöne Dinge, perfekte Dinge«, sagte Lyrana nach einem Moment. »Doch sobald sie diese Perfektion verlieren, nun, er hat, seit ich hier bin, zweimal Rosensträucher aufgezogen und ersetzt. Der einzige Makel war, daß die Blüten nicht mehr so hoch wuchsen wie zuvor und daß die Blätter braune Flecken hatten.« Sie dachte kurz darüber nach, und Gawaine wußte nicht, was er sagen sollte. (*Irgendwie reicht ein einfaches ›Tut mir leid‹ nicht als Beileidsbekundung, wenn du von einem Drachen gefressen wirst, weil du das hohe Alter von einundzwanzig erreicht hast,* dachte er unglücklich.)

Lyrana rührte sich, schaute sich um und lächelte Gawaine

an. »Ich denke«, »daß *ich* ihm vielleicht alles hier zeigen sollte, solange es noch hell ist. Oder hat eine von Euch Einwände?«

Irene schüttelte den Kopf, und Iris lachte wissend. »Wir haben ja schließlich Augen im Kopf, meine Liebe. Und außerdem bist du die Älteste hier. Geh nur.«

»Danke. Gawaine?« Lyrana stand graziös auf und streckte den Arm aus. Eine Comtess hätte es nicht eleganter machen können. Und er nahm den Arm so selbstverständlich wie ein Graf.

Sie führte ihn aus dem Pavillon hinaus über das ordentlich geschnittene Gras. Doch als sie sich dem Palast näherten, wandte Lyrana sich nach rechts und führte ihn einen kiesbestreuten Weg entlang, bis an die Rückseite des Gebäudes. »Hier ist ein Gitter«, sagte sie leise und schaute Gawaine vielsagend an, um ihn daran zu erinnern, daß die Mauer sehr nah war. »Dadurch gelangt man zu einem Tunnel – na, Ihr werdet ja sehen.«

Lyrana band ihr Haar zurück, hob ihren Rock hoch und steckte ihn in die Schärpe, damit er sie nicht behinderte. Dann bückte sie sich, um an einem Ring zu ziehen, der mitten auf dem Gitter befestigt war. Sie preßte ihr Kleid dicht an sich, schaute Gawaine lächelnd an, drehte sich um und stieg hinab. Er folgte ihr und ließ auf ihre Anweisung hin das Gitter wieder an seinen Platz zurücksinken. Sehr langsam ging er in der Dunkelheit hinter ihr her, weil die Stufen seltsame Höhen und Abstände hatten, an die er nicht gewöhnt war. Schließlich erreichten sie den Boden, und Lyrana berührte seine Schulter. Er nahm ihren würzigen und gleichzeitig fruchtigen Duft wahr. Von irgendwoher hatte sie ein kleines Licht geholt, eine Kerze in einer Glaskugel, die sie hoch über den Kopf hielt. Es genügte, daß sie sehen konnte, wo sie hintraten.

Kurz darauf kamen sie in einen dämmrigen Raum. Einige dieser kleinen Kugeln standen dort auf merkwürdig geformten schmiedeeisernen Ständern – Drachen, die ihre Hände zusammenlegten, um eine Kugel zu halten, oder kleine Vögel, die eine zwischen sich hatten. Überall standen Kisten und Schachteln herum. Lyrana deutete darauf, während sie vorbeigingen. »Das ist einer von Voyvodans Lagerräumen, für Dinge, die er nicht mehr sofort zur Hand oder unter den Augen haben will. Kommt, hier entlang.«

Doch Lyrana schritt schnell und unermüdlich voran und führte ihn sicher durch das Gewirr von Gängen. Vor einer einfachen Tür blieb sie stehen. »Wir werden gleich hierher zurückkommen, weil Ihr hier sicher schlafen könnt.«

Wir? Gawaine gefiel der Klang dieses Wortes, und aus dem Blick, den sie ihm zuwarf, schloß er, daß er sie nicht mißverstanden hatte. Trotzdem, sie war kein Mädchen, das man einfach nehmen und dann wegwerfen konnte. *Sie hat gelernt, jeden Tag so zu leben, als wäre es ihr letzter. Ach, könnte ich sie doch irgendwie vor Voyvodan retten* ... Das erinnerte ihn an etwas anderes: Es gab noch mehr, die vor dem Schneedrachen gerettet werden mußten: zum Beispiel sein Meister.

Sie erreichten einen kleinen quadratischen Raum. In dessen niedriger Decke waren zwei Gitter eingelassen, und an der gegenüberliegenden Wand führten zwei Türen hinaus. »Von hier aus«, sagte Lyrana leise, »können wir sehen, was vorgeht, von hier aus und von noch einigen anderen Ecken in Voyvodans Labyrinth. Über uns liegt der Thronsaal. Ihr müßt sehr leise sein, bis ich mich vergewissert habe, daß er nicht da ist.« Sie schaute hoch, nickte schließlich und winkte ihm.

Gawaine preßte die Nase an das Gitter und erblickte den Thronsaal des Schneedrachen. Hoch oben wölbte sich eine wunderschön bemalte Decke, und darunter befanden sich hohe Fenster, die mit prächtigen Samt- und Goldbrokatvorhängen verkleidet waren. Darunter, auf dem Boden, lagen überall Kisten, Schachteln, Tafelaufsätze, Statuen, Juwelen, Schmuck und Stoffe – ein schreckliches Durcheinander an schönen und seltenen Dingen.

»Wie hat er das alles nur *gefunden*?« flüsterte Gawaine.

Lyrana berührte seinen Arm und bedeutete ihm mit einem Nicken, den Weg zurückzugehen, den sie gekommen waren. Sie führte ihn den Flur zurück und blieb vor der schlichten Tür stehen. Dahinter befand sich ein fensterloser Raum mit einem Bett, das mit dicken Fellen und Kissen gepolstert war. Ein kleiner Tisch stand danben und darunter eine kleine Holzkiste. Gawaine lächelte erleichtert. Das war besser als Voyvodans Thronsaal, viel besser. Es war – vertraut. Gemütlich.

»Ich mag diesen Raum, er erinnert mich an zu Hause«, sagte Lyrana, als könnte sie seine Gedanken lesen. »Und was noch besser ist, Ihr seid hier in Sicherheit«, fügte sie hinzu, als sie die Tür hinter ihnen schloß. »Denn der Drache kann nicht hier herunterkommen, und seine Männer tun es fast nie. Wenn doch, holen sie nur ein paar Dinge, die er haben will. Sie gehen schnell durch die Tunnel und kehren auch sofort wieder zurück. Man hat mir gesagt, es würde hier unten spuken.« Sie schob ihn aufs Bett und kniete sich vor die Kiste. »Ich habe hier drinnen ein wenig Medizin. Ich hörte, wie Ihr bei Euerm Sturz auf den Kopf fielt. Nehmt Eure Taschen ab und legt Euch zurück.«

Gawaine stellte die Mandoline aufrecht gegen die Wand und seine Ausrüstung davor. Dieser fremde Ort machte ihn nervös, und seine Unruhe steigerte sich noch, als Lyrana mit einigen Flaschen und Verbänden zu ihm trat und sich dicht zu ihm beugte, während sie seinen Kopf untersuchte. »Ihr habt so wundervolles Haar«, sagte sie plötzlich. »So anders als das der Männer aus meinem Dorf. So rot wie Feuer und so lockig. Ihr müßt wirklich Schwierigkeiten haben, Euch die Mädchen davon fernzuhalten.« Sie wartete nicht auf eine Antwort, was Gawaine auch ganz recht war, sondern redete gleich weiter. »Ihr habt dort eine Beule – tut das weh?« Gawaine atmete würzig-fruchtige und saubere Wärme ein und schüttelte benommen den Kopf. »Gut«, meinte Lyrana. »Aber ich werde es trotzdem säubern. Dann müßt Ihr Euch ausruhen.«

»Mmm. Ja. Au! Ja, ich glaube auch. Ich bin ... plötzlich schrecklich müde.«

»Müde!« Sie wich ein bißchen zurück, und Gawaine fiel auf, daß er seine Arme um sie geschlungen hatte. Er wollte sie wegnehmen, doch sie nahm seine Hände und legte sie auf ihren Rücken in Höhe der Taille. Dann kümmerte sie sich wieder um seine Verletzung. »Ich kann mir denken, daß Ihr müde seid, nach allem, was Ihr erlebt habt«, sagte sie nach einem behaglichen Schweigen.

»Ich werde diesen Drachen für Euch töten«, murmelte Gawaine.

Doch bei diesen Worten wich Lyrana einen Schritt zurück und schaute ihn erstaunt an. »Nein, *diese* Idee müßt Ihr sofort aufgeben«, verlangte sie. »Wartet, laßt mich das erst zu Ende machen, dann kann ich mich auf dieses Thema konzentrieren.« Sie tupfte seinen Hinterkopf mit einem Waschlappen ab und träufelte die Medizin auf die Wunde. Als sie fertig war, nahm sie seine Hände von ihrem Rücken. Dann packte sie ihre Medizin weg, trat ans Bett und setzte sich auf den Rand. Gawaine rückte etwas zur Seite, um ihr Platz zu machen. Sie stopfte ihm ein paar Kissen unter den Kopf. »Seid Ihr wach genug, um mir zuhören zu können?«

»Ja«, behauptete er – nicht sehr ehrlich. »Warum soll ich diesen Drachen nicht töten? Das würde doch alle Probleme lösen, richtig?«

»Vielleicht, aber Ihr könnt es nicht. Niemand kann das.«

»Warum nicht?«

»Weil er kein Herz im Leib hat.« Sie wartete mißtrauisch, ob er vielleicht zu lachen wagte. Doch seine Miene stellte sie offenbar zufrieden, denn sie sprach weiter. »Weil er sein Herz nicht in seinem Körper aufbewahrt, kann er von keiner Waffe, die ihn trifft, getötet werden.«

»Aber man könnte doch sein Herz vernichten«, meinte Gawaine.

Lyrana lachte und schüttelte den Kopf. »Sicher! Wenn das nur jemand täte. Doch es ist leider sehr gut versteckt, irgendwo hier im Palast. Vermutlich im Thronsaal, denn dort macht er seine Zauber, und dafür muß er das Herz in der Nähe haben.« Sie lehnte sich zurück und schaute ihn an.

Gawaine runzelte die Stirn, als er sich mit aller Kraft konzentrierte. »Nun, dann muß man es ja nur finden. Und wenn es im Thronsaal ist …« Seine Stimme erstarb. Dieser Thronsaal. Da war genug – *Zeug* –, um fünf Paläste damit auszustatten, und es herrschte nicht die geringste Ordnung.

Lyrana nickte grimmig. »Eben! Und jeder, der dem Herz nah genug kommt, um ihm Schaden zufügen zu können … nun, er frißt sie nicht oder zertritt sie, sondern er verwandelt jeden einfach in eine Statue.«

»Statue?«

»Das erzähle ich Euch später. Ich muß gleich gehen. Trotzdem, es war klug von Euch zu erkennen, daß es den Drachen tötet, wenn man sein Herz vernichtet. Warum benutzt Ihr Eure Klugheit nicht, um für uns alle einen Weg aus diesem Palast herauszufinden? Für Eure Gefährten, meine Freundinnen und Euch und mich?«

Er wollte schon widersprechen, doch an ihrer Miene erkannte er, daß sie schon die Tage zählte, bis Voyvodan sie holen würde. »Oh, Lyrana, ich werde es tun, ich schwöre es.«

»Gut.« Ihr Gesichtsausdruck glättete sich wieder, und sie gab sich plötzlich geschäftig. »Ich bin schon ziemlich lange hier, wißt Ihr. Vielleicht kann ich Euch helfen. Wenn Ihr ein bißchen geruht habt, dann werden wir Euren Meister und die anderen suchen – wird Euch das den Schlaf erleichtern?«

»Ja, danke. Außerdem ist mein Meister ein *Barde*. Und ein Dunkler Elf. Vielleicht hat er ja auch eine Idee.« Er hätte sich fast die Zunge abgebissen. Normalerweise erzielte hatte es keine gute Wirkung, wenn er den Menschen erzählte, was sein Meister noch war.

Doch Lyrana nickte bloß. »Ja. Sie leben genauso lange wie die anderen Elfen, nicht wahr?« Sie lächelte, während sie darüber nachdachte. »Trotzdem, eine sehr ungewöhnliche Kombination. Man sagt ja, daß die meisten Dunklen Elfen zur Geisterbeschwörerei neigen, wenn sie sich der Magie verschreiben. Oh, sagtet Ihr etwas?«

»Ich? Nein. Äh. Ich habe nur einen trockenen Hals, das ist alles. Ich glaube, ich habe meine Wasserflasche auf den Boden gestellt ...Danke.« Er trank einen Schluck des warmen Wassers aus der Flasche, die sie ihm reichte. Es schmeckte ledrig. Aber er achtete nur auf ihren liebevollen, suchenden Blick, mit dem sie sein Gesicht betrachtete. Dann legte er sich in die Kissen und Felle. Lyrana stellte die Flasche wieder neben das Bett, beugte sich vor und legte ihm eine Hand auf die Stirn. Er seufzte zufrieden und schloß die Augen. »Schlaft«, sagte sie leise. »Ich werde versuchen, hierzusein, wenn Ihr aufwacht. Falls nicht, geht nicht fort. Ich werde nicht lange brauchen. Versprecht es mir.«

»Ich ... mmh ... verspreche es«, murmelte er. Er schlief schon fast, doch er hatte das Gefühl, als striche sie leicht mit ihren Lippen über seine Stirn. Doch das konnte auch Wunschdenken sein ... oder schon ein Traum.

19.
KAPITEL

Naitachal erwachte langsam aus Träumen, die ihn in einen seltsamen, zwiespältigen Zustand versetzt hatten: Sowohl Freude als auch das Gefühl bevorstehenden Untergangs – beides zu gleichen Teilen. Nachdem er sich gesammelt hatte, blieb er noch einige Sekunden mit geschlossenen Augen liegen. Unter ihm befand sich statt der Zweige und Steine eine Matratze, und statt der unzureichenden Dinge, die Gawaine und er in Portsmith gekauft hatten, und seines dünnen Mantels waren warme Decken über ihn gebreitet.

Gawaine. Er fuhr kerzengerade hoch und blinzelte wütend in das strahlendhelle Licht, das an die Wintersonne erinnerte, die auf Schnee reflektierte. Allmählich nahm der Raum Form an. Eisblaue Wände, blasse Samtvorhänge und eisblaue Teppiche, die wahllos auf einem polierten Parkettholzboden verteilt waren.

Gawaine. »Ach, der arme Junge, ich habe ihn vollkommen vergessen und wie ein Lamm geschlafen, während er vermutlich erfroren irgendwo da draußen liegt.«

»Ihr solltet Euch jetzt lieber um Euch selbst Gedanken machen, Barde.« Raven stürzte in den Raum. »Dieser Voyvodan hat Diener mit Speisen und Kleidung für uns alle ausgeschickt – und einen höflich kaschierten Befehl gleich mit, daß wir schnell essen sollen, damit er mit uns sprechen kann.«

»Ah ja.« Naitachal streckte sich, stand auf und folgte dem Druiden in den Hauptraum. Dort hatte Wulfgar bereits das Feuer entfacht. Der Barde beschloß, Gawaine erst einmal aus seinen Gedanken zu vertreiben. Raven hatte recht. Erst einmal mußte er sie alle irgendwie aus dieser mißlichen Zwangslage befreien, und dann konnte er seine Energie darauf konzentrieren, den verschwundenen Bardling zu finden.

Es war immerhin durchaus möglich, daß Gawaine dem Labyrinth entkommen und mit den Pferden geflohen war. Dieser Gedanke heiterte ihn während des exzellenten Frühstücks auf.

Zu seiner Überraschung wartete der doch üblicherweie so devote Wulfgar Tem-Telek nicht auf. Naitachal sah den Mantel des Echsenmannes und erkannte, daß der Adlige die Abzeichen seiner Würde, die Diamanten und die gekreuzten Riemen, entfernt hatte. Da fiel ihm ein, daß Wulfgar ja als Meister und der Echsenmann als sein Gehilfe fungierten. Zu seiner Belustigung schien Wulfgar seine neue Rolle zu genießen. Er gab sich ziemlich gebieterisch, wenn ein Diener in die Nähe kam.

»Nun, nun, bringt mich nicht in Verlegenheit«, sagte er mürrisch. »Ich weiß ja, wie Ihr seid, und es ist schlimm genug, daß man nichts dagegen machen kann. Aber Ihr schweigt vor diesem großen Burschen, bis ich Euch erlaube zu reden. Oder er, natürlich.«

Tem-Telek neigte ehrerbietig den Kopf, doch der Barde bemerkte das Funkeln in seinem Blick. Offenbar machte ihm diese Täuschung ebenfalls Spaß. *Jedenfalls solange sie sie durchhalten können.*

Die Kleidung war praktisch, gut geschnitten und von hoher Qualität – keine schicken Seidenklamotten, wie der Barde schon befürchtet hatte.

Der Schneedrache saß bereits auf seinem Thron und wartete auf sie. »Ich werde Euch jetzt Eure Aufgaben stellen«, sagte er unvermittelt, noch bevor sie mit ihren Verbeugungen fertig waren. »Und zwar dem angemessen, was ihr mir selbst über Euch erzählt habt.« Er schenkte jedem von ihnen der Reihe nach ein Lächeln, und seine scharfen Zähne funkelten. »Amüsiert mich und vollbringt die Aufgaben, die ich von Euch verlange. Vielleicht werde ich euch dann gehen lassen. Du, Zwerg. Du und dein Diener, tretet vor.« Seine Augen verengten sich zu schmalen Schlitzen, als er das Paar musterte, und einen schrecklichen Moment lang fürchtete Naitachal das Schlimmste. Doch Voyvodan grinste nur und winkte mit dem Arm. Vier Diener traten vor. Zwei trugen eine Figur aus poliertem Messing und Stahl, und die anderen beiden eine große, schwere Kiste mit Zahnrädern, Bolzen, Haken und Verschlüssen und, was das seltsamste war, ein großes Schachbrett mit Messing- und Stahlfeldern. Der Barde stellte sich auf die Zehenspitzen und hätte schwören können, einen exquisit ausgearbeiteten Messingkönig gesehen zu haben, einen stählernen Springer auf einem polierten schwarzen Steinpferd. »Ich habe das vor einiger Zeit … äh, erworben«, sagte der Schneedrache gelassen. »Und es ist kaputtgegangen. Es ist ein Automat, der Schach spielt. Reparier es für mich, wenn du kannst.«

Wulfgar spähte bereits in die Kiste und stocherte in dem Uhrwerk herum und zuckte dann mit den Schultern. »Klar. Nichts Bedeutendes. Aber ich kann nicht hier arbeiten.«

Voyvodan nickte. »Selbstverständlich nicht. Die Diener werden dich in eine Werkstatt führen. Wenn du mit diesem – Unbedeutendem fertig bist, kannst du wieder zu den anderen gehen.« Wulfgar neigte den Kopf und stieß Tem-Telek, an als wollte er einen linkischen Schüler ermahnen, sich ordentlich zu verbeugen. Dann faßte er den Echsenmann am Hemd und zog ihn hinter sich und den vier Dienern aus dem Thronsaal heraus.

Voyvodan sah ihnen nach, bis sie hinter dem Springbrunnen verschwanden. Er lehnte sich zurück und strich sich das Kinn. Dann stand er auf und schritt über das Podest, ging an Cedric vorbei und klatschte in die Hände. Das Geräusch ließ die Kristalleuchter im ganzen Raum klingeln und echote von der hohen Decke zurück.

Plötzlich wurde Arturis wieder zu einem sehr menschlichen Paladin. Er stand auf der obersten Stufe und beendete seinen Hieb – mit dem wachsüberlaufenen Kandelaber. Er starrte verständnislos darauf, schaute sich dann um und zwinkerte, als der Schneedrache lachte. Dann lief das Gesicht des Paladins unerfreulich rot an. Er umfaßte den häßlichen Leuchter fester, sprang von dem Podest und stampfte vor.

Voyvodan trat einen Schritt zurück. »Oooh nein! Ich kriege Angst!« lispelte er in einer hohen, schrillen Stimme, die Naitachal an Ilyas Kusinen erinnerte. »Ohh, tut mir nicht weh. Ich hab' so eine große Angst vor Kerzenwachs!«

Arturis blieb stehen und betrachtete ihn. Er war mindestens so verwirrt wie wütend. »Warum verhöhnt Ihr mich?« fragte er. Sein Blick jedoch verriet, daß er es wußte. Als er weitersprach, hörte er sich ganz nach dem alten Arturis an. *Bedauerlicherweise,* dachte Naitachal und schaute überdrüssig an die Decke. Warum hatte das Biest ihn überhaupt befreit? »Warum verspottet Ihr mich, gottlose Kreatur!« brüllte Arturis.

»Tja, warum – laßt mich kurz nachdenken«, erwiderte Voyvodan ernsthaft. »Weil ich einen Nachholbedarf an Amusement habe oder weil ein Paladin nutzlos ist, der nichts tut und sich nicht heroisch benimmt – oder keine *Drachen* erlegt?« sagte er hinterlistig. »Oder vielleicht wollte ich keine heroisches Statue an der Stelle, an der Ihr standet. Oder vielleicht seid Ihr ja auch gar kein Held«, schloß er nachdrücklich.

»Ich – wäre – kein ...«, stotterte Arturis.

»Paßt auf. Ihr sabbert Euch und meinen Boden voll.«

»Dein Boden und du selbst sollen verdammt sein!« schrie Arturis. »Gott kennt mich als Unheiligen Mann und schützt mich doch, auf daß ich eines Tages sein heiliges Licht fände ...«

»Ach, laß stecken!« knurrte der Schneedrachen und der Boden bebte. Arturis war ebenso überrascht wie alle anderen in dem Saal und verstummte kurzfristig. »So, so, unheilig, ja? Und ein Paladin, hm? Diener eines Gottes, und zwar ein so guter Diener, daß der Gott sich regelmäßig mit ihm bespricht. Steckt er dir Zettelchen zu, oder flüstert er dir ins Ohr, oder badet dich in rosa Licht und schickt dich dann auf *Drachenjagd*?« Er entblößte seine scharfen, spitzen Zähne. Arturis schluckte und verlor plötzlich seine rotgefleckte Gesichtsfarbe. »Tja, Paladin, dieser Saal hier hat eine erstklassige Akustik. Zudem bin ich sicher, daß dein Gott in der Nähe herumlungert. Ich werde dir was sagen. Du rufst ihn zu Hilfe,und dann ... tja, ich werde dich selbst versuchen. Wenn er dich beschützt, dürfte ich dich ja wohl kaum essen können, nicht wahr?«

»Essen ... Ihr ... eßt ... ich, Ihr eßt?« Arturis' plappernde Stimme klang hell. Der Schneedrachen schnaubte verächtlich, und blasser blauer Dunst hüllte den Recken ein, der plötzlich so ausah, als würde er ohnmächtig dahinsinken.

»Essen«, bestätigte Voyvodan liebenswürdig. »Du kennst das doch. Du ißt doch auch Fleisch, richtig? Solltest du nicht der auserwählte Paladin sein, der unter Gottes Schutz steht, nun, was außer einem Fleischklops bist du dann noch für mich?« Arturis glotzte ihn an. »Für gewöhnlich«, fuhr der Schneedrache fort, »fange ich mit den Füßchen an. Sind deine sauber? Es gibt nichts Widerlicheres als ungewaschene Füße. Wir sollten vielleicht lieber einen Diener holen, der sich jetzt darum kümmert. Nur für alle Fälle, du weißt schon.« Er hielt inne und legte den Kopf schief, als warte er auf eine Antwort. »Ich könnte freilich auch am anderen Ende anfangen«, fuhr er fort, als offensichtlich war, daß es Arturis momentan die Sprache verschlagen hatte. »Aber das ist ziemlich langweilig! Sie schreien nur einmal kurz, wenn man ihnen den Kopf zuerst abbeißt, verstehst du? Aber ... müßtest du nicht längst knien, mit den Armen herumfuchteln und deinen Gott anrufen? Ich habe nicht den ganzen Tag Zeit, weißt du. Ich bin ein ziemlich beschäftigter Drache und ich muß mich schließlich auch noch um die anderen kümmern.«

»Oohhhhh. O ... O. Nein, nein.« Arturis schloß die Augen und schwankte hin und her. Der Drache ließ ihn eine Weile gewähren, doch schließlich seufzte er laut und tippte ihm auf die Schulter. Der Paladin schrie auf und sprang zurück. Lautlos und affektiert klatschte Voydan in die Hände.

»Dieser selbstgefällige Heuchler«, flüsterte jemand an Naitachals Ohr. Der Barde erschrak und warf Cedric einen vorwurfsvollen Blick zu. »Na?« fragte der Bogenschütze. »Er ist ein Heuchler und ein Schwindler. Er ist nicht mehr ein Paladin, wie Voyvodan einer ist. Ich kann eine Menge ertragen, aber ich hasse scheinheilige Menschen.«

»Vielleicht ist er ja nur so fehlgeleitet wie alle anderen auch«, warf Raven ruhig ein. Er stand an Cedrics anderer Seite. »Seht.« Voyvodan ging um Arturis herum und musterte ihn nachdenklich. Der Recke war auf die Knie gesunken, hatte die Hände über den Kopf erhoben und fiel in das den Gefährten mittlerweile vertraute Geplapper, seine sogenannten ›Zungen‹, das mit einzelnen verständlichen Worten gespickt war. Naitachal, der den Mann ebenso ablehnte wie alle anderen, mußte zugeben, daß er tatsächlich an das zu glauben schien, was er da abzog.

Der Schneedrache kommentierte den Tenorsingsang des Helden mit einer Basso-Gegenstimme. »Pah! Dein Gott kann nicht mal Sahne in Butter verwandeln. Und du würdest nicht mal Butter erkennen, wenn man sie dir vom Brot nehmen würde. Wenn das eine richtige Trance ist, bin ich ein Paladin. Wo ist denn dein vielgerühmter Gott jetzt? Sieh doch, du zuckst ja zusammen, wenn ich dich berühre – ich kann dich immer noch anfassen, Paladin. Wie, was schaust du mich an? Ich dachte immer, daß in einer richtigen Trance ein reiner Mensch ... oh, pardon. Du bist ja nicht rein, das hast du ja eben hinlänglich ausgeführt. Aber der Lieblingspaladin eines Gottes sollte doch in Trance alles andere vergessen. Deine Trance ist ein Schwindel, Paladin.«

»Der wahre Gott wird dich töten!« begann Arturis wütend.

Voyvodan lachte. »Sein Ziel ist doch groß genug, warum tut er es denn nicht einfach?«

»Ihr leugnet Gott, Ihr Böses ... Ihr Böses ...!«

»Ich leugne keine Götter, Paladin«, widersprach Voyvodan gelassen. »Ich weiß sehr gut um einige Götter. Ich habe in meinem Leben schon einige gesehen, und es kann gut sein, daß deiner dabei war. Man verliert nach einiger Zeit den Überblick, weißt du.« Arturis schaute ihn fassungslos an. Ihm fehlten die Worte. »Nein. Aber ich bestreite einfach, daß irgendeine Gottheit etwas mit so einem pathetischen Schwätzer wie dir zu tun haben will!«

»Ihr ... ich.«

Ein äußerst gereiztes Schnauben unterbrach ihn. »Ach, halt die Klappe! Ich wette, wenn ich dich esse, schmeckst du nach Fleisch und Wein und guter Nahrung. Dein Körper ist sicher so zart, wie der eines Paladins niemals sein darf. Und ich wette darum, Menschlein, daß du den leichten Weg gewählt hast: Lippenbekenntnisse zu einem besseren Leben ohne jede Substanz dahinter. Du willst, daß man dich Paladin und Held nennt, daß die Frauen bei deinem Kommen in Ohnmacht fallen. Aber ich bezweifle, daß deine Gefährten mir auch nur eine einzige Heldentat nennen könnten, die du in ihrer Gegenwart vollbracht hättest.«

Naitachal warf einen Blick zu Cedric und Raven, die sich mit unverhohlener Verblüffung anschauten.

»Das ist eine niederträchtige Lüge und überhaupt nicht wahr!« wimmerte Arturis, dem die Tränen über die Wangen liefen. »Es ist eine Prüfung, auf die mein Gott mich geschickt hat. Ich soll herausfinden, ob ich stark bin. Wenn ich das bin, werde ich weder das Böse fürchten noch einer Versuchung nachgeben. Ich werde meinen Tod als aufrechter Diener Gottes annehmen ...« Seine Stimme gewann an Stärke, als er weiterredete und die Gefährten vertrauten Wörter und Sätze wiederholte. Er hätte sicherlich noch Stunden weitergemacht, doch Voyvodan begann wieder zu lachen.

»Na, das ist sehr amüsant, der größte Spaß, den ich seit langem hatte! Ich genieße diese Märtyrerrede sehr – kennst du sie gut? Kannst du sie wiederholen, wenn ich dich dazu auffordere? Zum Beispiel morgen abend beim Dinner? Rezitiere noch mal die Stelle über Moral und Rechtschaffenheit, die ist nämlich besonders komisch.«

Was hat er vor? fragte sich der Barde unbehaglich. Der Drache ging um Arturis herum, und der Paladin drehte sich auf der Stelle, um ihn im Auge zu behalten. Sein Gesicht war alarmierend gerötet und die Hände hatte er zu Fäusten geballt. »Komisch?« schrie er plötzlich. »Ich werde dir zeigen, was komisch ist! *Das hier* ist komisch!« Er riß einen Speer aus einer offenen Kiste neben sich und schleuderte ihn auf den Drachen. Aus dieser geringen Entfernung konnte er ihn unmöglich verfehlen.

»Oh, guter Schuß!« Voyvodan applaudierte. Die anderen standen fassungslos daneben. Der Speer war fast bis zur Hälfte in seine Brust eingedrungen, und der Schaft zitterte immer noch. Der Drache umfaßte ihn mit seiner langen, weißen Hand und zog ihn heraus. Nirgendwo war Blut zu sehen. »Mir gefällt dieses Spiel immer besser. Jetzt bin ich wohl dran, glaube ich?«

Arturis erbleichte und stolperte einen Schritt zurück. Der Drache hob den Speer, bog den Arm und machte, wie der Barde bemerkte, eine schnelle Bewegung mit der anderen Hand. Arturis erstarrte wieder zur Statue, diesmal jedoch mit vergeblich nach vorn gestreckten Armen, um den Speer abzuwehren. Sein Gesicht war zu einer Maske des Entsetzens verzerrt. Der Schneedrache ließ den Speer fallen und rieb sich die Hände. »Ich *liebe* es, wenn sie so erstarren. Schaut euch sein Gesicht an! Ist es nicht hinreißend?«

»O ja. Hinreißend.« Naitachal räusperte sich und nahm die Laute vom Rücken. Er hatte noch nie so fieberhaft nachgedacht. *Singe, unterhalte ihn, amüsiere die Kreatur. Sieh zu, wie lange du ihn ablenken kannst.* »Habt Ihr eigentlich schon einmal die Ballade von Beatrice und Manticore gehört?«

»Beatrice ... Ich glaube nicht. Kennst du sie?«

Alle viertausendsiebenhundertvierundzwanzig Verse, Sonnyboy, dachte der Barde grimmig. Aber er machte eine freundliches Gesicht und verbeugte sich nur, als der Schneedrache wieder seinen Thron bestieg. Dann richtete er sich wieder auf und fing an, eines der albernsten und verwickelsten Lieder zu singen, die er kannte.

Eine Weile wagte er fast zu glauben, daß es funktionieren würde. Doch irgendwo um Vers dreihundertsiebzig herum winkte Voyvodan mit der Hand. Naitachal stellte fest, daß er die Lippen soviel bewegen konnte, wie er wollte ... Es drang kein Laut hinüber. »Wir können später darauf zurückkommen. Vielleicht«, setzte der Drache vielsagend hinzu. Dann winkte er Cedric und Raven zu sich. »Ihr beide wirkt auf mich wie Männer, die Rätsel lieben.«

»Rätsel?« fragte Cedric. Raven stieß ihm den Ellbogen in die Rippen und nickte.

»Jeder Druide, der sein Wäldchen wert ist, liebt Rätsel, Sire.«

»Wohlan denn! Wir wissen, daß ihr es genießen werdet. Freilich könnt ihr nicht allein hinausgehen, das würde nicht funktionieren. Löst die Rätsel, die ihr in dem Labyrinth findet, und ihr könnt vielleicht als freie Menschen hinausgehen.«

»Und wenn nicht?« fragte Cedric.

»Oh.« Der Schneedrache lächelte unfreundlich. »Ich denke, daß sich diese kleine Schwierigkeit ... von selbst erledigt.« Er machte eine Handbewegung, und ein paar Wachen tauchten auf, die die beiden wegführten. Naitachal schaute ihnen nach. Als er sich wieder umdrehte, lümmelte Voyvodan sich auf seinem Thron und beobachtete ihn. Nach einem Moment winkte er mit der Hand und beugte sich vor. »Nun, Barde?«

»Und nun?« Er konnte wieder reden. »Wie wäre es mit dem Rest des Liedes?« fragte er entschlossen, aber Voyvodan unterbrach ihn.

»Vergiß diese alberne Beatrice. Sie langweilt mich. Kennst du kein lustiges Lied über Paladine?«

20.
KAPITEL

Gawaine blieb still liegen, als er erwachte, und spähte in die Finsternis um sich herum. Auf dem Boden neben der Tür lag eine dieser kleinen Kugeln mit einer Kerze.

Anders als sein Meister wußte er sofort, wo er war, und auch warum. Er lächelte die kleine Glaskugel an. Sie bedeutete so klar ein ›Ich-komme-wieder‹, als hätte Lyrana ihm einen Zettel mit dieser Nachricht hinterlassen. Er reckte sich. Lyrana. Sie war so schön, so klug ... *und sie mag mich.* Oder vielmehr das, was ich ihrer Meinung nach bin. Doch bevor er diesen Gedanke weiterverfolgen konnte, klopfte es an der Tür, und Lyrana schlüpfte herein. »Ich hoffe, ich habe Euch nicht geweckt«, sagte sie. »Ihr brauchtet wahrhaftig Ruhe. Ich dachte nur, Ihr wolltet vielleicht sehen, was in Voyvodans Thronsaal vorgeht.«

Gawaine sprang auf die Füße. »Ist er da?«

»Ja. Und einige Männer und ein Zwerg, denke ich, und einer, der Euer Barde sein muß. Beeilt Euch, wenn Ihr könnt«, fügte Lyrana hinzu. »Es ist immer schwer zu sagen, wie lange Voyvodan bei einer Sache bleibt.«

Gawaine fuhr sich mit den Fingern durchs Haar. »Schon fertig.« Im Flur stand noch eine andere schwarzhaarige Frau, die er am Tag zuvor gesehen hatte. »Das ist Rianne«, stellte Lyrana sie schnell vor. »Die Zwillinge und Ariana sind am Gitter. Kommt, wir wollen uns beeilen.«

Iris und Irene beobachteten durch das Gitter den Thronsaal, und Ariana schaute ihnen über die Schulter. Als Gawaine kam, traten sie zur Seite und ließen ihn hindurchsehen. Gawaine erkannte seinen Meister, den Druiden und den Bogenschützen und ein seltsames, weißes, echsenähnliches Wesen, das um Arturis herumging und ihn eindeutig verhöhnte. Der Paladin befand sich wieder einmal in einer seiner Trancen.

Lyrana flüsterte ihm ins Ohr: »Kommt, es gibt einen besseren Platz, wo wir alle zusehen und miteinander reden können, wenn wir vorsichtig sind.«

Sie ging schnell voran, und Gawaine blieb ihr auf den Fersen. Die anderen Mädchen folgten dahinter. Sie gingen durch die linke Tür, eine steile und glücklicherweise gut beleuchtete Treppe hinauf, einen schmalen Flur entlang und kamen an einer durchsichtigen Wand heraus. Gawaine blieb so unvermittelt stehen, daß eines der Mädchen gegen ihn stieß. Lyrana beugte sich zu ihm herüber. »Das ist die Rückwand des Thronsaals, beziehungsweise ein Teil davon. Von der anderen Seite kann man nicht in diesen Raum hineinschauen, und man kann auch nur auf dem Weg hierhergelangen, den wir gekommen sind. Sie können uns auch nicht hören, obwohl wir sie hören können.«

Gawaine nickte und konzentrierte sich auf Arturis und den Schneedrachen, doch sein Blick wurde von dem Thron angezogen – und etwas, was weit oben in dem Kristall eingebettet war. *Die Schatulle. Die Schatulle mit der Schriftrolle, auf der die ›Absolute Wahrheit‹ steht. Fenix hat mich nicht angelogen.* Es juckte ihn in den Fingern. Wenn er nur einen Weg in den Thronsaal fände und irgendwie diese Schatulle in die Hände bekäme! Er kam wieder zu sich, als Voyvodan Arturis in Stein zurückverwandelte. Gawaine erschrak, und Lyrana legte ihm mitfühlend eine Hand auf den Arm.

»Was für ein Narr, Schwester!« murmelte Irene.

»Wer – der Paladin? Das sagte ich dir doch schon gestern, als Voyvodan ihn das erste Mal in eine Statue verwandelte. Aber, oh, schau dir nur den großen blonden Burschen an. Sieht der nicht attraktiv und mutig aus?«

»Ja, sicher, schon«, gab Irene widerwillig zu. »Aber sein Gefährte hat so wundervolle Augen. Und er ist zu allem Überfluß auch noch ein Druide. Ich bewundere diese gelehrten Männer ja so.« Einen Augenblick später fügte sie hinzu: »O nein. Er schickt sie in das Labyrinth. Das habe ich befürchtet.«

»Ich auch.« Iris seufzte und bemerkte dann, daß Gawaine sie anschaute. »Er schickt immer die mutigsten Männer ins Labyrinth«, sagte sie traurig.

Irene straffte die Schultern und reckte unternehmungslustig das Kinn. »So, Schwester, diesmal wird nicht alles nach seinen Wünschen laufen. Was kann er uns schließlich schon antun? Uns in Statuen verwandeln? Oder uns zum ...«

»Shh. Genug!« unterbrach ihre Schwester sie heftig. »Du hast ja recht. Laß uns gehen und versuchen, ihnen zu helfen.« Die beiden liefen davon. Rianne beugte sich vor und flüsterte Lyrana etwas ins Ohr, dann ging auch sie, und Ariana folgte ihr. Gawaine drehte sich um und schaute Lyrana fragend an. Doch sie lächelte verschwörerisch. Er erwiderte das Lächeln und nahm ihre Hand.

Sein Meister sang, und der Drache hörte interessiert zu.

Gawaine musterte den Thronsaal sorgfältig, doch nach einer Weile gab er auf. Es sah einfach keine Möglichkeit, wie er das Herz des Drachen in dem ganzen Durcheinander finden sollte. Es könnte überall sein. Aber ... »Es gibt eine Möglichkeit«, flüsterte er, »das Herz des Drachen zu finden. Und zwar, indem er selbst es uns zeigt.«

»Uns zeigt ...?« Lyrana begriff sofort, was er meinte. »Natürlich. Überlistet ihn, oder bringt ihn irgendwie anders dazu, Euch das Versteck zu zeigen!«

Der Meister beendete das Lied, und der Drache kicherte und applaudierte. »Darf ich jetzt das Lied beenden, das ich angefangen hatte?« fragte Naitachal.

»Belästige mich nicht mit Beatrice«, erwiderte Voyvodan grob. »Und geh. Ich bin der Musik müde. Geh in deine Gemächer. Ich werde nach dir schicken, wenn ich dich will.« Er machte eine Handbewegung, und die Wächter kamen, um den Barden wegzuführen. Gawaine sah ihm traurig nach. Sein Meister wirkte so zerbrechlich und wehrlos zwischen den großen, in schwarzes Leder gekleideten Scheusalen.

Lyrana zog an seiner Hand. »Kommt mit, ich weiß, wo er ist. Ich habe ihn heute früh gefunden. Ich bringe Euch hin.«

»Nein, das geht nicht, es ist zu gefährlich«, sagte Gawaine, aber Lyrana lachte und drehte sich um.

»Nicht in den Raum. Durch ein anderes Gitter, Ihr Dummkopf. Kommt.«

Sie erreichten das Gitter, als Naitachal sich gerade wieder in seinem Zimmer befand. Gawaine hörte noch das Klicken de schweren Metallschlosses und das Trampeln der Wachen, die sich zurückzogen. Er schaute sich in dem Zimmer um, so gut es durch das Gitter ging, und wartete, bis Naitachal an den Kamin trat und sich die Finger an dem Feuer wärmte. »Ssst«, zischte er. »Meister! Hier, hinter dem Holz!«

Naitachal blieb einen Moment sehr ruhig stehen, dann lächelte er. »Bei allen Reservesaiten, die ich besitze, das ist doch Gawaine.«

»So ist es.«

»Du kannst dir gar nicht vorstellen, wie froh ich bin, deine Stimme zu hören, Junge. Wie geht es dir?«

»Nun ...« Gawaine erzählte ihm knapp, was vorgefallen war, und hörte sich dann Naitachals Schilderung an. »Das letzte, im Thronsaal, habe ich mitbekommen. Doch hört, Meister. Das hier ist Lyrana, eines der Mädchen aus dem kleinen Palast.«

Gawaine sah die glänzenden Augen Naitachals und fürchtete schon eine der bissigen Bemerkugen, die seinem Meister immer auf der Zunge lagen, wenn sein Schüler mit einem schönen Mädchen zusammen war. Doch diesmal lächelte er nur und neigte höflich den Kopf. »Ich bin sehr erfreut, Euch kennenzulernen, meine teure Lyrana. Ich danke Euch, daß Ihr Euch so gut um Gawaine gekümmert habt. Wie seid Ihr beiden eigentlich dorthingekommen, wo ihr jetzt seid?«

»Das ist eine lange Geschichte, Meister Naitachal. Hier gibt es überall unterirdische Gänge, und Lyrana kennt die meisten davon. Einschließlich den in den Thronsaal. Und hört ...« Er redete weiter, bis Naitachal ihn schließlich unterbrach.

»Ja, ich weiß über Drachenherzen Bescheid. Es hätte mich nicht überrascht zu erfahren, daß er seins sonstwo versteckt hat, schon bevor der Narr Arturis ihn vergeblich zu ermorden suchte und so entsetzlich scheiterte. Kennt Ihr zufällig den Ort, an dem es ist, teures Mädchen?« wandte er sich freundlich an Lyrana.

»Nun, das versuchte ich doch gerade, Euch zu erklären, mein Barde. Hört zu.« Gawaine schilderte seinen Plan. Als er endete, seufzte Naitachal schwer und schüttelte den Kopf.

»So etwas hätte ich mir denken können. Nun, das ist also mein Problem, nicht wahr? Ihn dazu zu bringen, zu verraten, wo sein Herz ist ... warum nicht. Laßt mich ein bißchen über das Problem nachdenken, und seht zu, was ihr für

Wulfgar und seinen neuen Schüler Tem-Telek tun könnt. Wenn ihr sie findet. Voyvodan hat ihnen eine wahrhaft schwierige Aufgabe gestellt, und ich weiß nicht, ob der Zwerg dieser Sache gewachsen ist.«

»Das habe ich schon gesehen, bevor Gawaine aufwachte«, sagte Lyrana ruhig. »Es ist sehr schwierig, das stimmt, aber wir werden tun, was wir können. Viel Erfolg beim Nachdenken, Meister Barde.«

»Danke, Mädchen.« Naitachal verschränkte die Hände hinter den Rücken und fing an, hin- und herzugehen, als sie sich vom Gitter zurückzogen. Lyrana dachte einen Moment nach, dann nickte sie, nahm Gawaines Hand und führte ihn einen anderen Korridor entlang.

Als Lyrana neben einem der mittlerweile vertrauten Gitter stehenblieb, lächelte Gawaine. Wulfgars Stimme war unverwechselbar. Obwohl der befehlende Ton so ungewöhnlich war wie das schmeichelnde »Ja, Meister«, das Tem-Telek in jeder Pause dazwischenwarf.

»Reicht mir den Schraubenzieher – nein, nicht den, den anderen! Nein ... Na gut, der wird gehen, wenn ihr noch zwei Zahnräder wie dieses da in der Kiste findet. Und ein paar Schrauben wie die hier.«

»Ja, Meister. Entschuldigt, Meister.«

»Hier. Das ist nicht Eure Schuld. Ihr seid eben so. Ihr könnt eben nichts dafür, daß ihr kein Zwerg seid und so ungeschickte Finger habt ... Sind sie immer noch draußen, Sire?« fügte Wulfgar in einer wesentlich normaleren – und leiseren Stimme hinzu.

Tem-Teleks Antwort war ebenfalls beträchtlich leiser. »Ich habe nirgendwo einen Wächter gesehen. Aber trotzdem, vielleicht führen ja Klangkanäle direkt in den Thronsaal. Dieses Gitter, zum Beispiel ...«

»Wohlan denn«, sagte Wulfgar leise und hob die Stimme an. »Habt ihr die Stücke schon gefunden? Sucht weiter und ich werde ... Huch!« schrie er. Er hatte in das Gitter hineingeschaut und sich Nase an Nase mit Gawaine wiedergefunden. »Wo kommst *Ihr* denn her?« zischte er. »Und mußtet Ihr mich unbedingt fast zu Tode erschrecken?«

»Es gibt keine Abhöranlagen«, erklärte Lyrana.

»Wer seid Ihr?« unterbrach Wulfgar sie heftig. Doch nachdem er ihre Worte begriff, schaute er über die Schulter zurück und flüsterte leise: »Shhh. Erzählt es ihm nicht. Er genießt es. Genau wie ich.«

»Gut«, flüsterte Gawaine. Tem-Telek kam herangeschlendert, um nachzusehen, was da vorging. Gawaine gab ihm ein aufmunterndes Handzeichen, und der Echsenmann grinste. Dann schaute er zur Tür und ging weg. Sie hörten, wie er die Kiste mit den Einzelteilen durchwühlte. Wulfgars Miene wurde lang.

»Wir werden das Spiel verlieren. Es fehlt etwas in der Kiste, und ich glaube, dieses üble Scheusal hat es absichtlich herausgenommen. Wir werden diesen Automaten nicht reparieren können. Und in dem Fall ... Voyvodan sah zwar nicht so hungrig aus, aber man sagt ja, daß das Aussehen täuschen kann, nicht wahr?«

Gawaine wußte darauf nichts zu sagen, doch Lyrana zog an seiner Hand. »Wir kommen zurück, wenn wir uns etwas ausgedacht haben«, sagte sie zu Wulfgar.

Der nickte. Er war so mit seinen finsteren Gedanken beschäftigt, daß ihn Gawaines Begleitung nicht überraschen konnte. »Macht das. Wir versuchen unterdessen weiterzukommen.« Er straffte die Schultern und drohte dem Echsenmann mit dem Finger. »Habt Ihr mittlerweile die Zahnräder gefunden? Ich weiß, Ihr seid nicht besonders helle, aber Ihr solltet Euch trotzdem ein wenig anstrengen, hört Ihr?«

»O ja, Meister«, erwiderte Tem-Telek demütig.

Gawaine und Lyrana schlichen auf Zehenspitzen davon, und der Bardling kämpfte gegen ein Lachen an. Der Echsenmann mußte beim selben Lehrer schauspielern gelernt haben wie Naitachal, denn jetzt erinnerte er sich an Naitachals Auftritt vor den Skalvenhändlern. Er hatte sie genarrt und würde sicher auch einen Schneedrachen überlisten können.

Lyrana führte ihn über eine Treppe hinauf ins Freie. Sie standen in einem kleinen Garten, umgeben von Gras und kompliziert angelegten Blumenbeeten. Auf einem schmiedeeisernen Rahmen wuchsen zwei Kletterrosen, eine weiße und eine rote. Lyrana ließ sich in ihrem Schatten nieder, doch bevor sich Gawaine neben sie setzen konnte, hörte er das Geräusch von Flügeln.

Konnte es ... Sie war es. Lyrana hielt die Luft an und klatschte kurz in die Hände, als die wundervolle, geflammte Vogelbraut neben ihnen im Gras landete. Gawaine kniete sich hin und erklärte ihr die Schwierigkeiten, die die beiden mit dem Automaten hatten.

Fenix flatterte mit den Flügeln, und er dachte schon, sie würde einfach davonfliegen. Doch sie rollte sie nur auseinander und sagte: »Fragt die Mäuse.« Danach flog sie fort und verschwand sofort hinter den Mauern.

»Die Mäuse?« wiederholte Gawaine. »Na wundervoll.«

»Ja«, meinte Lyrana. »Warum nicht?«

»Erstens ...«, begann Gawaine, während er sich herumdrehte, doch er kam nicht mehr dazu, diesen Satz zu beenden. Zu seinen Füßen hockten nämlich zwei Mäuse. Er ließ sich behutsam in den Schneidersitz hinab. Eine stellte sich auf die Hinterbeine, hielt sich an seinem Stiefel fest und ... schaute ihm in die Augen, während er die ganze Sache noch mal erklärte. »Könnt ihr uns helfen?«

Er hatte fast erwartet, daß sie antworteten, und war enttäuscht, als sie sich einfach nur umdrehten und davonliefen. Er rückte ebenfalls in den Schatten neben Lyrana, und sie nahm seine Hand.

»Ich komme mir so albern vor«, sagte er schließlich.

»Warum wartet Ihr nicht ein bißchen? Vielleicht kommen sie ja zurück?« fragte Lyrana. »Ich glaube ... Da, schaut!« Sie deutete nach vorn. Dort kamen die beiden Mäuse, zogen einen Stoffbeutel hinter sich her und legten ihn Gawaine vor die Füße. Er hob ihn auf, drehte ihn um und schüttete den Inhalt in seine Hand. Lyrana schaute ihm über die Schulter, und beide sahen auf ein massives Messingzahnrad in seiner Hand.

Das waren keine gewöhnlichen Mäuse! Er deutete eine Verbeugung an, setzte sich und sagte: »Danke, Freunde.«

»Ja, danke Euch«, meinte auch Lyrana. »Wir sollten das besser sofort zu Euren Gefährten bringen, bevor der Drache Leute ausschickt, um nachzusehen, wie sie weiterkommen.«

Gawaine hatte die dunklen und stickigen Tunnel ziemlich satt, doch der Ausdruck auf Wulfgars Gesicht entschädigte ihn, als er ihm das Zahnrad durch das Gitter reichte. »Müßt Ihr zurückgehen?« fragte er anschließend seine Gefährtin. »Oder können wir noch nach Cedric und Raven sehen?«

»Diejenigen, die die Rätsel im Labyrinth lösen sollen?« Lyrana nickte. »Ich habe Zeit genug. Und sie können uns vielleicht brauchen.« Sie ging ihn den Weg zurück, den sie gekommen waren. Gawaine hatte mittlerweile völlig die Orientierung verloren. Er hielt ihre warme Hand und ließ sich führen.

Sie fanden Cedric und Raven weder beim ersten noch beim zweiten Gitter, an dem Lyrana sie erwartet hatte, doch vor dem dritten kauerten zwei Gestalten – Irene und ihre Schwester. Iris tippte Irene auf die Schulter und schob sie ein bißchen zur Seite, damit Gawaine und Lyrana auch etwas sehen konnten. »Das ist nicht besonders gut«, meinte Lyrana.

»Nein, ich weiß.« Gawaine schaute durch die Stäbe. Die beiden Männer waren von einer recht ansehnlichen Horde schwerbewaffneter, muskulöser Männer umgeben, die wie Gladiatoren aussahen. *Wahrscheinlich haben sie ihre Jobs verloren, als König Amber an die Macht gekommen ist*, dachte Gawaine. Der König hatte Gladiatorenkämpfe strengstens verboten. Cedric trug Pfeil und Bogen, doch der Druide hielt nur seinen langen Stab in den Händen. Sie waren nicht nur in der Unterzahl, es schien auch so, daß selbst Cedric nichts gegen diese monströse Meute ausrichten konnte.

Jemand zog an Gawaines Ärmel. Irene versuchte, seine Aufmerksamkeit zu erregen. »Es gibt einen Vorsprung in der Mauer, nicht sehr weit entfernt. Würde es dem Bogenschützen helfen, wenn er sich über den Männern befände?«

Gawaine nickte sofort. »Jetzt muß ich nur noch ihre Aufmerksamkeit auf mich ziehen!« Bei Cedric war das unmöglich, doch Raven schaute zufällig einmal auf das Gitter und erkannte Gawaine. Es herschte gerade eine Kampfpause, weil die Gladiatoren versuchten, sich eine Strategie zu überlegen. Außerdem versorgten sie die Männer, die Cedric getroffen hatte. Raven flüstete ihm etwas ins Ohr, und der Bogenschütze nickte. Dann näherte sich der Druide dem Gitter und kniete sich einen Schritt davor wie zufällig hin, als müsse er seine Gamasche neu binden. Gawaine flüsterte ihm so schnell wie möglich Instruktionen zu. Schließlich stand Raven auf und ging fort. Nervös schaute ihm der Bardling hinterher. Er wußte nicht, ob der Druide alles verstanden hatte, weil er weder geantwortet noch genickt hatte. Doch einen Augenblick später flüsterte er Cedric etwas ins Ohr.

Cedric schoß schnell hintereinander fünf Pfeile gegen die Männer ab, dann drei auf einmal. Die Gladiatoren brüllten wütend auf, aber ihr Sturmlauf wurde aufgehalten, weil drei Männer stürzten und ihnen im Weg lagen. Als sie die Verwundeten wegzogen, begannen Cedric und Raven zu laufen, und dann verschwanden sie hinter einer Biegung außer Sicht.

Irene und Iris liefen durch den Tunnel voraus, und Gawaine stürmte hinter ihnen her, ohne dabei Lyranas Hand loszulassen. Schließlich blieb Iris stehen und deutete auf ein Gitter. Gawaine lief hinüber und streckte die Hand hindurch. »Genau gegenüber«, zischte Iris. »Zeigt es ihnen, schnell. Die anderen kommen.«

Das war nicht zu überhören. Gawaine zog rasch die Hand weg, als die stampfenden Schritte näher kamen. Die Feinde bleiben unvermittelt stehen, als ein Pfeil von oben vor ihren Füßen in den Boden fuhr. Gawaine schaute hinaus. Raven hockte auf der Mauer, Cedric stand hinter ihm, den Bogen schußbereit. »Ihr solltet lieber verschwinden«, rief er hinunter. »Oder ich werde euch töten. Auf diese Entfernung verfehle ich nicht einmal einen Sperling, geschweige denn solche Brocken wie euch. Aber ich will euch trotzdem nicht Schlechtes …«

»Nein?« brüllte einer von ihnen wütend zurück. »Das sehen wir ganz anders! Kommt da runter, dann werden wir euch sofort umbringen, und zwar schnell und schmerzlos, euch beide!«

»Keine Lust«, erwiderte Cedric. Er schoß einen Pfeil ab und spannte bereits einen neuen auf den Bogen, bevor der Mann, den er mitten in die Brust getroffen hatte, tot nach hinten überfiel.

»Schaut nicht hin«, flüsterte Gawaine.

»Ich kann nicht anders«, sagte Iris, und Irene nickte. »Ich kann so einen mutigen Helden nicht alleinlassen. Seht …« Ihre Stimme klang verwundert. »Kleine Vögel. Was machen die hier?«

»Hänflinge!« sagte Lyrana, während sie sich gegen Gawaines Rücken lehnte, um besser sehen zu können. »Aber … seht nur, was sie tun! Sie lenken die Männer ab, damit der Bogenschütze sie besser treffen kann!«

Meine Hänflinge! dachte Gawaine stolz. Immerhin waren es seine Freunde, und zweifelsohne Cedrics und Ravens Freunde, denn sie umschwärmten die Köpfe der Gladiatoren und pickten nach ihren Augen, während Cedrics Pfeile einen nach dem anderen niederstreckte. Als sich schließlich genauso viele tote wie lebendige Gladiatoren auf dem Hof befanden, gab einer der Übriggebliebenen den anderen ein Zeichen. Wortlos zogen sie sich zurück.

Cedric klettete herunter, untersuchte kurz die Toten und trat dann ans Gitter. »Ich fürchtete schon, du wärst tot, Junge. Ich bin sehr froh, daß dem nicht so ist. Hallo«, sagte er leise. »Und dann auch noch in schöner Begleitung.«

»Ihretwegen bin ich überhaupt hier«, erklärte Gawaine. »Hinter mir steht Lyrana, und das hier sind Iris und Irene.

Sie wußten von dem Mauervorsprung und haben mich gerade noch rechtzeitig hergeführt.«

»Dann muß ich Euch danken, Ladies.« Er drehte sich ein wenig um. »Ho, Raven!« Doch der Druide beschäftigte sich mit etwas oben auf der Mauer. »Ich werde ihn noch herunterholen, damit er sich bei Euch bedanken kann. Aber ... seid Ihr da in Sicherheit? Ich fände es schlimm, wenn Euch meinetwegen etwas zustieße ...«

Irene lächelte ihn so bezaubernd an, daß er vergaß, was er noch hatte sagen wollen. »Habt keine Angst um uns, Ihr mutiger Bogenschütze. Wir kennen das Labyrinth sehr gut. Ihr solltet uns lieber als Waffe betrachten. Ist es nicht so, daß die unerwarteten Waffen oftmals eine Schlacht entscheiden?«

»Wohl gesprochen, Mylady«, sagte Cedric lächelnd und schaute über die Schulter zurück. »He! Raven! Kommt her!« Der Druide war schon heruntergeklettert und kam auf sie zu. »Was gibt es?« fragte Cedric besorgt. »Kommen da noch mehr Männer?«

»Es ist ein Tiger im Hof«, sagte Raven. »Ein großes, hübsches Vieh. Es ist angekettet und hat eine Maulkorb. Wenn wir es nicht befreien, wird es sterben.«

»Ein Tiger? Ihn befreien? Seid Ihr übergeschnappt?«

»Ich kann ihn kontrollieren«, erwiderte Raven gelassen. »Jedenfalls denke ich das.« Er gab sich einen Ruck und schaute zum Gitter hinunter. »Gawaine, seid Ihr das? Ich war ziemlich überrascht, Eure Stimme zu hören. Positiv überrascht. Wir alle haben Euch schon für tot gehalten. Weiß Naitachal es schon?«

»Ja. Hört zu.« Gawaine stellte Iris, Irene und Lyrana vor und erzählte dem Druiden rasch alles, was er wissen mußte.

»Ich habe nicht vor, Gefangene eines Schneedrachen zu belehren, daß sie auf ihre Sicherheit achten sollten«, bemerkte der Druide schließlich. »Wir müssen uns alle aus eigener Kraft befreien, das ist klar. Ich bin froh über Eure Hilfe, Ihr Schöne.« Er reichte Iris die Hand durch das Gitter, und sie drückte sie kurz. Dann stand er auf. »Wo wir gerade von Freiheit sprechen ...« Er ging zur Mauer und kletterte sie hinauf.

Cedric schüttelte den Kopf. »Er wird uns noch beide umbringen. Nicht mal ein Druide kann einen halb verhungerten Tiger beherrschen! Nun, ich denke, ich sollte ihm wohl besser helfen.« Doch als er aufstand, sprang der Druide gerade herunter. Dann ertönte ein tiefes Fauchen, und kurz darauf kletterte Raven in aller Gemütsruhe wieder über die Mauer. Als er den Boden erreichte, fegte ein großer, goldschimmernder, pelziger Blitz mit einem Satz über den Wall. Cedric schnappte nach Luft und trat zurück.

Der Tiger senkte den massigen Kopf und sagte mit tiefer Stimme: »Ich entbiete Euch meine unsterbliche Dankbarkeit. Ich wäre dort langsam gestorben, aber jetzt bin ich frei. Und Euer Diener, Sirs.«

»Er redet!« flüsterte Cedric.

»Alles spricht, wenn es möchte«, antwortete der Tiger und drehte sich zu Raven um. »Stellt mir eine Aufgabe, auf daß ich meine Dankbarkeit beweisen kann.«

»Das ist leicht«, sagte Raven. »Die Nacht naht, und es scheint so, als müßten wir in diesem Labyrinth bleiben, bis wir es besiegen – oder es uns tötet. Wenn Ihr einverstanden wärt, uns heute nacht zu bewachen, während wir schlafen ...«

»Sehr gern«, antwortete der Tiger.

»Wir kennen einen Ort«, meinte Irene, »der nicht weit von hier ist und an dem ihr zumindest schlafen könnt, ohne daß Euch Zugluft quält. Es liegt in die Richtung, in die Ihr ohnehin geht. Kommt, wir werden Euch führen.«

»Kommt mit«, flüsterte Lyrana in Gawaines Ohr. »Heute nacht wird man sich gut um Eure Freunde kümmern. Wir sollten Eurem Meister erzählen, was passiert ist, und herausfinden, ob er sich bereits etwas überlegt hat.« Gawaine nickte und ließ sich führen. Belustigt stellte er fest, daß Iris und Irene nicht hörten, wie sie sich verabschiedeten. Andererseits, Raven und Cedric hatten es auch nicht vernommen.

21. KAPITEL

Naitachal war noch nichts eingefallen, und er ärgerte sich maßlos darüber. Gawaine überbrachte ihm die Nachrichten über die Situation der Gefährten und zog Lyrana schnell mit sich fort, bevor der Barde in seiner Gereiztheit seine Manieren vergaß.

Den Pavillon zu betreten war fast so wie nach Hause zu kommen. Gawaine und Lyrana aßen gemeinsam zu Abend, und dann erklärte Lyrana den anderen, was sie während des Tages unternommen hatten. Gawaine flocht einige kurze Bemerkungen ein. Die Mädchen, die den ganzen Tag im Hof verbracht hatten, erzählten, daß man die Wachen von den Toren abgezogen hatte , und der Schneedrache hatte bis jetzt nicht nach jemandem geschickt.

Später, als der Mond schon aufgegangen war, kam Ariana aus dem kleinen Palast. Sie hielt Gawaine eine Harfe hin. »Keine von uns kann sehr gut darauf spielen. Die Wachen werden nicht hören, wenn Ihr für uns spielt.«

Gawaine stützte das Instrument auf sein Knie und strich probeweise mit den Fingern über die Saiten. »O großer Meister«, sagte er beeindruckt.

»Also ist es eine gute?« fragte Ariana besorgt.

Gawaine lachte leise und schüttelte hilflos den Kopf.

»Ich glaube, er meint ja, sehr«, übersetzte Lyrana leise.

Gawaine nickte, fuhr erneut über die Saiten und richtete sich auf. Ein trauriges Lied klang über den Hof und erst, als seine Fingerspitzen anfingen zu schmerzen, reichte er das Instrument Ariana zurück.

»Ihr solltet es behalten«, sagte sie und wollte es ihm wiedergeben, doch dann schüttelte sie den Kopf. »Nein, natürlich nicht. Ich habe nicht nachgedacht. Es ist natürlich hier sicherer, im Palast und in seinem Koffer, und wennn Voyvodan es suchen sollte ...«

»Genau deshalb.« Gawaine versuchte, ein Gähnen zu unterdrücken. Lyrana stand auf und zog ihn hoch. »Ich sollte lieber gehen«, murmelte er schläfrig.

Sie nickte. »Ja, kommt, ich werde Euch führen.« Er hätte zwar den Weg zu seinem Schlafgemach auch allein gefunden, aber das verschwieg er selbstverständlich. Lyrana faßte seine Hand und führte ihn langsam über den Hof, so daß ihre Gefährtinnen ihm noch gute Nacht sagen konnten. Als sie die Tür zu seinem Zimmer öffnete, wäre Gawaine fast im Stehen eingeschlafen und ließ sich erschöpft auf das Bett fallen. Als er aufwachte, war Lyrana jedenfalls weg.

In späteren Jahren konnte er nicht mehr sagen, wieviel Tage verstrichen, in denen die Gefährten entweder versuchten, die Aufgaben zu meistern, die ihnen der Drache stellte, oder seinen Untergang herbeizuführen.

Gawaine schlief in der kleinen Kammer und aß das Frühstück, das Lyrana ihm brachte, oder ging neben ihr durch die Korridore, um nach Wulfgar und Tem-Telek oder nach Naitachal zu sehen.

Oder sie schlichen in die Korridore, in denen Cedric und Raven gegen Gladiatoren und Söldner kämpften, die die unglaublichsten Gestalten annahmen, mal wie Schlangen, dann wieder wie Fledermäuse aussahen. All diese Wesen verschwanden jedoch bei Einbruch der Dunkelheit. Man warf ihnen über die Mauer Brot und Wasserflaschen zu und ließ sie bis zum Sonnenaufgang in Ruhe.

Allein wären selbst zwei so entschlossene Männer wie Cedric und Raven verloren gewesen, doch der Tiger kam jede Nacht zurück und wachte über sie, und Iris und Irene fanden immer ein Gitter in der Nähe, durch das sie sich kurz unterhalten konnten, bevor die beiden schlafen mußten. Eine der Zwillinge hielt sich immer bei den Helden auf, um ihnen so gut zu helfen, wie sie konnte. Indem sie zum Beispiel einen Platz vorschlugen, wo es einfacher war, sich gegen eine Horde Männer zu wehren.

Raven fand es eigenartig, daß er trotz all der Jahre, in

denen er Wissen gesammelt hatte, jetzt töten mußte, um zu überleben. Früher einmal wäre das für ihn undenkbar gewesen. Doch wenn er dann und wann einen kurzen Blick auf Iris' blasses Gesicht erhaschte, das sie gegen ein Gitter preßte, dann stieg eine wilde Entschlossenheit in ihm hoch, aus dem Labyrinth auszubrechen und sie von ihrem eigenen Schicksal zu erretten.

Cedric plagten zwar keine Gewissensbisse, weil er die Gegner dahinmetzelte, aber allmählich wurde er des ganzen Abschlachtens überdrüssig. Nur der Gedanke an seinen Gefährten, der ohne ihn keine Chance hätte, und an Irene, die sich so sehr um sein Überleben kümmerte, ließ ihn durchhalten.

Er und Raven sprachen auch ab und zu darüber. Meistens in den Kampfpausen. »Es wird langweilig«, sagte Cedric einmal.

»Ja.« Raven seufzte. »Ich muß an den Wald denken, in dem ich das erste Mal unterrichtet wurde ...«

»... mein erster Lehrer«, sagte Cedric sehnsüchtig.

»Und erst die nördlichen Wälder, wie friedlich die sind. Aber wie einsam auch ...«

»Einsam«, stimmte Cedric ruhig zu. »Ein Mann braucht Gesellschaft.«

»Gesellschaft, ja. Eine schöne, kluge Gefährtin, eine mit Geist und Schönheit, und ein Cottage ...«

»Ein Cottage mit wildem Wein bewachsen ...«

»Überall Rosen und ein Kräutergarten«, fuhr Raven träumerisch fort.

»Ein Schießstand«, fügte Cedric hinzu.

»Und keine Zwiebeln«, meinte Raven plötzlich. Die beiden Männer schauten sich an und lachten.

»Keine Zwiebeln. Doch ... wenn ich so darüber nachdenke, kein Herumwandern mehr, nicht mehr von der Hand in den Mund leben ...«

»Unter Bäumen schlafen«, warf Raven ein.

»Einfach nur ein Haus und eine schöne Gefährtin ... und Kinder natürlich. Eins oder zwei.«

»Oder so«, stimmte Raven zu. »Vielleicht ein eigenes Wäldchen grünen ... Kommt da etwas?« fragte er scharf. Cedric lauschte und schüttelte schließlich den Kopf.

»Noch nicht.« Er seufzte.

»Ein kleines Wäldchen.« Raven nahm den Gedanken da auf, wo er unterbrochen worden war.

»Eine Schule für Bogenschützen.« Cedric seufzte wieder. »Mit Irene, die mir hilft, die jungen Schüler zu unterrichten.«

»Iris«, murmelte Raven. Sie seufzten gleichzeitig auf, doch dann hielt Cedric eine Hand hoch. »Vergeßt Euren Gedanken nicht«, sagte er. Ein halbes Dutzend menschenähnlicher Gestalten mit den schlangenähnlichen Hälsen stürmte den Korridor herunter. Sie schwangen Speere und brüllten. Cedric lachte grimmig und legte einen Pfeil auf den Bogen. »Entzückende Ziele, diese Hälse. So lang wie mein Unterarm, dreimal so dick und nicht einmal gepanzert.« Und richtig, er brauchte nur einen Pfeil für jeden, bis der Korridor wieder frei von jedem Leben war – außer ihrem eigenen.

Im Thronsaal saß Voyvodan auf dem Rand seines Kristallthrons und betrachtete fasziniert den gehenden Automaten, der auf ihn zu kam. Mit der Maschine kamen Wulfgar und Tem-Telek auf ihn zu. Er tippte mit den Fingernägeln auf der Stuhllehne, während Wulfgar die Reihe der Knöpfe auf dem Rücken des Dings erklärte und auf den Wächter wartete, damit der einen Tisch und einen Stuhl brachte. Dann drückte er einige Knöpfe, so daß der Automat sich hinsetzte, stellte ein Schachbrett mit Figuren korrekt vor ihm auf und trat vor. »Königsbauer auf E4. Das sind natürlich nur die Anfangsgründe, aber Ihr könnt ihn auf die Spielstärke einstellen, die Ihr benötigt.«

Voyvodan schaute ihn erstaunt an. »Ich spiele kein Schach, Zwerg.«

»Nein, sicher nicht. In dem Fall«, Wulfgar drückte einen anderen Knopf, »könnt Ihr den blauen Knopf betätigen. Dann spielt der Automat gegen sich selbst. Im übrigen könnt Ihr ihn mit diesem Knopf auch wieder abstellen.«

»Ah.« Die drei schauten eine Weile zu, während der Automat einen Zug mit einer Metallfigur ausführte, das Brett drehte, dann einen Zug mit einer Messingfigur machte, das Brett wieder drehte und so fort. Voyvodan grinste zufrieden, und Wulfgar und Tem-Telek warfen sich einen Seitenblick zu.

»Kommt!« rief der Schneedrache über die Schulter. Diener traten aus dem Raum hinter dem Podest hervor. Sie brachten einen weiteren funktionsunfähigen Automaten. Dieser war aus Stahl und glänzemdem Kupfer. Er trug rosa Ballettschuhe an den Füßen und ein steifes Spitzenröckchen um die Taille. Und es gab eine weitere große Kiste mit Zahnrädern, Schrauben und Armaturen. »Er ist vor einiger Zeit kaputtgegangen«, erklärte der Drache achselzuckend. »Repariert ihn, und man wird sehen.« Der Echsenmann wirkte ziemlich wütend, doch Wulfgar verbeugte sich und gab Tem-Telek einen Stoß in die Rippen, damit der sich erinnerte, wer und was er angeblich war. Die Diener trugen den beiden den Tänzer und die Ersatzteile hinterher.

Voyvodan schaute dem Schachspieler eine Weile zu, trat dann hinter ihn und drückte auf den blauen Knopf. Der Automat fiel mit dem Gesicht auf das Schachbrett, und die Figuren fielen auf den Boden. Der Schneedrache bedeutete einem Diener, alles wegzuschaffen und ließ schließlich die Wache holen. »Hast du diesen furchtlosen Kämpfern im Labyrinth Essen und Trinken herübergeworfen?« Der Wächter nickte. »Aber nicht genug, um sie auf der Höhe ihrer Kraft zu halten?« Der Wächter nickte erneut. »Und?« wollte der Drache wissen.

»Tja, Sire, sie kämpfen immer noch. Und zwar sehr hart. Sie haben soeben einige Eurer Schlangenmänner ausgelöscht, Sire.«

Voyvodan richtete sich zu seiner vollen Größe auf, und der Wächter zuckte zusammen. »Nun, wie amüsant«, sagte der Drache jedoch nur. »Wir wollen gehen und es uns anschauen, ja?«

Hinter dem Thron drückte Lyrana Gawaines Hand und deutete auf die Treppe. Sie rannten die Korridore entlang und erreichten Irene und Iris in dem Moment, als der Drache den Korridor entlangkam, um Raven und Cedric zu stellen. »Oho!«

»Sire«, sagte Raven ruhig. Cedric wischte erst noch einen Pfeil an einem trockenen Grasbüschel sauber und schob ihn in den Köcher, bevor er aufstand. Der Drache ignorierte beide, ging um die toten Schlangenmänner herum und musterte nachdenklich ihre Wunden. Dabei gab er ein leises, verärgertes Schnalzen von sich. Iris, die dicht am Gitter stand, trat zurück und ließ Gawaine vor. Dann vergrub sie ihr Gesicht an der Schulter ihrer Schwester.

»Ich wundere mich wahrhaftig über ein so großes Talent wie Eures, Bogenschütze«, sagte der Drache schließlich. »Bist du so gut, oder hattest du Glück?«

Raven berührte den Arm seines Gefährten, und hinter sich konnte Gawaine hören, wie Iris oder Irene flüsterte: »O nein, beantwortet diese Frage nicht!« Doch Cedric straffte die Schultern. »Ich sagte Euch doch, ich bin ein guter Schütze. Reicht Euch das nicht als Beweis? Warum laßt Ihr uns nicht gehen?«

Voyvodan warf den Kopf in den Nacken und lachte. Gawaine erbleichte und Lyrana umklammerte fest seine Hand. »Wohlan denn! Ein wahrer Test für ein solches ... Talent! Druide! Stell dich dort an die Wand, da, wo das hölzerne Tor ist. Du bleibst dort stehen, und der Bogenschütze wird deinen Körper mit seinen Pfeilen umreißen.« Cedric rang nach Luft und erbleichte. »Du wirst es tun«, befahl der Drache vielsagend. »Oder ...«

»Wir werden es tun«, sagte Raven, bevor Cedric wieder zu Atem gekommen war. »Aber darf ich zuvor ein Wort mit meinem Freund wechseln?«

Voyvodan lächelte ihn mit gefletschten Zähnen an. »Sicher. Nach so langer Zeit gemeinsam im Labyrinth wollt ihr gewiß liebevoll Abschied nehmen.«

Raven zog den Bogenschützen zur Seite und schlug ihm hart auf die Wange. Als das keine Wirkung zeigte, kniff er dem Gefährten ins Ohrläppchen. »Raven! Raven, das kann ich nicht! Ich kann das nicht tun! Wenn ich nur um ein Haar danebenschieße oder wenn Ihr zuckt oder ein Windstoß kommt, wenn ich den Pfeil loslasse ... ich kann nicht ...«

»Ihr könnt«, sagte der Druide schlicht. »Tut Ihr es nicht, sterben wir beide. Tut Ihr's und ... na ja, ich höchst persönlich werde Euer Loblied im ganzen Land singen, wenn wir hier herauskommen!« Er schaute Cedric an, der seinen Blick ängstlich erwiderte. »Bitte, nun schaut nicht so besorgt drein, mein Freund. Seit ich Euch kenne, habt Ihr nicht einmal gefehlt. Ihr seid wirklich so gut, wie Ihr sagt. Und ich werde mich nicht rühren, ich werde nicht einmal mit einer Wimper zucken, versprochen. Kommt, er wartet. Nur Mut!«

Cedric schüttelte den Kopf. Sein Augen waren dunkel vor Not, doch Raven klopfte ihm aufmunternd auf die Schulter und ging ruhig zu dem hölzernen Tor, drehte sich um und stellte sich mit dem Rücken daran. Dann kreuzte er die Arme vor der Brust und wartete.

Er schien nicht die geringste Angst zu haben, und irgendwie gab das dem Bogenschützen sein Selbstvertrauen wieder. Er legte einen Pfeil auf die Sehne, zielte – und schoß. Der Pfeil traf genau dorthin, wo er sollte: Einen Fingerbreit neben das rechte Ohr des Druiden. Der grinste und zwinkerte Cedric zu, rührte sich aber nicht.

Cedric verzog sein Gesicht zu einem freudlosen Grinsen, erwiderte das Zwinkern und nahm den nächsten Pfeil heraus. Er wußte, daß der Drache nur darauf wartete, daß er verfehlte und den Druiden an das Tor nagelte. Und er wußte auch, daß Iris und Irene hinter dem Gitter zuschauten. Doch er schob alle Gedanken daran, was die beiden Frauen wohl bei seinem Scheitern empfinden würden, beiseite und konzentrierte sich auf den nächsten Schuß.

Mit jedem Pfeil gewann er mehr Sicherheit, und schließlich griff er in einen leeren Köcher – der letzte Pfeil war verschossen.

Der Drache schnaubte wütend. Gelassen trat Raven ein paar Schritte vor und drehte sich um, um sich seinen Umriß anzusehen. Cedric kam herüber und zog die Pfeile aus dem Holz. Raven half ihm dabei. Als sie fertig waren, war der Drache verschwunden. Cedric steckte den letzten Pfeil in den Köcher und stolperte. Der Druide hielt ihn gerade noch, bevor er stürzte, führte ihn zur Mauer, wo die Strahlen der untergehenden Sonne gerade noch das Gitter berührten. Eine kleine Hand streckte sich so weit hindurch, wie es ging. Cedric schloß erschöpft die Augen und umfaßte die Fingerspitzen. Mehr konnte er durch die engen Stäbe nicht berühren. Raven bückte sich. »Geht es euch beiden gut?«

»Ich glaube schon«, sagte Iris leise. »Ihr wart so unglaublich mutig, einfach nur dazustehen. Ich hätte das niemals gekonnt.«

»So schlimm war das nicht«, sagte Raven mit einem schwachen Lächeln. Er nahm Iris' Fingerspitzen, ließ sich herab, stützte sich auf einen Ellbogen und hielt sein Gesicht dicht an das Gitter. »Ich hatte etwas anderes, an das ich denken konnte, statt an Pfeile. Außerdem wußte ich, daß er nicht fehlen würde.«

»Offenbar wußtet Ihr das genauer als ich.« Cedric wirkte immer noch gequält. »Ihr schwebt in Gefahr.« Sorgenvoll blickte er auf die beiden Frauen hinab.

»Das war schon so, bevor Ihr kamt«, unterbrach ihn Irene. »Und ist es nicht besser, in einer solchen Gefahr zu sein und ... tja, eben das gefunden zu haben, was meine Schwester und ich gefunden haben?« Cedric schaute sie an. Ihr Gesicht war gerötet, aber sie lächelte zu ihm hoch und schaute ihn auf eine Art an, daß ihm das Herz überlief. »Wenn wir alt sind, Ihr und ich, dann werden wir auf dies hier zurückblicken können«, sagte sie sehr leise. »Und denken, wie seltsam es war, daß wir soviel Angst hatten.«

Er erwiderte das Lächeln und versuchte, die Furcht aus seinem Blick zu vertreiben. »Das werden wir.«

»Wir sollten Euch jetzt lieber etwas zu essen besorgen«, meinte Iris. »Wir werden nicht lange fort sein.« Sie zogen ihre Finger zurück und liefen davon. Cedric hörte auf zu lächeln und streckte Raven seine Hand hin, der sie über das Gitter hinweg nahm.

»Ich habe schon viele Tiere und Menschen erschlagen«, sagte Cedric leise. »Doch die Angst heute, daß ich vorbeischießen und meinen Freund töten könnte ...«

Raven schüttelte den Kopf. »Ich wußte, daß mein Freund so aufmerksam sein wüde, daß meine Leben nicht in Gefahr wäre. Seht, da werfen sie unser übliches Bankett über die Mauern, und auch der Tiger kommt, um Wache zu halten.«

Gawaine und Lyrana waren gegangen, nachdem sie sich davon überzeugt hatten, daß Raven nichts passiert war. Schließlich lehnte sich Gawaine an eine Wand und nahm Lyrana fest in die Arme. »Danke«, sagte er.

»Ja«, meinte Lyrana. »Ich mußte auch jemanden umarmen, und ich bin froh, daß Ihr es wart. Kommt«, sagte sie dann. »Ich fürchte, daß der Zwerg und sein Gefährte erneut Hilfe brauchen.«

»Zweifellos«, sagte Gawaine grimmig.

Lyrana lächelte. »Das einzig Gute an all dem ist, da Voyvodan so damit beschäftigt ist, von einem Eurer Gefährten zum nächsten zu rennen, daß er keine Zeit für *uns* hat.«

Hätte sie mich doch nicht daran erinnert, dachte Gawaine.

»Die Zwillinge scheinen sehr glücklich zu sein, glaubt Ihr nicht auch?« sagte Lyrana nach einer Weile. »Und diese beiden, Raven und Cedric ...«

»Es sind sehr nette Burschen«, sagte Gawaine, als sie zögerte. »Ihr findet keine besseren.«

»Das dachte ich mir«, sagte Lyrana und drehte sich dann zu ihm um. Sie lächelte. »Natürlich mit einer ganz bestimmten Ausnahme.«

Wulfgar und Tem-Telek hatten wiederum Probleme, doch diesmal andere als zuvor. »Das ganze Ding ist offenbar in Ordnung«, erklärte Tem-Telek, während Wulfgar aufgebracht in der Werkstatt herumstampfte. »Die Kiste mit den Teilen ist nur ein Trick. Aber etwas im Inneren des Automaten ist gefroren.« Er schnaubte verächtlich. »Drachenhumor, wenn Ihr so wollt. Und die Mechanik ist so diffizil, daß selbst mein Künstler Angst hat, sie auseinanderzunehmen.«

Lyrana und Gawaine schauten sich an. »Mäuse«, sagten sie gleichzeitig. Doch noch bevor Gawaine sich zu dem kleinen Garten aufmachen mußte, fühlte er ein mittlerweile vertrautes Zupfen am Hosenbein und schaute hinunter. Dort standen drei kleine Nager. Er bückte sich und erklärte ihnen das Problem, wobei er sich wie immer ausgesprochen dämlich vorkam, doch dieses Gefühl verschwand, als er die Hände auf den Boden legte und die Mäuse hineinsprangen. Er hielt sie ans Gitter, und sie verschwanden hindurch. Er hörte Wulfgars erschrecktes »Huch« und Tem-Teleks dunkles Gemurmel, aber man konnte durch das Gitter nicht viel sehen. Der Apparat hing in einem Rahmen, und der Zwerg stand davor, Hände auf die Hüften gestützt.

Einen Moment später sah Gawaine eine Bewegung an einem Loch an der Stelle des Apparates, an der ein Mensch seinen Bauchnabel hat. Eine Maus kam heraus und hielt etwas zwischen den Zähnen. Wulfgar wirkte ziemlich verblüfft, nahm das Teil, drehte es zwischen den Fingern und drückte dann blindlings den Knopf an der Schulter des Tänzers. Arme und Füße der Figur begannen sich zu bewegen. Rasch löste Tem-Telek die Drähte, und der Apparat aus Stahl und Kupfer tanzte wirbelnd durch den Raum. Mit einem deftigen Fluch brachte Wulfgar sich in Sicherheit und lief dann zur Tür. »He, Schüler!« rief er über die Schulter zurück. »Kommt und helft mir, das verdammte Ding einzufangen.«

Gawaine schaute zum Gitter und sah drei Paar glänzende Knopfaugen. »Danke, meine kleinen Freunde«, sagte er feierlich und hielt die Hände auf, damit die Mäuse hineinklettern konnten.

Lyrana lachte laut auf. »O nein, o nein«, stieß sie schließlich hervor und wischte sich die Augen. »Wir sollten lieber zu Eurem Meister gehen und selbst etwas essen, oder?« Gawaine fand sich mittlerweile selbst einigermaßen in dem unterirdischen Labyrinth zurecht. Er nahm ihre Hand und führte sie zu dem Gitter hinter dem Feuerholz.

Doch Naitachal war nicht da. Als sie jedoch an das Gitter traten, von dem aus man den Thronsaal überblicken konnte, sahen sie ihn. Er spielte die Laute und sang ein sehr überzeugendes Lied vom einfachen Leben, den Freuden der Hirtenidylle, der Reinheit und dem Vergnügen an der Freiheit. Gawaine grinste und führte Lyrana weiter.

22. KAPITEL

Voyvodan zeigte sich keineswegs erfreut über den mechanischen Tänzer. Er schaute ihm eine Zeitlang zu, wie er durch den überfüllten Raum hüpfte und wirbelte. Wulfgar und Tem-Telek standen daneben und warteten besorgt, während Naitachal seine Ungeduld damit überbrückte, daß er die Laute stimmte. Schließlich seufzte der Schneedrache, stützte das Kinn in seine Hand. »Komm her«, sagte er laut.

Ein Diener tauchte aus dem Hintergrund auf. Er trug ein Tablett, auf dem eine durchsichtige Glasflasche stand, und stellte es auf den Tisch, an dem noch der Schachspieler saß, Gesicht auf dem Schachbrett. Wulfgar schaute auf die Flasche und dann zu Tem-Telek und holte tief Luft. In der Flasche befand sich ein außerordentlich zierliches Schiffsmodell. Seine Teile waren so fein, daß weder der Zwerg noch der Echsenmann sie mit ihren dicken Fingern hätten greifen können, vorausgesetzt, sie wären überhaupt in die Flasche gekommen. Voyvodans nächste Worte bestätigten nur die Befürchtungen des Zwerges. »Die Takelage ist kaputt. Eigentlich kann man sie hoch- und runtermachen, und das Ruder sollte sich ebenfalls bewegen lassen. Anscheinend hat jemand den Faden verloren, der aus der Flasche heraushängen muß. Repariert dies doch.«

»Sollen wir dann zurückkommen?« fragte Wulfgar ziemlich bissig.

Der Drache schaute ihn mit zusammengekniffenen Augen an. »Möchtest du lieber nicht zurückkommen?«

»Oh, o doch, o doch«, griff der Echsenmann ein, bevor der aufgebrachte Wulfgar eine Antwort geben konnte, die ihnen allen schlecht bekommen würde. »Wißt Ihr, ich habe noch nie so viel Spaß gehabt. Ich darf so viele wunderschöne Sachen machen und lerne so viel.« Er plapperte freundlich noch eine Weile weiter, und verstummte erst, als der Drache sich drohend räusperte. Wulfgar nahm das Tablett, verbeugte sich ordentlich, wenn auch nicht allzu tief, und verließ den Thronsaal. Tem-Telek folgte ihm auf dem Fuß. Voyvodan schaute ihnen nach und blickte dann Naitachal an.

»Ich fürchte, sie mögen mich nicht, Barde. Und du? Was empfindest du für mich?«

Der Barde deutete auf die Laute in seiner Hand. »Ihr habt mir für meine alte, mitgenommene Laute dieses wundervolle Instrument gegeben. Wie könnte ich Euch da nicht immerzu ein Loblied singen?«

»Mmm, ja. Oder vielmehr ...« Der Drache redete hastig weiter, als Naitachal nickte und einen Akkord anschlug. »Nicht *dieses* Stück. Nicht gerade jetzt. Sing mir etwas anderes vor. Lindere meine Langeweile. Ich bin *gelangweilt*, Dunkler Elf.«

»O ja, wie wäre es damit?« Naitachal schlug einen anderen Akkord an. »Das war sehr in Mode, als ich Silver City verließ. Vielleicht gefällt es Euch ja.« Er spielte einen komplizierten Lauf und begann dann zu singen. »Oh! Das Leben eines Lords ist nichts mehr für mich, ich will meinen Besitz loswerden und meine Seele befrei'n, dort wo der Hirsch und die Turteltaube leben, dort werd' auch ich sein, und mit einer Schäferin unter dem Himmelszelt schlafen.«

Der Drachen schnaubte. Naitachal riskierte einen Seitenblick in seine Richtung und schaute ihn dann überrascht an. Voyvodan lachte und hielt sich die Seiten. »Mach doch weiter, warum hörst du auf. Das ist das lustigste Lied, das ich *jemals* gehört habe!«

Naitachal lächelte mißbilligend, spielte erneut das Vorspiel und sang weiter. »Ich werd' meine Juwelen ausrangieren, meinen Reichtum aufgeben und in einem Winkel nächtigen. Ich werde mich mit der Beutelratte arrangieren und ein guter Freund des Maulwurfs sein, denn solche materiellen Dinge sind einfach – ein Hemmschuh für meine Seele.«

Naitachal machte eine ganze Weile in dieser Art weiter. Der Drache lachte immer noch hemmungslos, als er ihn eine ganze Zeit später wegschickte.

In seiner Kammer tupfte sich der Barde die feuchte Stirn ab und ließ sich auf einen Stuhl fallen. »Großartig«, sagte er. »Ich muß mir noch mehr Verse wie diese ausdenken. Ich habe ihm genug Bardenmagie in die Ohren gesungen, um eine Scheune umzuwerfen, und er hat es nicht einmal bemerkt!«

Vielleicht, weil es nicht klappte ...Nein, *darüber* wollte er nicht nachdenken.

Finster starrte er ins Feuer, bis ihn ein Zischen aus der Richtung des Feuerholzes aufschreckte. Es waren Gawaine und die entzückende junge Frau, die ihm seit einiger Zeit nicht mehr von der Seite wich. Unvermittelt wurde Naitachal klar, daß er seinen Schüler vielleicht verlor, bevor der Bardling überhaupt die Chance hatte, ein richtiger Barde zu werden. *Aber nicht, wenn ich da ein Wörtchen mitsingen kann,* sagte er sich grimmig und beugte sich zum Gitter. »Gawaine, du ahnst ja nicht, wie froh ich bin, dich zu sehen! Denk dir einige Verse zu ›Der Schäfer, die Schäferin und Lord Emerald‹ aus. Und zwar schnell! Mir gehen die Ideen aus!«

Etwas weiter entfernt standen Wulfgar und Tem-Telek vor dem Tisch in ihrer Werkstatt und betrachteten verdrossen die Flasche. »Wir brauchen wieder Gawaines Mäuse«, sagte der Echsenmann schließlich. »Wo ist der Junge?«

Doch Wulfgar deutete nur auf den Tisch. Zwei fette Mäuse und eine kleine standen da auf ihren Hinterläufen und zogen am Ärmel des Zwergs. »Ich komme mir wie ein Idiot vor«, sagte Wulfgar und schaute sich in der Werkstatt um. Dann bückte er sich noch weiter herunter. »Nun, Sire und Mylady ... Wulfgar erklärte den Mäusen das Problem. »Sollte ich das überleben, werde ich dafür sorgen, daß ihr mein bestes Brot bekommt, und zwar auf der Stelle«. fügte er noch hinzu, und die Mäuse ließen sich auf die Hinterbeine fallen. Dann redeten sie offensichtlich mit dem Mäuschen, das nach kurzem Ansporn in die Flasche krabbelte. Wulfgar und Tem-Telek schauten zu, wie es den Hals herunterutschte und neben dem Schiff landete. Dann erwischte es einen fast unsichtbaren Faden, packte ihn mit dem Maul und kletterte zurück. Wulfgar mußte die Flasche neigen, damit die kleine Maus heraus konnte, doch als sie auf den Tisch fiel, hielt sie den Faden immer noch im Maul.

Der Zweg nahm ihn und verbeugte sich dann tief vor den drei Mäusen. Tem-Telek klopfte sich auf die Taschen und holte einen Klumpen Brot und eine Tüte mit Rosinen heraus. Beides breitete er auf dem Tisch aus. »Unser Dankeschön«, sagte er förmlich, und die Mäuse machten sich über das Brot her.

»Ich frage mich nur, wie der Drache das findet?« überlegte der Zwerg.

»Ich habe eine Idee«, sagte der Echsenmann nach einer unbehaglichen Pause. »Wir werden ihm unser kleines Reparaturwunder noch nicht zeigen. Wir sollten erst zu ihm gehen, wenn er nach uns schickt, und wir gehen müssen.«

Raven und Cedric waren sehr durstig. Man hatte zwar wieder wie immer Proviant über die Mauer geworfen, aber diesmal nur halb soviel Wasser. Die Gitter bestanden hier aus engmaschigem Draht, durch den die Frauen keine zusätzliche Ration reichen konnten.

Nach all den Kämpfen der letzten Tage gab es heute bis Mittag überhaupt kein Gefecht. Nur eine große Wand aus Metall und Dornen, die sie durch den Korridor getrieben hatte und die dann plötzlich stehengeblieben war. Raven schaute sich um und lächelte plötzlich. Iris und Irene preßten ihre Hände gegen die Gitter, damit sie sie sehen konnten. Und er glaubte sogar, in dem spärlich beleuchteten Tunnel Iris' geliebtes Gesicht erkennen zu können.

Cedric berührte seine Schulter. »Sieh dort«, sagte er leise.

Raven fühlte, wie sich ihm die Nackenhaare sträubten. Voyvodan saß an der Stelle, an der vorher die eiserne Wand war. »Sie verschwand einfach«, sagte Cedric noch leiser. »Und dafür kam er.« Beide Männer schauten den Schneedrachen an.

Voyvodan lächelte und winkte sie zu sich an einen Tisch, der mit feinstem weißen Damast gedeckt war. Auf ihm standen drei mit Edelsteinen verzierte goldene Schalen mit passenden Untertellern und eine wahrhaft scheußliche Teekanne. Sie war so groß wie der Arm eines Mannes und mit einem wilden Muster aus Efeu, Rosen, kleinen Vögeln und stilisierten Bienen verziert.

Raven und Cedric näherten sich dem Tisch und setzten sich hin, als Voyvodan zierliche, in gestreifter Seide gepolsterte Stühle und vier in Seide gekleidete Diener herbeizauberte, die auf Violinen und Flöten spielten. Er machte eine Handbewegung, die drei Tassen wurden mit duftendem Tee gefüllt. Raven lief das Wasser im Mund zusmmen. *Hagebutten und Zitronengras*, dachte er. Einer seiner Lieblingstees. Aber er war ja ohnehin durstig.

Cedric schluckte trocken. Orangen und Gewürze ... Woher wußte der Drache, was er am liebsten mochte? Und sein Mund war so trocken ...

Voyvodan lachte leise. »Drei Tassen, und zwei von euch, aber nur ein Tasse ist sicher.«

»Sicher?« fragte Raven leise.

»Die beiden anderen ... Tja, ich frage mich, wie lange sich ein Mann bei einem wirklich starken Gift vor Schmerzen windet, bis ein *Freund* ihn davon erlöst?«

Raven wurde so blaß, daß Cedric dachte, er fiele tot um. Doch der Druide straffte die Schultern und sagte: »Überhaupt nicht. Kennt Ihr den wahrhaftigsten Test für eine Freundschaft nicht?«

Cedric schloß die Augen. Er hätte geweint, wenn sich noch etwas Feuchtigkeit in seinem Körper befunden hätte.

»Ich werde die Flüssigkeiten testen«, sagte Raven entschlossen. Cedric öffnete alarmiert die Augen und wollte schon widersprechen, doch der Druide schaute ihn warnend an. »Ich bin immerhin ein Druide. Wenn ich kein Gift von gefahrloser Flüssigkeit unterscheiden kann, war all mein Lernen umsonst. Dann sterbe ich gern. Wie lange habe ich Zeit zu wählen?« fragte Raven ruhig.

»Solange du willst, das heißt«, fügte Voyvodan nachdenklich hinzu, »solange mich das Warten auf deine Wahl nicht langweilt, selbstverständlich.«

»Selbstverständlich«, wiederholte Raven und beugte sich über die Schalen.

Düfte. Es gab viele Substanzen, die dufteten, und andere, die geruchlos waren. Jede davon konnte einen Menschen mit Leichtigkeit töten. Er roch nichts. Doch das bedeutete auch nichts. Und die Farbe brachte auch keine Anhaltspunkte. Er schaute hoch und dann zur Seite. Voyvodan betrachtete den Himmel, die Wände und die Musiker hinter sich. Und Cedric sah sehr, sehr müde aus.

Vielleicht konnte er es nur herausfinden, indem er die Schalen an die Lippen setzte und ausprobierte, ob die Flüssigkeiten seine Haut taub machten oder einen seltsamen Geschmack hatten. Doch ein Geräusch auf dem Korridor lenkte den Drachen ab. Raven sah erstaunt, wie im selben

Moment ein kleiner brauner Vogel, nicht größer als sein Daumen, zwischen ihm und Cedric hindurchflog, sich auf die mittlere Schale setzte und einen kleinen Schluck nahm. Dann richtete sich der Vogel wieder auf und der Blick seines glänzenden Auges fiel auf den Druiden. Er war sicher, daß sich Wissen und Bedeutung dahinter verbarg. Dann hüpfte er auf einmal über den Tisch und flatterte weg.

Ich setze mein Leben auf das, was ich die ganze Zeit zu lernen versucht habe und was ein Druide wissen sollte, dachte Raven grimmig. *Die Art der Tiere und Vögel.* Als Voyvodan sich wieder umdrehte und mit den Fingernägeln auf den Tisch trommelte, nahm Raven die mittlere Schale hoch, inhalierte den warmen Dampf und trank einen Schluck. »Ahh.« Er setzte sie ab und lächelte. »Das ist sehr nett von Euch. Mein Lieblingsgeschmack. Woher wußtet Ihr das?« *Nicht die geringste Reaktion,* dachte er erleichtert. In der Schale befand sich nichts als heißes Wasser, in dem man Blätter, Hagebutten und Zitronengras hatte ziehen lassen, was er so liebte. Er lächelte und schob Cedric die Schale in die Hand. »Hier, trinkt einen Schluck. Es ist wundervoll beruhigend.«

Cedric schaute ihn ängstlich an, doch Raven nickte. Der Bogenschütze schloß die Augen und leerte die Schale. Dann lächelte er glücklich.

»Wie erfreulich. Das ist der beste Tee, den ich kenne, Gewürze und Orangen!« Als er die Augen wieder öffnete und Raven sich umdrehte, war der Drache mitsamt den beiden Schalen und dem ganzen Quartett verschwunden. Die häßliche Teekanne war noch da, jetzt auf einem wackligen Tisch, doch als Raven mehr Tee in die Schale gießen wollte, stellte er fest, daß nur kaltes Wasser darin war.

»Wasser ist genausogut«, versicherte ihm Cedric. »Aber hört doch … Hört Ihr nichts?«

»Hsst!« Es war Gawaine. Er stand im Tunnel mit Lyrana und den Zwillingen und versuchte krampfhaft, ihre Aufmerksamkeit zu gewinnen. »Woher wußtet Ihr, daß dies die sichere Schale war, Raven?«

»Tja.« *Der Vogel kann ja auch nur in meiner eigenen Phantasie existiert haben,* dachte er. Er würde ihn nicht erwähnen, solange es kein anderer tat. Es fehlte gerade noch, daß Cedric zu der Überzeugung kam, sein Gefährte wäre verrückt geworden. »Nun, ich habe mein Bestes gegeben, natürlich mit Unterstützung all des Wissens eines Druiden. Aber ... tja, hätte ich mich geirrt, dann hätte Cedric auf jeden Fall schon mal eine falsche Schale gekannt.«

Er errötete tief bewegt, als Cedric ihn umarmte. »Mein Freund, ich kann das nie wiedergutmachen!«

»Unsinn«, sagte Raven knurrig und umarmte den Bogenschützen so fest, daß dem fast die Luft wegblieb. »Ihr habt mein Leben schon mehr als einmal gerettet. Ich habe nur sehr wenig dafür zurückgezahlt.« Er lehnte sich zurück, als er die Tränen in seinen Augen spürte. »Einverstanden?«

Der Bogenschütze nickte. »Einverstanden.« Er kniete sich hin und preßte die Finger gegen das Gitter. Irene hielt ihre von innen dagegen, aber der Draht war so dicht, daß sie sich nicht berühren konnten. »Gawaine, macht der Barde Fortschritte?«

»Was unser Wissen über den Verbleib des Drachenherzens betrifft?«

»Fortschritte, es zu finden«, verbesserte Raven ihn freundlich. Er schaute Iris an, und obwohl er sie durch den Maschendraht nicht gut sehen konte, war er sicher, daß sie lächelte.

»Nicht, daß ich wüßte«, sagte Gawaine. »Wir geben Euch Bescheid.«

Cedric seufzte tief auf. »Sagt ihm, wenn es eine Möglichkeit gibt, die Dinge zu beschleunigen, würden mein Freund und ich das sehr zu schätzen wissen.«

»Sicher.« Gawaine trat von einem Fuß auf den anderen. Wie konnte er die beiden trösten, in der Lage, in der sie sich befanden? Vor allem, wo die Zwillinge neben ihm standen, die beide ihr Gefühle nur allzudeutlich zeigten.

»Wir werden es ihm sagen«, versprach Lyrana ruhig.

»Und alles tun, was wir können, um ihm und Euch zu helfen, natürlich.« Sie drückte dem Bardling die Hand und deutete dann in den Tunnel. Gawaine folgte ihr und ließ die Zwillinge im Tunnel und die beiden kämpfenden Männer allein oben zurück. Er schaute nur einmal zurück. Die ganze Situation drohte ihm das Herz zu brechen und seine Gedanken in Elend erstarren zu lassen. Aber er war nutzlos, wenn er nicht nachdenken konnte. »Doch selbst wenn ich denken kann«, flüsterte er so leise, daß nicht einmal Lyrana es verstehen konnte, »was könnte ich schon Hilfreiches sagen?«

Weder im Thronsaal noch in der Schlafkammer mit dem Kamin fanden sie eine Spur von dem Barden.

Naitachal lag auf dem Rücken auf einem der Betten in der nächsten Kammer, starrte an die Decke und dachte angestrengt nach. »Soweit ich das beurteilen kann, wirkt dieses Lied nicht«, murmelte er vor sich hin. »Obwohl es noch zu früh ist, um sicher etwas sagen zu können. Aber die Methode ist zu umständlich, um die Kreatur zu besiegen, und die Zeit wird knapp. Alles scheint davon abzuhängen, was ich hier mache …« Er schloß die Augen. *Ich könnte ihn meinem Willen unterwerfen. In meinem früheren Leben kannte ich eine Myriade von Zaubersprüchen, die einen bloßen Drachen beherrschten, selbst einen riesigen. Ich könnte ihn kontrollieren, ihn zwingen, diese unglücklichen jungen Frauen freizulassen, meinen Bardling und all die anderen. Ich könnte …*

Er versuchte, sich etwas anderes einfallen zu lasen. Irgend etwas anderes. Aber es klappte nicht. »Ein Glück, daß der Junge nicht hier ist«, sagte er laut. »Sonst würde er sehen, wie dicht unter der Oberfläche mein altes Wesen noch ist. Wenn es mir schon Unbehagen bereitet, was würde es erst bei dem unschuldigen, kleinen Gawaine auslösen?«

Er schaute an die Decke. Schließlich richtete er sich auf. »Ja. Das könnte ich tun. Ich *denke* jedenfalls, daß ich es könnte. Vorausgesetzt, ich bekomme die richtige Salbe und die richtige Paste. Und eine Flasche von ... ja, genau. Das ist ja der Mist, nicht wahr?« *Eine Leiche, um die Flüssigkeit zu erzeugen, die den Zauber besiegelt.* »Und wen sollte ich umbringen? Selbst früher, als ich mir kein anderes Leben vorstellen konnte, habe ich *das* nicht getan.« Das war vielleicht der entscheidende Punkt, warum er mit dem Leben gebrochen hatte, für das seine Eltern ihn von seiner Geburt an geweiht hatten. »Und wenn ich erst einmal anfange – wo würde es enden? Außerdem ...« Er dachte nach und lachte gereizt. »Nicht einmal dieser elende Paladin! Selbst wenn ich ihn wertlos finde, hält er sich doch für nützlich. Wie könnte ich es über mich bringen?«

Bleib bei deinen Liedern, sagte er sich entschieden. *Und beeil dich.*

23.
KAPITEL

Gawaine schlief in dieser Nacht nicht besonders gut. Im Zimmer war es stickig, und die Matratze war klumpig. Natürlich reichte das allein nicht, um einen Mann wachzuhalten, nicht nach den Strecken, die er in den letzten drei Tagen in den unterirdischen Gängen und den Labyrinthen des Schneedrachen zurückgelegt hatte. Er machte sich ernstliche Sorgen. Um Lyrana, um Cedric, Raven und nicht zuletzt um die Zwillinge, die sich immer stärker zu den beiden Männern hingezogen fühlten. *In den Labyrinthen lauern so viele Gefahren ... Wie können sie da lange genug überleben, damit Meister Naitachal sie retten kann?* Sie alle. Er selbst hingegen war von allen am wenigsten gefährdet. Aber Wulfgar und Tem-Telek ... All die jungen Frauen, Lyranas Gefährtinnen, die unschuldig in diese Situation geraten waren.

Beim ersten Tageslicht brachte Lyrana ihm wie immer Tee

und Kekse. Und eine Nachricht. »Wulfgar und Tem-Telek mußten das Schiff noch gestern abend spät abliefern. Voyvoden war *überhaupt* nicht erfreut. Und er hat ihnen eine neue Aufgabe gestellt, bei der, fürchte ich, die Mäuse nicht weiterhelfen können.« Gawaine aß einen Keks, trank etwas Tee und stand auf.

»Dann sollten wir lieber gehen«, schlug er vor.

Lyrana schaute ihn besorgt an. »Du siehst ziemlich erschöpft aus. Hast du überhaupt geschlafen?«

Dasselbe hätte er sie fragen können. Lyrana wirkte blaß und nervös und fast so niedergeschlagen wie die Zwillinge. Aber sie wollte bei ihm bleiben, ließ sich von ihm nicht zurückschicken. *Es ist auch mein Leben*, hatte sie gesagt und sich seitdem entschieden geweigert, dieses Thema noch einmal zu diskutieren. Iris und Irene empfanden offenbar genauso und würden niemals aus Gründen der eigenen Sicherheit weggehen. »Wenn wir mit nur einer einzigen Kleinigkeit in all der Zeit, unsere eigenen oder das Leben eines der Männer retten, wäre das die Sache wert«, hatte Irene gesagt.

»Und ich werde Raven auf keinen Fall alleinlassen«, schloß sich ihr Iris an.

Gawaine schüttelte den Kopf, um die düsteren Gedanken zu vertreiben, und fuhr sich mit den Fingern durchs Haar.

Lyrana warf ihm einen weiteren besorgten Blick zu und ging dann voran.

Kurz vor der Werkstatt, in der der Zwerg und der Echsenmann so lange tüfteln mußten, bog sie in einen Seitengang ab. »Sie wurden in eine andere Werkstatt verlegt. Eine, zu der der Drache auch gelangen kann. Hier, in der Nähe der Haupttore und des Haupthofes, sind die Korridore groß genug, daß er sie in seiner menschlichen Gestalt passieren kann.«

Sie blieb an einem Gitter stehen, und Gawaine schaute hindurch. Seine Gefährten standen beide bis zu den Knöcheln in glitzerndem Sägemehl, das den ganzen Raum füllte. Selbst im Flur duftete es nach Zedernholz. Er konnte Tem-Telek sehen, dessen Aufregung man sogar an der Miene seines ansonsten eher ausdruckslosen Gesichtes erkennen konnte. »Die Mäuse können uns nicht helfen, Gawaine auch nicht, was sollen wir tun? Äh … Meister«, fügte er hastig hinzu. »Wir müssen das Zeug von dem Gold trennen oder sterben. Und ich bin sicher, daß er uns nicht viel Zeit gibt!«

Ungläubig sah er, wie Wulfgar den Kopf in den Nacken legte und herzhaft lachte. »Aber wirklich, Herr! Ich könnte uns aus einer Falle wie dieser mit geschlossenen Augen befreien, ja sogar im Schlaf! Hier …« Er kehrte wieder den Herrn heraus. »Hört auf, Eure großen ungeschickten Hände zu verknoten und holt mir ein Brett, das lang genug ist, um die Tür zu verbarrikadieren. Und regt Euch nicht länger auf. Ich weiß, Ihr könnt nicht anders, Ihr seid so, aber holt trotzdem ein Brett und stellt es vor die Tür. Laßt mich sehen, ja, das ist gut. Der Boden neigt sich dort ein wenig, genau das brauchen wir. Und Gawaine …« Er hob die Stimme ein wenig. »Jedes Wesen, das hier herumläuft, sollte möglichst verschwinden. Achtet darauf, daß Ihr Euch nirgends aufhaltet, wo sich Wasser sammelt.«

»Wasser?« fragte Lyrana. Gawaine dachte einen Moment nach, nickte und zog an ihrem Arm.

»Wasser. Er wird den Boden der Kammer fluten. Klar, gießt Wasser über zwei verschieden schwere Dinge, und das schwerere bleibt liegen, das leichtere wird davongespült.«

»Aber natürlich!« Sie klatschte in die Hände. »Sägemehl ist ja viel leichter als Gold. Aber wie schlau ist er, unter dieser Anspannung darauf zu kommen.« Sie schaute sich vorsichtig um und führte ihn dann durch einen anderen Tunnel ins Freie. Dort saßen Irene und Iris jammernd aneinandergeschmiegt.

»Sie sind da drüben in dem Korridor«, sagte Iris. »Aber da sind keine Tunnel mehr, nur ein kleines Loch in der Wand weiter vorn, und wir konnten gestern nacht nichts weiter tun, als ein wenig zu reden.« Sie legte ihrer Schwester die Hand auf die Schulter. »Wir müssen zurückgehen, etwas essen, uns frischmachen und Proviant besorgen, falls doch die Möglichkeit besteht, es hinüberzuwerfen.«

»Das solltet ihr wirklich tun«, meinte Lyrana und musterte sie kritisch. »Wenn Voyvodan Euch so sieht, nützt ihr Euern Männer nichts mehr. Er würde Euch waschen und verspeisen.« Gawaine zuckte bei ihren offenen Worten zusammen, aber sie schienen zu wirken. Iris stand auf, half ihrer Schwester hoch, und nach einem letzten sehnsüchtigen Blick auf die Mauer verschwanden sie.

Lyrana und Gawaine lauschten. Man hörte Kampfgetümmel und gelegentliche Schreie, doch die ruhige Stimme Cedrics drang durch den Lärm, und die ebenso feste Ravens antwortete. Die Zuhörer verstanden weder, was die beiden Gefährten sagten, noch das, was ihre Gegner schrien.

Lyrana führte Gawaine zu dem Spalt in der Mauer. Glücklicherweise kannte sie die Gegend besser als er, wenn auch nicht besonders gut. Er hätte den Spalt sicher lange gesucht. Jetzt jedoch konnte er wenigstens den Kampf auf der anderen Seite beobachten.

Cedric wirkte abgehärmt, als er er sich umdrehte und einen Pfeil auf seine Verfolger abschoß. Ravens Fähigkeiten nutzten ihm hier nichts. Er trug einen Messergurt und einen Bogen, der kleiner war als Cedrics. Er konnte zwar mit beiden Waffen nicht besonders gut umgehen, aber es reichte, um zu verhindern, daß sich die Verfolger ausschließlich auf Cedric stürzten.

Gawaine stellte sich auf die Zehenspitzen und bekam allmählich eine vage Vorstellung von der Lage dort drin. *Heilige Lords des Lichts, daraus werden sie sich niemals befreien können!* Voyvodan hatte diesmal etwas für sie ausgesucht, was er noch nie gesehen hatte. Röhren, durch die sie klettern mußten, Seile, an denen sie sich hochhangeln und mit denen sie sich weiterschwingen konnten ... und hinter ihnen, vier große Männer, die sich trotz ihres plumpen Äußeren überraschend behende bewegten.

Gawaine schloß aus den freundlichen Kommentaren, die sich Cedric und Raven zuwarfen, daß Voyvodan offenbar darauf spekulierte, daß der eine den anderen als Köder zurücklassen würde. Doch die beiden Männer hielten zueinander, deckten sich gegenseitig oder halfen sich über die schwierigen Hindernisse hinweg. Gerade kletterte Cedric geschickt auf die Mauerkrone und hielt mit dem Bogen die vier Scheusale in Schach, während sich Raven an einem Seil, das mitten von der Mauer herabhing, hochzog und sich schließlich neben Cedric wälzte. Er löste das Seil, warf es zu den vier Scheusalen herunter und grinste Cedric an, der das Lächeln erwiderte und sich spöttisch vor dem Quartett verbeugte, bevor er und der Druide von der Mauer heruntersprangen und verschwanden.

Gawaine holte tief Luft, lehnte sich kurz an die Mauer und gab sich dann einen Ruck. »Sie haben diesen Abschnitt ebenfalls geschafft.«

»Der Drache wird nicht erfreut sein«, sagte Lyrana unglücklich.

»Nein.« *Ganz und gar nicht erfreut.* Die beiden lebten zwar noch, aber Voyvodan würde sicherlich ihre Chancen noch weiter verschlechtern. »Komm, du mußt zurückgehen.«

Als sie an dem Gitter des Werkraums vorbeigingen, sahen sie überall auf dem Tunnelboden Pfützen. Das Wasser drang zwischen den Gitterstäben hindurch und lief daran herunter. Drinnen rieb sich Wulfgar die Hände und kicherte, während sein angeblicher Schüler das Gold mit einer Kelle aufschaufelte. »Es ist so einfach«, sagte der Zwerg. »Vorausgesetzt man weiß, daß Gold schwerer ist als fast alles andere. Ich habe einfach nur die Tür abgedichtet, Wasser vom Flur hereingeleitet und die Kammer überflutet. Sägemehl schwimmt davon, und Gold sinkt herunter. So geht es, nicht wahr?«

»Ja, Meister«, sagte Tem-Telek gespielt schmeichelnd, aber Gawaine hatte den Eindruck, daß diesmal auch echter Respekt in seiner Stimme mitklang.

Dann schauten sie noch bei *seinem* Meister vorbei. Naitachal ging vor dem Kamin auf und ab und redete mit sich selbst. Er dachte sich Verse aus, und es war bezeichnend für seinen momentanen Zustand, daß er diese Unterbrechung seines kreativen Nachdenkens begrüßte. Er sah nicht besonders gut aus. Der Bardling hatte ihn noch nie so dünn, grau im Gesicht und gehetzt erlebt. Aber wenigstens lächelte er, als Lyrana ihm einen Gruß zuzischte. »Ah, Neuigkeiten, Gawaine? Guten Morgen, Miss Lyrana.« Er hörte zu und seufzte, als Gawaine die Geschichte mit den Gladiatoren beendete, lächelte über Wulfgars Erfolg und runzelte die Brauen, als der Bardling den Zustand der Zwillinge schilderte. »Das ist nicht gut«, sagte er. »Sie sollten sich erholen, sonst nützen sie Cedric und Raven nichts.«

»Das wissen sie bereits.« Lyrana klang resigniert. »Ich habe es ihnen schon gesagt.«

»Tja. Dann erinnert die Zwillinge daran, daß es wahrscheinlich auch das Ende ihrer geliebten Männer ist, wenn der Drache sie frißt. Cedric und Raven werden dann wohl aufgeben.«

»Daran habe ich nicht gedacht«, sagte Lyrana und nickte. »Ja. Das müßte sie dazu bringen, sich wenigstens einen Nachmittag auszuruhen.«

»Schlaf«, drängte Naitachal sie sanft. »Oder wenigstens Ruhe. Sie müssen essen, ein Glas Wein trinken, ein bißchen Zeit vor dem Spiegel verbringen, sich frische Kleidung anziehen und sich frisieren. Die jungen Männer werden diese Mühe doch sicher auch zu schätzen wissen, nicht wahr?«

»Wenn sie jemals wieder an einen Ort gelangen, an dem sie die Zwillinge *sehen* können«, warf Gawaine zweifelnd ein.

»Oh, sie werden den Unterschied auch in der Stimme der Zwillinge wahrnehmen. Außerdem denke ich«, sagte Naitachal freundlich, »daß Euch auch ein wenig Pflege guttäte, teure Lyrana. Es mißfiele meinem Schüler sicherlich, wenn

Euch etwas Unangenehmes zustieße. Zum Beispiel, als Futter für einen Schneedrachen zu enden ...«

»Ja«, unterbrach Lyrana ihn rasch. »Ich verstehe, was Ihr meint, Sire Barde.«

»Gut. Vergeßt es bitte nicht, sobald Ihr mich verlassen habt. Doch sagt ...« Er schüttelte sich. »Habt Ihr Euch noch mehr Verse für diese elende Lied ausgedacht?«

Gawaine schob eine Papierrolle durch das Gitter. »Wir haben gestern nacht noch einige Verse gedichtet.« Naitachal rollte das Pergament auf und las die ersten Zeilen. Er lachte leise, schüttelte den Kopf, las weiter und lachte noch mehr.

»Ist er des Stücks denn immer noch nicht müde?« Gawaine klang ziemlich verwundert.

Der Barde schnaubte verächtlich. »Ist dir klar, daß ›Der Schäfer, die Schäferin und Lord Emerald‹ mittlerweile beinahe doppelt so viele Verse hat wie ›Beatrice und Manticorn‹?«

»Großer Lord und alle Mächte«, antwortete Gawaine fromm.

»Aber ein Gutes hat die Sache: Der Drache ist so sehr unter Eurem Bann, daß er sich nicht langweilt und Euch fortschickt. Und er hat Euch auch nicht mehr mit einem Zauberspruch zum Schweigen gebracht, nicht wahr?«

»Nein. Obwohl ich fast wünschte, er täte es«, sagte Naitachal grimmig. »Ich weiß, ich weiß, es würde uns nicht weiterbringen. Die Zeit wird knapp, mein Schüler. Such dir einen Gott, zu dem du betest. Vielleicht nicht gerade den von Arturis.«

»Ich ... ja sicher. Wißt Ihr, ich glaube, Fenix könnte uns helfen. Ihr wißt schon, die Mäuse und die Hänflinge ... und all das. Vielleicht kann sie noch mehr tun. Vielleicht ...«

»Sprich mit ihr, wenn es dir gelingt, Gawaine. Obwohl ich fürchte, daß es wenig Sinn macht. Der Drache hat ihre Macht mit einem Zauber neutralisiert. Und die einzige Möglichkeit, einen solchen Zauber zu brechen, ist ...« Er wartete und Gawaine seufzte. »... den Drachen zu töten«, schlossen sie im Chor.

»Ich rede trotzdem mit ihr, Meister.«

»Tu das. Ich muß mich fertig machen. Voyvodan schickt gewöhnlich um diese Stunde nach mir. Bring diese junge Frau zurück in ihren Hof, und sorge dafür, daß sie etwas zu essen bekommt. Es ist zwecklos, sie so abmagern zu lassen, daß sie durch diese Stäbe paßt, nicht wahr?«

»Das ist richtig«, stimmte Lyrana zu, bevor Gawaine etwas sagen konnte. »Wir kommen später wieder.«

»Ja.« Naitachal richtete seinen Blick wieder auf das Papier. »Ihr wißt ja, wo ich bin.« Als sie gingen, hörten sie noch, wie er über einen ihrer Verse lachte.

Kaum jedoch waren ihre Schritte verklungen, drehte Naitachal sich von dem Gitter weg und warf die Rolle auf den Tisch. Seine Miene verfinsterte sich. »Es gibt Zaubersprüche«, flüsterte er, »Zaubersprüche, die Krankheiten bringen, von denen jede einzelne Voyvodan töten würde. Oder solche, die jedem Feind eine tödliche Bedrohung in den Weg legen. Vielleicht lenkt ja eine solche Bedrohung den Schneedrachen lange genug ab, daß ich Fenix befreien kann. Ich wüßte auf Anhieb fünf Sprüche, die den Drachen töten und Fenix befreien würden. Und uns.«

Sicher, o ja. Mißmutig aß er seine mittlerweile kalte Suppe. Dazu müßte ich einfach nur jemand anderen töten. Einen, den er kannte. *Und wen soll ich auswählen? Gawaine? Seine Geliebte? Eines der armen Mädchen, die Cedric und Raven folgen und sich um die beiden sorgen? Wulfgar? Oder Tem-Telek, der ja ›nur‹ ein Echsenmann ist?*

Genausogut könnte er sich entscheiden, Arturis wiederherzustellen und *ihn* zu benutzen. Es war nicht einfach ›nur‹ der Echsenmann, dessen Humor dem seinen so glich. Oder ›nur‹ Wulfgar, der so gerissen und ein wesentlich erfreulicherer Gesellschafter war als Raven und der auf seine Weise genauso fähig war wie Cedric. Naitachal stöhnte und ließ den Kopf zwischen die Hände sinken. *Du darfst nicht aufgeben. Wenigstens gehen dir die Verse für dieses schreckliche Lied nicht aus. Und Gawaine findet allmählich zu sich selbst, jetzt, wo die Leben anderer von seinen Handlungen abhängen. Wer hätte sich vorgestellt, daß so etwas seine Aufmerksamkeit konzentrieren würde? Und der Drache ist immer noch interessiert ...*

Er hob den Kopf, als jemand an die Tür klopfte. Ein Diener trat ein. »Meister Barde, der Große möchte Euch sehen. Er will wissen, ob Euch noch mehr Strophen von diesem lustigen Lied eingefallen sind und ob Ihr sie ihm vorsingen wollt.«

Der Barde rang sich ein Lächeln ab, stand auf und nahm seine Laute. »Singen ... aber ja, was könnte mir mehr Vergnügen bereiten?«

Als er den Thronsaal erreichte, blieb er verblüfft stehen. Er konnte jetzt den Thron von den Doppeltüren aus sehen, der Blick zu den Fenstern war frei, wie auch der größte Teil des Weges zum Thron, und zu seiner Rechten sah er ein großes Stück blanken Bodens. Sogar der häßliche Springbrunnen war verschwunden.

Doch es gab noch genug wertvolles und seltenes Zeug, um den Sold aller königlichen Truppen für die nächsten tausend Jahre zu bezahlen. Naitachal straffte die Schultern und schritt über den langen, schlichten Teppich auf den Thron zu.

24.
KAPITEL

Gawaine wollte Lyrana am Ende des Kiesweges verlassen, doch das ließ sie nicht zu. Statt dessen führte sie ihn zum Pavillon.

»Ariana, ich muß mich frisch machen. Hat Voyvodan nach mir geschickt?«

Das Mädchen schüttelte den Kopf. »Das weißt du doch selbst. Schließlich warst du gestern nacht hier. Es ist Zeit für

Tee und Sandwiches. Gawaine, du bleibst doch und ißt mit uns? Es ist schon ziemlich lange her, seit *wir anderen* dich gesehen haben.«

Er hatte am Abend zuvor nicht viel gegessen, und allein der Gedanke an Nahrung erinnerte ihn daran, wie wenig er zum Frühstück zu sich genommen hatte: zwei Schluck Tee und einen Keks mit Zuckerguß. Außerdem war es nicht fair dem Rest dieser armen, gelangweilten jungen Frauen gegenüber, wenn er seine Zeit nur mit einer verbrachte, auch wenn sie ihm so viel bedeutete. Er nickte. Lyrana drückte seine Hand und verließ ihn. Kurz darauf kehrte sie mit den anderen Mädchen und den Zwillingen zurück. Sie trugen Tabletts, auf denen Sandwiches, kleine Kuchen, ein Korb mit reifen Früchten und ein einfacher, großer Teetopf aus Silber sowie Tassen standen. Lyrana stellte einen Teller vor Gawaine und verteilte Sandwiches, während Iris, die ihr Haar hochgesteckt hatte, Tee in die Tassen füllte.

Irene erstarrte plötzlich und ließ eine Porzellantasse fallen, die auf der Treppe zersprang. »O nein!« flüsterte sie entsetzt. »Seht ...!« Ariana schaute über ihre Schulter, und als Gawaine aufstehen wollte, bedeutete sie ihm nachdrücklich, sitzenzubleiben.

»Es ist Voyvodan! Was sollen wir machen?«

»Schenkt weiter Tee ein«, sagte Lyrana ruhig, obwohl auch sie erblaßte und ihre Augen sich vor Schreck weiteten. »Ihr da, steht auf und blickt ihm entgegen. Bildet eine Barriere, um Gottes willen!« Röcke raschelten, und im nächsten Moment saß Gawaine allein am Tisch und schaute verwirrt auf das blanke Holz. Es gab keine Decke, unter der er sich hätte verstecken können.

»Steh auf!« zischte Lyrana ihn an und zog ihn gleichzeitig hoch. Über dem Tisch in der Mitte der Pavillondecke war eine Falltür eingelassen. »Schnell ... nein, warte, zuerst ich ...« Sie kletterte auf das andere Ende des Tisches, von wo aus sie über die Köpfe der Mädchen hinwegsehen konnte. Gleichzeitig blockierte sie so den Blick auf die Mitte des Pavillons. »Da kommt er ja!« rief sie, während sie hinter sich das schabende Geräusch von Holz auf Holz hörte. Sie schaute sich um ... von Gawaine war nichts zu sehen ... Sie kletterte vom Tisch, als der Schneedrache über die Wiese näher kam.

Gawaine drückte sein Gesicht gegen das Holzgitter. Er konnte alles sehen und war relativ sicher, denn direkt vor ihm wand sich eine Kletterrose. Er unterdrückte ein Niesen, preßte seine Nase zusammen und atmete durch den Mund. Es war sehr staubig in der winzigen Dachkammer, und die Rose duftete sehr stark. Vorsichtig, um nicht gegen das unordentlich verstreute Geschirr zu stoßen, machte er es sich bequem.

Voyvodan überragte selbst Lyrana um zwei Kopflängen. Die jungen Mädchen drängten sich um ihn und begrüßten ihn freundlich.

»Ah ja«, gurrte er und schaute jede einzelne von ihnen an, »mir ist plötzlich eingefallen, wie lange ich euch schon nicht mehr gesehen habe. Mein neuer Barde ... ein wundervoller Mann, ich muß ihn euch einmal schicken, singt seit einiger Zeit für mich. Heute erwähnte er wunderschöne Ladies. Da fiel mir ein, wie sehr ich euch vernachlässigt habe.«

Gawaine unterdrückte ein Stöhnen und schloß die Augen. Das war einer seiner Verse. Er hatte ihn geschrieben, damit der Drache sich seines Mädchenharems entledigte. Ein ziemlicher Fehler.

»Ich will sehen«, fuhr Voyvodan fort. »wie es euch geht. Steht still, damit ich euch ansehen kann. Und tretet ein bißchen weiter auseinander. Mir wird ganz schwindlig, so wie ihr euch bewegt.«

Die Mädchen traten zurück und blieben stehen, als Voyvodan um jede von ihnen herumging, prüfend ihre schönen Gesichter betrachtete und ab und an etwas vor sich hin murmelte. Schließlich kam er zu den Zwillingen und Lyrana, die an den Stufen des Pavillons standen. Voyvodan runzelte die Stirn, winkte sie heran und musterte prüfend ihre Gesichter. »Höchst seltsam. Es kann doch nicht so lange her sein, daß ich euch zuletzt gesehen habe. Da hattet ihr Zwillinge Gesichter frisch wie Babies. Und du, mit deinem wunderschönen schwarzen Haar – Lyrana, nicht wahr? – sag, meine Liebe ... ist das da etwa eine *Falte* zwischen deinen Augenbrauen?«

Die Zwillinge schauten sich in deutlicher Panik an, doch Lyrana räusperte sich, faltete die Hände hinter dem Rücken und sagte leise: »Das ist gut möglich, Sire. Obwohl es nicht so entsetzlich lange her ist, daß Ihr da wart. Aber gerade vor kurzem gab es ... oh, wie soll ich es nur ausdrücken ...« Sie zögerte, und Voyvodan neigte abwartend den Kopf zur Seite. Lyrana zuckte hilflos mit den Schultern.

»Verstehe. Vielleicht fühlt ihr euch nicht wohl? Oder seid ihr unglücklich? Ist das Essen nicht gut oder nicht so abwechslungsreich, wie ihr es haben wollt? Liegt es am Wein?«

»Wie freundlich von Euch!« rief Lyrana. »Und wie klar Ihr die Dinge seht. Wir haben uns in letzter Zeit tatsächlich nicht besonders wohl gefühlt. Es fing bei mir an, und die Zwillinge haben mich gepflegt. Ich fürchte, daß sie sich jetzt noch schlechter fühlen als ich.«

»Keine Erkältung? Fieber?«

»O nein, Sire. Es handelt sich nicht um etwas so Schreckliches. Es ist nur einfach, nun, das Essen schmeckt nicht, und der Wein bereitet mir Kopfschmerzen. Mein Magen verträgt die Nahrung nicht gut, so daß ich wenig Appetit habe.«

»Schläfst du gut? Zuviel vielleicht?«

»O nein, Sire. Es ... ich schlafe sehr wenig, und wenn, dann habe ich so schreckliche Träume! Wenn ich aufwache, traue ich mich kaum, wieder einzuschlafen.«

»Und ihr beide leidet unter ... denselben Unpäßlichkeiten?« fragte Voyvodan die Zwillinge, die gleichzeitig nickten.

»Es fällt mir schwer, mein Essen bei mir zu behalten, selbst einfaches Brot. Mein Magen ist sehr empfindlich.«

»Ihr Armen«, sagte der Schneedrache und klopfte ihnen nacheinander behutsam auf den Rücken. »Wie schrecklich. Ihr hättet mich davon unterrichten sollen, daß ihr euch unwohl fühlt.«

»Aber es schien so unwichtig zu sein«, widersprach Lyrana. »Nichts, weswegen man Euch hätte bemühen müssen. Schließlich wissen wir ja, wie sehr Euch Eure Geschäfte in Anspruch nehmen, durch die ihr uns ein so bezauberndes Leben bietet.«

»Ah«, sagte Voyvodan schnell, »das tue ich nicht, meine Teuerste, da du dich doch unwohl fühlst. Ich werde befehlen, euch Delikatessen aus meiner eigenen Küche zu senden, süßes Brot, kandierte Veilchen, gefrorene Grapefruits und weißen Fisch ohne jede Gräte. Wird das helfen?«

Lyrana zuckte mit den Schultern. »Wir können es nur hoffen. Es klingt sehr appetitlich, doch ...« Sie deutete mit der Hand auf den Teetisch mit den Sandwiches und Kuchen. »Dies hier ist auch sehr schmackhaft, und trotzdem konnte ich kaum etwas essen.«

Der Schneedrache stieg die beiden Stufen herauf, beugte sich über den Tisch und prüfte das Essen und den Tee. »Ja, es sieht alles sehr gut aus, aber ihr drei solltet andere Tees trinken. Mein Arzt wird euch Heiltees verschreiben, die nervöse Mägen beruhigen und gegen Schlafstörungen helfen.. Und außerdem ...« Voyvodan trat zurück und schaute nach oben. Gawaine schloß die Augen und wartete auf die Entdeckung und das unvermeidliche Ende. Einen Moment später öffnete er die Augen wieder und sah, daß Voyvodan in die Ferne blickte und mit der Hand winkte. Zum ersten Mal in all den Tagen drang die Sonne durch die Wolken und warf den Schatten des Pavillons auf das Gras. »Ihr werdet während der nächsten Tage Sonne und blauen Himmel haben. Ist euch das genehm?«

»O ja, Sire«, antworteten die drei Mädchen im Chor.

»Gut. Ich muß gehen, denn ich habe noch viel zu erledigen. Doch ihr paßt auf, daß ihr nicht krank werdet. Wenn doch, schickt nach mir, damit ich jemanden beauftrage, sich um euch zu kümmern. Ihr beiden, ihr Zwillinge und du, Lyrana, eßt und trinkt das, was ich euch schicke, geht in der Sonne spazieren und paßt auf euch auf. Ihr müßt«, fügte er bedeutsam hinzu, »euch eure Schönheit erhalten.«

»Selbstverständlich, Sire«, sagte Lyrana respektvoll.

Voyvodan drehte sich um, ging über den Rasen und durch das Tor hinaus. Die Wachen schlossen es hinter sich.

»Ich glaube, mir wird wirklich schlecht«, sagte Irene ruhig. Iris, die ihren Kopf gegen die Schulter ihrer Schwester legte, schien es die Sprache verschlagen zu haben.

Lyrana lächelte schwach. »Bitte nicht, wir sind noch mal davongekommen.« Sie schaute zum Dach der Laube und nickte. Gawaine bemühte sich bereits, die Falltür zu öffnen.

»Ich habe uns drei schon tot gesehen«, murmelte Iris an Irenes Schulter.

»Ich auch, Schwester. Glücklicherweise hat eine die Geistesgegenwart behalten. Wie hast du das nur geschafft, Lyrana?«

»Und *warum*?« fragte Gawaine, während er die Treppe herunterkam und sich den Staub aus der Kleidung klopfte.

»Nun, hätte er uns einfach nur für *gealtert* gehalten«, sagte Lyrana und verzog spöttisch den Mund, »dann hätte er vielleicht überlegt, ob er uns besser austauschen und ... Na ja. Solange er aber annimmt, daß wir uns nur ein wenig unwohl fühlen und vielleicht sogar ansteckend sind, hielt ich es für wahrscheinlicher, daß er dafür sorgt, daß es uns wieder besser geht. Er mag uns gewiß nicht essen, wenn wir *krank* sind.« Sie spreizte die Hände. »Er ist ziemlich faul, wißt ihr. Es ist einfacher für ihn, kranke Mädchen zu pflegen, als sich neue zu suchen.«

»Du versetztest mich in Angst und Schrecken«, erklärte Gawaine. »Ich befürchtete schon das Schlimmste.«

»Ich auch. Aber man denkt plötzlich ganz klar, wenn man dem Tod ins Auge schaut.« Lyrana lächelte ihn an und nahm seine Hände in ihre. »Außerdem macht es großen Appetit. Wie wäre es mit einem Sandwich?«

Einige Stunden später setzte sie sich über Gawaines Einwände hinweg und ging mit ihm, um sich den Thronsaal anzuschauen. Der Barde wurde gerade herausbegleitet, und Diener schleppten Güter aus dem Saal. Der Bardling und das Mädchen standen staunend nebeneinander. Überall nur kahle Wände, einige schlichte Vorhänge, zwei Stapel Kisten und eine einzige häßliche Anrichte, auf der ein silbernes Teeservice mit reicher Verzierung stand. »Bei meinem Haar, es klappt!« sagt Gawaine leise. Lyrana deutete mit einem Nikken auf die Treppe. Sie liefen hinaus und nahmen zwei Stufen auf einmal.

Naitachal ging vor dem Kamin hin und her und schaute ab und zu auf den Holzstapel. Seine Schultern sackten entspannt nach vorn, als er das mittlerweile vertraute Zischen hörte. »Wir sind dicht vor dem Ziel, Schüler.«

»Glücklicherweise«, erwiderte Gawaine grimmig und erzählte, was im Garten geschehen war.

»Ja. Die Zeit wird knapp, für alle von uns. Er verlangt, daß ich bald zurückkehre, und hat mir nur gestattet, etwas Suppe und ein Stück Brot zu essen. Hol deine Mandoline, stell dich an das Gitter und halte dich bereit.«

»Meister? Was habt Ihr vor?«

»Wer weiß?« antwortete der Barde düster. Er schob den Mantel zur Seite, und Gawaine sah das Schimmern von Metall – der Messergurt! »Was auch immer passiert«, fuhr Naitachal fort, »ich bin vorbereitet.« Gawaine nickte, und als die beiden gingen, fügte Naitachal sehr leise hinzu: »Hoffe ich jedenfalls.«

Kurz darauf kam Gawaine zurück und hielt eine wunderschöne Harfe in der Hand. »Ich nehme lieber diese. Lyrana wartet auf die Zwillinge. Sie muß jeden Moment kommen. Dann möchte ich mit ihr zusammen Cedric und Raven sagen, was wir vorhaben, wenn die Zeit reicht.« Kurzes Schweigen. »Äh, Meister ...? Was haben wir denn eigentlich vor?«

»Erinnerst du dich an deine Verse zu diesem verflixten

Lied?« fragte Naitachal. »An diejenigen, die du mit diesem wunderschönen, schwarzhaarigen Kind geschrieben hast? Und ... kannst du sie mit vollem Bardenzauber singen?« Gawaine rutschte unruhig hin und her. In seinem blassen Gesicht waren die Sommersprossen jetzt ganz deutlich zu sehen. Naitachal hob eine Hand. »Warte, denke nach. Du mußt es so singen, als würde mein Leben, das deine und das deiner jungen Freundin davon abhängen.«

Gawaine schaute ihn unverwandt an und nickte schließlich. »Ich ... ich ... es wird von mir abhängen, nicht wahr? Das wollt Ihr mir sagen.«

»Ich will sagen *vielleicht*. Aber wenn du weniger gibst, als du kannst, Gawaine, dann ... nein. Das genügt diesmal nicht.«

»Dann ... dann kann ich es.« Der Bardling schaute sich um. »Sie sind da«, fügte er hinzu. »Ich komme so schnell wie möglich wieder, Meister.«

»So geh.« Aber er sprach ins Leere. Gawaine war schon fort.

Raven und Cedric saßen mitten in einem Korridor auf der nackten Erde, Rücken an Rücken. »Mein Freund?« sagte Raven schließlich.

»Mein Bruder?« antwortete Cedric.

Raven lächelte, obwohl es niemand sehen konnte. »Ja. Bruder.« Das Lächeln verschwand. »Unsere Zeit geht zur Neige.«

»Ich weiß. Wenigstens haben wir schlafen können. Weil du den Tiger befreit hat. Ich hätte das nie getan.«

»Nein. Doch ich hätte uns nicht vor diesen Schlangenwesen schützen können.«

»Und ich hätte niemals gewußt, aus welcher Schale ich hätte trinken können.«

Raven nickte. »Ja. Doch im Vertrauen gesagt ...«

»Ja. Vertrauen. Trotzdem hast du recht, Bruder. Die Zeit läuft uns schnell davon.«

»Nicht nur uns«, sagte Raven feierlich. »Die Zwillinge ... sie sind fast zwanzig, weißt du.«

»Ich weiß.« Cedric seufzte erneut. »Dennoch werden wir vermutlich lange vor ihnen sterben.«

»Oder wir gewinnen alle die Freiheit«, meinte Raven. »Unterschätze den Barden nicht oder diesen Jungen, Gawaine.«

»Ich habe sie vergessen«, erwiderte Cedric. »Manchmal kommt es mir so vor, als hätte ich niemals ein Leben als Bogenschütze geführt und Preise gewonnen und ...«

»Wenn ich daran denke«, sagte Raven, nachdem Cedrics Stimme verklungen war, »daß ich dich einmal für einen Prahlhans gehalten habe, für einen, der nur töten will.« Er drehte sich ein wenig um, und Cedric wandte den Kopf und erwiderte Ravens Blick. »Es passiert sehr oft in der Welt, daß ein Mann seinen Bruder so mißversteht wie ich dich.«

Dann schauten sie wieder den Korridor in beide Richtungen entlang. Cedric brach das lange Schweigen. »Willst du wissen, was ich tun werde, wenn wir alle hier herauskommen? Ich werde mit Irene zusammen einen dieser wundersamen Bögen des Nordens suchen, von dem die Legenden handeln. Sie sind natürlich nicht magisch, aber welcher Mann möchte schon einen so unfairen Vorteil?«

»Oder in deinem Fall, wer braucht ihn schon?« sagte Raven leise.

»Danke, mein Bruder. Sobald ich diesen Bogen gefunden habe, werde ich Irene heiraten, und so schnell wie möglich soviel Geld wie möglich gewinnen. Dann können wir vielleicht eine Schule für Bogenschützen gründen. Eine kleine, aber sehr exklusive Schule, in der nur die Söhne von Grafen und Königen und Fürsten unterrichtet werden. Dann kann ich Irene mit all diesen kostspieligen Dingen verwöhnen.«

»Ja. Siehst du in deiner Richtung etwas?«

»Nein. Du?«

»Nein. Hast du noch Wasser?«

»Ein bißchen, genug. Hier.« Cedric reichte die Flasche

weiter und spannte sich plötzlich an. »Hast du etwas gehört?«

Raven drehte sich halb herum und lauschte. Schließlich nickte er. »Es ist Gawaine. Hier sind wir, Junge. Wie geht es?«

»Kann ich reden?« fragte Gawaine, und nachdem Raven ihm das versicherte, überbrachte er all seine Nachrichten. »Ihr habt es fast geschafft. Ihr seid noch zwei Korridore von der Außenwand und der Freiheit entfernt.«

Und dem, was der Schneedrache noch dazwischenwerfen wird, jetzt, wo wir so dicht davorstehen, dachte Raven. Doch er sagte nur: »Gute Arbeit, Junge. Wie geht es Iris?«

»Sie und Irene kommen auch mit, sobald sie mit Nahrung und Wasser fliehen können. Sie schicken Euch ihre Liebe. Iris sagt, sie weiß, daß Ihr sehr bald einen Weg hinausfinden werdet.« Gawaine verstummte und klang sehr besorgt, als er schließlich weiterredete. »Ihr scheint beide sehr erschöpft zu sein. Werdet Ihr es schaffen?«

»Natürlich«, sagte Cedric.

»Entschuldigt, das war eine dumme Frage.«

»Nein. Ich weiß, was du meintest. Wir halten durch.«

»Und mit den Nachrichten, die du uns gebracht hast, fühle ich mich viel besser als vorher«, sagte Raven.

»Nun ... gut. Ich muß gehen. Ich wünsche Euch Glück, und haltet Euch, so gut Ihr könnt.«

Raven und Cedric lauschten den verklingenden Schritten des Bardlings hinterher, bis Cedric sich schließlich aufrichtete. »Wir sollten lieber weitergehen, denke ich. Du weißt ja, wie Voyvodan ist.«

»Er hat uns wirklich *schreckliche* Dinge auf den Hals gehetzt, wenn wir ruhen wollten«, meinte Raven. »Ich frage mich, woher er jedesmal wußte ...« Er ging voran, und Cedric schloß zu ihm auf. Zusammen gingen sie den Korridor entlang.

Plötzlich trafen sie auf eine ungewöhnliche Biegung. Cedric zögerte, doch Raven nickte ihm zu. »Ich höre etwas hinter uns. Versuchen wir, ihnen eine Falle zu stellen.«

Cedric stimmte zu, doch als sie um die Kurve bogen, wurde klar, daß da bereits eine Falle aufgestellt worden war, und zwar nicht von ihnen.

Überall auf dem Boden zwischen den Mauern lagen Leichen. Hinter sich hörten sie Männer oder andere Lebewesen, die auf die Kurve zuliefen. »Schnell, weiter!« zischte Raven. »Hier können wir nicht bleiben!«

Zu spät. Als Cedric zwischen den Toten entlanglief, prallte er plötzlich gegen eine unsichtbare Barriere. Er fiel zu Boden und rang nach Luft. Ein sonores Lachen erscholl hinter ihnen. Raven, der seinem Gefährten helfen wollte, wieder aufzustehen, drehte sich um. Überall waren Männer, kleine Männer, mindestens hundert von ihnen. Sie füllten den ganzen Platz zwischen den Wänden aus, waren alle in schwarzes Leder gekleidet und bis an die Zähne bewaffnet. Hinter ihnen stand der Schneedrache und bleckte die scharfen Zähne. »Ihr habt mich sehr lange sehr gut unterhalten«, sagte er. »Diese Barriere hier könnt ihr jedoch nicht passieren, jedenfalls nicht aufrecht gehend«, fügte er vielsagend hinzu und verschwand.

Cedric kam langsam auf die Füße und rammte alle Pfeile, die eine Hand fassen konnte, in den Boden vor sich, zog einen aus dem Köcher und legte ihn auf die Sehne. »Ich fürchte, er meint es ernst, Raven.«

»Das fürchte ich auch«, erwiderte der Druide ruhig. Er stand hoch aufgerichtet da, spannte einen Pfeil auf den Bogen und warf einen Blick zu Cedric. »Es war mir ein großes Vergnügen, dich kennenzulernen.«

»Das wird es auch weiterhin sein«, meinte Cedric. Er lachte leise. »Hier oder woanders. Wenn du diesen Tag überleben solltest und ich nicht, dann überbringe Irene meine Liebe.«

»Dasselbe gilt für mich und Iris. Doch ich glaube, wir werden zusammen leben oder sterben.«

»Sehr wahrscheinlich. Jetzt beginnt der Tanz!« schrie Cedric und verschoß drei Pfeile schnell hintereinander. Die drei

Männer an der Spitze fielen, doch andere drängten weiter. Mehr starben, immer mehr. Cedric lachte, als ihre Feinde innehielten. »Die Leichen behindern ihr Vorrücken.«

»Was meiner Meinung nach noch wichtiger ist, sie schießen genauso schlecht, wie sie vorankommen«, bemerkte Raven.

»Es sind nur wenige mit Bögen bewaffnet«, stimmte Cedric zu. »Um das Drama zu verlängern, zweifellos. Achtung, sie kommen.«

Erneut gab es einen heftigen Kampf, und die übriggebliebenen kleinen Männer zogen sich zurück, kamen jedoch nicht weiter als bis zu der Biegung. Noch eine von Voyvodans unsichtbaren Barrieren. Cedric kniete sich und schoß. Ein Mann stolperte zurück und fiel durch die Barriere hindurch. »Seltsam«, sagte Raven. Er stand noch und konnte weiter sehen. »Er ist hindurchgefallen.«

»Tot oder bewußtlos – vielleicht macht das ja den Unterschied«, sagte Cedric. »Kannst du sie einen Moment aufhalten? Ich brauche mehr Pfeile, und ich sehe von hier aus mindestens einen Toten mit einem Köcher.«

»Geh nur«, sagte Raven. Er wartete schußbereit, während der Bogenschütze die Leichen untersuchte, die in der Nähe lagen. Er kam mit drei Köchern und einer Menge Pfeilen zurück. Plötzlich stieß er zischend den Atem aus. »Was ist?« fragte Raven. »Ich wage nicht hinzuschauen.«

»Laß, ich bin gleich wieder da.« Cedric kam mit leuchtenden Augen zurückgelaufen und hielt einen Bogen vor sich ausgestreckt. »Du Schöne«, flüsterte er und streichelte das glatte Horn und die hölzerne Oberfläche. »Du perfekte Schönheit. Hoffentlich ist deine Sehne gut ... warte.« Er leerte einen Köcher aus, griff hinein und zog eine zusammengerollte Ersatzsehne heraus. »Ich kannte einen Nordländer, der seine Ersatzsehne auch immer dort aufhob.« Er bückte sich, bespannte die Waffen neu und hielt sie hoch. Raven riskierte einen Blick. Für ihn war das ein Bogen wie jeder andere, ähnlich wie der, den Cedric besaß, obwohl dieser hier doppelt so lang war. Doch die Augen des Bogenschützen glänzten, und sein Gesicht rötete sich vor Freude. »Mit dem in der Hand kann ich nicht verlieren«, sagte er. »Mit diesem Bogen, mein Bruder, werden wir uns aus diesem schrecklichen Loch und den Mauern befreien.«

Raven sog vernehmlich die Luft ein, und seine Stimme klang erstickt. »Das werden wir bestimmt. Gib acht, Bruder, da kommen noch mehr!«

»Wahrhaftig«, sagte Cedric ruhig. »Was ist das? O nein, Raven, sieh dort!« Er streckte die Hand aus. Raven schaute von den herankommenden Männern auf den kleinen Flekken Dreck, auf den Cedric deutete. Eine Stimme ertönte unmittelbar neben seinem Ohr. »Mein Bruder, es tut mir so leid.« Dann hieb Cedric ihm mit der flachen Hand auf den Hals, und Raven fiel erstaunt um. Er war wohl nur sehr kurz bewußtlos, denn als er wieder zu sich kam, arbeiteten sich die Männer immer noch durch die Leichenstapel und achtlos herumliegenden Waffen vor.

Cedric kniete, Bogen erhoben und Pfeil auf der Sehne. Raven kam schwankend hoch, stolperte nach vorn und stieß – gegen die Barriere!

Plötzlich begriff er es mit entsetzlicher Klarheit: Cedric hatte ihn bewußtlos geschlagen und durch die Barriere geschoben. »Nein! Cedric, nein!«

Der Bogenschütze drehte sich kurz um und lächelte ihn bedauernd an, bevor er wieder seinen Position einnahm. »So überlebt wenigstens einer von uns, Bruder.«

»Nein!« schrie Raven. »Wie lange glaubst du, werde ich überleben, wenn du mir nicht mehr hilfst?«

»Lange genug«, erwiderte Cedric leise. »Ich will nicht zusehen müssen, wie mein Bruder stirbt. Und ich kann sie vielleicht lange genug aufhalten, bis der Barde seine Arbeit erledigt hat. Wenn nicht ... vergiß mich nicht, Raven.« Raven fluchte und weinte, schlug mit den bloßen Fäusten gegen die Barriere, doch Cedric drehte sich um, lächelte ihm noch einmal zu und sagte sehr leise: »Sei still, du lenkst mich ab. Und übermittle Irene meine Liebe.«

Raven hieb mit dem Bogen gegen die Barriere, und er zerbrach in seinen Fäusten. Die Feinde brüllten auf und stürmten vor. Im nächsten Moment war Cedric eingekesselt und – fiel.

25. KAPITEL

Als es an der Tür klopfte, umfaßte Naitachal seine Laute fester und sagte: »Herein, bitte.« Er erwartete Voyvodans Diener und sah fassungslos Gawaine und Lyrana. »Hinaus! Sofort!« zischte der Barde sie an. »Wenn man euch hier findet ...!«

»Und was dann?« sagte Gawaine tonlos. Naitachal starrte ihn an und verstummte. »Wir sind alle todgeweiht, ist es nicht so? Da wir sowieso so gut wie tot sind, müsen wir es doch nicht noch herauszögern, wie der arme Cedric und Raven es machen? Habt Ihr Iris und Irene in letzter Zeit gesehen, Meister? Voyvodan hätte sie beinah zum *Lunch* verspeist!«

»Ich weiß, daß es schlecht steht«, begann Naitachal unsicher, verstummte jedoch erneut, als der Bardling die Hand hob.

»Es steht *gewiß* schlecht. Aber was Ihr vorhabt ... Ach, Meister. Ich habe gesehen, was Ihr bei Euch tragt, aber Ihr wißt doch längst, daß man ihn nicht töten kann. Jedenfalls nicht mit menschlichen Waffen.«

»Das weiß ich.«

»Was auch immer Ihr tun wollt ... also gut, sagen wir, Ihr findet einen Weg, ihn dazu zu bringen, Euch sein Herz zu zeigen, und Ihr werft eine dieser schrecklichen Klingen genau hinein, und er stirbt *daran*«, sagte Gawaine. »Was dann?«

»Dann ist er tot«, erwiderte der Dunkle Elf ruhig, senkte jedoch den Blick vor seinem Schüler.

»Ja«, sagte Gawaine sehr leise. »Und Ihr, der Ihr ein Dunkler Elf wart und ein Geisterbeschwörer und all die Jahre darauf verwandt habt, ein Barde zu werden, Euch in der Bardenmagie geübt, mich ausgebildet habt, damit ich auch ein Barde werde, Ihr werdet dann wieder in die dunklen Studien dieser mörderischen, toten und untoten Zauberei zurückfallen.«

»Und wenn ich sage, daß Voyvodans Tod all das wert ist, was es mich kostet?« fragte Naitachal.

Gawaine schüttelte den Kopf, doch Lyrana antwortete für beide.

»Nein. Weil Euch solche wie Gawaine lieben. Sie leben weiter, um Euer Gedenken in Ehren zu halten, als einer, den sie geliebt haben. Sie werden wissen, welchen Preis Ihr habt zahlen müssen. Und werden es jeden Tag bereuen, den sie vor sich haben. Weil das, was Ihr da um Euer Leben einhandelt, unmöglich von uns zu ertragen ist. Begreift Ihr das nicht?«

Schweigen. Der Barde schaute von einem zum anderen, und sie erwiderten den Blick gelassen. »Nein«, sagte er schließlich. »Aber ich werde meinen Plan aufgeben und vielleicht noch lange genug leben, um die Bedeutung Eurer Worte zu verstehen. Stellt Euch das zufrieden?«

»Durchaus«, sagte Lyrana. »Gawaine, sag ihm, was wir beschlossen haben.«

Gawaine begann zögernd, doch als Naitachals Miene sich aufhellte und er offensichtliche Begeisterung für den Plan zeigte, faßte der Bardling sich ein Herz. »Wenn Ihr es uns wenigstens versuchen ließet, Meister«, schloß er.

Naitachal schaute ihn lange an und nickte schließlich. Dann überwand er mit einem Schritt den Abstand zwischen ihnen und packte seinen Schüler am Arm. »Einverstanden.«

»Schließlich, Sire«, sagte Gawaine mit einem unsicheren Lächeln, »habt Ihr ja immer noch Eure Messer, wenn ich scheitere.«

»Ja.« Naitachal zwinkerte ihm doch tatsächlich zu, wenn auch eher feierlich. Es klopfte an der Tür, und der Barde straffte die Schultern. »Ja?« Ein Diener betrat den Raum. Naitachal ignorierte die zwei Paar Schuhe, die direkt hinter der schweren Tür aus geschnitzer Eiche zu sehen waren, und wiederholte seine Frage. »Ja?«

»Sir, Voyvodan möchte Euch sehen, wenn es Euch beliebt.«

»Beliebt«, sagte Naitachal nachdenklich. »Ich glaube, daß er noch nie seine Worte besser gewählt hat. Geht voraus. Ich folge Euch.« Der Diener führte ihn durch den Korridor. Der Barde ging hinterher und hörte die leisen Schritte hinter sich.

Der Mann hätte die Tür zum Thronsaal für ihn aufgehalten und draußen gewartet, doch Naitachal überlistete ihn. »Hier, bitte, tragt doch meine Harfe. Meine Schuhe haben so glatte Sohlen, und der Boden vor dem Thron ist so schlüpfrig. Lasse ich das Instrument fallen, sterben wir wahrscheinlich beide.«

Der Diener erbleichte, nahm das Instrument und ging vor, über den blanken Marmorboden an den Fenstern vorbei, vor denen keine Vorhänge mehr hingen, an einem Kreis auf dem Boden vorbei, dort wo der Springbrunnen gestanden hatte und an dem häßlichen Schrank entlang, der jetzt kein Silbergeschirr mehr trug. Das wuchtige Möbelstück konnte nur von zehn Dienern und einem Handkarren bewegt werden. Naitachal blieb stehen und klatschte in die Hände, als wäre er erstaunt und drücke gleichzeitig sein Lob über den leeren Thronsaal aus. In Wirklichkeit jedoch wollte er sich nur die übriggebliebenen Gegenstände dort anschauen (abgesehen einmal von den Dingen, die sich in diesem schrecklichen Teakholzschrank befanden. Das war Gawaines und Lyranas Aufgabe, nicht seine!) Zudem wollte er den beiden auch die Chance geben, unbemerkt hinter ihm herzuschleichen und sich hinter dem Schrank zu verstecken. *Ein Dank der Vorsehung*, dachte er. *Wie schön, daß ein ganzer Raum von allem*

Wohlstand der Welt befreit wurde und nur noch eine kleine Barrikade zurückgeblieben ist.

Für mehr Gedanken blieb ihm keine Zeit. Voyvodan saß auf dem Rand seines Throns und tippte mit den Nägeln auf das Kristall. Der Barde schaute auf die kleine Schatulle, die in dem Thron des Schneedrachens über dessen Kopf eingelassen war. *Und ich dachte, sein Herz wäre darin. Wir hätten kaum Chancen gehabt, es zu zerstören, eingeschlossen in Stein, wie es ist. Hoffentlich will Gawaine nicht unbedingt diese Schriftrollen haben. Die Götter nehmen das sicherlich nicht sehr gnädig auf, wenn ein grüner Junge sich entschließt, die Erfahrung eines ganzen Lebens zu umgehen und einfach die Antwort auf alles zu stehlen.*

»Wie wundervoll es hier ist, Sire«, sagte Naitachal leise. »Und wie sauber!«

»Ja«, stimmte Voyvodan ziemlich selbstzufrieden zu. »Ich habe beschlossen, mir eine Herde Schafe zuzulegen.« *Oha,* dachte Naitachal. »Hast du inzwischen etwas Neues, was du mir vorsingen kannst?«

»Seid Ihr sicher, daß Ihr nicht das letzte Lied weiterhören wollt?« fragte Naitachal suggestiv und hielt den Atem an. Er wußte nicht genau, ob er er sich an die neuen Verse erinnern konnte. Er hatte die Papierrolle vergessen, weil ihn Gawaines Veränderungen erstaunte. Zu seiner Erleichterung schüttelte Voyvodan den Kopf.

»Nein, ich finde, *davon* haben wir genug gehört, denkst du nicht? Ich will etwas anderes, um die neue Einfachheit zu feiern. Du wählst es aus, mein Dunkler Elfenbarde, und wenn mir nicht gefällt, was ich höre, tja, muß ich dich wohl bitten, ein anderes Lied zu singen«, schloß er mit einem strahlenden Aufblitzen seiner Zähne.

»Gut. Ich bin sehr froh, das zu hören«, erwiderte Naitachal und strich mit den Fingern über die Laute. »Dies hier ist ein sehr einfaches Lied, selbst für den neuen Lebensstil Euer Großartigkeit«, fuhr er schnell fort, als der Schneedrache ihn finster anschaute, und begann, das Wiegenlied zu singen, mit dem Gawaine seinen Auftritt im Moonstone beendet hatte. Das schien schon eine Ewigkeit her zu sein.

Nach zwei Versen begannen Voyvodans Augenlider zu flattern, nach der dritten Strophe versuchte er, ein ungeheures Gähnen hinter seiner winzigen Hand zu verbergen. Nach der vierten sang Gawaine mit seinem Meister im Duett, und nach der fünften trat Naitachal zurück, um den Bardling mit der Harfe hinter sich treten zu lassen. Voyvodans Augenlider zuckten, und schlossen sich dann wieder. Sein Kinn sank auf seine Brust, und nach einem tiefen, bebenden Atemzug schien er eingeschlafen zu sein.

»Was jetzt, Schüler?« flüsterte Naitachal. Gawaine schüttelte den Kopf und schaute vielsagend auf den Thron, wo der Schneedrache sich rührte.

»Helft mir, dieses Kind in den Schlaf zu singen«, trällerte er, und der Barde nahm gehorsam die Laute auf.

Es war nicht gut. Sie konnten ihn zwar in Tiefschlaf versetzen, aber nicht lange genug. Er schlief nur, solange beide sangen und spielten. Nicht länger. Naitachal schaute seinen Bardling an und richtete den Blick dann an die Decke. Plötzlich erstarrte er und stieß Gawaine an. Der folgte seinem Blick. Hoch oben, in einem der Gewölbe zwischen zwei grauenhaft verzierten Kandelabern, hing ein wundervoll verziertes goldenes Ei. Man mußte dem Bardling zugute halten, daß er sich trotz der Verblüffung nicht verspielte.

Gawaine improvisierte, während er den Thron nicht aus den Augen ließ. Dann spielte er einen langen und komplizierten Lauf. Voyvodan schlummerte weiter. Dann griff der Bardling das Lied wieder auf, und diesmal kamen die Worte auf eine Art heraus, wie Naitachal sie noch nie von ihm gehört hatte. Dahinter steckte die ganze, mächtige Bardenmagie. »O Feuervogel auf dem Wind, wer fliegt zu ihrem Heim und hilft ihrem Kind, wer bringt der Welt Flammenwärme viel, vertreibt den Frost und und beendet das Spiel.« Er machte eine Pause und sang dann andere Worte, doch Naitachal würde sich später nie mehr an den genauen Text erinnern können, denn durch die geöffneten Fenster kam ein riesiger, geflammter Vogel herein und flog dreimal in der

Kammer herum, während Gawaine weiterspielte und sang, und dann direkt zu dem Ei, das von der Decke herabhing.

Naitachal erhob sich und begann ebenfalls zu spielen. So bot er das Gegenstück zur Magie des Jungen, schob jedoch sicherheitshalber den Mantel etwas zur Seite, um die Messer für den Fall des Falles bereit zu haben.

Fenix hielt das Ei an einer Reihe goldener Ketten in ihrem Schnabel und versuchte, mit ihren mächtigen Schwingen den Fall zu bremsen. Sie wußte jedoch offenbar nicht genau, wo sie hinfliegen sollte.

Naitachal nahm das Wiegenlied auf. »Der Feuervogel bringt der Träume Hohn und setzt ein Kissen vor den Thron.« *Es funktioniert nicht*, dachte er, doch Fenix flatterte herab und schaffte es schließlich, das Ei unter den Hocker direkt vor die Füße des Schneedrachen zu schieben. »Der Feuervogel«, sang Naitachal rasch, »fliegt fort und bleibt doch nah, denn sie allein rettet den Tag.«

»Das reimt sich nicht«, murrte Gawaine.

Naitachal sang leise: »Ganz egal, Hauptsache, es wirkt.« Er sang leise weiter und beobachtete, wie Fenix zur Decke hinaufflog, wo sie langsam kreiste. Er fügte die Zeile: »Der Himmel stürzt ein« in sein Lied ein und beendete sie mit einem wahrhaftig donnernden Akkord.

Voyvodan schüttelte sich und ließ seinen Kopf unglücklicherweise zurücksinken. So erblickte er leider sofort das kahle Deckengewölbe, an dem sich nur noch drei goldene Ketten in dem Luftzug bewegten, den die Schwingen eines großen, geflammten Vogels erzeugten. Er brüllte auf und sprang auf die Füße. Naitachal drehte sich um und floh. Er hoffte, daß die jungen Leute klug genug waren, sich hinter der Anrichte zu verstecken. *Wenigstens kann ich so die Aufmerksamkeit des Drachen auf mich ziehen*, dachte er. Aber es ertönte ein so schreckliches Krachen, daß der Barde herumfuhr und hinschaute.

Der Drache blickte auf den Haufen, der einmal ein Hocker gewesen war, und auf den silbernen Nebel, der daraus emporstieg. »O nein«, sagte er sehr, sehr leise und fiel mausetot um.

»Die Schriftrolle!« schrie Gawaine, doch Lyrana hielt ihn fest und zerrte wütend an ihm.

»Laß sie liegen oder du stirbst!« schrie sie ihn an. »Genauso wie dein Meister und ich, denn ich werde dich nicht verlassen!« Das brachte ihn zur Besinnung. Gawaine stöhnte auf und stieß einen Fluch aus, drehte sich um und zog Lyrana zur Tür. Die Fenster klapperten, und Gawaine ließ Lyrana los, während er Naitachal umfaßte. Sie hielten sich fest und stürzten zur Tür hinaus, während die Decke mit Getöse herabstürzte und die Wände zusammenbrachen. Sekunden später standen sie draußen im Hof und schauten fassungslos zu, wie der Turm einfach schmolz. Die Wände des Palastes lösten sich in Nebel auf, und die weißen Mauern um sie herum schmolzen. Kurz darauf war nichts mehr um sie herum als eine öde Wiese mit trockenen Grasflecken und einigen Statuen, ein paar niedrigen weißen Ziegelwänden und dem kleinen Palast, in dem die Mädchen wohnten.

Gawaine bahnte sich einen Weg durch den Schutt, Lyrana folgte ihm. Er hoffte, daß er in die richtige Richtung ging. Aber es war zu spät. Er verlangsamte unsicher den Schritt und stolperte dann über einen sehr niedrigen Hügel. Dort saß Raven auf dem Boden, hatte den Kopf gesenkt und preßte Cedric gegen seine Brust. Der Bogenschütze war von vielen Pfeilen durchbohrt und blutete aus mehreren Wunden. »Wir haben gesiegt«, flüsterte Cedric.

»Natürlich«, sagte Raven. In seiner Stimme klangen Tränen mit. »Hast du jemals daran gezweifelt?«

»Wo ist Irene?« flüsterte Cedric und hustete heftig.

»Sie kommt, ich kann sie schon sehen«, sagte Lyrana leise. Doch Cedric hustete ein letztes Mal, nur kurz, und starb. Raven beugte den Kopf hinab und weinte. Gawaine stand auf und winkte die Zwillinge herüber. Sie würden es ja doch erfahren. Aber er drehte sich weg, bevor er etwas sagen mußte. Er wußte, daß er kein Wort herausbringen würde.

Lyrana drückte kurz seine Hand und ließ sie los. Sie mußte bleiben, um ihre Freundinnen zu trösten.

Im Hof saß Naitachal im Schneidersitz und redete mit einer schlanken Frau mit erstaunlichem Haar, das fast wie Feuer glänzte. Ihre Augen waren von einem tiefen Dunkelgrün. »Ich fürchte, ich kann Euch nicht anders danken«, sagte sie, als Gawaine sich näherte. »Ich kann Euch nur die Macht geben, die zu befreien, die von dem Zauber des Drachen gefangen wurden und nun versteinert sind.« Sie flüsterte dem Barden etwas ins Ohr. »Das ... das ist alles?« fragte der verwundert.

»Sind nicht oft die wirksamsten Zaubersprüche die einfachsten?« fragte die Fenix, beugte ohne jeden weiteren Kommentar das Knie, sprang hoch und verwandelte sich in einen Vogel. »Lebt wohl, diesmal!« rief sie. »Aber nicht für immer, meine Freunde!«

»Leb wohl, du schönes Geschöpf«, murmelte Naitachal verwundert und zuckte zusammen, als Gawaine sich vor ihn kniete. »Hier, halt deine Hand auf«, befahl er. Der Bardling gehorchte. Der Barde nahm sie und ließ sie dann los. Gawaine schaute verwundert darauf, denn er fühlte nichts. »Ich habe dir *Ihre* Macht weitergegeben. Du kannst all die wiederbeleben, die zu Stein geworden sind. Du mußt sie nur berühren!«

Von irgendwoher tauchten Wulfgar und Tem-Telek aus dem Schutt auf. Naitachal begrüßte sie und gab auch an sie den Zauber weiter. Dann schickte er sie los, aus den Statuen wieder lebende Wesen zu machen. Es waren sehr viele über den ganzen Platz verteilt. Irgendwann gesellte sich auch Raven zu ihnen, den toten Cedric immer noch in den Armen. Iris hielt sich an seiner Seite, und Irene folgte ihnen. Sie war außer sich vor Schmerz. Als Raven sah, was sie taten, legte er seinen toten Freund nieder und bestand darauf, mitzuhelfen. »Cedric wüde nicht böse auf mich sein, daß ich andere rette, nur weil ich ihn nicht retten konnte.«

»Weil er es nicht zugelassen hat«, schluchzte Irene. Sie

sank neben dem Bogenschützen auf die Knie, und Iris versuchte, sie trösten.

Schließlich blieb nur noch eine einzige Statue. Arturis, der in seiner heroischsten Haltung erstarrt war. Diesmal hielt er einen frisch aufgeblühten Strauß Gänseblümchen in der Hand. »Und was machen wir mit dem hier?« fragte Naitachal leise.

»Wenn Ihr den mitnehmen wollt«, sagte Wulfgar, »werde ich Euch den ganzen Weg bis zu Ilyas Dorf zurück treten.«

»Ihr sprecht mir aus der Seele, Wulfgar«, sagte Tem-Telek.

»Für einen wie großen Narren haltet Ihr mich?« wollte Naitachal wütend wissen, wurde jedoch mitten im Satz von lautem Hallo unterbrochen. Eine Horde bäurisch gekleideter Menschen kam über die Wiese gestürmt. Sie führten die Pferde mit, die die Freunde draußen vor den Mauern gelassen hatten. Das schien ihnen fast ein ganzes Lebensalter zurückzuliegen. Star schnaubte, und Thunder wieherte eine Begrüßung. Naitachal kreuzte die Arme, trat zurück und wartete.

Ilya lächelte ihnen mit hochrotem Kopf zu. »Wir sind alle so froh, daß wir Euch wiedersehen! Habt Ihr vielleicht Lust, eine Weile in unserem Dorf zu rasten?«

»Eher würde ich sterben«, sagte Gawaine, bevor Naitachal eine Antwort geben konnte. Der Junge starrte ihn ungläubig an. warf ihm einen durchdringenden Blick zu und rieb dann weiter Thunders Hals.

»Ich auch«, erklärte Wulfgar.

»Wißt ihr«, meinte Naitachal leise, »was ihr getan habt? Ihr alle? Ihr habt uns nicht nur ahnungslos hierherreiten lassen, sondern ihr habt uns sogar hierhergebracht.«

Ilya wurde blaß. »Wir mußten ihm doch Menschen bringen. Er hätte mich aufgefressen und alle meine Onkel und Kusinen ...«

»Sicher. Doch ihr hättet die Leute wenigstens warnen können, daß das hier nicht gerade ein gemütlicher Ort ist.« Naitachal schaute den Jungen finster an und musterte dann die

Männer, die neben ihn getreten waren, für den Fall, daß sie protestieren wollten. Doch es herrschte Stille bis auf das Weinen einer jungen Frau. »Ich bin bereit, euch allen das Leben zu schenken!« Er hob die Hand, und sowohl der Junge als auch die Männer, die sich überschwenglich bei ihm bedanken wollten, schwiegen wieder. »Wenn Ihr ein Geschenk von uns annehmt. Sicher ist mehr als eine junge Frau unter euch, die ihn tatsächlich für ein wundervolles Geschenk hält.« Er machte eine ausholende Geste. »Arturis.«

»Er ist aus Stein«, meinte Ilya widerstrebend. »Aus sehr hartem Stein.«

»Das wird er nicht mehr sein, wenn ihr ihn bekommt«, sagte der Barde feierlich. »Und er gehört dann für immer euch.«

»Aber ... ein solch erhabener Paladin ... wird doch wohl kaum bei Menschen wie uns bleiben wollen!«

»Oh«, meinte Naitachal grinsend, »ich glaube schon, daß er das will!« Erneut herrschte Schweigen. Die Onkel und Ilya schauten sich skeptisch an, nickten aber schließlich. »Ich hoffe, Ihr vergeßt nicht, daß Ihr bald von der übrigen Welt entdeckt werdet. Die meisten von denen, die als Statuen hier waren, sind bereits verschwunden – zurück in den Süden oder woher auch immer sie gekommen sind.«

Bis auf diesen armen Kerl, dachte Gawaine und schaute kurz zu den Zwillingen und dem Jungen herüber, der ihnen aus ihrem Dorf gefolgt war. Der Barde hatte ihn aus einer Statue zurückverwandelt. »Ich glaube nicht, daß sie sich an mich erinnern, Sire«, hatte er Naitachal gesagt. »Nicht nach so langer Zeit und einem so großartigen Leben, nach all dem Reichtum und den feinen Dingen. Aber ... nun ja, Irenes Mutter hat sich um sie und Iris so sehr gesorgt, und sie wußte, daß ich immer um Ihre Hand hatte anhalten wollen.« Er schaute mitleidig zu dem weinenden Mädchen, das weiter entfernt stand.

Er hat edle Züge, dachte Gawaine. Und er sieht nicht nur

gut aus, sondern scheint auch noch klug zu sein. »Die Arme, wie sehr sie gelitten haben muß. Ich werde dafür sorgen, daß sie sicher zu ihrer Mutter zurückgebracht wird – ebenso wie der Leichnam unseres Helden, falls sie ihn auf unserem Friedhof begraben will. Und wenn Iris und ihr Druide sich entschließen, eine Weile bei uns zu bleiben, nun, es ist wahrlich schon eine Weile her, daß jemand bei uns war, der die Kinder unterrichtet hat.« *Vielleicht findet sich doch alles,* dachte Gawaine und hatte plötzlich das Gefühl, als sähe er die Welt mit anderen Augen. Es gab etwas Neues in seiner Brust, ein Gefühl von Macht, das in seinem Herzen sprudelte und das durch seine Finger auszuströmen schien. Etwas, das sich in die Worte ergoß, die er zu Liedern formte. *Wie eigenartig, nach so langen Jahren des Suchens plötzlich zu finden. Dabei ist es nicht im entferntesten das, was ich mir vorgestellt habe.* Wahrheit: Wahrheit bestand aus vielen Dingen, und jedes konnte einen Menschen in jedem beliebigen Moment überraschen. Warme Finger drückten seine Hand. *Wie das hier beweist.*

Er lächelte höchst zufrieden und drehte sich zu Lyrana um, die ihn umschlang. Ihre Augen waren immer noch gerötet von den Tränen.

Der arme Cedric. Oder vielleicht sollte man lieber die bemitleiden, die lebten und um ihn trauerten. Raven. Irene. Er, Gawaine, selbst, obwohl er den Mann erst so kurz gekannt hatte. *Ich werde ihn niemals vergessen,* schwor er sich. Er spürte, wie sich die Verse in seinem Kopf wie von selbst aneinanderreihten. Wenn er fertig war, würde niemand, der das Lied hörte, jemals den geliebten, großen Bogenschützen vergessen, der ein so treuer Freund war.

Gawaine schreckte wieder in die Gegenwart zurück. Naitachal hatte die Dörfler ein Stück weggeschickt und umkreiste nun die Statue von Arturis, schaute sie stirnrunzelnd an und rieb sich das Kinn. Gawaine ging zu ihm. »Meister. Was habt Ihr als nächstes vor?«

»Als nächstes?« Der Barde gab sich einen Ruck. »Tja, ich

will in zivilisierte, wärmere Länder zurückkehren, wo man Zwiebeln nur *sehr* sparsam in Eingepökeltem benutzt, wo einem Barden nicht die Finger auf den Saiten und dem Griffbrett einfrieren und wo einem Weiße Elfen in Tavernen wie dem Moonstone das Leben schwermachen. Außerdem solltest du mich nicht länger Meister nennen, weißt du.«

»Oh, das weiß ich wohl«, gab Gawaine ruhig zurück. »Aber dennoch, es gibt noch viele Dinge, die Ihr wißt und die ich ich bisher noch nicht kennenglernt habe. Wenn Ihr nichts dagegen habt, würde ich gerne noch eine Weile in Eurer Gegenwart verbringen, um sie zu lernen. Außerdem kann ich so Eure Wahl eines neuen Schülers beaufsichtigen.«

»Aha.« Naitachal lachte leise. »Und deine edle junge Frau?«

»Oh«, sagte Lyrana gelassen. »Aus all dem, was Gawaine mir erzählt hat, schließe ich, daß Ihr beide bisher nicht gerade ein gewöhnliches Leben geführt habt. Und keiner von Euch scheint in den praktischen Belangen des Lebens besonders erfahren. Ich bin sehr froh, daß Gawaine so klug ist, bei Euch zu bleiben und den Rest von dem zu lernen, was ein Barde wissen muß, bevor er auszieht, um unser Glück zu suchen. Solange er bei Euch bleibt, Barde, werdet Ihr sicher auch über meine Gesellschaft froh sein. Denn wenn es jemals eine praktische Person gab, dann bin ich es, Lyrana.«

»Nun, wie könnte ich ein solch verlockendes Angebot abschlagen – fürs erste, jedenfalls?« fragte Naitachal, plötzlich außerordentlich liebenswürdig. Dann drehte er sich zu der Statue herum, doch Tem-Telek umkreiste sie gerade und betrachtete nachdenklich den steinernen Paladin. Schließlich nickte er und deutete auf Wulfgar.

»Eure Idee gefällt mir, mein Freund. Führt Sie aus, wenn's Euch beliebt.«

Alle drehten sich herum, als Wulfgar sich bückte und eine höchst einfache Metallkiste öffnete, den größten und schwersten Felsbrocken hineinlegte, den er finden konnte, den Deckel zufallen ließ und die Kiste mit Ketten und Schlössern verschloß. Dann stand er auf und nickte. Tem-Telek streckte die Hand aus, nahm das Gänseblümchen aus Arturis' Fingern und berührte ihn.

Der Paladin schüttelte sich und schaute sich verständnislos um. »Ihr habt es vollbracht, Diener des einzigen Gottes«, sagte Wulfgar sanft. »Der Drache ist dahingeschlachtet, der Palast und das gesamte Labyrinth sind zerstört – Ihr habt uns alle gerettet.«

Arturis zwinkerte, schaute ihn lange an und lächelte schließlich. »Ja. Klar. Ich wußte natürlich, daß ich ihn am Ende besiegen würde. Weil ... hört nur, dann schildere ich Euch in aller Ausführlichkeit, wie Gott ...«

»Ja, ja, ja«, unterbrach Naitachal ihn hastig. »Leider ist die ganze Sache noch nicht *vollständig* ausgestanden. Denn als Ihr und Euer Gott ihn vernichtet habt, ist eine Kleinigkeit übriggeblieben.«

»Ja?« Arturis stieg von seinem Podest herunter und warf einen Blick auf die Kiste.

»Ja. Die Macht des Schneedrachen. Selbst der mächtigste Gott kann sie nicht zerstören, und wenn jemals jemand ahnte, was sich in dieser Kiste befindet, und versuchte, es in seine Gewalt zu bringen ...Oh, Oh.« Naitachal schaute in gespieltem Entsetzen den Paladin an. Gawaine schloß die Augen. *Er spielt genauso schlecht wie bei den Sklaventreibern,* dachte er.

Aber Arturis war ein genauso unkritischer Zuschauer und nickte. »Wohlan, dann dürfen wir diese Kiste hier niemals auch nur in die Nähe der südlichen Länder lassen!« rief er. »Und ... Jawohl, jetzt wird mir alles klar. Ich erkenne meine Aufgabe. Ich muß hierbleiben und sie bewachen. Sie und die Ruinen. Und ich darf in meiner Wache niemals nachlassen.«

»Keiner außer Euch könnte das besser bewerkstelligen«, murmelte Tem-Telek.

»Ja, so ist es«, unterbrach ihn Arturis. Zweifelsohne hätte

er noch einige Zeit weiter vor sich hin geplappert, hätte ihm nicht jemand auf die Schulter geklopft. Er drehte sich um.

Ilya schaute ihn besorgt an. »Sire, der Barde hat uns davor gewarnt, daß Menschen in diese Länder hier einfallen könnten, jetzt, wo Voyvodan tot ist. Wollt Ihr nicht hierbleiben und uns mit Eurer großen Stärke schützen?« Arturis schaute erst ihn an und dann die Kiste zwischen seinen Füßen. Schließlich nickte er. Ilya lächelte erleichtert. »Ich bin so froh darüber, und alle anderen werden das ebenfalls sein! Wir haben für Euch und diese Kiste bereits einen Ort vorbereitet«, erzählte er weiter, während zwei Onkel kamen, die Kiste hochnahmen und sie vor dem verwirrten Paladin hertrugen. »Und jetzt seid Ihr doch sicherlich nach einer solch ungeheuren Prüfung hungrig. Wir würden zu gerne während des Essens Eure Abenteuer hören. Meine Kusine Katya macht die beste Zwiebelsuppe ...«

Die Stimmen verklangen in der Ferne. Gawaine schaute ihnen nach, wie sie auf die Pferde stiegen und fortritten. Als er sich umdrehte, stützten sich Tem-Telek und Naitachal gegenseitig und lachten hemmungslos.

»Ja«, sagte er entschieden. »Ich bin sehr froh, daß wir noch nicht ganz miteinander fertig sind, Meister. Weil es zu Eurer besonderen Art von Humor noch einiges zu sagen gibt ...«

»Ach, steck dir meinen Humor sonstwo hin«, erwiderte Naitachal respektlos und wischte sich die Tränen aus den Augen. »Laß uns lieber alle zusammenrufen, die mit uns reiten, und schauen, daß wir hier fortkommen! Ich glaube, Gawaine, daß südlich *dieses* Ortes sicherlich noch das eine oder andere Abenteuer auf uns wartet.«

»Abenteuer.« Gawaine umfaßte Lyranas Hand und lächelte seine junge Frau an.

ENDE

Band 20 261

**Mercedes Lackey/
Josepha Sherman**

**Die Burg der
Verräter**

**Deutsche
Erstveröffentlichung**

Kevin, Lehrling des berühmten Barden Aidan, ist das langweilige Leben satt. Er lechzt nach Abenteuern. Eines Tages schickt sein Meister ihn zur Burg des Fürsten Volmar, um ein geheimnisvolles Dokument zu kopieren. Kurz darauf wird die Nichte des Fürsten entführt. Zusammen mit einigen ungewöhnlichen Gefährten bricht Kevin auf, sie aus den Klauen bösartiger Elfen zu retten – und bald hat er Abenteuer genug!

THE BARD'S TALE – ein Klassiker unter den Computerspielen. Lassen Sie sich mit diesem Abenteuer in eine Fantasy-Welt entführen, die auch demjenigen Spannung bietet, der das Spiel nicht kennt!

BASTEI LÜBBE

Sie erhalten diesen Band im Buchhandel, bei Ihrem Zeitschriftenhändler sowie im Bahnhofsbuchhandel.

Band 20 267

Maggie Furey

Windharfe

Die Artefakte der Macht

Deutsche Erstveröffentlichung

In längst vergangenen Zeiten gab es die vier Artefakte der Macht, doch sie waren für die Menschen verloren – bis Aurian kam. Mit aller Macht kämpft sie gegen Miathan, den bösen Erzmagusch, der ebenfalls auf der Suche nach den Artefakten ist. Tief im geheimnisvollen Land Xandim, in der Bergstadt des Himmelsvolks, beginnt sich Miathans Netz von Verrat und Betrug immer enger zusammenzuziehen. Und die magischen Kräfte der schwangeren Aurian schwinden – gerade jetzt, wo sie sie am dringendsten benötigt, denn das Kind, das sie unter ihrem Herzen trägt, ist mit einem grausamen Fluch behaftet . . .

Dies ist die Fortsetzung von ›AURIAN‹ (Bastei-Lübbe 20254), einem der stärksten Debüts der letzten Jahre. Weitere Bände sind in Vorbereitung.